Matthias Wittekindt

Schneeschwestern

Kriminalroman

btb

MIX
Papier aus verantwortungsvollen Quellen
FSC® C083411

Verlagsgruppe Random House FSC® N001967
Das für dieses Buch verwendete FSC®-zertifizierte Papier *Lux Cream* liefert Stora Enso, Finnland.

1. Auflage
Genehmigte Taschenbuchausgabe Oktober 2013
btb Verlag in der Verlagsgruppe Random House GmbH, München

Umschlaggestaltung: semper smile, München
Umschlagmotive: © plainpicture/Naturbild; Getty Images/Flickr/Rémy Ogeznach
Druck und Einband: CPI – Clausen & Bosse, Leck
MI · Herstellung: sc
Printed in Germany
ISBN 978-3-442-74539-5

www.btb-verlag.de
www.facebook.com/btbverlag
Besuchen Sie auch unseren LiteraturBlog www.transatlantik.de

Die Dunkelheit, die sie umfing, war nicht körperlos oder passiv. Es war eine greifbare Dunkelheit. Gleichzeitig war es ruhig geworden. Sie spürte keine Schmerzen mehr und hatte aufgehört, sich zu wehren. Dann umfing sie etwas, das trotz der Greifbarkeit schon kein Zustand mehr war. Die Endlichkeit kam in Wellen, wurde umfassender. Sie fühlte sich aufgehoben und hatte das Gefühl, ihr Kopf würde in den Nacken sinken. Vielleicht tanzte sie auf den Wellen. Lag auf dem Rücken und tanzte. Ihre Beine hatten aufgehört zu zappeln, und es dauerte nicht lange. Das war das Gnädige an diesem Übergang. Denn als die dritte Welle sie anhob, war sie bereits tot.

Freitag

Mord ist eine schreckliche Sache. Zerkochte Spaghetti übrigens auch. Zum Glück kennt Kommissar Roland Colbert sich aus. Er nimmt also den Topf rechtzeitig von der Platte und gießt die Spaghetti in ein Plastiksieb. Ja, nein! Er gießt sie nicht in das Sieb, er schlägt sie hinein. Er nimmt den Topf mit beiden Händen, schwenkt ihn hoch, bis über den Kopf, dreht ihn und haut ihn mitsamt dem Gewurschtel aufs Sieb. Es knallt, es spritzt, eine Ecke des weißen Spaghettidurchschlags springt ab, hopst über den Boden, bleibt vor einer Fußleiste liegen.

Sie sehen auf. Beide.

Während die Spaghetti sich ängstlich beeilen abzutropfen, dreht Roland Colbert seinen Kopf.

Er sieht die Frauen.

Zwei sind es. Seine Nachbarin Juliet, und die ist mehr als seine Nachbarin, seit drei Jahren, und neben ihr, auf der gemütlichen Holzbank, seine Tochter, Sina, aus einer Verbindung lange vor Juliet.

Bis eben, bis zu dem Knall, haben sich Sina und Juliet sehr lebhaft, sehr bei sich, über Barcelona unterhalten, über die geplante Reise zu dritt.

Das mit dem Urlaub war Sinas Idee. Roland hat zwar schon seinen Urlaub eingereicht und die Reise gebucht, aber … Er kann es nicht lassen.

»Und du bist dir sicher, Sina, dass Barcelona richtig ist, im Winter?«

»Ja! Viel besser als der Harz! Vor allem wo sowieso keiner

von uns Ski läuft. Und außerdem, Katrin war schon in Barcelona! Und die sagt: Super!«

»Wer ist Katrin?«

»Die Dicke. Du nennst sie immer die Dicke.«

»Hab ich ›Dicke‹ gesagt? Das glaub ich nicht.«

»Katrin sagt, dass Barcelona unglaublich toll ist im Winter, weil man dann auch mal echte Spanier trifft, und Juliet findet Barcelona auch besser als Harz. Sag doch mal!«

»Ich finde Barcelona auch besser als Harz.«

Roland nickt. »Das heißt also, ich soll mich mal erkundigen, was so was kostet.«

Juliet erschrickt. »Ich denke, du hast längst gebucht? Wir hatten doch alles besprochen! Wenn du jetzt noch nicht gebucht hast …«

Ein Triumph. Juliets Gesicht! Da ist schon eine gehörige Portion Ernst in ihrem Entsetzen. Sina sieht noch besser aus mit ihrem offenen Mund. Er kann seinen betont nachdenklichen Gesichtsausdruck nicht länger kontrollieren. Der Mund zuckt. Die Augen fangen fast an zu tränen. In einem Verhör wäre ihm so etwas natürlich niemals passiert.

Juliet kapiert, Sina versteht überhaupt nichts. »Was heißt das jetzt? Er hat nicht gebucht oder wie?«

Roland dreht sich zurück zum Herd und beginnt, in der Spaghettisoße zu rühren. Juliet sieht Sina so lange und so betont traurig an, bis die endlich versteht. »Und ihr findet das witzig, ja?«

Eine Familie beim Abendessen.

Die Spaghettisoße blubbert, das Kind wird gequält, die Stiefmutter ist entzückt. Noch normaler und irdischer kann das Leben kaum sein.

Mord. Jemand hat Todesangst. Damit zu beginnen. Sich diese Situation in Ruhe und ohne Ausflucht vor Augen zu führen.

Sie haben übrigens vor zwei Wochen die Küche renoviert. Alles rausgeräumt, die Tapeten runter, eine neue Farbe. Sina hat die Farbe ausgesucht. Man darf in dieser Renovierungsaktion ruhig etwas Bedeutendes sehen. Es geht um mehr als um die Veränderung und Auffrischung von Farbe. Roland Colbert denkt nämlich in letzter Zeit viel über seine Familie nach. Vielleicht, weil Sina jetzt sechzehn ist und in ein paar Jahren auszieht.

Sinas leibliche Mutter heißt übrigens Marie. Sie war fünf Jahre älter als Roland und verdiente ziemlich viel Geld bei einer großen Unternehmensberatung. Eine finanzielle Basis hätte es also gegeben. Aber er und Marie waren eigentlich gar nicht mehr zusammen, als Sina entstand und … ein Kind? Mit vierundzwanzig? Nein! Er wollte es nach Paris schaffen, auf eins der großen Kommissariate. Sechzehn Jahre ist das jetzt her.

Die Aufklärung eines Mordes kostet Zeit, wird schnell zu einem routinemäßigen Vorgang. Natürlich ist Distanz nötig. Der Tod. Alles Getue, alles Reden ist Distanz, was das angeht.

Das übrigens verband alle Frauen, mit denen Roland je zusammen war. Dass sie gesellschaftlich über ihm standen. Ungewöhnlich, denn die wenigsten Frauen orientieren sich nach unten, und die wenigsten Männer halten es aus, wenn ihre Frau erfolgreicher ist. Dass dieses Gefälle für Roland Colbert nie ein Problem war, lag an dem einfachen Umstand, dass er sich bei der Wahl seiner Frauen von ganz einfachen und gradlinigen Impulsen leiten ließ, also von dem, was er als Gefühl bezeichnete. Sehr bodenständig! Diese Worte hatten einige seiner Partnerinnen benutzt. Und offenbar ging ein Reiz davon aus.

Die Aufgaben der Ermittlung werden immer auf ein Team verteilt. Als könnten die Beteiligten das nicht alleine aushalten, diese erregenden Zustände der Jagd. Es scheint sogar so zu sein:

Obwohl die Aufklärung eines Mordes doch eigentlich spannend ist, gibt es, selbst bei jungen Ermittlern, einen Drang, der zurück zum Normalen will. Das zeigt sich zum Beispiel darin, wie oft die Wichtigkeit eines ausgeglichenen Privatlebens betont wird. Dass es dabei meist viel langsamer zugeht und oft ohne rechte Zuspitzung, wird akzeptiert. Ohne familiären Rückhalt, das sagt jede Statistik, besteht in diesem Beruf ganz klar die Gefahr, Alkoholiker zu werden.

Marie hatte also ein Kind bekommen. Und dann stand auf einmal alles auf dem Kopf. Sie veränderte sich so grundlegend, wie niemand es hätte voraussehen können. Auf einmal verließ die vorher so umtriebige Karrierefrau kaum noch das Haus. Bei fast jeder anderen Frau hätte man gesagt: »Na ja, sie kümmert sich um ihr Kind!« Aber bei Marie hatte sich eindeutig etwas ganz und gar Falsches in Gang gesetzt. Die Art, wie sie mit Sina umging, sie gegen alles abschloss, machte Roland Colbert Angst. Andererseits hatte er keine Erfahrung mit solchen Situationen, denn Sina war ja sein erstes Kind. Über ein Jahr ging das so.

Er war inzwischen der hoffnungsvollste Sergeant in Fleurville, bereitete sich auf seinen Sprung nach Paris vor. Er galt als zuverlässig und hatte bewiesen, dass er ein Team führen konnte. Es war seine große Zeit.

Aber dann war etwas passiert mit Marie. Sie fühlte sich krank. Und tatsächlich bekam sie Hautausschläge am ganzen Körper. Es folgte eine Odyssee, die bei normalen Ärzten begann, Ärzten, die nichts fanden, und bei einem »Berater« endete, der endlich den Zusammenhang begriff. Die Ausschläge und Maries Gefühl, durch und durch krank zu sein, hatten etwas mit ihrem Stiefvater zu tun, damit, dass ihr echter Vater sie so früh verlassen hatte. Für sie, so der Befund, war Mutterschaft ohne vorherige Aufarbeitung das Falscheste, was sie hatte tun können. In Europa, das war klar, würde man sie mit Medikamenten vollstopfen oder sie mit unangemessenen Therapien noch tiefer hinabziehen. Mit Therapie allein, so die Lehre des Beraters, der lange in Amerika gewesen war, mit Therapie allein war es hier nicht getan. »Der Mensch ist nicht nur Psyche. Ernährung dient nicht nur der Sättigung.« Der Berater wusste, wovon er sprach, und Marie hatte Geld. Und Angst. Eine gehörige Portion Angst. Und so verließ sie die Familie und ging nach Kalifornien, um sich mit Hilfe einer Ernährungsumstellung, ganzheitlicher Methodik und regelmäßigen Zahlungen in Ordnung zu bringen. In den ersten Jahren schrieb sie noch ein paar Briefe, erklärte, dass sie Fortschritte mache, und bat Roland inständig, ihre Tochter nach Kalifornien zu schicken. Offenbar hatte Marie es in Amerika beruflich inzwischen noch viel weiter gebracht als damals in Frankreich und war wieder im beratenden Gewerbe tätig. Ganzheitliche Heilmethoden sind alles andere als dummes Zeug, und Sinas Mutter ist der beste Beweis dafür. Marie wird in Amerika reich und ausgeglichen, indem sie anderen Menschen hilft. Und zwar in Fragen, die einst ihre eigene Krankheit waren.

Du willst Sina? Roland Colbert erwies sich auch in dieser Frage als bodenständig. Er dachte nicht im Traum daran, seine Tochter wegzugeben. Und zwar einfach, weil sie zu ihm gehörte und nicht zu ihrer … Er benutzte schreckliche Worte. Es dauerte Jahre, bis er milder wurde und sich vorstellen konnte, dass Marie wirklich gelitten hatte. Er wusste inzwischen aus beruflicher Erfahrung, zu was Menschen sich verleiten ließen, wenn sie Angst hatten. Für Marie wäre es vermutlich besser gewesen, einfach Karriere zu machen und auf ein Kind zu verzichten.

Sina allein großzuziehen, war natürlich schwierig. Und er hätte es wahrscheinlich auch gar nicht geschafft, wenn seine Mutter ihm nicht geholfen hätte. Es hatte da Szenen gegeben! Er und seine Mutter am Wickeltisch, er und seine Mutter vor dem Regal mit der Babynahrung. Er hatte viel gelernt, und seine Mutter war noch mal jung geworden.

Es geschah übrigens genau in dieser Zeit an der Wickelkommode, dass Roland seinen ersten Mordfall bekam. Einer Lehrerin war der Hals durchgeschnitten worden. Aber Sina hatte Windpocken, und er konnte tagelang nicht von zu Hause weg. Er und Sergeant Ohayon hatten den Fall trotzdem gelöst, wobei Ohayon auf eine Weise über sich hinausgewachsen war, die Roland ihm niemals zugetraut hätte. Während dieses Falls mit der Lehrerin hatte sich zwischen ihm und Ohayon eine Art Freundschaft gebildet, ein großes Vertrauen, das allerdings nur während der Arbeitszeit bestand. In ihrer Freizeit trafen sie sich nie.

Zwei Dinge waren in sechzehn Jahren Dienst nie geschehen: Sie hatten sich nie mit quietschenden Reifen quer vor ein Fluchtfahrzeug gestellt, und Roland Colbert hatte noch nie eine Tür eingetreten. Überhaupt herrschte in Fleurville selten Eile. »Ein Kommissar rennt nicht!«, hatte Roland einmal gesagt. Und Sergeant Ohayon hatte ihm recht gegeben.

Seine Karriere? Er hatte es nie nach Paris geschafft, war in Fleurville hängen geblieben. Viehdiebstähle, Einbruchserien, Autohehler. Ganz selten so was Großes wie Mord. Dann war er Chef der Polizeistation von Fleurville geworden. Vor vier Jahren hatte er ein Reihenhaus gekauft, für sich und Sina. In Saint Mouron wohnte er jetzt, dreißig Kilometer westlich von Fleurville. Weiter war er nicht gekommen. Aber so lernte er immerhin Juliet kennen. Einfach, weil sie … seine Nachbarin war, weil sie gut aussah, kultiviert und … Nein, so einfach war es dann doch nicht.

Natürlich! Die Gründe, warum ihn bestimmte Frauen anzogen … der Beginn, der kraftvolle Startimpuls, war noch immer der Gleiche. Und noch immer nannte er dieses unbedingte Wollen Gefühl. Aber bei Juliet war dann mehr daraus geworden. Das hing damit zusammen, dass Juliet ihm unerklärlich blieb, dass sie ihm widerstand und sich nie ganz zu erkennen gab. Auch nach drei Jahren wusste er längst nicht alles über sie. Juliet hatte ihn also ordentlich durchgemischt, alles noch mal neu justiert. Zum Beispiel existierte Paris auf einmal nicht mehr. War von der Landkarte verschwunden, gewissermaßen. Ja, so was kommt vor! Ein Mann lernt eine Frau kennen, und eine Stadt verschwindet. Spurlos.

Und Mord? Diese unglaubliche Zuspitzung? Die großen Momente plötzlicher Eingebung, die zur Lösung führen? Ja, natürlich! Auch das war vorgekommen. Drei Mal in sechzehn Jahren Dienst.

So ging er also ruhig auf die vierzig zu. Aber noch nicht ganz ruhig! Denn er ist sich eigentlich ziemlich sicher, dass Juliet Kinder haben will. Siebenunddreißig ist sie jetzt. Und weil sie und Sina sich so gut verstehen, weil er sich ausgerechnet bei Juliet, einer Frau, die doch so unvorhersehbar ist, weil er sich ausgerechnet bei ihr sicher ist, dass sie nicht durchdrehen wird, fand er neuerdings, dass seine Familie noch wachsen könnte.

Dass seit einigen Tagen nichts mehr so ist, wie er meint, kann er nicht wissen.

Juliet hat sich bis jetzt noch nicht dazu durchringen können, mit ihm darüber zu sprechen. Einfach, weil sie selbst nicht weiß, was das mit ihr macht. Seit zwölf Jahren arbeitet sie jetzt in einem Schulbuchverlag. Auch sie ist sich sicher, inzwischen eine feste Position erreicht zu haben. Doch letzte Woche hat der Chef ihres Verlags, Monsieur Chevrier, sie in sein Büro bestellt.

»Juliet, ich habe dich zu mir gebeten, weil ich es für geboten halte …« Monsieur Chevrier spricht so. Er mag das, dieses Förmliche. Er trägt gerne dunkelblaue Anzüge und sein Haar wird grau und licht. Leider. Dabei war er als Student angeblich recht ansehnlich. »… weil ich es für geboten halte, dich von Veränderungen so frühzeitig in Kenntnis zu setzen, dass du dich darauf einstellen kannst. Du arbeitest jetzt seit zwölf Jahren für uns«, da war Juliet schon schlecht geworden, »und wir waren immer mit dir zufrieden. Ich glaube, du weißt das.« Monsieur Chevrier machte eine Pause, sie schwieg. »Aber wie du weißt, werden sich bei uns einige Dinge ändern müssen. Das elektronische Buch wird sich jetzt wohl doch durchsetzen und … Kurz, wir stehen vor größeren Umstrukturierungen und vielen damit verbundenen Unwägbarkeiten.« Sie senkte den Kopf und konzentrierte sich vollständig auf das Muster des Teppichs. »Deshalb schon jetzt diese Vorankündigung. Ich ziehe in Erwägung, dass du ab März nächsten Jahres die Leitung der Abteilung übernimmst, in der du zur Zeit arbeitest. Das bedeutet mehr Einkommen, erheblich mehr Entscheidungsfreiheit … Aber auch ein Mehr an zeitlichem Aufwand. Es ist bis jetzt nur eine Überlegung. Ich wollte dich trotzdem rechtzeitig in Kenntnis setzen. Ich hoffe, du freust dich.«

Und wie sie sich gefreut hat! Ihr Kopf brauste förmlich! Natürlich würde sie das Angebot annehmen! Darauf hatte sie doch zwölf Jahre hingearbeitet! Sie wäre Monsieur Chevrier am liebsten um den Hals gefallen. Im letzten Moment siegte dann aber doch ihre professionelle Seite. Es war ja bis jetzt nur eine Überlegung, und so eine Reaktion wäre da sicher unangemessen gewesen. Obwohl Monsieur Chevrier, so wie sie ihn kannte, einen weiblichen Gefühlsausbruch, vor allem wenn er auf Dankbarkeit beruhte, sicher zu schätzen gewusst hätte.

Roland Colbert gießt gerade seine Spaghettisoße in die Schüssel, als Sina eine Frage stellt, die ihn freut.

»Ich hab doch in Barcelona mein eigenes Zimmer, oder? Ich meine, kann ich auch mal später kommen?«

Dass Sina daran denkt, später ins Hotel zu kommen, ist ein gutes Zeichen. Roland Colbert findet nämlich, dass seine Tochter viel zu sehr auf ihn und Juliet fixiert ist. Die ist immerhin sechzehn! Seiner Meinung nach müsste Sina jetzt, an einem Freitagabend, eigentlich in der Disco sein. Sina müsste überhaupt einiges anders machen. Sie sollte mal zum Friseur! Und warum sie immer in Jeans und langweiligen Turnschuhen rumläuft, versteht er auch nicht so ganz. Aber es sind wohl nicht alle Mädchen gleich. Oder die Zeiten haben sich geändert. Vielleicht stehen die Jungs von heute ja auf Mädchen ohne besonderen Haarschnitt, die in alten Jeans rumlaufen. Möglich ist das. Obwohl er es sich eigentlich nicht vorstellen kann.

Mord, Vergewaltigung, organisierte Kriminalität, Roland Colbert ist ein ganz normaler Mann. Einer, der gerne in der Küche steht und für seine Frauen kocht. Am Abend, nach den Verbrechen des Tages. Während sie sich über Barcelona unterhalten, über Gaudí, über Kleist, über kleinere Konsumartikel, die noch zu erwerben sind oder gerade erworben wurden, oder über sich selbst, über Fragen, welche die Existenz an sich betreffen, oder Vorgänge, die im Werden sind, deren möglichen Ausgang sie ausloten in einem längeren Dafür und Dawider. So sollte es immer sein. Roland Colbert braucht das. Das Familiäre.

Roland möchte noch ein Kind, Juliet steht davor, Karriere zu machen. Und Sina macht sich überhaupt keine Gedanken über Karriere oder Familie. Sie hat einfach nur das Gefühl, sich in einem reißenden Fluss zu befinden, weil gerade so unglaublich viel Wichtiges passiert in ihrem Leben.

* * *

Geneviève Mortier findet auch, dass viel passiert, und sie möchte natürlich auch nicht so sein wie alle anderen. Da geht also ganz schön was um in ihrem Kopf, als sie das Haus ihrer Mutter verlässt. Bevor sie in die Disco kann, muss sie vor allem erst mal mit Kristina reden, ihrer besten Freundin. Es ist einfach irrsinnig viel passiert in letzter Zeit. Geneviève weiß ja, wie das ist, wenn man hundert Sachen gleichzeitig im Kopf hat. Da können einem die merkwürdigsten Sachen zustoßen. Zum Beispiel ist sie neulich gegen einen Lichtmast gelaufen, obwohl sie ihn eigentlich hätte sehen müssen. Weil er unübersehbar mitten auf dem Bürgersteig steht und weil sie seit Jahren jeden Tag an ihm vorbeigeht. Zum Glück sind es vom Haus bis zur Bushaltestelle nur hundert Meter, und so kommt sie heil an, obwohl sie auf nichts achtet. Und weil sie auf nichts achtet, sieht sie natürlich auch nicht, dass auf der anderen Seite der Straße ein Auto steht und dass im Auto ein Mann sitzt.

Aber selbst wenn sie ihn gesehen hätte. Was hätte sie denn schon gedacht? Vielleicht: Was glotzt du? Findest du mich geil oder was? Und genau das ist nicht der Fall. Der Mann findet sie nicht geil. Nicht im Moment. Er denkt längst an etwas anderes. Er hat eine Vorstellung von Orten, von Fahrstrecken, von Entfernungen ganz allgemein. Er ist nicht geil, er entwirft einen Plan.

Der Bus ist mal wieder zu spät, und Geneviève friert. Irgendwie sind kurze Röcke idiotisch. Andererseits liebt sie ihren silbernen Rock. Vor allem kommt er gut an! Letztes Mal haben mindestens vier Jungen gesagt, dass sie richtig glitzert, wenn sie tanzt. Wie ein Stern! Und dann, ganz zum Schluss, kam Max und sagte, dass sie richtig glitzert, wenn sie tanzt, und dass er an einen Stern denken musste. Max sagt oder tut nie etwas, was die anderen vor ihm nicht schon gesagt oder getan haben. Das einzig Besondere an ihm ist seine extreme Schüchternheit. Dafür reißt er dann umso mehr die Klappe auf, wenn er mit den Jungs zusammen ist. Typisch! Aber eigentlich will Max was ganz Festes und für immer.

Leider hat Geneviève was gegen alles Feste und für immer.

Im Gegenteil! Sie hofft, dass nachher im *Chaise Longue* Jungs da sind, die sie noch nicht kennt. Jungs, die besonders sind. Und wo sie schon beim Fantasieren ist, fragt sie sich, ob heute Nacht endlich mal was Extremes passiert. Seit sie nämlich weiß, dass sie diese Wirkung auf männliche Wesen hat, sind ihr einige ziemlich schräge Gedanken gekommen. Zum Beispiel, ob es was bringt, wenn sie mal mit einem älteren Mann zusammen wäre. Einem, der schon zwanzig ist oder einundzwanzig.

* * *

Der Mann im Auto beobachtet sie noch immer. Das ist kein Zufall. Es liegt daran, dass sie erst sechzehn ist. Es liegt auch daran, dass er sich sehr genau vorstellt, was sie anhat, unter ihrem Mantel. Es liegt an seiner Fantasie mehr als an ihr. Seine Fantasie ist sehr stark entwickelt. So gesehen ist auch er aufgeregt. Allerdings wird seine Aufregung immer wieder von einem Gefühl gestört, das ihn verengt und ihm Angst macht. Er weiß nämlich, dass seine Erregung nicht in Ordnung ist. Nicht bei sechzehnjährigen Mädchen. Und dieses Dilemma hatte bereits Auswirkungen auf seine Ehe gehabt.

Oh Gott ja …!

Wie schrecklich das früher war! Wenn er mit seiner Frau und seiner Tochter beim Frühstück saß, da war er immer so stumm. So geistesabwesend, hatte seine Frau ihm vorgeworfen und gemeint, er würde sich langweilen mit ihr und seiner Tochter. Inzwischen ist das alles in Ordnung. Seit er sein Leben sauber in zwei Welten geteilt hat, kann er sich wieder normal mit seiner Frau und seiner Tochter unterhalten. Er ist sogar einfühlsam und hat die Gabe, alle zum Lachen zu bringen. Zum Beispiel, indem er alltäglichen Worten eine originelle doppelte Bedeutung gibt. Oder in großen Zusammenhängen auf Nebensächlichkeiten hinweist, die alle verblüffen.

Er hat sich also im Griff und ist die meiste Zeit ganz normal. Das ist wichtig. Wie hätte er sonst weiter arbeiten können, wo er bei seiner Arbeit so viel mit Mädchen zu tun hat?

So kann man sagen, dass er eigentlich ein ganz normaler Mensch ist. Man schätzt ihn. Seine Kollegen wissen, dass er schon einigen auf die Sprünge geholfen hat. Gerade auch Mädchen, die ohne ihn nie ihren Abschluss geschafft hätten. Mädchen, die er motiviert hat. Es ist also auch für andere gut, dass er endlich wieder stabil ist. Vor vier Jahren hätten sie ihn fast erwischt. Und nachdem die Hunde ihm schon so nah waren, dass er ihren Atem hören und riechen konnte, wusste er, dass es lebenswichtig für ihn war, sich zu kontrollieren. Am Ende war es ein Gedanke, der ihn erlöste: Wem tut schon weh, was ich denke? Ich darf nur nie wieder aus dem Auto aussteigen.

* * *

Das Kommissariat von Fleurville ist ein dreigeschossiger Betonklotz, und Sergeant Ohayon ist zum Nachtdienst eingeteilt. Genau wie Resnais. Conrey darf meistens nach Hause gehen. Er wohnt nur drei Straßen weiter, und wenn sie ihn brauchen … Conrey kann sich unglaublich schnell anziehen und ist dann in null Komma nichts da. Er vergisst nur manchmal, seinen Reißverschluss zuzumachen. Gut. Sergeant Ohayon: Sergeant Ohayon ist 1 Meter 61 klein. Dick ist er außerdem. Auch sein Gesicht ist dick, und der breite Schnauzbart macht es nicht besser. Ohayon raucht, trinkt gerne Cognac und hat das Pech, dass er riecht. Nicht alle Männer, die rauchen und Schnaps trinken, riechen. Nicht mit achtunddreißig. Ohayon hat es nicht schwer mit den Frauen. Er hat keine. Sie finden ihn abstoßend. Ohayon sieht das aber nicht ein. Ohayon döst gerne. Ohayon schläft gerne. Ohayon hat keinerlei Ehrgeiz. Manche zweifeln an seiner Auffassungsgabe. Deshalb ist er nach fünfzehn

Jahren noch immer Sergeant, was einer Degradierung gleichkommt.

Aber im Moment fühlt Sergeant Ohayon sich eigentlich ganz wohl. Er richtet sich ein, auf seinem Sessel. Es ist nichts los am Abend des 3. November. Minus sechs Grad haben sie im Radio gesagt, vielleicht wird es schneien. Bis vor zehn Minuten hat sich Ohayon mit Resnais über amerikanische Autos unterhalten. Ohayon fährt nämlich einen Achtzylinder Chevrolet Camaro von 1969. 5,7 Liter V8-Motor mit 300 PS. Resnais ist der einzige, der sich noch nie über Ohayons Auto lustig gemacht hat. Inzwischen sitzt Resnais in der Telefonzentrale, und Ohayon hat seine Schlafstellung eingenommen. Ohayon kann sehr gut im Sitzen schlafen. Er rutscht nie weg, weil er von den Armlehnen seines Stuhls gehalten wird.

* * *

Der Mann im Auto hat Glück. Geneviève nimmt den Bus. Wenn die Mädchen zu Fuß gehen, ist es schwierig, ihnen mit dem Auto zu folgen. Es fällt auf. Als ob ich ein Bulle wäre, der jemanden observiert! Seine Verfolgungsfahrten sind fast schon Routine.

Dann passiert etwas Unvorhergesehenes.

Geneviève verlässt den Bus, geht ein paar Meter und betritt ein Haus. Der Mann hält schräg vor dem Haus. Dass Geneviève nicht in die Discothek gefahren ist, weicht vom Üblichen ab. Letzten Freitag und Samstag hatte sie ihren Weg nicht unterbrochen. Der Mann lehnt sich zurück und spreizt die Schenkel. Gehst deine eigenen Wege …! Dass Geneviève sich nicht nach Plan verhält, erhöht die Spannung. Der Mann sieht kurz auf die Uhr neben dem Tacho. Es ist genau 21 Uhr.

Um 23 Uhr kommt das Mädchen wieder raus. Sie ist allein, und das ist erfreulich. Die Kleine ist offenbar ganz gut organisiert, denn schon nach zwei Minuten kommt der Bus. Der Mann überholt und fährt zum *Chaise Longue*. Es macht ihm Spaß, die Mädchen kurz freizulassen. Er findet einen Parkplatz an der Ecke einer Seitenstraße. Von hier aus hat er den Eingang der Discothek im Blick, ohne dass ihn jemand sehen kann.

Der Mann schaut auf die Uhr. Es ist 23 Uhr 15. Er hat jetzt sicher eine Weile Zeit. Vor eins kommen sie nie raus. Wieder spreizt er die Beine. Er ist sich seiner Sache so sicher, dass er sich sogar erlaubt, die Augen zu schließen.

* * *

Es gibt Dinge, die sich einbürgern in Beziehungen, und manche davon sind ganz sinnvoll. Juliet ist nach dem Essen in ihre Wohnung gegangen. Sie macht das jeden Abend, damit Roland eine Stunde mit seiner Tochter allein sein kann. Manchmal passiert in dieser Stunde nichts, manchmal unterhalten sie sich. Wie das eben so ist, bei Menschen, die sich gut kennen.

Roland Colbert bleibt sitzen, sieht seiner Tochter zu, wie sie das Geschirr in die Maschine räumt und die Anrichte abwischt. Es ist schwer herauszufinden, was in einem Menschen vorgeht, während er wischt. Selbst für einen Kommissar. Manchmal verraten sich Menschen durch ihre Bewegungen. Sina verrät nichts. Sie wischt. Danach sagt sie, dass sie kurz in ihr Zimmer geht, um ein Buch zu holen. Vielleicht eine Liebesgeschichte?

»Bin gleich zurück!«

Er ist zufrieden. Vor allem, weil Sina ihn das vorhin gefragt hat: Ob sie in Barcelona ein eigenes Zimmer hat und später kommen darf! Anlass zur Hoffnung, dass sie kein Kind mehr sein will … Aber Mädchen in dem Alter entwickeln sich ja auch. Manche fangen mit dreizehn an, manche eben erst mit sechzehn. Wenn sie schon länger wegbleiben will, dann geht sie bestimmt bald zum Friseur und zieht sich mal richtig an. Ja, jetzt geht das los mit den Jungs … Roland Colbert ist stolz. Er möchte stolz sein auf seine Tochter. Und dazu gehört eben auch, dass er will, dass sie gut aussieht. Dann hängen hier lauter verliebte männliche Teenager rum … Ja. Seine Tochter ist auf dem richtigen Weg.

»Pass auf!« Sina blättert in einem Buch, findet die Stelle. »Das hat Heinrich von Kleist über das Bild *Der Mönch am Meer* geschrieben: ›Zu dem Bild gehört, dass man hingegangen sein muss, dass man alles zum Leben vermisst und die Stimme des Lebens dennoch im Rauschen der Flut vernimmt.‹«

Kommissar Roland Colbert blickt ohne Bewegung. *Alles zum Leben vermisst …* Roland Colbert ist Fachmann für kriminelle Motive, kein Kunstkenner. Er kann diese Sätze nur so interpretieren, wie ein Kommissar sie interpretiert: Etwas ist passiert. Oder etwas wird bald passieren.

Sina erzählt ihrem Vater, wie Heinrich von Kleist gelebt hat. Zuletzt spricht sie über seinen Selbstmord. »Er hat sich zusammen mit seiner Freundin erschossen!« Offenbar hat sie sich da sehr genau hineingedacht. Kann über diesen Selbstmord reden wie nur eine Sechzehnjährige darüber reden kann. Voller Verständnis. »Ich geh auf mein Zimmer und lese noch, ja?« Sina umarmt ihn mit einer so einleuchtenden Vertrautheit, dass er sich nicht wehren kann, und geht mit ihrem Buch nach oben.

Alles zum Leben vermisst …

Roland Colbert steht auf, öffnet eine Flasche Rotwein, trinkt schnell. Selbstmord!

Er füllt das Glas nach. Balanciert es zur Couch. Irgendwas ist doch los!

Roland Colbert denkt: Irgendwas ist doch los! Er meint aber das Gegenteil. Etwas war nicht los. Mit Sina! Während die anderen Mädchen nämlich ihre ganze Energie darauf verwendeten, sich in attraktive junge Frauen zu verwandeln, trifft sich seine Tochter mit einer dicklichen Freundin und einem anderen unscheinbaren Wesen, vermutlich einem Jungen, und liest Gedichte.

Die müsste chaotischer sein, mit mir kämpfen!

Vor zwei Wochen hatte er Sina vorgeschlagen, zu einem Friseur ihrer Wahl zu gehen und dann ein paar schicke Sachen zu kaufen. Damit die Jungs mal sehen, wie schön du bist! Sina hatte sofort angefangen zu weinen und war auf ihr Zimmer gegangen. Von diesem Zwischenfall hatte er Juliet erzählt, woraufhin die mit der Hand eine Bewegung vor ihrem Gesicht machte, die bedeutete, dass er nichts von Frauen und noch weniger von sechzehnjährigen Mädchen verstand.

Was ist denn an meinem Wunsch so verrückt? Sina soll sich doch nur mal schön machen, so wie die anderen!

Roland Colbert hört, wie die Wohnungstür aufgeschlossen wird. Juliet kehrt zurück. Sie kommt ins Wohnzimmer, bleibt im Raum stehen. Macht nichts.

Roland Colbert sieht sie eine Weile an, steht auf, geht zu ihr. Kurz darauf ist er sich sicher, dass er doch etwas von Frauen versteht.

* * *

Geneviève tanzt. Geneviève glitzert. Geneviève fällt einigen Jungen auf.

Thomas, Philippe und Max zum Beispiel, die am Rand der Tanzfläche stehen und seit einer Stunde Wodka-Zitrone trinken.

Max ist so gut drauf, dass er mit einem einzigen Wort auskommt. Dafür singt er das Wort im Takt der Musik.

»Wodka!«

Es wird noch besser. Thomas bringt Nachschub.

»Jetzt nehmt mir doch mal die Gläser ab! Und du, Max, hör auf, so blöde zu singen! Ja? Hörst du mal auf, bitte!«

Es sind große Gläser. Man kann im *Chaise Longue* so viel trinken, wie man will.

»Worauf trinken wir?«, fragt Thomas.
»Fotzen«, sagt Max mutig.
»Fotzen schlachten«, sagt Philippe.

* * *

Sergeant Ohayon sitzt so bequem, dass das Bequeme Teil seines Traums wird. Er träumt nämlich davon, dass er in seinem Auto sitzt, weit zurückgelehnt, vollkommen entspannt. In seinem Traum kommen lauter junge Frauen vor, die alle was von ihm wollen. Das ist schön. Ganz allmählich verwandelt sich der Traum. Es werden immer mehr Frauen. Und irgendwann wird es dann so anstrengend, dass er aufwacht.

* * *

Da! Der Mann im Auto öffnet die Augen. Er sieht sofort auf die Uhr. Viertel nach eins. Das heißt, er hat fast zwei Stunden geschlafen. Das ist ihm noch nie passiert, dass er während einer Observation eingeschlafen ist. Vielleicht die Kälte. Es ist eisig im Auto, er sieht nichts. Der Mann kratzt ein kleines Loch ins Eis und guckt zum Eingang des *Chaise Longue*. Ist sie schon weg? Der Mann ist sich jetzt sicher. Es liegt an der Kälte, dass er so lange geschlafen hat. Sein Körper ist ganz steif. Hätte glatt erfrieren können ... Er weiß, was das bedeutet. Er muss abbrechen. Er kann nicht länger hier in der Kälte sitzen. Scheiße! Morgen gleich noch mal auszurücken ist gegen die Regeln. Er observiert nie an zwei aufeinanderfolgenden Tagen. Das könnte auffallen. Ja, und Sonntag kommt seine Frau zurück, dann ist es erst mal vorbei mit den Observationen. Als er gerade den Motor anlassen will, sieht er, wie einige Jugendliche das *Chaise Longue* verlassen. Und sie ist dabei. Außerdem ein paar Jungen. Es versetzt ihm immer einen kleinen Stich, wenn die Mädchen mit Jungen aus dem *Chaise Longue* kommen. Aber andererseits ist das auch gut.

Wenn sie mit den Jungs irgendwo hinfährt, besteht keine Gefahr. Er wird ihr folgen, er wird viel erleben. In seiner Fantasie. Wenn er Glück hat, fahren sie zum Feensee. Da fahren die Jungs doch immer mit ihnen hin! Bestimmt kann er sie dort beobachten. Glück gehabt! Der Abend ist doch noch nicht gelaufen. Und das Beste daran ist, dass die Kleine im Glitzermini ein paar Jungen dabei hat. Sie ist also sicher vor ihm. Er wird den Wagen nicht verlassen, sondern nur observieren.

* * *

Sexuelles Interesse zu wecken kann sehr schwer sein, unmöglich sogar, kann aber auch sehr leicht sein. Jedenfalls sieht Philippe gut aus, und Geneviève will ja, dass heute Abend was Besonderes passiert. Sie spielt also mit, ignoriert, dass die Jungs total betrunken sind, lässt sich ein paar Drinks spendieren und zieht dann mit ihnen los. Angst hat sie keine. Außerdem ist sie ja nicht allein.

Max fährt den Wagen, was Geneviève nicht gut findet. Der ist doch niemals achtzehn! Er wirkt so klein hinter dem Steuer! Das kann aber auch am Auto liegen. Sie sitzen in einem riesigen Schlitten, einem goldenen Opel Admiral aus den siebziger Jahren. Max hat Schwierigkeiten mit der Lenkradschaltung. Und auch mit dem großen Lenkrad. Kristina sitzt neben ihm und sagt nichts. Keiner beachtet Kristina. In ihrer grauen Jeans, ihrem schwarzen Parka sieht sie aus wie ein Junge. Geneviève in ihrem silbernen Minirock sitzt hinten, zwischen Thomas und Philippe. Philippe schiebt seine Hand zwischen ihre Schenkel, und Geneviève presst sie zusammen. Sie findet das eklig und hat gleichzeitig das Gefühl, alles falsch zu machen. Warum fängt sie jetzt an zu zicken? Vielleicht hat sie einfach zu wenig getrunken! Thomas gibt ihr also die Flasche, und Geneviève trinkt. Dann hält Philippe sie fest, und Thomas kippt die Flasche so weit hoch, dass sie immer weiter trinken muss. Der Schnaps tut ihr weh im Hals, sie muss husten. Es läuft ihr die Wangen runter und in ihren Ausschnitt. Die Jungs lassen sie frei, und für einen Moment glaubt Geneviève, dass sie kotzen muss.

Dann sieht sie den Wald.

Er liegt wie eine dunkle Kuppe einen Kilometer vor ihnen. Und auf den Wald zu führt die Straße, und die ist weiß überhaucht und glitzert wie in einem Märchen.

Der Parkplatz am Feensee.

Max bringt den Wagen zum Stehen. Die Jungen steigen aus. Als Geneviève aussteigt, passiert etwas mit ihr.

Sauerstoff.

Es gibt eine kleine Verwirrung, ein Taumeln aller. Max und Thomas kotzen sofort.

Philippe will. Geneviève will nicht. Philippe brüllt rum. Kristina verteidigt Geneviève nicht.

Es passiert sehr viel gleichzeitig. Bewegungen. Drehungen. Stürze. Mädchen werden angefasst. Reißen sich los. Dann eine kleine Lücke.

Geneviève blickt nach oben. Sieht den Mond. Sie läuft los. Minus sechs Grad. Ein Glitzermini.

* * *

Es hat angefangen zu schneien. Nur einige Flocken. Der Mann fährt langsam am Parkplatz vorbei. Er blickt kurz zu dem Opel Admiral hinüber, fährt ein Stück weiter und hält hinter den Bäumen. Es war genau der richtige Moment. Der Mann hat gesehen, wie sein Mädchen sich von den Jungs losgerissen hat und in den Wald gerannt ist.

Die läuft zur Hexe!

Der Mann im Wagen wartet. Er gibt ihr einen Vorsprung und berechnet in aller Ruhe den Weg, den sie wahrscheinlich nehmen wird. Er muss sich nicht beeilen, er kennt einen alten Forstweg, der direkt an die Lichtung führt. Er lächelt. Der alte Knutschweg! Das Lächeln hält noch eine Weile an. Er ist zufrieden. Die Tatsache, dass einer der Jungen sein Mädchen angefasst hat, dass sie sich losgemacht hat, dass sie den Jungen angebrüllt hat, das alles hat den Mann erregt. Der Mann kennt die Gegend am Feensee, den Wald von Fleurville. Er hat hier schon oft observiert. Wege und Abkürzungen zu berechnen lenkt ihn von seiner Erregung ab. Beruhigt ihn. Er muss sich ablenken. Er darf seine Erregung genießen, aber er darf nicht die Kontrolle verlieren. Er darf unter keinen Umständen aussteigen. Die Erinnerungen an den alten Knutschweg entführen ihn eine Weile aus der Realität. Er war als Jugendlicher oft da. Mit verschiedenen Mädchen, die er in der Disco aufgerissen hatte. Er war ganz gut dabei. Es war immer sehr aufregend. Fast so aufregend wie heute.

* * *

Geneviève läuft durch den Wald. Nach hundert Metern kommt sie an den See. Der Feensee dampft, wie er das im Winter immer tut. Geneviève dringt in den Nebel ein. Als sie den Nebel wieder verlässt, hat sie den See halb umrundet und die anderen und das Auto weit hinter sich gelassen. Der Hochsitz! Da geht's rein. Wieder dringt sie in den Wald ein. Sie kennt den Weg zum Haus der Hexe. Sie war schon da. Als die Kaninchen Junge hatten.

Zehn Minuten später betritt sie die Lichtung. Am Rand der Lichtung bleibt sie stehen. Sie hat alles vergessen. Die Jungs, den Ekel, die Kälte … Ihr Hals brennt immer noch, aber das Hexenhaus macht ihr so wenig Angst wie die Nacht. Dann hat sie plötzlich ein schlechtes Gewissen. Sie ist weggelaufen und hat nur an sich gedacht.

Eine Haarsträhne kitzelt Geneviève an der Wange. Im Hexenhaus brennt kein Licht, die Haare bewegen sich wieder, kitzeln wieder, und Geneviève ist auf einmal klar, dass nicht alles in den Gedichten der Schule Kitsch ist, denn der Mond ist tatsächlich silbern. Der Schnee, der sich über dem Dach in Wirbeln dreht, auch. Alles ist silbern heute Nacht. Und Silber ist zur Zeit Genevièves Lieblingsfarbe. Plötzlich meint sie, dass sie etwas gesehen hat. Eine Gestalt, eine Bewegung. Rechts. Hundert Meter entfernt, schräg rechts am Waldrand, auf der anderen Seite der Lichtung. Sie strengt sich an, erkennt aber nichts. Trotzdem ist es mit der Leichtigkeit erst mal vorbei. Ist das Philippe? Philippe hat versucht, ihr zwischen die Beine zu grabschen. Das ist bestimmt nicht das Besondere, auf das sie gehofft hat. Die Frage ist jetzt, ob überhaupt je was Besonderes passieren wird. Vielleicht ist sie nicht gut genug dafür, dass mit ihr etwas Besonderes passiert. Oder sie wünscht es sich zu doll. Das hat sie nämlich herausgefunden. Wenn sie ein Bild malt, ist es immer gefährlich, wenn sie etwas Besonderes will. Die besonderen Sachen passieren einfach so. Mittendrin. Woher das wohl kommt? Dass sie manchmal etwas malt, das besser ist als anderes? Und so hat sie Philippe und die Tatsache, dass sich am Waldrand etwas bewegt hat, schon wieder vergessen und fragt sich stattdessen, wie man wohl einen silbernen Mond malen könnte, ohne Silber zu nehmen, und dann fragt sie sich, ob Silber überhaupt eine Farbe ist, und dann, ob Kupfer und Gold Farben sind, und dann knackt hinter ihr ein Zweig, und Geneviève dreht sich um, und ein Gefühl unbändigen Glücks durchfährt sie.

* * *

Damit hatte er nicht gerechnet. Schlaglöcher! Sein Wagen hat sich festgefahren. Er traut sich nicht, zu viel Lärm zu machen. Er überlegt, ob er abbrechen und zurückfahren soll. Er vergisst die Zeit. Schließlich macht er noch einen Versuch. Schwung – und zurück. Schwung – und zurück. Er schafft es, den Wagen freizubekommen. Er fährt noch dreihundert Meter durch den Wald. Der Waldweg endet vor einer Stange. Er wusste, dass der Weg hier endet. Er kennt sich aus. Bis zur Lichtung ist es nicht weit, aber er muss das letzte Stück gehen. Von hier aus wird er nichts sehen.

Der Mann steigt aus.

Reglos am Rand der Lichtung. Er stiert zum Hexenhaus hinüber. Er scannt die Lichtung ab. Wo ist sie? Drüben der Waldrand liegt im Schatten. Schatten des Mondlichts. Ist sie da im Schatten? Sie müsste doch längst hier sein. Oder ist sie ins Haus gegangen? Hat sie sich bei der Hexe verkrochen? Nein! Die haben doch alle Angst vor der Hexe. Oder stimmt was nicht mit der Zeit? Hat er zu lange gewartet? Der Zwischenfall im Wald. Er sieht auf die Uhr. Schon zwanzig vor drei! Die Aufregung. Er hat sich verschätzt. Du hast dir viel zu viel Zeit gelassen! Zu viele Träume! Er wartet trotzdem noch eine Weile. Er steht da und guckt hoch zum Dach des Hexenhauses. Ist da was auf dem Dach? Der Mann tritt ein Stück vor. Auf die Lichtung. Leichtsinn! Er sieht nichts. Das ist auch egal. Der Mann ist nicht mehr interessiert an Beobachtungen. Er wartet. Es hat inzwischen angefangen zu schneien. Er fängt an zu frieren. Er wird ungeduldig. Er wird sogar wütend. Auf sie. Die ihn warten lässt. Auf sich selbst. Dann will er es wissen. Eine starke Kraft. Er gibt die Deckung endgültig auf. Hoffentlich schläft die Hexe! Na ja, kein Licht. Die schläft. Er geht auf das Haus zu. Vielleicht ist die Kleine auf der anderen Seite. Ihm ist nämlich eingefallen, dass dort ein Schuppen steht. Der Schuppen! Der Gedanke an den Schuppen. Es wäre nur logisch, wenn sie dort wäre. Schutz sucht. Als er das Haus umrundet hat und den Schuppen sieht, geschieht etwas mit ihm, das so stark ist, dass er sich völlig darin verliert. Dieses Zusammenziehen der ganzen Existenz zum Sexuellen, die unendliche Befreiung, das plötzliche Niederbrechen aller selbst auferlegten

Tabus ist so berauschend, so mächtig und lebenskräftig, dass sich der Verstand ausschaltet.

Er will töten.

Es ist ein Rausch. Er verliert den Sinn für das, was wirklich ist und was nicht.

Es vergeht Zeit. Er wird nie sagen können, wie viel Zeit verging. Aber es ist Zeit vergangen. Während er ununterbrochen die Tat begeht, die er begehen muss.

Plötzlich ist er wieder in der Welt. Er sieht sie. Im Schnee. Blut.

Blut, mit dem er auf einmal nichts mehr zu tun haben will. Er lehnt das Blut ab. Ja, er lehnt das Blut kategorisch ab! Er lehnt auch das tote Mädchen ab. Er meint, dass hier etwas mit Ursache und Wirkung nicht stimmt. Das, was er sieht, kann und darf nicht stimmen.

Er wird für kurze Zeit verrückt. Wirklich verrückt.

Nicht nur in dem Sinne, dass er die Kontrolle verliert. Die Ausschaltung des Verstandes ist so gründlich, dass er später Lücken haben wird, regelrechte Gedächtnislücken. Er wird sich nie vollständig daran erinnern können, was genau passiert ist.

Erster Tag der Ermittlungen – Samstag

Sergeant Ohayon sitzt noch immer in seinem Sessel und schläft. Resnais muss ihn also erst wecken, und Ohayon braucht etwas, bis er begreift, worum es geht.

»Eine Madame Darlan! Jetzt wach schon auf! Madame Darlan! Hey! Die hat angerufen! Gerade eben.«

»Scheiße, wie spät ist es?«

»Zehn nach fünf. Sie sagt, da liegt ein totes Mädchen in ihrem Garten.«

»Die Hexe hat angerufen und …? Nee, oder?«

»Doch! Du musst hinfahren, Ohayon! Sofort!« Resnais erklärt noch, Madame Darlan sei vielleicht betrunken gewesen. »Die hat so merkwürdig abgehoben gesprochen. Und zwischendurch auch deutsch.«

Ohayon ahnt, was Resnais meint. Marie Darlan war früher Deutschlehrerin in Fleurville. Wenn Resnais glaubt, dass sie abgehoben spricht, muss das also nicht am Alkohol liegen. Es kann auch Ausdruck ihrer Bildung sein. »Ruf Conrey an. Der soll sich sofort anziehen.«

»Alles klar, Ohayon.«

* * *

Wenn sie nachts rausmüssen. Vor allem wenn es kalt ist. Wenn es zu einer Leiche geht. Dann ist das immer auch eine Geschichte vom Pissen.

Pissen, Tod und Architektur.

Der lange Gang oben. Das Treppenhaus. Der lange Gang unten.

Die Erschließungswege der Polizeistation von Fleurville sind ein Paradebeispiel für schlechte Architektur. Immerhin gibt es oben am Treppenhaus eine Toilette. Riecht man schon fünf Meter vorher! Ohayon betritt als Lebender in der ganzen Banalität seines Daseins die Toilette, zieht den Duft durch die Nase ein, riecht, dass Leben ein stetiger Wandel und dass dieser Ort ein Mahnmal der Endlichkeit ist. Dann verschwindet dieser Gedanke. Er denkt an die Kantine im Keller. Freut sich auf sein Mittagessen.

Ein paar Schritte. Ein paar einfache Handlungen.

Ohayon steht jetzt vor einer gekachelten Wand und ist ganz bei sich. Eine Weile denkt er an nichts. Ein neuer Gedanke reift zu einer Schlussfolgerung: Conrey braucht noch, bis er angezogen ist, da kann ich in Ruhe pissen.

Dann vernebelt sich auch dieser Gedanke in großer Seligkeit.

Oh nein! Das hier ist kein Spaß. Zu pissen ist wichtig, wenn's rausgeht, in die Kälte. An solchen Erfahrungswerten sieht man, dass Ohayon kein Frischling mehr ist. Die Frischlinge müssen alle irgendwann hintern Baum.

Als Sergeant Ohayon drei Minuten später unten durch den gläsernen Vorbau des Kommissariats geht, sieht er, dass der Gummibaum wieder ein Blatt abgeworfen hat. Er nimmt es zur Kenntnis. Der Gummibaum stirbt seit fünfzehn Jahren. Er war jedenfalls schon da, als Ohayon hier anfing. Und er sah damals nicht anders aus als heute … meint Ohayon. Aber da widersprechen ihm die Älteren und behaupten, der Gummibaum hätte sehr wohl seine guten Zeiten gehabt. Dass er Blätter abwirft, ist immerhin eine Art Lebenszeichen … meint Ohayon.

Als er aus dem Glaskasten nach draußen sieht, flucht er. Es liegen zwanzig Zentimeter Schnee, der Himmel ist bedeckt, und die Flocken fallen so dicht, dass man keine dreißig Meter weit sehen kann. Bei so einem Wetter ist ein amerikanischer Riesenschlitten mit Heckantrieb nicht gerade ideal. Conrey kommt dazu, er ist noch nicht richtig wach. Sie fahren los.

»Hast du Roland Bescheid gesagt?«

»Was denkst du denn, Conrey? Natürlich habe ich Bescheid gesagt!«

»Und Grenier? Kommt die auch?«

»Die kommt auch.«

»Schön. Und wenn das jetzt gar nichts ist?«

»Dann waren wir alle umsonst im Kalten. Deine Hose ist noch auf.«

»Danke.«

»Roland wird sicher eine Weile brauchen bei dem Wetter. Wir werden also die Ersten sein.«

»Boah, ich bin noch ganz steif.«

»Kein Schweinkram jetzt.«

Conrey sieht Ohayon an. Sie sind nicht unbedingt Freunde. Und Conrey findet Ohayons Bemerkungen selten witzig.

* * *

Der Mann aus dem Auto steht in einem Raum aus Glas. Er guckt, als wüsste er nicht, wo er ist.

Dabei hat er doch schon einige durch und durch vernünftige Dinge gemacht. Er hat zum Beispiel das Licht angeschaltet und seine Orchideen gegossen. Ja, das ist absolut vernünftig: etwas zu tun, das alltäglich ist und doch seine ganze Konzentration erfordert.

Eine Weile glaubt er, er könnte es schaffen. Dann muss er sich doch setzen.

Warum, verdammt?

Er war ausgestiegen. Warum?

Ja, er hat angefangen zu weinen. Er sitzt auf seinem Stuhl und weint unermesslich. Er bekommt fast keine Luft mehr, Schleim läuft ihm aus Nase und Mund. Und wieder dieser Reflex. Diese Selbstbeschuldigung. Das stand doch unverrückbar fest! Dass ich nicht aussteigen darf! Er darf die Mädchen verfolgen, aber er darf nicht aussteigen. Er hat es trotzdem getan. Von da an erinnert er sich eigentlich an gar nichts mehr. Das ist auch gut, er will es gar nicht wissen. Was bringt das auch, wenn er sich vor sich selbst ekelt. Nein, mit Tränen und Rotz ist ihm nicht geholfen. Er braucht jetzt seinen Verstand. Die Funktion seines Verstandes ist überlebensnotwendig. An ein winziges Detail nämlich erinnert er sich. Im Haus war plötzlich das Licht angegangen. Nur an das. Nur an das Licht erinnert er sich. Ob es vor oder nach seiner säuischen Tat angegangen war, weiß er nicht. Wenn die Hexe mich gesehen hat! Das war kein Gedanke. Das war Angst in ihrer reinsten Form. Gott, wenn die Hexe mich gesehen hat!

Es war doch sicher hell gewesen auf der Lichtung. Hat da nicht auch Schnee gelegen? Er versucht sich zu erinnern. Wie weggeblasen. Alles wie weggeblasen. Außer diesem kurzen Moment, als im Haus Licht angegangen war. Auf diesen Moment, dieses Bild konzentriert er sich, ist schnell gewiss. Ja, es hat Schnee gelegen. Nicht viel, aber genug, um alles sichtbar zu machen. Vollmond. Der Mond war noch gut zu sehen gewesen, hinter den dünnen Wirbeln aus feinstem Schnee.

Die Hexe kann mich gesehen haben. Die Angst muss weg, er kann so nicht denken. Vielleicht ist sie sich nicht sicher. Was sieht man auf einer Lichtung, die weiß bezuckert ist? Einen Schatten? Mehr? Charakteristische Bewegungen? Vielleicht ist sie sich nicht sicher.

Der Mann guckt nach draußen. Es schneit. Und inzwischen sind es schon lange keine feinen, silbernen Flocken mehr. Der Schnee ist ihm vielleicht zum Verhängnis geworden. Gleichzeitig ist er seine Chance. Der Schnee tilgt alle Spuren. Aber nicht die im Gedächtnis der Hexe! Die Angst kommt zurück. Er muss jetzt irgendwas machen. Und dann fällt es ihm ein. Sein Plan! Natürlich! Er hatte doch einen Plan für den Notfall. Sie hat vielleicht nur eine Gestalt gesehen, ist sich nicht sicher! Ja. Er muss anrufen. Sofort. Aber nicht von hier. Er verlässt das Gewächshaus und geht zu seinem Auto. Er muss den Notfallplan ausführen, darf nur daran denken. Sonst kommt die Angst zurück.

Er weiß es natürlich nicht. Aber die Angst, gesehen worden zu sein, erkannt, erwischt und sichtbar gemacht zu werden, diese Angst ist, so schrecklich sie auch sein mag, nichts anderes als Schutz. Genau wie die Auslöschung der Erinnerung. Schutz davor, darüber nachzudenken, was er getan hat. Und diesen Schutz wird er jetzt verstärken. Das ist der Zweck des Notfallplans. Das mehr als alles andere.

* * *

Der Ton löst keine Träume aus. Roland Colbert reagiert absolut vernünftig auf das Klingeln des Telefons. Er zieht sein Bein vorsichtig zwischen Juliets Schenkeln raus, dreht sich um und nimmt den Hörer ab, ohne etwas vom Nachttisch zu schmeißen. Er spricht leise, aber so klar, als wäre es zwölf Uhr mittags.

»Kommissar Colbert.«

»Hier Ohayon! Du musst sofort kommen. Im Wald bei Fleurville wurde ein totes Mädchen gefunden! Ich mach mich auf den Weg, Conrey nehme ich mit. Am besten, du fährst von Fleurville her ran. Den Parkplatz kennst du?«

»Ja.«

»Du gehst gerade in den Wald, bis zum Feensee, gehst um den See. Kennst du den See?«

»Ja.«

»Pass auf, dass du nicht irgendwo einbrichst … Es schneit hier ziemlich, und man sieht nicht genau, wo die Gräben sind, ja?

Also hältst du am besten genug Abstand, besser etwas mehr als …«

»Ich gehe um den See, und dann?«

»Auf der anderen Seite ist ein Hochsitz, da gehst du wieder in den Wald. Da ist ein Haus, ich … Du wirst das Licht sehen. Mein Licht.«

»Ich werde dein Licht sehen.«

»Aber beeil dich! Hier schneit alles ein!«

Juliet murmelt etwas, als er aufsteht. In den ersten Monaten hat sie ihn im Halbschlaf manchmal Jean genannt. Sie war der Meinung, dass er wie Jean Reno aussähe, der Schauspieler. Blödsinn!

Roland Colbert ist mindestens zwanzig Zentimeter größer, hat mehr Haare. Vielleicht das Gesicht. Die Augen. Aber auch da beschränkt sich die Ähnlichkeit auf den Blick. Kuhäugig! Das hat Juliet wohl gemeint. Man könnte natürlich auch von einem melancholischen Blick sprechen. Nur, was manche für Melancholie halten, entspringt bei ihm einer zur Ruhe gemäßigten Haltung. Es bringt nichts, aufgeregt oder genial zu sein. Es ist auch kein Vorzug, depressiv zu sein oder aggressiv. Roland Colbert ist seit achtzehn Jahren bei der Polizei. Es ist ein Beruf, kein psychotischer Zustand.

In jedem Fall erst mal auf die Toilette! Gestern hatten wir minus fünf Grad. Roland Colbert duscht kalt, zieht eine lange Unterhose an, ein Unterhemd mit halben Ärmeln, das bis zum Hals schließt. Danach die Thermostrümpfe, Hose, Hemd, Pullover. Lieber zu warm als zu kalt! Schal, Mantel, Mütze.

Zuletzt denkt er an Ohayon, schnappt sich eine Einkaufstüte, steckt etwas hinein.

Die Straße. Weiß. Sein BMW. Schwarz. Noch immer eine kleine Freude, der Anblick. Roland Colbert steigt ein, startet den Motor, schaltet das Licht ein.

Blau. Die Tachobeleuchtung ist blau. Roland Colbert achtet nicht darauf. Es geht jetzt um Wichtigeres.

* * *

Du musst das machen! Du musst!

Er hält vor dem Bahnhof. Die Telefonzelle gehört zu seinem Plan für den Notfall. Es ist niemand zu sehen. Das Allerschlimmste ist vorbei. Er registriert die Umgebung, zieht Schlussfolgerungen, die seiner Sicherheit dienen. Er muss sich retten. Sofort. Du musst! Ja, er muss den Mut aufbringen. Telefonieren. Das Telefonat ist Bestandteil des Notfallplans. Davon wird nicht abgerückt, das wird nicht infrage gestellt.

Hauptsache, es nimmt keiner ab!

Er steigt also aus. Geht zur Telefonzelle. Ruft an.

Es kommt alles anders. Aber er reagiert gut. Er denkt sogar daran, seine Stimme zu verstellen. Aber es ist schiefgegangen. Keine Frage.

Es war kein Anrufbeantworter, sondern ein Mensch. Jemand war ans Telefon gegangen. Dabei hatte er das doch gecheckt! Ein paar Mal angerufen. Zu verschiedenen Zeiten. Immer gleich aufgelegt. Um zwanzig nach fünf hatte nie jemand abgenommen. Heute hat jemand abgenommen. Aber er hat durchgehalten. Es ist alles in Ordnung, fahr nach Hause! Bleib ruhig.

Der erste, der wichtigste Schritt ist geschafft. Er ist raus aus der unmittelbaren Bedrohung. Und die war von ihm selbst ausgegangen. Jetzt liegt das Schwierigste hinter ihm. Er hat es geschafft, seine Angst zu transferieren. Er denkt nicht darüber nach, was er getan hat, er plant, wie er es schafft, dass sie ihn nicht erwischen. Die Angst, erwischt zu werden, die kann er notfalls aushalten.

* * *

Es schneit keine dicken Flocken, sondern mitteldicke. Und sie fallen auch nicht von oben, sie bewegen sich schräg. Dichtes Schneetreiben. Der Wind hat zugenommen. Sergeant Ohayon steht im Dunkeln neben der Leiche und versucht, sich warmzuhalten.

Wenigstens hab ich die Taschenlampe!

Bis eben war Grenier von der Spurensicherung da. Grenier hat, wie immer, präzise gearbeitet. Diesmal musste es offenbar schnell gehen.

»Warum so schnell, Grenier? Weil es so kalt ist oder warum?«

Sie hatte ihm nicht geantwortet.

Ohayon guckt ihr gerne zu. Sieht gut aus, wenn jeder Griff sitzt. Ihre Arbeit erinnert Ohayon an die eines Archäologen. Mit dem Unterschied, dass es heute schnell gehen musste. Grenier hatte nur kleine Löcher gegraben, die Tiefe des Schnees ausgemessen, den Kopf des Opfers vorsichtig angehoben, sich die Stelle angesehen, auf der er lag. Das Gleiche mit dem Arm. Grenier hat viel aufgeschrieben. Vor allem Zahlen. Zuletzt hatte sie alles im Umkreis von zwei Metern untersucht. Ohayon war interessiert. »Ist da was? Du siehst was, oder?«

Grenier antwortete ihm nicht. Sie arbeitete.

Ihr war die Unregelmäßigkeit sofort aufgefallen. Sie hatte kurz im Schnee gestochert, den Gegenstand entdeckt, ein Fähnchen in den Schnee gesteckt. Sergeant Conrey kam dazu, Ohayon fragte: »Und? Hat die Hexe was gesagt?«

»Ja. Dass sie das Mädchen angeblich kennt. Sie will aber nur mit dem Kommissar sprechen.«

»Aha.«

Grenier unterbrach die Männer und erklärte ihnen, was sie nicht tun sollten. »Also, Jungs. Wir wissen nicht, was unter dem Schnee ist! Verstanden?«

»Ja, Grenier.«

»Conrey?«

Conrey nickte knapp, Ohayon erklärte: »Wir sollen nicht rumlaufen.«

»Du hast verstanden?«

»Ja, Grenier. Ich bin seit fünfzehn Jahren dabei. Ich laufe nicht rum. Conrey auch nicht.«

Dann war Grenier mit ihrem Rucksack Richtung Wald gelaufen. Am Waldrand war sie noch einmal stehen geblieben, hatte die Fäuste geballt und ihre Arme zum Himmel geschleudert. Grenier hatte den Himmel angebrüllt. Ohayon und Conrey hatten zum Himmel hinaufgesehen und beide etwas gesagt. Danach war Grenier im Wald verschwunden und Conrey ging ins Haus zu Madame Darlan.

Es gibt nichts Schlimmeres als eine Leiche im Freien! Da bricht garantiert ein Unwetter los! Das hatte Grenier mal gesagt. Und sie hatte bei jeder Leiche, die sie im Freien fanden, recht behalten. Nur war es diesmal kein Unwetter, sondern Schnee.

Der fällt leise. Schräg. Schnell und in Massen.

* * *

Als Roland Colbert zwanzig Minuten später den Parkplatz am Feensee erreicht, wäre es beinahe passiert. Die Scheibenwischer seines BMW schaffen es nicht mehr, und er sieht kaum noch was durch den festgefrorenen Schneepapp.

Gott! Erst im letzten Moment sieht er das Licht. Er bremst. Kommt noch zum Stehen. Was?

Er springt raus. Er hat sie gesehen. Im letzten Moment. Das Licht. Dann gebremst. Dann raus. So war es.

Das Mädchen krabbelt auf dem Boden rum. Er will zu ihr laufen, bleibt nach drei Schritten stehen.

Was er sieht, passt nicht. Dieses Mädchen ist kein Mädchen, und sie ist auch nicht in Not. Würde sie sonst ein Maßband ausgerollt haben und etwas auf einem Block notieren? Die Frau, die kein Mädchen ist, richtet sich auf, macht heftige Bewegungen mit der Hand. »Fahr deine Kiste weg, Roland! Da! Fahr da hin!«

»Grenier?«

»Fahr deine Kiste da weg! Du musst da rein in den Wald. Sie liegt auf der anderen Seite vom See! Oben auf der Lichtung beim Haus von Madame Darlan, kennst du das Haus?« Roland Colbert kennt das Haus. »Beeil dich! Sonst siehst du gar nichts mehr!«

Roland Colbert setzt seinen Wagen ein Stück zurück. Der Wagen sackt hinten ab.

Scheiße! Mit diesem Wagen wird er hier nicht mehr wegkommen. Er steigt aus, nimmt eine Taschenlampe und die Plastiktüte für Ohayon vom Beifahrersitz. Bleibt dann einen Moment neben dem Wagen stehen.

* * *

Er friert, aber das ist in Ordnung.

Er musste sehen, ob das Mädchen noch da lag. Es war seine berufliche Pflicht, das zu überprüfen. Er musste sich vergewissern. Er war von der deutschen Seite gekommen. Vorsichtshalber. Er hat die Lichtung umrundet, bis er zu der Stelle kam. Er hat eine Frau von der Polizei beobachtet, die etwas im Schnee untersuchte. Das Mädchen lag also noch da. Neben der Frau stand ein kleiner, dicker Mann und stellte ihr Fragen. Dann war ein zweiter Mann gekommen, und die Frau hat den beiden etwas erklärt. Plötzlich war die Frau in den Wald gelaufen. Direkt auf ihn zu. Er war geflüchtet, quer durch den Wald, bis fast runter zum See. Er hat gewartet. Lange.

Jetzt hat er keine Angst mehr. Für Angst ist es viel zu kalt. Also traut er sich endlich zurück in den Wald. Ihm bleibt auch gar nichts anderes übrig. Gehen oder erfrieren. Er wird hochgehen, bis an den Rand der Lichtung, dann die Lichtung umrunden, bis auf die andere Seite, wo er seinen Wagen versteckt hat. Auf einmal hört er Hunde. Er läuft weg, duckt sich hinter einem Stamm. Wartet. Die Hunde kommen nicht näher. Er will gerade wieder aufstehen, als er hört, dass jemand kommt. Er bleibt also hinter dem Baumstamm hocken. Lange wird er es nicht mehr aushalten in der Kälte.

* * *

Nachdem Roland Colbert den See umrundet hat, dringt er wieder in den Wald ein. Er nimmt dabei nicht denselben Weg wie Geneviève. Er nimmt einen schlechteren Weg. Einen, der durchs Unterholz führt. Dann hört er Hunde und dann …

Da ist jemand.

Er schaltet die Taschenlampe aus. Lauscht. Dreht sich. Lauscht. Nur die Hunde. Sehr weit entfernt.

Aber da ist jemand!

Hat er etwas gesehen? Nein. Hat er etwas gehört? Nein.

Es dauert einen Moment. Jetzt weiß er es. Er hat etwas gerochen. Er versucht, den Vorgang zu wiederholen. Riecht. Nichts. Geht ein Stück zurück. Schnüffelt. Nichts. Er versucht sich an den Geruch zu erinnern. Schwierig.

Parfüm. Das ist sicher. Parfüm eines Mannes? Einer Frau? Eher ein Mann.

Roland Colbert ist besorgt. Das Drehen. Die Orientierung. Die Batterien der Taschenlampe gehen in der Kälte zugrunde.

Da! Kommissar Colbert sieht einen gebündelten Lichtstrahl, der durch den Wald fingert. Er geht auf den Ursprung des wandernden Lichtstrahls zu, strauchelt, fängt sich ab. Endlich wird er vom Licht erwischt.

»Roland!«

Er sieht nichts außer Licht.

»Ohayon, verdammt! Nimm die Lampe runter.«

»Hier! Hier bin ich! Hier, Roland, hier!«

»Hör auf, mich anzuleuchten!«

Ohayon senkt den Lichtstrahl. Roland Colbert richtet sich auf und betritt die Lichtung.

* * *

»Hier! Hier liegt sie.«

Roland Colbert geht zu Ohayon, ignoriert die Leiche. Es ist keine Leiche, es ist ein weißer Hügel.

»Wo steht denn dein Auto? Da war keins auf dem Parkplatz.«

»Ich bin von der deutschen Seite her rangefahren.« Ohayon zeigt über das Haus auf die andere Seite der Lichtung. »Du weißt doch, Roland, ich gehe nicht gerne. Von der anderen Seite ist es einfacher. Deshalb. Kalt ist es, oder? Minus sechs, haben sie im Radio gesagt!«

Roland Colbert reicht Ohayon die Plastiktüte.

»Was ist da drin?«

»Pullover, Schal. Unterhose hab ich dir nicht mitgebracht.« Roland Colbert blickt rüber zum Hexenhaus. »Hat die sie gefunden?«

»Ja. Marie Darlan. Siebenundsechzig. Lebt allein. Ist vor vier Jahren gestorben. Ihr Mann, meine ich. Conrey war kurz bei ihr und meint, die Alte kennt das Mädchen. Sie war wohl ein paar Mal mit Madame Darlans Enkel hier. So sieht's aus.«

»Wie heißt der Enkel.«

»Siebzehn. Max heißt er.«

»Wozu die Suchmannschaft? Ich hab Hunde im Wald gehört.«

»Ja. Hunde. Aber keine Suchmannschaft. Das sind die von der freiwilligen Feuerwehr. Resnais hat die aufgescheucht. Die werden sich gefreut haben. Bei der Kälte …«

Der Kommissar unterbricht ihn. »Warum?«

»Ja, wir … Resnais hatte wohl noch einen zweiten Anruf. Als Conrey und ich schon unterwegs waren. Jemand hat gesagt, dass ein Junge und ein Mädchen im Wald sind. Es ist minus sechs Grad. Ich meine, wenn da jetzt noch einer rumläuft, dann ist es eine Frage der Zeit, oder?«

»Wer hat angerufen?«

»Anonym. Eine Männerstimme, hat Resnais gesagt. Es war merkwürdig. Er rief an, legte mitten im Gespräch auf und rief dann noch mal an. Komisch, oder? Das ist doch komisch! Da fragt man sich …«

Roland Colbert macht eine kleine Geste und Ohayon schweigt. Der Kommissar ignoriert die Leiche noch immer. Wozu soll er einen Schneehügel ansehen? Er blickt wieder zum Hexenhaus hinüber, wägt Denkbares ab. Schräg hinter dem Haus steht noch ein Gebäude. Ein großer Schuppen. Ein Drittel des Schuppens ist offen. Nur überdacht. Roland Colbert blickt vom Haus zum Schuppen, vom Schuppen zum Wald. Er schätzt Entfernungen ab. Fragen tauchen auf. Von wo kam sie? Vom Parkplatz? Vom Haus?

»Hat Madame …«

»Darlan.«

»Hat die was gesagt, ob die Kleine bei ihr war? Zu Besuch oder so?«

»Nee, hat sie nicht gesagt. Sie hat nur gesagt, dass sie die Tote gefunden hat. Das hätte sie ja erwähnt, oder?«

»Hast du sie gefragt?«

»Gefragt? Nein, nicht.«

»Gibt es hier eigentlich keine richtige Zufahrt?«

»Na ja, doch. Auf der anderen Seite der Lichtung ist ein Waldweg! Da kann man wohl zur Not durchfahren. Würde ich aber nicht machen, wenn man nicht sieht, was drunter ist. Unter dem Schnee. Der führt nach Deutschland. Wir sind hier aber noch in Frankreich. So gerade noch. Von da kommt man jedenfalls einfacher her. Da steht ja auch mein Wagen. Also ich meine, vorne am Abzweig.«

»Und warum schickst du mich durch den Wald?«

Roland Colbert blickt Ohayon an, der überlegt. Dann fällt ihm was ein.

»Ist doch verrückt, oder?«

»Was?«

»4. November und so viel Schnee! Ich hab mal einen Film gesehen, da hat auch das Wetter verrückt gespielt. So viel Schnee am 4. November! Wahrscheinlich ist morgen alles wieder weg. Was meinst du, Roland?«

Roland Colbert ist Kommissar, kein Prophet. Ohayon erhält also keine Antwort. Acht Männer in weißen Anzügen kommen. Sie kommen aus der Richtung des Waldweges, weil es von da leichter ist.

Ohayon instruiert sie. »Grenier war am Schuppen. Da könnte was sein. Ihr müsst euch beeilen, ehe alles einschneit. Nun ja, und hier brauchen wir erst mal Licht.«

Einer der Männer schaut Ohayon finster an. Dann werden Stative mit Lampen aufgebaut. Es dauert ein Weilchen, bis alles soweit ist.

Ohayon zieht sich den Pullover über seinen Blouson. Da der Pullover ihm drei Nummern zu groß ist, rutscht er glatt über den Bauch. Nachdem er sich auch noch den Schal um den Hals gewickelt hat, geht es ihm deutlich besser.

»Danke. Lange Unterhose, da hätte ich auch drauf kommen können. Obwohl das ja nicht gerade sexy ist.«

Roland Colbert blickt ihn an. Kein Ausdruck. Keine Interpretation.

Ein zweiter Stromgenerator wird angeworfen. Ein Mann kommt mit einem tragbaren Gebläse, grüßt wortlos, schaltet das

Gerät ein. Die anderen Männer bringen zwei Scheinwerfer mit Stativen, stellen sie auf. Licht. Geräusche. Die Hunde im Wald bellen aufgeregt. Das Licht beleuchtet den Schneehügel. Der Mann will das Gebläse auf den Hügel richten, der Kommissar hält ihn zurück.

»Hat Grenier alles gesichert?«

Ohayon nickt. »Hat sie. Fotografiert hat sie auch schon alles. Die war echt schnell. Hat sich total beeilt, frag mich nicht warum.«

Roland Colbert nickt, wie vor ihm Ohayon genickt hat, weil ein knappes Nicken bei minus sechs Grad mehr als genug ist, und der Mann beginnt, den Schnee wegzupusten. Es dauert eine Weile. Sieht aber interessant aus. Ohayon zeigt hin und wieder auf die Stellen des Körpers, die gerade auftauchen, bezeichnet sie. Es wäre nicht nötig, das zu tun. Schließlich ist alles zu sehen. Becken und Beine seitliche Lage, ein Bein leicht angezogen. Oberkörper und Kopf gedreht. Die Augen sind auf.

Blickt geradewegs in den Himmel. Roland Colbert betrachtet das Mädchen. Blut. Haare. Kurzer, silberner Rock. Ein dünner Mantel. Sie liegt da wie ein Fossil.

»Man hat ihr wohl den Schädel eingeschlagen, was meinst du? Ist wohl so, oder? Ach ja! Da rechts neben ihr liegt noch was. Hat Grenier entdeckt.« Er erklärt es dem Mann mit dem Gebläse noch mal. »Da! Da, wo das Fähnchen steckt.«

»Roland, sag ihm bitte, dass er die Klappe halten soll.«

Das Gebläse arbeitet weiter, legt einen Teil des Bodens rund um die Leiche frei. Ohayon zeigt noch mal auf das Fähnchen. Er macht das absichtlich, freut sich, als der Mann ihn wieder böse anblickt. Endlich richtet der Mann sein Gebläse auf das Fähnchen. Ohayon nickt. Zufrieden. Etwas Metallisches kommt zum Vorschein. Der Mann mit dem Gebläse legt den Gegenstand frei, Ohayon bezeichnet ihn korrekt. »Ein Säbel! Das ist ein Säbel!«

Der Mann sieht Ohayon an. Sein Blick ist grimmig. Schlägereien beginnen mit solchen Blicken. Ohayon bekommt nichts davon mit, er zieht erste Schlussfolgerungen. »Kein Blut, oder siehst du Blut? Der kam wohl nicht mehr zum Einsatz. Was meinst du, Roland? Der Säbel hat sie nicht auf dem Gewissen. Oder? Was glaubst du, wie alt sie ist? Fünfzehn? Sechzehn, oder …?« Ohayon unterbricht sich. »Du, Roland! Weißt du, wer das ist?«

»Geneviève Mortier.«

»Hast sie auch gleich erkannt. Das ist die! Bestimmt! Das ist die Enkelin von dem alten Fischhändler. René Mortier. Die so schöne Bilder malt.«

Roland Colbert sieht die Bilder schon seit einiger Zeit vor sich. Jeder in Fleurville, der Fisch isst, kennt die Bilder.

»Die ist das, Roland, bestimmt! Die Bilder in seinem Verkaufsraum, die sind alle von ihr. Der wird viel weinen. Das wird ganz schlimm für den.«

Ohayon macht eine kleine Pause. Dann sagt er etwas, das Roland Colbert im Gedächtnis bleibt: »Manchmal verstehen sich die Jungen ja besser mit den ganz Alten, und die beiden konnten wohl gut miteinander.«

Dann sagt Ohayon etwas, das Roland Colbert nicht im Gedächtnis bleibt: »Ich hol da immer meinen Karpfen. Oder auch mal Forelle oder Zander.«

»Hat Grenier gesagt, seit wann die hier liegt?«

»Seit ungefähr dreieinhalb Stunden. Also so gegen drei Uhr ist das wohl passiert. Da hat es nämlich angefangen zu schneien. Hat Grenier jedenfalls gesagt.«

»Woher weiß sie das?«

»Sie war mit dem Hund draußen. Hat wohl was mit der Blase. Oder schlimmer.«

»Der Hund.«

»Ja. Knickt manchmal hinten weg und kackt unkontrolliert. Die Kleine liegt jedenfalls auf einer ganz dünnen Schicht Schnee, sagt Grenier. Und sie liegt ja immer ganz gut mit ihrer Einschätzung. Ach ja! Sie sagt, wir sollen nicht so viel im Schnee rumtrampeln, und nur in unseren eigenen Spuren gehen. Weil niemand weiß, was unter …«

»Es ist gut, Ohayon.«

Roland Colbert sieht sich das tote Mädchen noch einmal an. Kurz. Man kann nicht ununterbrochen auf eine Leiche blicken. Es bringt auch nichts. Es bringt mehr, immer mal kurz hinzusehen. Ohayon erklärt etwas, aber Roland Colbert hört nicht zu. Es passiert nämlich gerade etwas mit ihm. Ein Impuls des Körpers. Nein, nicht des Körpers, es hat absolut nichts mit dem Körper zu tun. Das Gefühl verstärkt sich. Jetzt ist es körperlich, aber es hat als etwas anderes begonnen. Als eine Welle von Mitleid.

Das passiert ihm nicht zum ersten Mal. Ohayon war das schon vor Jahren aufgefallen. Damals standen sie vor einem Bett, in dem eine Lehrerin lag, der man den Hals durchgeschnitten hatte. Natürlich hatte Ohayon den Kommissar sofort gefragt, was los ist, und der hatte es ihm gesagt: Sie tut mir leid. Ohayon hatte nichts dazu gesagt. Das war fair, denn etwas Unprofessionelleres als einen Kommissar, der beim Anblick eines Mordopfers von solchen Regungen erfasst wird, kann man sich kaum vorstellen.

Und natürlich weint er auch nicht! Er steht nur ganz leicht vornübergebeugt da. Ohayon geht also hin, legt seinen Arm um den Kommissar. Eine Weile stehen sie so. Wie ein altes Paar am Grab, und der Mann von der Spurensicherung guckt sich das mit ernstem Gesicht an. Er schaltet sogar das Gebläse ab.

Schließlich strafft sich der Kommissar. »Du kannst mich loslassen.« Er blickt weg von ihr, die schon wieder unter dem Schnee verschwindet mit ihren offenen Augen. »Sonst noch was, was ich wissen müsste?«

Ohayon berichtet, und nun schwingt Begeisterung mit: »Grenier hat vorhin den Himmel angebrüllt, ja? Und ihm gesagt, dass er mit dem Schnee aufhören soll. Sah irre aus, wie sie da stand mit ihren Fäusten. Und soll ich dir was sagen? Einen Moment lang hab ich wirklich geglaubt, der Himmel wird lila. War natürlich nur Einbildung. Obwohl Conrey auch meinte, dass da was war.«

Roland Colbert greift in die Tasche seines Mantels, holt die Wollmütze raus. »Hier, setz die auf.«

»Warum?«

»Dass dein Kopf warm bleibt.« Roland Colbert stapft Richtung Haus.

»Muss ich echt warten, bis der Medizinmann kommt?«

»Setz die Mütze auf!«

Ohayon setzt die Mütze auf. Er weiß noch nicht, wie tief sich das Bild des Mädchens, das unter dem Schnee verschwindet, in seinem Bewusstsein verankert hat. Er weiß auch noch nicht, dass er später, viel später, noch einmal hierher kommen wird. Mit diesem Bild im Kopf. Und er wird einen guten Grund haben, das zu tun.

* * *

Das erste Bild ist kein Bild, sondern die Zeichnung eines Kindes. Man sieht zwei Mädchen, die sich an den Händen halten. Neben den beiden Kindern stehen zwei Erwachsene. Eine Frau und ein Mann, ganz in Schwarz. Der Mann hat kein Gesicht. Hinter dieser Gruppe wirbelt ein Delfin durch die Luft. Hinter dem Delfin ein kleines Gebirge und dahinter ein langer Hals, darauf ein Kopf mit kleinen Hörnern. Vermutlich eine Giraffe.

Als Geneviève das Bild malte, war sie acht Jahre alt. Sie war zusammen mit ihren Eltern und Kristina im Zoo gewesen. Und der Moment, als die Giraffe hinter der künstlichen Felswand auftauchte, war so besonders, dass sie sicher war, ihn nie zu vergessen. Es war nämlich ganz viel gleichzeitig in ihrem Kopf passiert. Zuerst hatte sie sich kurz erschrocken, dann war ihr ein lustiger Einfall gekommen. Sie hatte sich nämlich vorgestellt, dass die Giraffe das absichtlich tat. Hinter dem Gebirge aufzutauchen, genau in dem Moment, als der Delfin sprang. Vielleicht langweilten sich die Tiere im Zoo, und die Springerei von dem Delfin war das einzig Interessante, was die Giraffe den lieben langen Tag erlebte. Auf der Rückfahrt nach Fleurville hatte Geneviève dann gemerkt, dass sie anfing, das Bild zu vergessen. Mit einigen Details war sie sich nämlich schon gar nicht mehr sicher. Also war sie zu Hause sofort auf ihr Zimmer gegangen und hatte angefangen, das Bild aus der Erinnerung zu malen. Dabei war ihr etwas Merkwürdiges aufgefallen. Das Besondere waren gar nicht die Giraffe und der Delfin, sondern die Stimmung. Es war kalt gewesen im Zoo, und obwohl es erst 16 Uhr war, war die Sonne schon fast untergegangen. Und so war eben diese besondere Stimmung entstanden.

Nachdem das Bild fertig war, schrieb sie den Titel hinten drauf. *Ein ganz besonderer Moment.* Dann hängte sie das Bild über ihrem Bett auf. Und da hingen schon einige.

* * *

Ohayon wundert sich, wie schnell es geht. Von Genevièves Kopf ist schon fast nichts mehr zu sehen. Nur ein Büschel Haare ragt noch aus dem Schnee heraus. Ohayon starrt die Haare an und Roland Colbert zählt. Hundertzehn Schritte. Zum Haus sind es also nur siebzig Meter. Bevor er anklopft, dreht er sich noch einmal um. Er sieht Ohayon, der im Schnee steht. Es ist wirklich nicht weit.

Er klopft an. Conrey öffnet die Tür. »Roland! Gut, dass du da bist.«

»Ist was mit dir?«

»Das ist die Enkeltochter von René. Hab kurz ihr Gesicht gesehen, als Grenier sie untersucht hat.«

»Ja, die ist das.«

»Wann wird sie weggebracht?«

»Sobald der Medizinmann da war.«

»Dass sie da so liegen muss.«

»Beruhig dich, Conrey. Wir finden raus, wer es war. Mehr geht jetzt nicht mehr. Wo ist Madame Darlan? … Conrey! Ich möchte Madame befragen.«

Conrey reißt sich zusammen. »Madame ist betrunken. Sie redet darüber, dass sie lieber Deutsch spricht als Französisch. Außerdem hat sie eben was von Kleist zitiert. Das ist ein deutscher Schriftsteller, sagt sie.«

»Ich weiß, wer Kleist ist.«

»Dann wird sie mit dir ja vielleicht Französisch reden. Seit sie mit dem Zitieren fertig ist, redet sie nicht mehr so viel.«

»Ich werde allein mit ihr sprechen. Komm, lass mich durch.« Roland Colbert schiebt Conrey zur Seite. »Du kannst Ohayon Gesellschaft leisten.«

Conrey verlässt also das Haus und stapft in Roland Colberts Spur auf Ohayon zu.

* * *

Grenier ist fertig mit ihrer Arbeit am Parkplatz. Sie weiß jetzt, dass sie richtig gelegen hat. Dass der Parkplatz wichtiger war als das tote Mädchen. Wichtiger, wenn man die Zeit in Betracht zieht. Und Schnee ist Zeit. Schnee kann nützlich sein, wenn man sich auf seine Arbeit versteht. Marie Grenier rollt ihr Maßband ein und verstaut es zusammen mit Notizblock und Stift im Rucksack. Sie blickt zum Himmel. Lässt sich die Schneeflocken ins Gesicht fallen. Sie hat gewonnen. Gegen den Schnee. Nach einer Weile macht sie sich auf den Weg. Zurück zum Fundort der Leiche. Sie hat es nicht mehr so eilig. Das Wichtigste steht in Zahlen auf ihrem Block. Marie Grenier verschwindet im Wald. Der Parkplatz ist jetzt eine gleichmäßig weiße Fläche.

* * *

Braun. Roland Colbert geht ein paar Meter durch einen schmalen Flur aus braun angemalten Balken. Das ganze Haus scheint aus Balken zu bestehen. Wie eine Blockhütte mit einem hohen, spitzen Dach. Russisch.

Er betritt einen Raum, der fast die gesamte Fläche des Hauses einnimmt. Fenster nach beiden Seiten. Vor allem, was nicht Fenster ist, stehen Regale mit Büchern. Am Kopfende ein Kamin. Der Raum ist warm. Neben dem Kamin sitzt sie.

»Guten Abend, Madame Darlan. Sollen wir Französisch sprechen oder …?«

»Deutsch. Mein Mann war Deutscher. Und ich spreche auch lieber Deutsch.«

Sie bietet ihm den anderen Platz vor dem Kamin an. Roland Colbert setzt sich nicht. »Sie waren mit einem Deutschen verheiratet, heißen aber Darlan.«

»Ich habe den Namen meines Mannes abgelegt.«

Roland Colbert geht zum vorderen Fenster.

»Nach seinem Tod. Ich wollte dieses formale Nachbleibsel nicht.«

Er muss sich bücken. »Nachbleibsel?«

»Hinterlassenschaft, Gewohnheit, Anhängsel. Wie Sie wollen.«

Man kann von hier aus durchaus noch etwas erkennen. Ohayon hüpft im Schnee herum und unterhält sich mit Conrey. »Darf ich fragen, Madame, was Sie beruflich machen?«

»Sie dürfen.«

»Können wir ernst bleiben?«

»Das ist die Gefahr bei rhetorischen Fragen. Man neigt zum Übermut.«

Roland Colbert guckt noch immer aus dem Fenster. »Ich kann mit Ihren rhetorischen Spielereien im Moment nicht viel anfangen, Madame.«

»Dann fragen Sie bitte präzise.«

Er richtet sich auf, durchquert den Raum, geht zu einem der Fenster auf der gegenüberliegenden Seite, bückt sich wieder, blickt nach draußen. Der Schuppen. Vier Männer mit Schneeschaufeln räumen das Gelände um den Schuppen herum frei. Offenbar wollen sie dort etwas suchen. Roland Colbert schätzt die Entfernung zum Schuppen auf sechzig Meter. »Also: Was machen Sie beruflich?«

»Ich habe früher Deutsch unterrichtet. In Fleurville.«

»Aha ...«

Diese Bemerkung gilt nicht Madame, sondern einem interessanten, einem sogar amüsanten Ereignis am Schuppen. Grenier rennt durch den Schnee auf den Schuppen zu und macht dabei Bewegungen wie jemand, der Vögel von einem Feld verscheucht. Und die Männer mit ihren Schneeschaufeln reagieren entsprechend. Eine kleine, stille Choreografie. Von hier aus jedenfalls. Aber Roland Colbert kennt Grenier. Er weiß also, dass es alles andere als still ist beim Schuppen. »Kannten Sie die Tote?«

»Geneviève Mortier. Sie war ein paar Mal hier, wegen der Kaninchen. Ein Mädchen – Kaninchen. Eigentlich ganz naheliegend, finden Sie nicht?«

»Dass die Kleine siebzig Meter neben Ihrem Haus liegt? Ist das auch naheliegend?«

Er richtet sich auf. Sieht sie an. Rote Augen. Vielleicht hat sie geweint.

»War sie hier? Bei Ihnen?«

»Geneviève?«

Hart und laut: »War sie hier!«

»Nein! Sie war nicht hier. Nein! Es ist ein paar Monate her, dass ich sie das letzte Mal gesehen habe. Sie war nicht hier.«

Roland durchquert erneut das Zimmer. Stellt sich wieder an das vordere Fenster. Blickt wieder hinaus. Sagt nichts.

»Sie wurde erschlagen, nicht wahr? Ihre Haare sind blutig. Sie hat Bilder gemalt. Da hängt eins. Die Formen sind konventionell, aber die Farben …«

Roland Colbert hat das Bild längst entdeckt. Längst als eins von Geneviève identifiziert. Jetzt geht er zu dem Bild. Betrachtet es. Man erkennt den See, ein paar Bäume. Das Interesse von Geneviève galt nicht dem See, nicht den Bäumen. Es galt der Darstellung des Nebels über dem See.

»Schade, nicht wahr?«

»Was ist schade, Madame?«

»Vielleicht hatte sie Talent.«

»Sind Sie so kalt oder ist das eine – Attitüde?«

Madame schweigt. Roland Colbert dreht sich weg vom Bild, geht ein paar Schritte und setzt sich in den Sessel, der auf der anderen Seite des Kamins steht. Er sieht sie an. Ihre rot geränderten Augen. Wenn sie nicht geweint hat, hat sie vielleicht nicht geschlafen.

»Wann haben Sie die Tote gefunden?«

»Ich hab nicht auf die Uhr gesehen. Aber ich habe sofort angerufen.«

»Ihr Anruf ging um fünf Uhr ein. Es hat so gegen drei angefangen zu schneien. Sie muss schon mit Schnee bedeckt gewesen sein. Es war Nacht … Wie haben Sie das Mädchen gefunden?«

»Ich lag schon eine Weile wach, als ich rausging. Ich war von irgendwas aufgewacht und konnte nicht wieder einschlafen, weil ein Junge im Wald rumgrölte. Das kommt öfter vor, dass sie grölen, wenn sie betrunken sind.«

»Verstehe.«

»Ich ging vor die Tür, ich … geh immer raus, wenn ich nicht schlafen kann. Frische Luft. Was soll man sonst machen?«

Roland Colbert sagt nichts. Es entsteht eine Pause. »Ich kenne meinen Garten. Außerdem haben wir Vollmond, oder? Ich habe sofort gesehen, dass da was lag. Ich habe ihren Kopf angehoben. Das Blut. Es ist eine große Wunde. Sie war tot. Dann habe ich angerufen. Ich hätte sie vielleicht nicht anfassen dürfen.«

»Ist Ihnen vorher was aufgefallen? Haben Sie etwas gesehen oder gehört? Einen Streit zum Beispiel.«

»Nur den Jungen, der rumgrölte. Davon bin ich wahrscheinlich aufgewacht. Wie ich schon sagte: So was kommt öfter vor. Sie kommen gerne her, wenn sie betrunken sind. Ich habe mich schon öfter beschwert, aber niemand unternimmt etwas.«

Roland Colbert nickt. Er steht auf, geht wieder zu Genevièves Bild. Madame ist etwas verstört. Der Kommissar behandelt sie mit einer Distanziertheit, als hätte er kein Interesse an ihr. Er fragt, aber er hat kein Interesse.

Roland Colbert betrachtet das Bild. Aber da ist nichts zu sehen. Kein Geheimnis, kein versteckter Hinweis. Wie einfach doch alles sein könnte! Wenn er jetzt auf dem Bild, ganz klein und versteckt, eine Hexe entdecken würde, die zwischen den Bäumen hervorlugt. Eine Hexe mit einem Knüppel. Aber es gibt keine Hexe auf dem Bild.

Madame Darlan hat ihre Ruhe zurückgewonnen. »Sie kam sicher vom Parkplatz. Der Parkplatz ist ein beliebter Treffpunkt. Meist sind die jungen Leute betrunken und kommen aus der Discothek von Fleurville. Der See wird von einer warmen Quelle gespeist.«

»Ich kenne den See.«

»Jetzt im Winter steigt über dem See Nebel auf. Offenbar gefällt der Nebel betrunkenen Jugendlichen.«

Roland Colbert weiß, dass hier nichts mehr zu erfahren ist. Es hat ja auch kein Verhör stattgefunden. Er hat sich nur ein Bild vom Haus gemacht, kontrolliert, was man von hier aus sieht, ein paar Fragen gestellt und einen Eindruck gewonnen, von Madame. Wenn ein Verhör nötig ist, wird es stattfinden.

»In Anbetracht dessen, was passiert ist, sind Sie sehr geistreich, Madame.«

»Im Wald liegen überall Kondome rum. Die Jungen machen die Mädchen betrunken und bringen sie her. Was bleibt, sind die Kondome. Was, bitte, sollte ich da mit einer Attitüde?«

Schritte im Flur, Ohayon. »Roland …«

»Ich komme gleich.«

»Nein, sofort. Die von der Feuerwehr haben im Wald einen Jungen gefunden. Er ist tot.«

* * *

Nichts!

Grenier hat den Schuppen untersucht. Nichts gefunden. Kein Blut. Keine Waffe. Der Schuppen selbst ist abgeschlossen. Sie hat sich einen Schlüssel bringen lassen. Als sie die Tür öffnet, Spinnweben. Da war keiner drin. Sie hat den Raum trotzdem untersucht. Wahrscheinlich aus dem Ersten Weltkrieg. Militärsachen. Uraltes Zeug. Uniformen, Zelte, lederne Taschen und Stiefel. Alles verstaubt, aber trocken. Säbel findet sie nicht. Keine Waffen.

Sie verlässt den Schuppen, stellt sich die Situation vor. Ein Mädchen, das in der Disco war. Wie immer sie herkam und warum, sie muss gefroren haben. Unerklärlich. Warum ist sie nicht ins Haus gegangen? Wenn sie nicht im Haus war. Wohin? Schutz suchen vor der Kälte. Nur hier. Oder wurde sie erschlagen, als sie die Lichtung betrat?

Der offene, überdachte Teil des Schuppens. Unter einem Kartoffelsack. Zwei alte Säbel. Also von hier … Aber am Säbel war kein Blut. Hat sie den mitgenommen, um sich zu verteidigen? Gegen wen?

* * *

Der Weg zu dem zwei Kilometer entfernt liegenden Jungen ist beschwerlich. Obwohl im Wald weniger Schnee liegt. Der Fundort des Jungen. Am Fuß einer mächtigen Tanne, weiß bestreut. Noch ein Fossil. Kein Hinweis auf äußere Gewalteinwirkung. Nicht auf den ersten Blick. Roland Colbert hat nur einmal hingesehen. Das Bild wird bleiben, den Rest werden Grenier und der Medizinmann erledigen.

* * *

Der Mann aus dem Auto steht wieder in seinem Gewächshaus. Der Frauenschuh wird bald blühen. Es schneit immer noch. Der Schnee wird alles verdecken. Seine Anwesenheit wird unentdeckt bleiben. Auf dem Weg vom Bahnhof nach Hause ist ihm niemand begegnet. Keiner fährt bei dem Wetter, Glück gehabt. Zwei Mal wäre er fast stecken geblieben. Sie werden nichts finden, keine einzige Spur.

Mit den Orchideen ist das so eine Sache, das weiß der Mann. Es kann Wochen dauern, auch wenn es so aussieht, als würde die Knospe fast platzen.

* * *

Vom Fundort des Jungen bis zur Lichtung. Das ist ein ganz schöner Marsch. Zwei Kilometer. Der Gerichtsmediziner ist eingetroffen und überwacht den Abtransport der Leiche. Conrey sieht zu. Geneviève Mortier ist kein anonymes Opfer. Nicht für Conrey.

Roland Colbert und Ohayon gehen am Schuppen vorbei auf die andere Seite der Lichtung.

»Was war eigentlich vorhin da beim Schuppen los? Sah aus, als wäre Grenier ziemlich wütend. So wie sie auf die Jungs mit ihren Schneeschaufeln losgegangen ist.«

»Ja, mich hat sie auch noch zur Schnecke gemacht. Es darf nichts angerührt werden, nicht mal der Schnee!«

Sie erreichen den Waldweg, der zu Ohayons Wagen führt. Irgendwo, mitten im Schnee, übertreten sie die grüne Grenze nach Deutschland.

»Wenn der Täter von hier gekommen ist, aus Deutschland, dann wird es schwierig. Hab ich doch recht, oder?«

Der Kommissar bleibt stehen. Er weiß jetzt, warum Marie Grenier sich bei dem toten Mädchen so beeilt hat und auf dem Parkplatz im Schnee rumgekrochen ist. Vor über zwei Stunden. Als die Schneedecke noch nicht so dick war wie jetzt.

»Du denkst an was, oder?«

»Wie kommst du darauf?«

»Na, weil du stehen geblieben bist und so ein Gesicht machst.«

Ohayon hat recht. Roland Colbert denkt. Obwohl … Wenn man es genau nimmt, sind es nicht direkt Gedanken. Es ist ein Gefühl. Ein gutes. Das Kommissariat von Fleurville ist unbedeutend. Alle wissen das. Meist sind sie mit Bagatellen befasst. Mord ist was Großes. Und so wie es im Moment schneit, ist anzunehmen, dass keiner kommt. Keiner wird ihnen den Fall wegnehmen. Und wenn sie erst mal angefangen haben zu ermitteln, wird ihnen erst recht keiner mehr dazwischenfunken. Mord, das passiert nur ganz selten bei ihnen. Und Mord kann kompliziert sein. Sie werden beweisen müssen, dass sie gut genug sind für einen Mord. Roland Colbert denkt also etwas, das ein Kommissar eigentlich nicht denken soll. Er hofft, dass der Fall nicht zu einfach ist. Dass die Sache ein gewisses Maß an Komplexität in sich trägt.

* * *

Die Schwester steht neben ihm, und ihr Vertrauen ist zwar nicht grenzenlos, aber doch sehr stark.

Professor Galinski ist ein guter Arzt. Vor allem ist er ein guter Diagnostiker. Aber heute ist Professor Galinski nicht ganz bei der Sache. Er wollte eigentlich eine Oberschwester aus Lyon untersuchen. Es wird eine schwierige Operation werden, die eine gründliche Voruntersuchung nötig macht. Aber seine Patientin ist noch nicht da. Der Transport ist im Schnee stecken geblieben. Professor Galinski weiß genau, wer da kommt. Die Patientin, auf die er wartet, war in Lyon Oberschwester in dem Krankenhaus, in dem er vor fünfzehn Jahren als Arzt angefangen hat. Dass er heute ein so guter Diagnostiker ist, verdankt er ihr. Schwindelanfälle. Ein taubes Gefühl in den Zehen und Schwierigkeiten beim Schreiben. Ihre Selbstdiagnose war präzise, und wie immer lag sie richtig. Es ist eine Sache auf Leben und Tod. Seine Lehrmeisterin hat darauf bestanden, dass er sie operiert. Eine große Ehre, eine noch größere Last. Professor Galinski ist nicht ganz bei der Sache.

»Wer hat den Jungen gebracht?«

»Der König.«

»Hm.«

Professor Galinski hat seine Untersuchung abgeschlossen und diagnostiziert, dass der Junge stark unterkühlt ist. Außerdem riecht der Patient nach Alkohol. Eine Blutuntersuchung macht Professor Galinski nicht. Er geht in Gedanken die schwere Operation durch. Der Junge wird einfach in ein Bett gelegt. Der Arzt geht davon aus, dass er sich bald erholen wird. Was den letzten Punkt angeht, liegt Professor Galinski falsch.

* * *

Der König ist zufrieden. Der Kapitän hat ihn nicht im Stich gelassen. Obwohl der Opel mit seinem Heckantrieb nicht ideal ist für Fahrten im Schnee. Jetzt liegt der Kapitän neben zwei Opel Admiral vor Anker und schneit langsam ein. Der König ist vor zwei Stunden angekommen. Seit einer Stunde sitzt er in einem Stuhl, der einem Thron ähnelt, und blickt über sein Reich. Den Thron hat er selbst gebaut. Aus alten Autoteilen. Der Thron ist nicht nur prächtig, sondern auch sehr stabil. Das muss er sein, denn der König ist ungeheuer dick.

Der König ist zufrieden. Alles ist so, wie es sein soll. Es war ein Zwischenfall ohne weitere Folgen. Er blickt zu den Schuppen rüber. Die Schuppen sind verschlossen. Aber der König weiß, was sich in den Schuppen befindet. In zwei Schuppen lagern Motoren. Im dritten sind die Mädchen. Im vierten die Jungen.

* * *

Autos im Winter.

Roland Colbert wischt den Schnee von der riesigen Scheibe. Ohayon fährt ein Auto, das für den amerikanischen Markt entworfen wurde und zwei Tonnen wiegt. Hoffentlich kommen wir überhaupt hier weg, mit der Kiste.

Ohayon tut nichts. Er hat sich freiwillig auf die Beifahrerseite gesetzt, möchte sich nicht mehr bewegen und zittert. Alles ist kalt und schrecklich. Er hält sich an seinem Traum fest und sieht einen Kriminalkommissar vor sich, der so klein und dick ist wie er selbst, und der immer ein paar hübsche Frauen in seiner Nähe hat. Sein Traumkommissar ist eine Figur aus einer amerikanischen Kriminalserie aus den siebziger Jahren. Dieser dicke Kommissar hatte auch einen Schnauzbart, trug auch immer kurze Blousons. So wie er. Sergeant Ohayon fühlt, wie es ihm aus der Nase läuft. Ihm ist bitter. Weil er für einen kurzen Moment weiß, dass er ein hässlicher kleiner Mann ist. Weil ihm klar ist, dass daran auch sein Auto nichts ändert.

Dann steigt Roland Colbert ein, startet den Wagen. »Wir fahren jetzt nach Fleurville, und du kriegst erst mal einen Cognac.«

Ohayon laufen die Tränen runter. Er atmet tief durch. Spürt, wie ein ungeheures Glücksgefühl in ihm aufsteigt. Alles ist wieder gut, es lag nur an der Kälte.

* * *

Der Pfarrer von Fleurville ist vierundsechzig Jahre alt. Tagsüber trägt er einen schwarzen Anzug. Dazu meist einen schwarzen Pullunder. Der Anzug hat nur 256 Euro gekostet. Na und? Nicht jeder Anzug endet beim Preis! Es gibt Anzüge, die werden durch ihren Träger aufgewertet. In diesem Fall ist es so. Das liegt an der Statur des Pfarrers, seiner Größe. Es liegt an seiner Körperhaltung. Es liegt auch an seinem Amt, der Art, wie er es bekleidet. Nein, niemand in Fleurville käme auf die Idee zu sagen: »Der Anzug des Pfarrers ist billig.« Nein, es hat schon seine Richtigkeit.

Und wie ist er sonst? Der Pfarrer von Fleurville? Treffen sich bei ihm junge Menschen, die gegen das Militär sind? Übt bei ihm eine Band? Spricht er mit seiner Gemeinde über neue philosophische oder irgendwie kritische Strömungen, die die Gesellschaft verändern?

Nein.

Aber deshalb ist er nicht automatisch ein schlechter Pfarrer. Er ist nur sehr streng. Ein Pfarrer von der altmodischen Sorte eben. Vielleicht ganz passend für Fleurville.

Im Moment sitzt er in seiner Küche und isst Spiegeleier. Auf Schwarzbrot. Beides ungewöhnlich für einen französischen Pfarrer? Nicht hier im Grenzgebiet. Die meisten sind zweisprachig, und dieser französische Pfarrer isst sogar Schwarzbrot.

Ja, und der Pfarrer ist verärgert. Sie hat nämlich wieder angerufen. Sie, das ist Silvia.

Verspürt offenbar wieder den Drang zu beichten!

Der Pfarrer ahnt auch, worin ihre Schuld besteht. Er hat die Zeitung gelesen. Sie liegt vor ihm auf dem Tisch. *Mord!*

Und dann tropft Eigelb auf den Ärmel seines guten Anzugs. Ärgerlich.

* * *

Großartig! Der Cognac ist genau richtig. Außerdem tut es Ohayon gut, im Warmen zu sein nach seinen schlechten Gedanken vorhin.

Es ist gleich neun Uhr, und in diesem Lokal wird seit dreihundertzwanzig Jahren Alkohol getrunken. Es ist ein kleiner, gemütlicher Raum. Viel Holz. Alles sehr primitiv. *Baptistes Petit Bistro* wird daher von Stammgästen liebevoll *Baptistes Petit Pissoir* genannt. Der Raum füllt sich, und dieser Umstand gefällt Ohayon. Er und der Kommissar sitzen gemütlich hinter der Holzwand des Windfangs an der Heizung.

»Na? Wie steht's, Ohayon?«

»Gut steht's. War wohl nur die Kälte. Ich krieg dann immer so schlechte Gedanken. Cognac war 'ne gute Idee.«

»Dann lass mal hören, Ohayon. Was denkst du?«

»Die wichtigste Frage ist erst mal: Wie ist die Kleine da hingekommen?«

»Opfer. Lass das mit der Kleinen.«

»So wie sie angezogen ist, kam sie wohl aus der Disco. Also hat sie da jemand aufgegabelt und ist dann mit ihr da hin. Richtig?«

»Jemand hat sie also mitgenommen.«

»Wahrscheinlich der Junge, den wir im Wald gefunden haben. Der hat sie mitgenommen, und wir wissen ja, warum die Jungs die Mädchen mit zum Feensee nehmen. So, und dann wollte sie aber nicht, was er wollte, und ist weggelaufen und er hinterher, und dann hat er sie oben bei der Hexe erwischt und ... und als er zurück wollte, hat er sich verlaufen. Verlaufen und dann schlapp gemacht, bei minus sechs Grad.«

»Und wo ist das Auto? Geneviève und der Junge sind tot. Trotzdem haben wir kein Auto gefunden. Wer hat sie da hingebracht?«

»Vielleicht waren da noch mehr. Kann ja sein, dass sie mit zwei Jungs da war.«

»Wie viele Discotheken gibt es in Fleurville? Ich kenne nur das *Chaise Longue*.«

»Andere gibt's ja auch nicht, oder? Heute ist Samstag. Sonst könnten wir in der Schule nachfragen, ob jemand fehlt. Aber Grenier hat das Handy von dem toten Jungen. Die wird schon rausfinden, wer das war.«

Roland Colbert denkt an den Tatort. Versucht, sich alles in Erinnerung zu rufen.

»Als ich im Wald war, habe ich was gerochen. Parfüm. Die Suchmannschaft war weit weg, von denen war das keiner.«

»Glaub ich auch nicht, dass einer von der freiwilligen Feuerwehr sich um fünf Uhr morgens parfümiert.«

»Den Jungen haben sie zwei Kilometer weiter gefunden. Er war längst tot, als ich durch den Wald ging. Geneviève auch.«

»War das Parfüm von einem Mann oder von einer Frau?«

»Weiß nicht genau. Eher ein Mann, würde ich sagen.«

Ohayon ruft den Wirt. »Baptiste! Komm mal her!«

Der Wirt kommt. »Noch einen Cognac?«

»Sag mal, Baptiste, du machst doch früh auf, oder?«

»Von Freitag auf Samstag mach ich gar nicht erst zu, Ohayon, was meinst du, womit ich mein Geld verdiene?«

»Waren hier heute Nacht ein paar Jugendliche?«

»Ungefähr dreißig. Wenn's ihnen im *Chaise Longue* langweilig wird, kommen sie her. Außerdem bin ich billiger.«

»Wann waren sie hier?«

»So ab drei Uhr. Wie immer.«

»Kennst du ein Mädchen, das Geneviève Mortier heißt?«

»Die Enkeltochter von René, klar. Aber die ist erst sechzehn, die kriegt hier keinen Alkohol, und die war auch nicht da. Ist was mit ihr?«

»War sonst jemand hier? Vielleicht jemand, der ein bisschen verfroren war?«

Der Wirt schaut auf den Tisch. »Ja. Aber das war kein Jugendlicher, sondern ein Mann. Vielleicht fünfzig war der. Aber das war erst so gegen fünf. Nie gesehen. Ja, der war so, wie du sagst. Verfroren. Dass das auf einmal so angefangen hat zu schneien, ist schon merkwürdig, oder? Wir haben den 4. November!«

»Kannst du den Mann beschreiben? Ja, oder?«

Der Wirt denkt nach. »Fett. Extrem fett. Auch die Arme und die Finger. Hat zwei Cognac getrunken. Ziemlich schnell.«

»Und sein Gesicht?«

»Auch fett. Rund. Ein bisschen rot. Genauer kann ich nicht sagen, außer fett und …«

Roland Colbert unterbricht ihn. »Was war das für ein Typ?«

»Wie?«

»War er gebildet? Primitiv?«

»Er hat nur ›Cognac‹ gesagt, aber … der war … das war kein Beamter oder so … Vielleicht Fernfahrer. Der hatte Muskeln unter seinem Fett.«

»Würdest du ihn wiedererkennen?«

»Wie gesagt, extrem fett.«

»Und wie war er da? Mit dem Auto? Oder mit einem Laster?«

»Wie kommst du auf Laster?«

»Weil du Fernfahrer gesagt hast.«

»Ach so. Nee. Laster? Nee. Ich hab nur gesagt, was ich gedacht habe, dass er vielleicht Lastwagenfahrer war. Wegen der Muskeln. Aber ich hab keinen Laster gesehen. Ich wasch um die Zeit meistens Gläser oder bring die leeren Kästen weg. Hab ihn nicht reinkommen sehen. Das war so um fünf ... Da wird es hier schon leer, bevor die ersten dann wieder kommen. Ja und nach zehn Minuten ist er dann wieder weg. Ich muss mich jetzt um meine Gäste kümmern.«

Der Wirt will gehen, Roland Colbert hält ihn auf. »Dieser Mann. Hat der irgendwie ... gerochen?«

»Gestunken? Nee. Mir nicht aufgefallen.«

»Ich meinte, ob er parfümiert war oder nach Rasierwasser gerochen hat.«

»Ist mir nicht aufgefallen.«

»Danke.«

Conrey betritt das Bistro, er hat eine Zeitung in der Hand, sieht sich um. »Da sitzt ihr! Wieso versteckt ihr euch da in der Ecke?«

»Weil hier die Heizung ist, oder?«

»Was gibt's?«

»Hier!«

Conrey reicht Roland Colbert die Zeitung. Zeigt auf die Titelzeile. Der Wirt fragt, ob Conrey was trinken will. Conrey wirft einen Blick auf den Tisch. Vor Ohayon stehen zwei Cognacgläser. Vor dem Kommissar eine Tasse. Er würde auch gerne einen Cognac trinken.

»Espresso.«

»Sehr wohl.«

Der Gesichtsausdruck von Roland Colbert. Unverändert. Er legt die Zeitung auf den Tisch.

»Was meinst du, Conrey? Woher wissen die das?«

»Von uns hat denen keiner was gesteckt. Die meisten sind ja jetzt noch am See.«

Roland Colbert reicht Ohayon die Zeitung. Ohayon liest. »*Mord am Feensee!*«

»Lies weiter.«

»… *junges Mädchen. War ER es wieder?* ER? Wer ist ER?«

»Jetzt lies doch erst mal zu Ende!«

»*Walter H., der schon einmal …* Wer ist Walter H.? Klingt deutsch, oder? Roland, wer ist das? Hast du von dem mal gehört? Von Walter H.?«

»Sagt mir nichts. Conrey?«

»Mir auch nicht.«

»Aber woher wissen die das? Die können das doch gar nicht wissen, oder?«

»Doch, Ohayon, sie können das wissen. Da war jemand von der Zeitung vor Ort.«

»Ich hab keinen gesehen.«

»Die wollten wohl erst mal ihren Bericht bringen und dann Fragen stellen. Jetzt wollen sie jedenfalls wissen, wer die Tote ist und wie es mit den Ermittlungen steht und all das.«

Ohayon ist empört. »Dass die das bringen, ohne uns Bescheid zu sagen!«

Roland Colbert steht auf, legt einen Schein auf den Tisch.

»Geht's jetzt los, oder was?«

»Ja, jetzt geht's los. Du auch, Conrey.«

Sie verlassen das Bistro. Der Wirt sieht ihnen nach. In der Hand ein kleines Tablett mit einer Tasse Espresso.

* * *

Als sie die Kirche betritt, wird sie klein und ängstlich. Sie bekreuzigt sich, hört die mächtigen Akkorde der Orgel. Sie steigt auf die Empore. Zögert. Sie fürchtet sich, den Pfarrer beim Orgelspiel zu unterbrechen.

Der Pfarrer hat sie längst gehört und durch den kleinen Rückspiegel neben dem Notenhalter gesehen. Er hört auf zu spielen, lässt aber die Hände noch einen Moment auf der Tastatur liegen.

»Da bin ich. Danke, dass Sie sofort Zeit hatten.«

»Du bist schnell gekommen.«

Sie zögert. Dann bricht es aus ihr heraus. »Ich denke nur noch an den Wald!«

Der Pfarrer dreht sich zu ihr um. »Denkst du wirklich an den Wald? Denkst du nicht an etwas ganz anderes? Ich nehme an, du hast Zeitung gelesen.«

»Es war ein Unfall.«

»Ja?«

»In der Zeitung schreiben sie *Mord*!«

»Ach so?«

»Wahrscheinlich lag es am Wald. Oder an der Hexe!«

»Geh wieder nach Hause. Ich habe keine Zeit für solche Spielchen.«

»Aber wir müssen darüber reden! Es ist etwas Schreckliches passiert. Wir brauchen Ihren Rat. Und Ihren Schutz.«

»Ich habe nicht vor, mit dir über den Wald oder über Hexen zu sprechen.«

»Sie sind mein Pfarrer! Sie dürfen mich nicht wegschicken!«

»Du brauchst also Schutz? Du brauchst Rat? Dann lautet mein Rat: Nimm dich nicht so wichtig!«

»Sie glauben mir nicht.«

»Jedes Mal, wenn etwas Schlimmes passiert … wenn etwas passiert oder in der Zeitung steht … jedes Mal kommst du zu mir. Jedes Mal beschuldigst du dich oder jemanden, den du kennst, etwas damit zu tun zu haben.«

»Und wenn ich recht habe? Wenn ich recht habe und alles weiß?«

»Hast du das Mädchen aus der Zeitung getötet?«

»Nein. Aber ich weiß, was passiert ist.«

»Natürlich.«

»Sie glauben mir nicht. Immer, wenn ich zu Ihnen komme, halten Sie mich für unschuldig. Und schicken mich weg.«

Der Pfarrer legt seine Hände wieder auf die Tasten. »Es ist besser für dich, wenn man dir nicht zu viel Aufmerksamkeit schenkt.«

»Das brauche ich Ihrer Meinung nach?«

»Ich habe nicht vor, mir weitere Geschichten von Schuld und Verdammnis anzuhören.«

Der Pfarrer drückt seine Hände wieder auf die Tasten.

Sie weicht zurück. Hat Mühe, die Stufen von der Empore hinabzukommen, das Kirchenschiff zu durchqueren, hat Mühe mit der großen Tür. Draußen schafft sie noch zwei Schritte. Kippt dann gegen die großen, grauen Steinquader. Schlägt sich eine Hand ins Gesicht und weint.

* * *

Das zweite Bild ist ganz anders. Es stellt eine Szene halb unter Wasser dar. Ein Mädchen, ein Krokodil, ein Mann. Das Krokodil hat das Mädchen gepackt, und zwar am Kopf. Das Krokodil versucht, das Mädchen ins Wasser zu ziehen. An den Füßen des Mädchens zerrt ein Mann. Er will das Mädchen retten. Die Szene ist nicht lustig, aber ein bisschen Humor ist doch im Spiel. Das Mädchen ist nämlich schon ziemlich in die Länge gezogen. Das Bild ist anspruchsvoller als das mit dem Delfin und der Giraffe.

Die Darstellung der Figuren unter Wasser. Es ist, als hätte Geneviève alles durch einen Schleier gesehen, oder durch einen Nebel. Die Konturen der Figuren lösen sich auf, obwohl sie gleichzeitig viel realistischer gemalt sind als die auf dem ersten Bild. Noch etwas ist besonders an dieser Unterwasserszene. Die Arme des Mädchens. Sie sind nämlich um den Hals des Krokodils geschlungen. Als würde es sich an ihm festhalten. Müsste sie sich nicht abstoßen? Versuchen, dem Mann zu helfen, indem sie sich aus dem Maul des Krokodils herausdrückt?

* * *

Der Fahrstuhl öffnet sich, und der Raum, den sie betreten, ist ein Musterbeispiel klarer Architektur. Ein Kubus von drei mal drei mal drei Metern. Die Fugen der Fußleistensteine korrespondieren mit den Fugen der anthrazitfarbenen Bodenplatten, die Wände sind weiß. Ein wenig trostlos, das Ganze. Es gibt zwei Glastüren. Eine links, eine rechts. Außerdem einen großen Spiegel und ein paar Schilder, die darauf hinweisen, welche Firmen hier residieren. Die Firmenschilder sind uneinheitlich. Der Architekt wäre sicher nicht einverstanden mit diesem Durcheinander. Aber der Architekt, der das größte Bürogebäude von Fleurville entworfen hat, ist seit neun Jahren tot. Eine Nesselqualle hat ihn vor Südafrika fertiggemacht. Roland Colbert orientiert sich. Ohayon ist schneller. »Hier geht's rein und dann rechts den Gang runter.«

Ohayon wartet an der Glastür, der Kommissar geht zum Spiegel, Conrey vermutet etwas. »Stimmt doch, Roland. Du bist sauer!« Der Kommissar betrachtet sich im Spiegel, öffnet den Mantel und richtet seinen Schal so, dass er elegant wirkt. »Du bist sogar extrem sauer.«

Die Zeitung hat über den Mord am Feensee geschrieben. Es ist üblich, dass so etwas vorher abgesprochen wird. Es könnte ermittlungstechnische Gründe geben, die Information noch nicht zu veröffentlichen. Jetzt werden alle, die etwas über den letzten Abend von Geneviève wissen, sich ein Bild machen. Werden vor dem Hintergrund antworten, dass sie ermordet wurde. Normalerweise gibt man der Polizei wenigstens zwei Tage Vorsprung.

»Du bist extrem sauer, richtig stinkesauer, stimmt's? Du versuchst, dich zu beruhigen.«

Roland Colbert ist fertig. Er nickt seinen Sergeanten zu. Geht durch die Tür. Der Gang. Neun Meter lang, drei Meter breit, drei Meter hoch. Am Ende eine Tür.

»Ihr zuerst.«

Conrey betritt die Redaktion. Ohayon folgt ihm. Der Raum ist hell. Auf dem Boden mittelgraue und dunkelgraue Filzplatten je dreißig mal dreißig Zentimeter. Die Sergeanten gehen zu einem Tresen, bauen sich links und rechts auf. Roland Colbert folgt ihnen. Stellt sich in die Mitte. Im Raum drei Frauen um die dreißig an Tischen mit Bildschirmen. Viel Papier. Auch an den Wänden. Eine der Frauen steht auf, geht zum Tresen. Sie sieht drei Männer. Erst glaubt sie, der mittlere Mann sei der Besitzer der Zeitung. Dann nimmt sie an, er sei der Besitzer des Hauses. Dann hält sie beides für unwahrscheinlich. »Wenn Sie eine Anzeige aufgeben wollen, die Anzeigenannahme ist im Erdgeschoss. Sie können aber auch über Internet …«

Sie hört auf zu sprechen. Faltet die Hände vor ihrem Bauch. Hebt die gefalteten Hände ein Stück weit an. Roland Colbert zeigt ihr seinen Dienstausweis. Sie wirft keinen Blick auf den Ausweis.

»Polizei«, sagt Conrey. »Der Kommissar möchte mit dem Chefredakteur sprechen.«

Roland Colbert steckt seinen Dienstausweis wieder ein.

Die Frau versteht. »Geht es um die Sache am Feensee?« Roland Colbert bewegt sich nicht. Conrey bleibt ruhig. Ohayon beugt sich leicht vor.

»Ich weiß nicht, ob Monsieur Alban Zeit hat. Sie sind nicht angemeldet?«

Roland Colbert lächelt. Es ist ein freundliches Lächeln. Ein charmantes. Die Frau findet das Lächeln beruhigend. Ihre Hände lösen sich voneinander, schweben einen Moment. Öffnen sich ein Stück wie zur Einladung. »Ich sehe nach. Warten Sie bitte.« Es dauert nicht lange. »Kommen Sie.«

Roland Colbert nickt. Ein Lächeln ist nicht nötig.

Sie durchqueren den Raum. Wieder sind es neun Meter. Die Frau klopft an. Von innen eine Stimme. »Soll reinkommen!«

Das Büro ist groß. Der Mann hinter dem Schreibtisch nicht. »Oh, gleich zu dritt! Na, da brauchen wir noch einen … Bringen Sie doch bitte einen Stuhl.«

»Das ist nicht nötig, wir werden nicht sitzen.«

»Dann nicht. Danke. Sie können gehen.«

Die Frau schließt die Tür. Monsieur Alban setzt sich wieder. Ohayon betrachtet die Tür. »Die Tür, ist das was Spezielles? Ja, oder?«

»Die Tür ist gefüttert, meinen Sie das?«

»Wie bei einem Notar, oder?«

»Mag sein.«

»Ist die schalldicht?«

»Wie?«

»Kann man uns draußen hören, wenn wir laut werden?«

Roland Colbert geht zum Fenster. Monsieur Alban greift nach einem Stapel Papier, hält sich daran fest. »Was soll das? Wollen Sie mir Angst machen? So läuft das aber nicht. Es geht um den Mord am Feensee. Wir können eine Abmachung treffen. Ich gebe euch Informationen und im Gegenzug werde ich über die Ermittlungen unterrichtet. Das wäre mein Vorschlag.«

Roland Colbert dreht sich um und geht zum Schreibtisch.

* * *

Die Brutalität der französischen Polizei!

Gibt es die? Sind Mitarbeiter der französischen Polizeibehörden brutaler als Deutsche?

Ja, sind sie.

Sind die Mitarbeiter der französischen Polizeibehörden mit der Charakterisierung »brutal« hinreichend beschrieben?

Als Roland Colbert vor ein paar Stunden auf dem Parkplatz am Feensee aus seinem Wagen stieg, kümmerte er sich nicht im geringsten darum, dass sein BMW hinten festsaß. Er sah nicht mal nach dem Hinterrad, nach dem Heck. Hätte ein erwachsener Mann nicht nach dem Heck sehen müssen in so einem Moment? Nichts dergleichen geschah. Er überlegte auch nicht, wie er den Wagen wieder flott bekommen könnte. Wäre das nicht wichtig? Muss ein erwachsener Mann nicht darauf achten, dass sein Wagen flott ist? Er braucht den Wagen doch später bestimmt noch. Vielleicht um jemanden zu verfolgen. Oder zu beschatten. Oder doch wenigstens, um nach Hause zu fahren! Hätte er in Anbetracht dieser Umstände nicht sein Handy rausholen und in der Zentrale anrufen müssen? Resnais, gut, dass ich dich dran habe, du kennst doch diese Werkstatt. Ruf bitte an und sag denen …

Nichts dergleichen. Kein Handy. Kein Gespräch. Als ob das Auto völlig unwichtig wäre. Aber er war einen Moment stehen geblieben. Neben seinem havarierten Wagen. Warum?

Es lag an einer sinnlichen Wahrnehmung. Roland Colbert hatte die kalte Luft eingeatmet. Durch die Nase. Und einen Moment lang geglaubt, sie röche salzig. Das Meer. Das kann nicht sein. Das Meer ist zweihundert Kilometer entfernt. Aber ist das Meer wichtig in diesem Zusammenhang? Die Wahrnehmung war so unmittelbar, dass er sie sofort mit verschiedenen Erinnerungen in Verbindung brachte. Mit Seetang zum Beispiel, mit einer Farbe, die sich nicht vom Himmel unterscheidet und mit einem halb untergegangenen Tretboot. Es war eine schöne Überraschung. Dieser Geruch. Deshalb war er einen Moment lang stehen geblieben. Kurz darauf hatte er den Geruch vergessen. Niemand kann sich an Sinneswahrnehmungen erinnern. Sie verwandeln sich sofort. In Bilder, Assoziationen, in Worte möglicherweise. Er würde später vielleicht sagen können: Ich meinte, die Luft röche salzig, und dachte einen Moment lang ans Meer und an ein Tretboot!

Das schon. Das kann bei so was rauskommen. Aber mehr auch nicht.

Es gibt gewisse Details, die bei der Aufklärung von Verbrechen eine Rolle spielen. Oder in die Irre führen. Dieses ganze Irren liegt an etwas, das so banal ist, dass man es nur zu schnell vergisst. Wir können nicht von hinten nach vorne denken! Also von der Auflösung her. Wenn das möglich wäre, wenn jemand auf die Schnapsidee käme, das zu tun, dann stünden die Ermittler, dann stünden alle Menschen da wie die Deppen! Da wären auf einmal lauter Spuren, die völlig unnötig verfolgt wurden. Wenn man weiß, wie's ausgeht, ist alles einfach. Das gilt nicht nur für Mordfälle. Das Leben hat bei allem diese Ausrichtung vom Bekannten ins Unbekannte. Das ist ein Naturgesetz und manchmal so schmerzlich, dass man die Lippen hart aufeinanderpressen möchte. Zum Beispiel beim Ausfüllen des Lottoscheins.

Die Brutalität der französischen Polizei.

Da denkt man an Sprüche wie: »Er war früher mal bei einer Spezialeinheit!«, oder: »Algerien!« Vielleicht ist das mit der Brutalität ja auch nur ein Mythos.

* * *

Die alte Polizeikantine sieht aus wie eine alte Polizeikantine, und die Geräusche sind die, die man sich in einer gut gefüllten Kantine vorstellt. Roland Colbert und Conrey essen. Ohayon isst eigentlich auch, aber im Moment nicht. Er fuchtelt mit Löffel und Gabel in der Luft herum, und da ist Soße am Besteck, und da ist Conreys weißes Hemd, und Conrey hat ihn schon drei Mal gebeten, das zu lassen, aber Ohayon hört nicht auf zu fuchteln und lacht dabei. »Wie kommst du nur auf so was, Roland? Wie kommst du auf so was? ›Ohayon, Conrey, zieht ihm die Schuhe aus!‹ Wie bist du darauf gekommen?«

»Weiß ich nicht. Keine Ahnung.«

Auch Roland Colbert ist gut gelaunt. Nur Conrey ist ernst.

Dass Conrey ernst ist, hat weniger mit dem Fall oder seinem Charakter zu tun als mit der Spaghettisoße und seinem weißen Hemd. Ohayon neben ihm kriegt sich nicht mehr ein.

»Hundert Prozent! Nee, oder? Doch! Das war hundert Prozent der Spruch, um diesen arroganten Chefredakteur zu knacken. ›Ohayon, Conrey, zieht ihm die Schuhe aus!‹« Ohayon lacht Conrey mit offenem Mund an, Conrey hat Angst. »Wir hätten ihn stundenlang anschreien können, hab ich doch recht, Conrey, oder? Da hätte er nur seinen Anwalt geholt, der Herr Chefredakteur. Aber die Schuhe! Da hat er sich eingepullert.«

Conrey lacht nicht beim Gedanken ans Einpullern. Er ist von den dreien der mit den besten Tischmanieren. Roland Colbert ist beim Essen ein Schlinger. Gar nicht der feine Gentleman, der er zu sein vorgibt, mit seinem Kaschmirmantel, seinem Schal und seinem eleganten Schreiten. Gerade beugt er sich tief runter. Um besser ranzukommen. Ans Essen. Er redet sogar mit vollem Mund! »Keine Ahnung … aber … wir wissen jetzt, dass der Herr Chefredakteur es mit dem Magen hat, weil die Auflage nicht so hoch ist, wie sie sein müsste, wir wissen, dass er vor lauter Angst und Ehrgeiz nicht schlafen kann, wir wissen, dass wir Mitleid mit ihm haben sollten, und … und wir wissen, dass es ein Mann … dass es ein Mann war, der in der Redaktion angerufen hat … und zwar um halb fünf, also eine halbe Stunde, bevor Madame Darlan uns darüber informiert hat, dass da ein totes Mädchen in ihrem Garten liegt. So! Isst du nichts, Conrey?«

»Vielleicht später.«

»Dann ist unser Herr Chefredakteur hingefahren, um zu sehen, ob das stimmt mit der Toten im Wald. Er wollte inkognito bleiben und hat sich den Arsch abgefroren.«

»Und deswegen sollten wir noch mehr Mitleid mit ihm haben! Sollten wir doch, oder?«

»Und deswegen war er das, den ich da im Wald gerochen hab. Roch ja auch ganz schön nach Friseur in seinem Büro. So weit ist also eine ganze Menge klar, nur … Wer hat angerufen?«

»Na, der Täter, oder?«

»Oder Madame Darlan. Die hat auch eine dunkle Stimme. Und die Stimme war verstellt, hat er gesagt.«

»Hast recht, Conrey. Aber anonyme Anrufe? Das passt nicht zu ihr.«

»Vielleicht der Fettwanst, von dem der Wirt gesprochen hat, oder?«

Conrey will es genau wissen. »Aber warum ruft er in der Redaktion an, warum nicht bei uns? Wenn er angeblich weiß, wer der Mörder ist.«

»Walter Heimann. Du hast es doch gehört, oder? Walter Heimann ist der Mörder. Das hat der anonyme Anrufer dem Chefredakteur jedenfalls gesagt.«

»Kannst du jetzt bitte mal dein Besteck hinlegen? Du siehst doch, dass ich ein weißes Hemd anhabe! Danke. … Nein. Da stimmt was nicht. Wenn jemand Zeuge eines Mordes ist, dann ruft er doch nicht bei der Zeitung an!«

»Na, dann kommt mal mit Gründen.«

»Weil er selbst der Mörder ist und uns auf eine falsche Spur lenken will. Oder?«

»Möglich. Kommt aber gleich die nächste Frage …«

»Wer ist Walter Heimann?«

»Sehr gut, Conrey.«

»Lasst uns hinfahren, dann wissen wir's. Oder?«

»Nicht alle. Du fährst zu Genevièves Mutter.«

Ohayon schluckt ein bitteres Gefühl hinunter, nickt.

»Eine Vermisstenmeldung ist noch nicht eingegangen?«

Conrey schüttelt den Kopf. »Es ist gleich 14 Uhr. Na gut, vielleicht liest Genevièves Mutter keine Zeitung.«

Marie Grenier kommt an den Tisch. »Hallo, Roland. Schmeckt's?«

»Hm … hast du schon was?«

»Das Handy von dem toten Jungen. Er heißt Philippe Nimier. Neunzehn, wäre im Januar zwanzig geworden. Seine Eltern wohnen in Belière, er selbst ist hier in Fleurville zur Schule gegangen und bewohnt seit einem Jahr eine eigene Wohnung. Ich habe am Parkplatz Reifenspuren gefunden. Und zwar von zwei Autos! Keine Profile, aber ich habe die Spurweiten, den Wenderadius, all das. Ich kann jetzt schon sagen: Es waren beides große Autos. Genaueres um 17 Uhr. Mein Büro. Und bitte pünktlich.«

Roland Colbert nickt, Grenier geht.

»Gut. Ohayon, du gehst zu Genevièves Mutter. Weißt du, wo sie wohnt?«

»Ja.«

»Frag sie nach Genevièves Freunden. Du, Conrey, fährst zu den Eltern von dem toten Jungen. Nimm ein Foto mit. Wir müssen wissen, ob er wirklich Philippe … Wie hieß der, was hat Grenier gesagt?«

»Philippe Nimier. Es gibt da aber ein Problem, Roland.«

»Was für eins denn, Conrey?«

»Grenier hat gesagt, die Eltern wohnen in Belière. Das sind dreißig Kilometer Landstraße. Da komme ich niemals hin, bei dem Schnee.«

»Gut, dann fährst du mit mir zu Walter Heimann.«

»Wir werden gehen, Roland, nicht fahren.«

»Dann werden wir eben gehen.«

* * *

Sechsundvierzig. Sie hat es geschafft. Weg von der Kirche, nach Hause. Sie hat sich beruhigt. Sie ist in den Keller gegangen, hat sich ausgezogen und ist ins Wasser gestiegen. Der Pool erinnert sie immer an die Zeit, als sie und ihr Mann noch glaubten, eine perfekte Familie zu sein. Sie hatten Sport gemacht, sich gesund ernährt. Es hatte alles nichts genützt. Ihr Mann hatte sich von ihr scheiden lassen. Angeblich war sie verrückt. Das hatte er immer wieder gesagt. Ihre übertriebenen Schuldgefühle. Darin bestand ihre Verrücktheit. Sie hatte sogar Schuldgefühle gegen ihren Körper. Deshalb schwamm sie jeden Tag sechzig Bahnen.

Siebenundvierzig.

Seit vierzig Minuten schwimmt sie. Das Becken ist zwanzig Meter lang. Ihre Gedanken wiederholen sich.

Achtundvierzig.

Zwanzig Meter sind ein ungeheurer Luxus. In einem Privathaus. Ihr Schwimmstil ist schnell, aber ruhig. Sie ist nicht ruhig. Vor einer Stunde ist sie an der Kirche fast zusammengebrochen. Der Pfarrer hat sie weggeschickt. Und sie weiß, dass er recht hat.

Neunundvierzig.

Man kann nicht zum Pfarrer gehen und sagen, dass man über den Wald sprechen will. Und über eine Hexe.

Fünfzig. Sie schwimmt weiter.

Sie wird noch einmal zum Pfarrer gehen. Morgen vielleicht.

Erschlagen. Das stand ja auch in der Zeitung.

Sie schwimmt weiter.

* * *

Das Haus, in dem Walter Heimann lebt, ist keine Perle. Höchstens eine für Bauhistoriker. Eine schlichte Doppelhaushälfte aus Holz. Es gehört zu einer Siedlung, die ursprünglich aus zweihundertzehn solcher Holzdoppelhäuser bestand. Das alles war kurz nach dem Krieg ziemlich schnell hochgezogen worden, und zu jedem Haus gehörte ein Garten von achthundert Quadratmetern. Hier wurden damals vor allem Leute angesiedelt, die schnell eine neue Bleibe brauchten. In ihren Gärten, das war die Idee, sollten die vom Krieg Entwurzelten Obst und Gemüse anbauen. Ein Gedanke, der in seiner Praktikabilität und Symbolik so klar und stimmig war, der so gut funktionierte, dass darüber in den siebziger Jahren mehrere soziologische und baupsychologische Studien angefertigt wurden, die sich leider der fabelhaften Bodenständigkeit des Grundgedankens vollständig enthoben.

Nachdem die erste Bewohnergeneration aufgestiegen und weggezogen war, hatte man hier eine Zeit lang Sozialfälle untergebracht. Ein paar Kommunarden hatten neue Formen des Miteinanders ausprobiert und ziemlich viel Unfrieden gestiftet. In den sechziger und siebziger Jahren war also aus der eigentlich ganz hübsch angelegten Siedlung die übelste Wohngegend von Fleurville geworden. Aber das änderte sich. 1981 hatte ein Bauunternehmer der Stadt nach und nach fast alle Häuser aufgekauft, renoviert und einem wirklich durchdachten Konzept folgend mit Naturfarben veredelt. Die Holzhäuser wurden außerdem von Gutachtern neu bewertet und als ökologisch wertvoll eingestuft. Inzwischen wohnten hier Ärzte, Lehrer und höhere Beamte. Menschen mit Kindern, die einen Garten wollten, aber bitte keinen zu großen. Nur ein paar Häuser befanden sich noch im Originalzustand. Das heißt, sie waren ziemlich heruntergekommen. In diesen Bruchbuden lebten größtenteils Ausländer, die aber von den Ärzten und Lehrern der Nachbarschaft toleriert wurden und dort sogar Arbeit fanden. Als Putzfrauen und Gärtner. Ein weiteres gelungenes Sozialexperiment also, das ganz ohne vorherige Studie nur auf der Grundlage von Angebot und Nachfrage entstanden war. Und in einem dieser alten Holzhäuser sollte Walter Heimann leben. Das war wohl auch so. Jedenfalls stand sein Name am Klingelschild.

Das Erste, was Conrey und Roland von Walter Heimann mitkriegen, ist seine Stimme. Er kündigt sein Kommen an. Und zwar mehrfach.

Conrey wird ungeduldig: »Was dauert das so lange?«

»Bleib ruhig, Conrey, vielleicht war er unter der Dusche.«

»Um sich aufzuwärmen nach einer kalten Nacht? Was ist überhaupt mit dem Wetter los? Das frage ich mich. Ohayon hat mir von einem Film erzählt, so ein Untergangsfilm. Da fing es auch auf einmal an zu schneien. Hat dann gar nicht mehr aufgehört. Jetzt meint er, nur weil es bei uns mal am 4. November schneit, könnte das bedeuten … Ist doch irre!«

»Ja?«

»Ich meine, man fragt sich doch, ob da noch alles in Ordnung ist!«

»Es hat halt geschneit. Aber ob das gleich Eiszeit bedeutet?«

»Nein, ich meinte in Ohayons Kopf!«

»Ob da Eiszeit ist? Meinst du das?«

»So ungefähr.«

Die Tür öffnet sich.

»Entschuldigen Sie, ich … Wer sind Sie?« Roland Colberts erster Eindruck ist positiv. Walter Heimann ist ein angenehm wirkender Mann Mitte fünfzig. Ein Mann, der allerdings etwas vorsichtig ist. »Was wünschen Sie?«

»Ich bin Kommissar Colbert, das ist Sergeant Conrey. Wir möchten mit Ihnen reden. Dürfen wir reinkommen?«

Walter Heimann zögert. Steht in seiner Tür, die Hand am Rahmen, als wolle er ihnen den Weg versperren.

»Weshalb müssen Sie mit mir sprechen?«

»Es geht um das ermordete Mädchen am Feensee. Sie haben vielleicht davon in der Zeitung gelesen.«

»Ich lese nur deutsche Zeitungen.«

»Dürfen wir reinkommen?«

»Ich verstehe nicht, was Sie von mir wollen.«

»Wo waren Sie letzte Nacht?«

»Zu Hause. Hier in meiner Wohnung. Würden Sie sich bitte ausweisen.«

Roland Colbert zeigt seinen Dienstausweis, Conrey zögert, ehe er dem Deutschen seinen Ausweis zeigt. Walter Heimann lässt die beiden herein.

Die Wohnung riecht ein bisschen nach Mann. Davon abgesehen, ist sie aufgeräumt und nicht weiter auffällig. Nicht unangenehm auffällig jedenfalls. Denn trotz der Ordnung ist sie Ausdruck von Walter Heimanns Persönlichkeit.

»Sie lesen viel.«

»Ja.«

»Deutsche Bücher, wie ich sehe.«

Eine Bemerkung von Conrey, der begonnen hat, sich umzusehen.

»Ich bin Deutscher.«

»Und da lesen Sie deutsche Bücher. Natürlich.«

Roland Colbert spricht ein Weilchen mit Walter Heimann über deutsche Literatur, erfährt, dass Heimann sich gut auskennt, und schlägt dann einen Bogen zu der Frage, auf die er hinaus will. »Wenn Sie noch so verbunden sind mit Ihrem Land, warum leben Sie dann in Frankreich?«

Roland Colbert merkt sofort, dass Walter Heimann zögert. Dass er eine Antwort auf die Frage hat, sie aber nicht aussprechen will. Walter Heimann überlegt. Schließlich fasst er einen Entschluss. »Setzen Sie sich bitte.«

Roland Colbert und Conrey in zwei gemütlichen Sesseln, Walter Heimann auf dem Sofa. Er nimmt ein Buch in die Hand, das auf dem Tisch liegt. Es sieht aus, als hätte ein Lehrer zwei Schüler zu Gast, um ihnen vorzulesen. Schließlich legt Walter

Heimann das Buch zurück auf den Tisch. »Zunächst möchte ich eine Aussage richtigstellen. Mich korrigieren. Ich lese auch französische Zeitungen. Ich weiß, dass am Feensee eine junge Frau ermordet wurde, und ich weiß, dass jemand meinen Namen ins Spiel gebracht hat. ›Walter H.‹ Der Abkürzung meines Nachnamens verdanke ich, dass ich hier noch ungestört sitze, dass sich der Pöbel noch nicht vor meinem Haus rumtreibt.« Walter Heimann hört auf zu sprechen, blickt fahrig, fixiert dann den Kommissar. »Sie haben oft mit Verdächtigen zu tun …«

Roland Colbert beruhigt ihn. »Sie können sicher sein, dass wir Ihre Aussage vertraulich behandeln und kein Interesse haben, irgendeinen ›Pöbel‹ auf Sie zu hetzen. Aber wir haben viel zu tun. Also sagen Sie mir bitte, was los ist. Warum ist Ihr Name im Spiel?«

»Ich war bis vor vier Jahren Lehrer. In Saarbrücken. Dann wurde ich beschuldigt, mich an einer meiner Schülerinnen vergangen zu haben. Das habe ich nicht. Trotzdem hat die Polizei mich wie einen Verdächtigen behandelt. Aber natürlich verlief das am Ende alles im Sande.«

»Wie alt war das Mädchen?«

»Sechs Jahre. Sie hieß Ina Lorenz. Das Mädchen hat später seine Aussage korrigiert. Aber für mich war es zu spät. Damals war gerade eine Sechzehnjährige vergewaltigt und ermordet worden. Der Fall Isabel. Der Täter wurde nie gefasst. Sie haben davon gehört?«

»Der Fall Isabel? Nein.«

»Aber Sie können sich vorstellen … Die Zeitungen sind sehr an der Enttarnung von Kinderschändern interessiert. Das Interesse, einen Unschuldigen später zu rehabilitieren, ist dagegen nicht sehr ausgeprägt. Es spielt auch keine Rolle, ob jemand am Ende schuldig ist oder nicht. Wenn Ihr Name einmal im Zusammenhang mit so was fällt, können Sie nichts dagegen tun, dass selbst engste Freunde sich zurückziehen. Ich hoffe, mein voller Name wird hier in Fleurville nicht genannt, und ich kann bleiben. Es war schwer genug, Fuß zu fassen.«

Roland Colbert nickt. »Es ist trotzdem bedauerlich, dass Sie kein Alibi haben für letzte Nacht.«

»Ich lebe allein. Ich war zu Hause. Eigentlich ganz normal, oder?«

»Sie haben keine Frau?«

»Meine Frau hat mich nach der Sache in Saarbrücken verlassen.«

»Wir müssen Sie um eine Speichelprobe bitten.«

»Natürlich.«

»Conrey. Sie wissen ja, wie das geht.«

»In Deutschland hat mir die Speichelprobe damals nichts genützt. Obwohl sie bewiesen hat, dass ich das ermordete Mädchen nicht angerührt habe.«

Walter Heimann gibt seine Speichelprobe ab, Conrey verstaut das Wattestäbchen in einem Glasröhrchen. Der Kommissar wechselt das Thema. »Die neue Garage … Sie haben ein Auto?«

»Wollen Sie es sehen?«

»Bitte.«

Die Garage ist groß, und das hat einen Grund.

»Das ist ja ein Prachtexemplar!«

»Mein Hobby, wenn Sie so wollen. Das Gegenstück zu den Büchern.«

»Mercedes. Wie alt?«

»Fünfunddreißig Jahre.«

Roland Colbert kniet sich hin und sieht unter den Wagen. »Wann waren Sie das letzte Mal damit unterwegs?«

»Gestern.«

»Noch vor dem Schnee?«

»Es fing gerade an, als ich zurückkam.«

»Wann war das?«

»So gegen drei Uhr nachts.«

»Und wo waren Sie?«

»In Saarbrücken. Einen Freund besuchen. Einen der wenigen, die mir bis heute glauben, dass ich unschuldig bin.«

»Sie sagten vorhin, dass Sie zu Hause waren.«

»Ich kam so gegen drei zurück aus Saarbrücken. Wie gesagt, es hatte gerade angefangen zu schneien.«

»Sie wissen das alles so genau …«

»Ja. Ist das schlimm? Ich …«

»Geben Sie Sergeant Conrey bitte die Anschrift von Ihrem Freund. Wir werden außerdem jemanden vorbeischicken, der sich Ihr Auto ansieht. Bitte verändern Sie nichts an dem Wagen. Machen Sie nichts sauber, wir würden das feststellen.«

»Natürlich.«

»Noch eine Frage, Herr Heimann. Da Sie viel lesen … Kennen Sie eine Madame Darlan?«

»Marie Darlan. Ja.«

»Woher?«

»Wir interessieren uns beide für deutsche Klassik und haben uns in einer Buchhandlung drüben in Benningstedt kennengelernt.«

»Sie waren mal bei ihr zu Hause?«

»Ja. Da ist das Mädchen getötet worden, nicht wahr? Da auf der Lichtung …«

Roland Colbert nickt.

»Man hat ihr den Schädel eingeschlagen. Das stand jedenfalls in der Zeitung.«

Roland Colbert nickt nicht.

»Halten Sie mich für jemanden, der so etwas macht?«

»Ich weiß nicht, wie jemand ist, der so was macht. Ich weiß nur, dass es keinem auf die Stirn geschrieben steht.«

»Mir schon, oder?«

* * *

Der Mann aus dem Auto ist wieder allein. Keiner sieht ihn. Keiner kann seine Schwäche ausnutzen. Eben ist er zur Toilette gelaufen, weil er dachte, er müsste sich übergeben. Aber es kam nichts, es war nur die Aufregung.

Es liegt daran, dass der Mann sich vorkommt, als würde er gar nicht mehr existieren. Nach einer Weile verwandelt sich die Leere in etwas anderes. Er hat keinen Einfluss auf diese Verwandlung. Sie geschieht einfach. Er spürt, wie er müde wird. So müde, dass er sich aufs Sofa legen muss. Auf dem Sofa kommt er nicht zur Ruhe. Er nimmt ein Buch, legt es aber gleich wieder weg. Es wäre gefährlich, jetzt etwas zu unternehmen. Gleichzeitig glaubt er, er müsse einen Ausweg finden. Plötzlich tritt wieder eine Veränderung ein. Der Mann fühlt sich erleichtert. So erleichtert, dass er nun doch aufstehen muss. Er geht im Zimmer hin und her. So weit ist es mit ihm, dass er sich so aufführt! Aber immerhin: Während er geht, beginnt er zu verstehen, was mit ihm los ist. Er ist dabei, das Absurde der Situation zu begreifen. Und dazu passt, dass ich mich so aufführe! Ja. Er hat verstanden. Er ist geradezu verzückt in seinem Verstehen. Er könnte lachen, lacht aber nicht. Und während er nicht lacht in seiner Erleichterung, wird aus der wunderbaren Erkenntnis ein Satz, den er dann eine Weile wie ein Gebet vor sich hin sagt: Ich habe nichts gemacht, mir kann nichts passieren.

Plötzlich.

Er bleibt stehen. Und so schnell, wie eben noch alles gut war, ist jetzt wieder alles schlecht. Ihm ist etwas eingefallen. Der Mann weiß jetzt, dass er einen großen Fehler gemacht hat.

* * *

Eiszeit! Das trifft es genau! Zehntausend Jahre Eiszeit!

Sie sind auf dem Rückweg zum Kommissariat, und Conrey ist sich absolut sicher, dass er nicht irgendwer ist! Er ist jünger als Ohayon, hat trotzdem denselben Dienstrang.

Eiszeit!

Conrey hat nichts gegen Ohayon. Obwohl er sich manchmal fragt, wofür Ohayon eigentlich bezahlt wird. Conrey hat den Ruf eines zuverlässigen Mitarbeiters. Er weiß das. Er schläft auch nicht während der Nachtschicht. Und er hat es schon gar nicht nötig, so ein lächerliches Auto zu fahren wie Ohayon. Conrey weiß, dass Ohayon leidet. Weil er klein ist. Unattraktiv. Ob seine Antriebslosigkeit damit zusammenhängt? Conrey vermutet es. Trotzdem hat Ohayon eine Sonderstellung. Der Kommissar zieht Ohayon öfter ins Vertrauen als ihn. Vielleicht sind sie befreundet, dagegen kommst du nicht an. Darüber, ob der Kommissar und Ohayon befreundet sind, hat Conrey in letzter Zeit oft nachgedacht. Nur, was ist das für eine Freundschaft? Sie sind so unterschiedlich, wie sie kaum unterschiedlicher sein könnten. Ja, und neulich war ihm ein ganz sonderbarer Gedanke gekommen. Vielleicht ist der Chef gar nicht so selbstsicher, wie alle glauben. Vielleicht braucht er deshalb einen Zwerg an seiner Seite! Der Kommissar redet oft von Ohayons »sechs Augen und Ohren«. Als wäre der ein besonderes Tier! Conrey weiß, dass er sich auf seine Instinkte verlassen kann. Auch ohne sechs Augen und Ohren.

»Was meinst du, Roland? Heimann macht erst mal nicht den Eindruck von jemandem, der einem Mädchen den Schädel einschlägt.«

»Den Eindruck will er ja auch nicht machen.«

»Er bewegt sich langsam. Ist schon so steif wie einer Mitte sechzig. Kopfmensch.«

»Du kannst dir nicht vorstellen, dass er es schafft, einer Sechzehnjährigen den Schädel einzuschlagen.«

»Ich meine, ich würde jedem alles zutrauen. Warum soll ein gebildeter Mensch nicht pervers sein. Wir wissen ja nicht, was Heimann so alles liest. Außer deutscher Klassik. Wir wissen auch nicht, was diese deutschen Klassiker so alles geschrieben haben, ja? Ich habe gehört, es ist etwas Grausames darin, etwas ganz Kaltes. Du verstehst?«

Der Kommissar bleibt stehen und schaut Conrey mit offener Neugier an. Es ist die Erfrischung durch das Unerwartete, die diesen Blick auslöst. Er glaubte Conrey zu kennen, nach all den Jahren. Und doch zeigt sich hier etwas Neues. Eine Ausprägung des Charakters, die bisher nicht zutage getreten ist.

»Du verstehst, Roland, du verstehst, was ich meine. Und trotzdem! Einen schweren Gegenstand schwingen und ihn jemandem auf den Kopf schlagen? Glaub ich nicht, dass er das schafft. Passt nicht zu seiner Schlaffheit. Meine Meinung.«

Sie gehen weiter.

»Was würde zu ihm passen?«

»Dass er sie schön gemütlich zu sich nach Hause einlädt, ihr was vorliest und ihr dann was in den Tee tut. So in der Richtung.«

»Wir müssen erst mal rauskriegen, was damals in Saarbrücken passiert ist.«

Roland Colberts Handy klingelt. Er sagt ein paar Mal »Ja!« und am Schluss »Danke«.

»Das war das Krankenhaus. Sie haben dort einen Jungen. Der redet vom Wald und vom Feensee.« Roland Colbert überlegt, trifft eine Entscheidung. »Also gut, Conrey, du hast jetzt drei Aufträge: Erstens, ruf bei den Eltern von diesem Philippe an. Beschreib ihnen den toten Jungen, oder wenn sie ein Fax haben …«

»Schon klar.«

»Zweitens: Frag in Saarbrücken nach, wer den Fall bearbeitet hat, in den Heimann verwickelt war. Sprich mit ihm. Drittens: Sag Grenier, sie soll herkommen und Heimanns Wagen untersuchen.«

»Und du? Krankenhaus?«

»Ich frag mich, wie viele da eigentlich am Feensee waren.«

»Denk dran, Grenier will um fünf mit dir reden. Du weißt ja, wie sie ist. Ihre erste große Ansprache!«

»17 Uhr.«

* * *

Auf dem Rückweg zum Kommissariat denkt Conrey wieder an Ohayon. Da ist ein komischer Gedanke in seinem Kopf. Als Grenier in der Kantine sagte, dass der Wagen, dessen Spur sie am Parkplatz ausgemessen hat, sehr groß ist, da hatte Conrey sofort an Ohayons Amischlitten gedacht. Ohayon sieht genauso aus, wie man sich jemanden vorstellt, der Mädchen totschlägt. Blödsinn! Ohayon hatte ja Dienst. Er hatte vermutlich seinen fetten Arsch zwischen den Armlehnen seines Stuhls eingequetscht und geschlafen. Resnais ist ja auch da gewesen. Oder war der die ganze Zeit in der Telefonzentrale? Conrey schüttelt den Kopf. Er weiß, dass seine Gedanken schwachsinnig sind. Jetzt bild dir mal nichts ein! Im Grunde macht Ohayon seinen Job nicht anders als du!

Conrey betritt den Glasvorbau des Kommissariats. Er geht an dem Gummibaum vorbei, ohne ihn weiter zu beachten.

* * *

Sergeant Ohayon trinkt Cognac. Dabei betrachtet er das Muster der Tischdecke und entwickelt etwas Freude. Die sich kreuzenden Linien auf den orangefarbenen und gelben Flächen erinnern ihn an seine Mutter. Ganz passend, dass er gerade jetzt an seine Mutter denkt, schließlich war er auf dem Weg zu Genevièves Mutter, als er plötzlich eine Pause brauchte. Natürlich sind solche Pausen im Dienstplan nicht vorgesehen. Alkohol auch nicht. Aber Ohayon genießt eine Sonderstellung im Kommissariat von Fleurville. Der Idiot! Er hat Glück, einen Chef wie Roland

Colbert zu haben. Es sind bestimmte Fähigkeiten, die der Kommissar an ihm schätzt. Sechs Ohren und sechs Augen! Wenn es um Schwingungen geht, um das Unsichtbare, dann zählt Ohayons Meinung. Ich bin aber keine Frau! Ohayon bestellt noch einen Cognac. Er ist keine Frau, nein, und Grenier ist kein Mann. Und natürlich hat man mal wieder ihn losgeschickt. Zur Mutter von Geneviève. Ihr die Nachricht zu überbringen und ein paar Fragen wegen Genevièves Freunden zu stellen. Conrey, natürlich! Conrey ist mit bei Walter Heimann. Der heißen Spur. Conrey traut man analytische Gedanken zu. Ihm nicht. Dabei ist Ohayon vom Rang her der zweite, nach Roland Colbert. Wegen der Jahre … Ganz klar. Es ist eine Verweigerung. Ohayon soll Genevièves Mutter aufsuchen und geht ins Bistro.

Warum?

Ohayon ist gekränkt. Dabei hat er doch schon zwei Mal bewiesen, dass er auch anders kann. Ist aber schon lange her. Zwei Mal war der Kommissar plötzlich ausgefallen und er, Ohayon, hatte bewiesen … Ist aber schon lange her. Ohayon betrachtet die Linien der Tischdecke und versucht, sich zu konzentrieren. Er bemüht sich, den Fall und alles, was sie bisher wissen, vor sich auszubreiten. Neue Schlussfolgerungen zu ziehen.

Es gelingt ihm nicht.

Er ist nicht in der Lage, auch nur drei Thesen vor sich auszubreiten und zueinander in Beziehung zu setzen. Immer gehen die Gedanken woanders hin. Ich müsste das schriftlich machen. Wie damals. Ich müsste mir alles aufschreiben und die Zettel an die Wand pinnen. Aber er hat es nie wieder geschafft, einen Fall im Alleingang zu lösen. Zwei Mal schon! Als Roland Colbert ausgefallen war. Ohayon gibt auf. Er zahlt. Er hat jetzt einen schwierigen Auftrag.

* * *

Das Gebäude ist riesig. Es ist nicht riesig. Es wirkt riesig. Das Gebäude könnte zweihundert Jahre alt sein. Ein ehemaliges Kloster. Daher der Eindruck, es sei riesig.

Die Gänge sind lang. Den Gängen sieht man das Krankenhaus mehr an als dem Gebäude. Tuberkulose. Syphilis. Pocken. Alte Krankheiten. Überall religiöse Symbole. Das Kreuz. Maria. Blumen in engen Vasen. Ein Geruch zum Sterben. Die Fensterbrüstungen sind so hoch, dass man nicht hinaussehen kann, und die Schwestern sehen aus wie Nonnen. Es sind Nonnen. Der Arzt ist ruhig. Jung. Weltlich. Frisch wirkt er mit seinen vierzig Jahren. In dieser Umgebung.

»Aber wir wurden angerufen, dass hier ein Junge liegt, der … Es geht um den Mord am Feensee. Sie haben davon gelesen?«

»Natürlich. Deshalb hat Professor Galinski mich ja auch gebeten, Sie sofort anzurufen, aber … Sie können im Moment nicht zu dem Jungen. Er ist nicht bei Bewusstsein.« Der Arzt zögert. »Es gab Komplikationen.«

Roland Colbert spricht allein mit dem Arzt, die Wände sind gelb, sie stehen im Gang.

»Es ist wichtig für uns, ihn zu befragen. War er irgendwann bei Bewusstsein? Wissen Sie, wie er heißt?«

»Sie sprechen am besten mit der Schwester. Die war bei ihm. Kommen Sie.«

Der Arzt dreht sich um, Roland Colbert folgt ihm. Vor der Leichenhalle biegen sie ab. Ein neuer Gang, altes Linoleum.

Die Tür öffnet er ihm noch. Dann verlässt ihn der Arzt.

Der Raum ist nicht ganz so groß, wie Roland Colbert vermutet hätte. Vielleicht fünfzig Quadratmeter. Seine Funktion ist nicht zu erraten. Vielleicht finden hier Bestrafungen statt oder Verhöre, oder es ist keinem eingefallen in den letzten zweihundert Jahren, was man mit diesem Raum machen könnte. Außer zwei Stühle reinzustellen. Nur die, keinen Tisch. Die Wände sind weiß. Gekalkt, schmucklos bis auf ein kleines Kreuz. Auch hier sitzen die Fenster unerhört hoch. Das Licht der Sonne, die schrägen Strahlen. Eine scharf begrenzte Geometrie. Der Rest ist Schatten. Und dort im Dunkeln, auf einem Stuhl, den Rembrandt als alt bezeichnet hätte, sitzt eine Frau. Klein, schlicht in ihrer Tracht. Sie ist sechzig, vielleicht älter. Roland Colbert setzt sich ohne Aufforderung. Sie würde ihn nicht auffordern. Eine Aufforderung zum Setzen liegt nicht im Bereich ihrer Kompetenz. Er fragt, wann der Junge eingeliefert wurde.

»Um kurz vor fünf.«

»Von wem?«

»Vom König.«

»Von wem?«

»Vom König.«

»Dieser ›König‹ wird doch wohl einen richtigen Namen haben.«

»Er bringt manchmal die Mädchen.«

»Welche Mädchen?«

Sie schweigt.

»Wer ist dieser König, der die Mädchen bringt? Ein Sozialarbeiter?«

»Er bringt sie nur her.«

»Und Sie wissen nicht, wie er heißt?«

»Nein.«

»Müssten Sie das nicht wissen?«

»Professor Galinski sagt, es ist in Ordnung. Er gibt die Anordnungen. Der Junge war stark unterkühlt. Wir haben ihn versorgt. Er ist eingeschlafen. Es war alles in Ordnung.« Sie hört auf zu sprechen. Blickt zur Wand. Dorthin, wo das Kreuz hängt. »Ich war bei ihm, als er aufwachte. Er war sehr unruhig. Er fing an zu reden. Ich habe gemerkt, dass etwas nicht stimmt. Sie verstehen?«

»Ja, Schwester.«

Die vertraute Anrede bewirkt, dass sie den Kopf senkt. Als sie ihn wieder hebt, schimmern ihre Augen.

Die hat bestimmt schon Visionen gehabt, und sie ist viel älter als sechzig.

»›Wo sind die anderen? Der König muss kommen und sie holen!‹ So hat er geredet. Sie verstehen?«

»Hat er Namen genannt?«

»Philippe und Max.« Sie überlegt. Wiederholt die Namen. Ist sich sicher. Sie schüttelt den Kopf. Dann nickt sie. »Später fragte er nach Geneviève. ›Wo ist Geneviève? Jemand muss sie holen!‹« Sie atmet, als würde sie fühlen, was der Junge fühlte. »Er sagte noch etwas.«

Sie verrät es noch nicht, blickt erst zum Kreuz.

»Was sagte er?«

Sie quält sich.

»›Philippe, bau keinen Scheiß!‹« Sie lächelt klein, blickt wieder zum Kreuz. Hört auf zu lächeln. »Ich habe den Arzt geholt und … wir hätten ihn fast verloren. Er hat sich erbrochen, als ich draußen war. Er bekam keine Luft mehr. Wir haben ihn aber stabilisiert. Zuletzt hatte er gefragt, wo der König ist.«

»Der König, der die Mädchen bringt.«

»Ja.«

»Danke. Bringen Sie mich jetzt bitte zu Professor Galinski. Irgendwer wird doch wohl wissen, wer dieser König ist.«

»Der Professor operiert.«

»Wie lange?«

»Bis heute Abend. Ein Tumor im Kopf einer Schwester.«

Roland Colbert blickt zum Kreuz. Die Schwester auch. So sitzen sie ein Weilchen. Roland Colbert im Licht, die Schwester im Schatten.

»Das hier ist kein staatliches Krankenhaus, oder? Wem unterstehen Sie?« Die Schwester blickt weiter zum Kreuz. Sagt nichts. »Werden hier Schwangerschaftsabbrüche vorgenommen?«

Die Augen der Schwester. Feuchtes, blaugraues Glas. Rot umrandet, mit Lidern, die sich nun zum ersten Mal richtig öffnen. Die Schwester sagt Dinge, die widersprüchlich klingen. Dinge, die die Gesellschaft betreffen, ihren Orden und Regeln. Roland Colbert hat nicht den Eindruck, dass er getäuscht werden soll. Er hat den Eindruck, dass die Schwester versucht, etwas zu rechtfertigen, das für sie so quälend und widersprüchlich ist, dass sie nur in Form eines Ausbruchs darüber reden kann. Roland Colbert weiß, dass er diese Widersprüche nicht durchdringen wird. Er wartet, bis die Schwester sich wieder in der Gewalt hat.

»Sind die Sachen des Jungen untersucht worden?«

»Nein.«

»Dann möchte ich Sie bitten, mir die Sachen zu bringen.«

»Er war ziemlich betrunken. Das konnte man riechen.« Wieder lächelt sie. Klein, aber voller Freude. Wenigstens voller Verständnis. Findet sie es gut, dass Minderjährige bis zur Bewusstlosigkeit trinken? Dann korrigiert sie sich: »Wir hätten besser auf ihn aufpassen sollen. Aber wir waren in Gedanken bei der Schwester, die Professor Galinski operieren musste.«

Die Schwester nickt kurz und verlässt dann den Raum. Roland Colbert geht zu dem Kreuz an der Wand. Er staunt, wie klein es ist und wie primitiv gemacht. Er führt zwei Telefonate. Als erstes informiert er die Zentrale und sagt, dass ein neuer Name aufgetaucht ist. Max. Dass der Wald also weiter durchsucht werden soll. Danach ruft er Ohayon an. Zum Glück ist der noch nicht bei Genevièves Mutter. Er erteilt ihm den Auftrag, die Mutter zu fragen, ob Geneviève jemanden kannte, der Max heißt.

* * *

Keine Zeit.

Marie Grenier. Spurensicherung. Einunddreißig Jahre. Seit vier Jahren dabei. Alle nennen sie Grenier, was wie der Name eines alten Mannes klingt. Dabei sieht sie überhaupt nicht unweiblich aus. Ein bisschen nach großer Stadt sogar. Ein bisschen modern. Ein bisschen nach Mädchen. Mit ihren schwarz gefärbten schulterlangen Haaren, ihrem sehr gerade geschnittenen Pony. Burschikos gekleidet. Immer Hosen mit vielen Taschen.

Roland Colbert macht sich manchmal Sorgen um sie.

Neulich kam er in ihr Büro, um sie etwas zu fragen. Sie war eingeschlafen. Lag mit ihrem Oberkörper auf dem Tisch direkt vor dem Bildschirm. Der Computer lief, zeigte aber nur einen Bildschirmschoner. Was der Kommissar sah, gefiel ihm nicht. Auf dem schwarzen Bildschirm erschien plötzlich eine knallrote, siebenstellige Zahl, begann herumzuwandern und teilte sich dann. Die beiden Teilzahlen schienen einer Rechenoperation zu gehorchen, wurden immer größer und teilten sich dann wieder. Das ging immer schneller, so lange, bis hinter Greniers Kopf alles voller Zahlen war. Zuletzt war der ganze Bildschirm rot. Dann erschien eine schwarze Zahl. Da spätestens war ihm klar, dass er mit Grenier reden musste. Nicht über die Arbeit, sondern über sie. Es war ihm schon seit einiger Zeit aufgefallen, dass sie sich immer öfter in einer nur ihr selbst bekannten Präzision verlor. Der Bildschirmschoner hatte ihn daran erinnert.

Auch jetzt sitzt Marie Grenier vor ihrem Computer und durchforscht, was man im Internet eben so durchforschen kann. Bei ihr sind es Autos. Autos mit einer großen Spurweite und schmalen Reifen.

Dann wird sie unterbrochen. Conrey kommt herein und sagt, dass sie sich Walter Heimanns Mercedes ansehen soll. Grenier fragt, wie alt der Mercedes ist.

»Fünfunddreißig Jahre, hat Heimann gesagt.«

Grenier bricht sofort auf.

* * *

Genevièves Mutter weiß es noch nicht.

Als Ohayon sie fragt, ob er reinkommen darf, als sie im Wohnzimmer stehen, sie weiß es noch nicht, als sie fragt, worum es geht …

Sie meint, dass Geneviève bei ihrer Freundin ist.

Natürlich ist der erste Moment schlimm. Der erste Moment ist keine Trauer, sondern ein Schock. Ein Sturz.

Ohayon hat keine Chance. Wie soll er eine Chance haben, ihr Leid zu mildern, in diesem schlimmsten Moment ihres Lebens? Ihre Abwehr, ihren Hass auf ihn, der die Nachricht überbringt. Wie soll er das schaffen?

Ohayon findet einen Weg.

Er hält sie. Nicht, indem er sie die ganze Zeit festhält, obwohl auch das eine Weile nötig ist. Ohayon kann so was. Diese schrecklichen Situationen meistert er. Er murmelt. Leise und ohne Unterbrechung murmelt er sie an. Er ist sehr nahe bei ihr. Und er bewegt sie. Er hält sie und zieht sie ein Stück weg vom Abgrund. Am Ende hat er sie zu einem Gedanken bugsiert, an den sie sich in den nächsten Wochen klammern wird. Bestrafung. Der Wunsch nach Bestrafung ist unglaublich schnell da. Ersetzt sofort einen Teil der Trauer. Und mündet in einen Auftrag.

»Ihr müsst mir versprechen, dass ihr herausfindet, wer es war!«

Ohayon nickt.

»Und ihr müsst mir versprechen, dass er büßen wird!«

Ohayon verspricht es ihr.

Er will gehen. Gerade schon gehen. Da fällt ihm sein Auftrag ein.

»Wollte Geneviève eigentlich allein in die Discothek? Oder

hat sie sich vorher mit einem Freund getroffen? Einem Max zum Beispiel oder einem Philippe?«

»Max und Philippe? Nein, die kenne ich nicht. Aber Geneviève wollte sich vorher mit Kristina treffen und da auch übernachten.«

»Wie heißt Kristina mit Nachnamen?«

»Stühler.«

Genevièves Mutter sagt Ohayon, wo Kristina Stühler wohnt. Das schafft sie, weil es mit ihrem Auftrag zusammenhängt: Ihr müsst mir versprechen, dass ihr herausfindet, wer es war!

* * *

Die unerhörte Verlangsamung trotz aller Dringlichkeit ist durchaus zu ertragen.

Marie Grenier liegt unter dem Mercedes von Walter Heimann und kratzt Dreck vom Unterboden in ein enges Glasröhrchen. Sie denkt nur an eins: So viele Krümel wie möglich ins Glas.

Conrey überbringt Philippe Nimiers Eltern telefonisch die Nachricht, dass ihr Sohn letzte Nacht im Wald von Fleurville erfroren ist. Er fragt nach Namen von Freunden. Er bedient das widerspenstige Faxgerät. Er tut, was zu tun ist.

Roland Colbert ist auf dem Rückweg zum Kommissariat. Es fahren keine Autos. Es ist still in der Stadt.

Resnais sitzt am Telefon, bereit, Hinweise entgegenzunehmen. Das Fenster. Sein Blick. Es schneit.

Ohayon ist auf dem Weg zu Kristina Stühler. Es schneit und hört nicht mehr auf.

Sie tun alle etwas Sinnvolles. Es liegt nicht an ihnen, dass es so langsam geht. Es liegt auch nicht am Schnee. Es liegt daran, dass sie zu wenig Informationen haben. Schnelle Autofahrten, parallele Handlungen, geschriene Befehle, das wäre ihnen sicher lieber gewesen.

Wirklich?

Natürlich hat das, was man als professionelles Vorgehen bezeichnet, manchmal etwas von einer Lähmung. Einer unerträglichen Verzögerung. Keine Frage. Aber das sind sie gewohnt. Sie wissen, dass die Beschleunigung, die unerhörte Befriedigung, die Erregung, dass das immer aus diesem Zustand der Lähmung heraus kommt. Und so trägt die Verzögerung eben doch genau das in sich, auf das sie alle warten. Es kann jeden Moment soweit sein. Die Lähmung nährt die Hoffnung. Sie ist notwendig. Sie ist das Feuer. Wer sich in diesem Punkt täuscht, hat Schwierigkeiten. Nicht nur bei Kriminalfällen.

* * *

Das Haus ist grün, aber nicht auffällig. Drei Stufen, oben ein kleiner Absatz. Die Tür ist braun. Alt. Groß.

»Bist du Kristina Stühler?«

»Ja.«

»Ich bin Sergeant Ohayon.«

»Ja?«

»Ich komme wegen Geneviève.«

»Was ist mit der?«

»Hast du keine Zeitung gelesen?«

»Nein.«

Eine kleine Verzögerung.

»Geneviève ist tot, Kristina.«

Das Mädchen zeigt nicht viel Veränderung. Äußerlich. Kristina steht immer noch in der Tür. Aber als Ohayon seine nächste Frage stellt, antwortet sie nicht. Er muss zwei Mal nachfragen, ehe sie reagiert.

»Du wusstest es noch nicht?«

»Was ist passiert?«

»Wir haben deine Freundin auf der anderen Seite vom

Feensee gefunden. In der Nähe ist das Haus von Madame Darlan.«

»Die mit den Kaninchen?«

»Kennst du Madame Darlan?«

»Geneviève hat mir davon erzählt. Die hat Kaninchen, die Madame Darlan.« Kristina spricht langsam, fast mechanisch. Ohayon sieht, dass sie zittert. »Und warum ist sie tot? Was ist da passiert? Hat ihr jemand was getan?«

»Geneviève wurde erschlagen. Wollen wir reingehen? Möchtest du dich setzen?«

Kristina nickt, und sie gehen ins Wohnzimmer. Ohayon fühlt sich unwohl. Er kennt sich nicht aus mit Mädchen. Er sieht sich die Einrichtung an. Ein Sofa, zwei bequeme Sessel, ein Couchtisch, ein Regal. Da ist nichts, was einem ins Auge fällt. Außer vielleicht drei alten Schwarzweißfotos, auf denen Männer neben toten Tieren stehen. Großen Tieren. Die Szene spielt offenbar in Afrika, denn um die Männer herum stehen Schwarze in traditioneller Kleidung. Auf dem ersten Bild gucken die beiden Weißen den Betrachter an, auf dem zweiten streiten sie miteinander, auf dem dritten schießt der eine den anderen tot. Man kann nicht sagen, ob die Bilder gestellt sind oder ob der Fotograf Zeuge eines Mordes war. Das wäre dann aber ein gewaltiger Zufall. Nein, die Bilder sollen irgendwas ausdrücken. Unter den Bildern steht etwas, das Ohayon nicht lesen kann.

»Die Fotos sind von meinem Großvater.«

»Und was steht da drunter?«

»Das weiß keiner. Wir wissen nicht mal, was für eine Sprache das ist.«

»Verstehe.«

Ohayon wüsste natürlich gerne, was da vorgefallen ist, aber er reißt sich zusammen und sucht das Zimmer nach weiteren Hinweisen ab. Hinweise worauf? Da ist nichts. Nur die Reproduktionen von vier Gemälden gleichen Formats. Köpfe von berühmten Leuten! Ohayon sieht sich die Bilder interessiert an.

»Beethoven, Bach, Strauss und Mozart«, erklärt Kristina, und Ohayon nickt mit dem Kopf. »Mein Vater hört gerne klassische Musik.«

Ohayon nickt weiter mit dem Kopf, als sei alles klar, allerdings hätte er keinen der Komponisten erkannt. Irgendetwas an diesen Bildern kommt Ohayon unstimmig vor. Berühmte Komponisten. Was soll da nicht stimmen? Er konzentriert sich wieder auf den Fall und auf Kristina.

»Wart ihr gut befreundet? Du und Geneviève.«

Kristina nickt. Ohayon sieht, wie sie immer kleiner wird in ihrem Sofa. Er überlegt, ob er ihr den Vorschlag machen darf, einen Cognac zu trinken.

»Geneviève war gestern Abend hier. Sie wollte ins *Chaise Longue,* das ist die Discothek.«

»Wann war das?«

»Sie war um neun hier, und wir haben geredet, und sie hat mir erzählt, dass sie was Neues angefangen hat. Ein Bild, in dem ganz viel Silber vorkommt. Dann ist sie los.«

»Wann?«

»Weiß nicht genau. Um elf vielleicht.«

»23 Uhr.«

»Ja.«

»Und du?«

»Ich bin hier geblieben. Ich gehe nicht in die Disco.«

»Hat Geneviève versucht, dich zu überreden mitzukommen?«

»Sie weiß, dass ich nicht hingehe.«

»Warum nicht?«

»Ich mag die Jungs da nicht. Ich sehe auch nicht so gut aus.«

Ohayon verkneift sich, ihr zu sagen, dass er das eigentlich

nicht findet. »Hat sie dir gesagt, ob sie sich da mit jemandem treffen wollte?«

»Nein.«

»Kennst du ihre Freunde?«

»Ja.«

»Hat sie gesagt, dass sie in der Disco jemanden trifft, der Max oder Philippe heißt?«

»Da haben wir nicht drüber gesprochen. Hat Philippe ihr was getan?«

»Wie kommst du darauf?«

»Weil er schon öfter Mädchen geschlagen hat. Er ist brutal. Hat er sie getötet?«

»Das wissen wir noch nicht.«

»Könnte ich mir vorstellen.«

»Dass Philippe es war.«

»Ja.«

»Hatte Geneviève einen festen Freund?«

»Nein. Hat sie mir jedenfalls nicht gesagt.«

»Ihr wart gut befreundet, oder?«

»Ja. Müssen Sie noch lange hier sein?«

»Warum fragst du?«

»Weil ich nicht weinen möchte, wenn Sie da sind.«

»Gut, Kristina, ich gehe jetzt. Wenn dir noch was einfällt, kannst du mich anrufen. Hier steht meine Nummer drauf.«

Ohayon geht. Kristina bringt ihn nicht zur Tür. Sie bleibt auf dem Sofa sitzen und hält es noch ein Weilchen aus. Dann kippt sie langsam auf die Seite und krümmt sich zusammen.

* * *

Marie Grenier ist fertig mit ihrer Arbeit, als Roland Colbert um 17 Uhr ihr Zimmer betritt. Er nimmt Platz, sie fängt sofort an. »Das Einfache zuerst. Auf dem Säbel sind weder Fingerabdrücke noch Blut. Er stammt vermutlich aus dem Schuppen. Nicht aus dem geschlossenen Teil, da war niemand drin. Seit Wochen nicht, vielleicht seit Jahren. Aber unter dem Teil, der nur überdacht ist, lagen noch zwei solcher Säbel. Überall liegt da Militärzeug rum. Uralt. Madame Darlan sagt, das stammt vom Vorbesitzer. Sie hat das Haus 1991 gekauft und den Schuppen angeblich nie genutzt. Könnte stimmen, wenn man bedenkt, in was für einem Zustand die Sachen sind. Auf dem Boden des überdachten Teils konnte ich keine Fußspuren entdecken. Der Wind hat den Schnee auch dort teilweise hingeweht. Warum ist sie eigentlich nicht ins Haus gegangen? Ich meine, ihr muss doch irrsinnig kalt gewesen sein.«

»Keine Ahnung.«

»Zweiter Punkt: Das Opfer lag auf einer dünnen Schicht Schnee. Sie ist also dort hingestürzt oder abgelegt worden, kurz nachdem es angefangen hat zu schneien. Das war so gegen drei Uhr. Ich kann noch nicht sagen, wo ihr der Schlag beigebracht wurde. Mein Gefühl sagt mir, dass sie nicht am Fundort erschlagen wurde. Jetzt kurz zu dem Jungen. Als ich ihn untersucht habe, fand ich, dass er nach Alkohol roch. Er ist vermutlich erfroren. Möglicherweise hat er sich im Wald verirrt. Er war für die Disco angezogen, nicht für draußen, nicht für minus sechs Grad. Warum die beiden so weit vom Parkplatz entfernt rumgelaufen sind, musst du rausfinden. Vielleicht spielt der Alkohol da eine Rolle. Ich hab der Gerichtsmedizin gesagt, dass sie bei beiden eine Blutuntersuchung machen sollen. Machen sie wahrscheinlich sowieso. Dann hab ich mich gefragt, warum der Junge sich keine Hilfe geholt hat. Er hatte ja ein Handy dabei.«

»Hat er jemanden angerufen? Die Dinger speichern das doch.«

»Hat er nicht. Die Antwort ist der Akku. Er ist nur noch zu acht Prozent geladen. Hier im Zimmer kannst du damit telefonieren.

Wenn ich das Handy eine halbe Stunde draußen auf die Fensterbank lege, nicht. Dann bricht die Akkuleistung zusammen. Das hat ihn vermutlich das Leben gekostet. Es sei denn, er hatte andere Gründe, nicht anzurufen, oder war zu betrunken, um auf die Idee zu kommen. Spekulationen. Letzter Punkt – davon verspreche ich mir im Moment am meisten: Auf dem Parkplatz waren Spuren von zwei Autos. Dass es so stark geschneit hat, war gut und schlecht. Einen Reifenabdruck konnte ich natürlich nicht sichern, dafür aber die Zeiten, jedenfalls ungefähr. Als der erste Wagen dort eingeparkt hat, lag kein neuer Schnee. Der zweite muss ungefähr zwei Stunden später dort gewesen sein.«

»Woher weißt du das?«

»Ich hab gemessen, wie dick die Schneedecke über den Spuren war. Sind natürlich nur Anhaltswerte. Aber ich würde sagen, zwischen der Ankunft des ersten und zweiten Wagens lagen anderthalb bis zwei Stunden. Abgefahren sind die Wagen ungefähr zur gleichen Zeit.«

»Hast du eine Theorie, warum?«

»Für mich sieht das aus, als hätten der erste Wagen oder seine Insassen irgendwie Hilfe gebraucht. Dann ist jemand gekommen, hat geholfen, und dann sind sie zusammen weggefahren.«

»Okay.«

»Noch was! Das waren keine normalen Autos. Das waren riesige Schlitten. Die Spurbreite und der Radstand sprechen dafür.«

»Geländewagen?«

»Nein. Die Reifen waren sehr schmal. Ich hab eine Weile gebraucht, bis ich drauf kam. Würde sagen, das waren Oldtimer. Autos, wie sie in den Fünfzigern und Sechzigern, vielleicht noch in den Siebzigern gefahren wurden. Es gibt hier einen Klub, der Oldtimertreffen veranstaltet, die konnten mir helfen. Wendekreis und all das. Wenn das nicht irgendwelche Amischlitten waren, wie Ohayon einen fährt, dann kann das nur ein großer

Mercedes, ein Opel Admiral, ein Opel Kapitän oder was von dem Kaliber gewesen sein. Citroën und Renault kann ich ausschließen. Jetzt zu den negativen Punkten. Ich habe keine Tatwaffe gefunden. Der Schnee, wie gesagt. Da oben liegt außerdem haufenweise Gerümpel rum. Vor allem beim Schuppen. Wir könnten natürlich alles aus dem Schnee ausbuddeln und untersuchen. Das dürfte eine Lastwagenladung voll Krempel sein und würde eine Woche dauern. Selbst wenn wir das Gebläse einsetzen, wird alles zertrampelt. Danach kannst du alle weiteren Spuren vergessen. Ich verspreche mir im Moment mehr davon zu warten, bis der Schnee schmilzt, und dann rauszufinden, ob da noch jemand rumgelaufen ist, als dass ich alle Spuren vernichte und am Ende eine Eisenstange als Tatwaffe identifiziere, die der Täter da irgendwo aufgelesen hat. Nehme an, er hat Handschuhe getragen, allein schon wegen der Kälte. Also keine Suche im Schnee. Einverstanden?«

»Einverstanden.«

»Ich fahr morgen noch mal raus. Übrigens haben die Suchmannschaften keine weiteren Jugendlichen im Wald gefunden, und sie sind jetzt durch. Am Fundort liegen inzwischen fast fünfzig Zentimeter und es schneit munter weiter. Scheiße ist das. Ach ja, ehe ich's vergesse! Vorhin war jemand von der freiwilligen Feuerwehr da. Der sagte, es sei üblich, dass sie einen Kasten Bier kriegen, wenn sie nachts raus müssen. Und da Resnais sie hinbeordert hat …«

Roland Colbert nickt. »… bezahl ich das Bier.«

»Sieht so aus, Roland.«

»Und die Hunde kriegen nichts?«

»Das ist deine Entscheidung.«

»Hm. Gibt's nicht irgendeine Stelle, die so was bezahlt?«

»Meinst du jetzt die Hunde oder das Bier?«

Der Kommissar erinnert sich. Es sind schöne Gedanken.

Letztes Jahr war er mit Juliet auf dem Feuerwehrfest. Juliet hatte zwei Mal beim Leiterspiel gewonnen und danach auch noch als Erste den großen Knoten aufgekriegt. Eine Kaffeemaschine hatten sie gewonnen. Er war sehr stolz auf sie gewesen. Nicht nur, weil sie gewonnen hatte. Es war ein berauschender Abend gewesen. Sie hatten lange getanzt und sich anschließend draußen geliebt. Hinter dem Schuppen, da, wo der alte Fischer seine Netze zum Trocknen aufhängte. Die Netze und wie Juliet sich darin verfangen hatte … Und ich hatte den Feuerwehrleuten vier Flaschen Bier geklaut! Die sie danach tranken, während über ihnen die Netze baumelten, während sie zum ersten Mal über Kinder redeten …

»Roland? Alles in Ordnung?«

»Ja.«

»Dann ist ja gut.«

Roland Colbert nickt, erkennt, wie gerecht und gut die Welt manchmal ist und beschließt, den Kasten Bier für die freiwillige Feuerwehr zu bezahlen. Er findet es gut und wichtig, dass es so was gibt. Nicht nur wegen dem Sex unter den Fischernetzen. Wer außer der Feuerwehr wäre mitten in der Nacht so schnell draußen gewesen, um nach verirrten Menschen zu suchen? Dann fällt ihm noch etwas ein.

»Ach ja! Ich hab hier ein Handy. Von dem Jungen, der im Krankenhaus liegt. Kannst du dich damit mal befassen? Vielleicht kriegst du raus, wie er heißt. Und stell fest, wen er angerufen hat. Er hat im Krankenhaus von Philippe und Max gesprochen. Ich hab keinen Max in seinem Adressbuch gefunden. Probier das bitte durch. Ach, und der Mercedes von Walter Heimann. Was ist damit?«

»Gut möglich. Die Spurbreite kommt hin. Die Proben werden noch untersucht.«

»War übrigens toll.«

»Was?«

»Dass du gleich zum Parkplatz gelaufen bist.«

Es klopft. Roland Colbert sieht sofort, dass es Ohayon nicht gut geht. »Hat die Mutter was gesagt?«

Ohayon wird deutlich. Etwas, das äußerst selten vorkommt. »Na was schon! Geheult hat sie und ist zusammengeklappt!« Eine kleine Pause. »Aber sie wusste was. Geneviève hat sich, bevor sie ins *Chaise Longue* gefahren ist, mit einer Freundin getroffen. Kristina Stühler heißt die. Wohnt unten am Bahnhof. Ich war da. Die wusste es noch nicht.«

Ohayon bricht ab, und Roland versteht, was das bedeutet. Er schlägt vor, in die Kantine zu gehen, und macht Grenier ein Zeichen, ihnen zu folgen.

* * *

Die Kantine der Polizeistation von Fleurville ist im Souterrain untergebracht, die Deckenhöhe beträgt genau 2 Meter 72. Ein ausgesprochen flacher Raum also, der seit seiner Errichtung 1961 nie renoviert wurde. Die Wände, selbst die Decke, sind mit einer sonderbar altertümlichen Holztäfelung verkleidet. Vollkommen unpassend für einen Stahlbetonbau. Gemütlich. Vielleicht war das der Gedanke. Zum Holz der Wände kommt noch braunes, stark nachgedunkeltes Linoleum. Und neunzehn Blechlampen gibt es, die an schwarzen Kabeln über neunzehn Holztischen hängen. Im Moment sitzen nur sieben Leute an diesen Tischen. Ach ja! Manche Mitarbeiter bilden sich von Zeit zu Zeit ein, die Blechlampen würden ganz leicht hin und her pendeln. Eine optische Täuschung natürlich, aber keine unerklärliche. Die Kantine der Polizeistation von Fleurville würde nämlich nicht schlecht in ein Schiff passen. Und zwar in ein altes Schiff. Aber es ist kein Schiff, Roland ist nicht der Kapitän, und Ohayon trinkt keinen Rum, sondern Cognac. Die Flasche steht noch auf dem

Tisch. Eine Flasche Cognac? In der Polizeikantine? Es ist eine Ausnahmesituation.

»Kristina wusste noch gar nicht, dass ihre Freundin tot ist. Bei der Mutter, das war schon schlimm. Aber bei der Kleinen ... Die konnte fast nicht mehr reden, bei der ist das irgendwie nach innen gegangen.«

Roland Colbert macht ein paar unerklärliche Bewegungen mit seinen fest aufeinandergepressten Lippen, steht auf, geht an einen anderen Tisch und betrachtet ein Glas, das dort steht. »Was sagt Kristina?«

»Geneviève ist um 21 Uhr bei ihr angekommen, und dann haben sie bis ungefähr 23 Uhr geredet. Über Bilder und ...«

Eine schnelle Bewegung. »Scheiße!« Roland Colbert hat aus Versehen das Glas vom Tisch geschleudert, die Splitter springen meterweit über den Boden. »Scheiße ist das!« Er brüllt so laut, dass Köpfe sich drehen. »Ein Teenager!«

So auszurasten! Das passt überhaupt nicht zu ihm. Trotzdem erklärt der Kommissar weder jetzt noch später, was ihn zu diesem Ausbruch veranlasst hat, warum es ausgerechnet hier in der Kantine soweit war. Es verlangt auch keiner eine Erklärung. Statt etwas zu sagen, geht er ein paar Meter. Und zwar noch so mitgenommen, dass er schwankt. Er bleibt stehen, führt seine Hand zur Stirn, berührt sie kurz mit vier Fingern, lässt die Hand runterschnellen. Steht noch einen Moment, sammelt sich und kehrt dann zurück. Alle in der Kantine haben diesen sinnlosen Gang, diese noch sinnlosere Bewegung der Hand verfolgt. Und jeder versteht den Grund. Auch die, die selbst noch nie so gegangen, noch nie so eine Bewegung gemacht, noch nie so gebrüllt haben. Alle verstehen ganz genau. Alle, bis auf eine junge Algerierin. Die holt Schippe und Besen. Dass sie das tut, ist richtig. Denn nicht alle Regeln sind außer Kraft gesetzt, wenn sich jemand vergisst und ein Glas vom Tisch fegt. Man kann den Ausbruch akzeptieren. Natürlich. Aber Glasscherben auf dem Boden, das geht nicht. Die Ordnung muss wiederhergestellt werden. Und zwar möglichst ohne viel Aufsehen. Die Haltung der jungen Algerierin ist also alles andere als eine Nebensächlichkeit. Im Gegenteil. Von allem, was im Moment in der Kantine gedacht und getan wird, repräsentiert einzig ihr Gang zum Abstellraum den Gedanken, auf dem die Existenz dieser Kantine, die Existenz aller französischen Polizeistationen beruht.

Ohayon gießt sein Glas noch mal voll.

Die ungeheuer langsame Art, wie er das genau vor den Augen des Kommissars tut, beunruhigt Grenier. Sie befürchtet einen erneuten Ausbruch. Der findet aber nicht statt. Im Gegenteil. Roland Colbert versteht, was die Geste ihm sagen soll. Statt erneut rumzubrüllen, setzt er sich auf den Stuhl neben Ohayon und legt ihm die Hand auf die Schulter. Grenier presst die Lippen aufeinander und betrachtet einen Abschnitt der Fußleiste.

»Also, wie hat Genevièves Mutter es aufgenommen?«

»Interessiert dich das plötzlich?« Ein Blick. Eine kleine Pause. Ohayon ist sauer, weil immer er die schlechten Nachrichten überbringen muss. »Geweint hat sie und musste sich setzen.«

»Du hast mit ihr geredet und sie ein bisschen getröstet.«

»Ich bin lange da gewesen und hab sie auch festgehalten und so. Mit ihr geredet.«

»Und wie ging es ihr, als du weg bist?«

»Sie will, dass wir ihn schnappen und dass er bestraft wird.«

»Gut. Gut gemacht.«

»Hm.«

»Wie lange ist Geneviève bei ihrer Freundin geblieben?«

»Kristina sagt, Geneviève ist um 23 Uhr weg, ins *Chaise Longue*. Kristina ist nicht mitgegangen, die macht sich nichts aus der Disco, die Jungs gefallen ihr nicht, und sie meint, sie sei hässlich. Aber als ich nach Philippe und Max gefragt habe, da wollte sie wissen, ob Philippe Geneviève was getan hat. Das kam sofort.«

Roland Colbert gibt durch nichts zu erkennen, was er von Ohayons Bericht hält. Er atmet nur einmal tief durch.

»Das *Chaise Longue*. Wann machen die auf?«

»Acht oder neun, würde ich sagen.«

»Also acht Uhr. Sag Conrey Bescheid.«

Kommissar Roland Colbert steht auf, will die Kantine verlassen. Aber Ohayon hält ihn am Arm fest, zieht ihn mit einer erstaunlich kraftvollen Bewegung dicht zu sich ran und spricht dann ganz leise. »Du. Bist. Ein. Arschloch.«

Männergeplänkel. Eine Art, sich seine Zuneigung zu zeigen.

Roland scheint diese Bemerkung also vollkommen zu akzeptieren. Grenier nicht. Sie steht auf und verlässt ohne ein weiteres Wort die Kantine. Sie hat eine tiefe Abneigung gegen unkontrollierte Ausbrüche. Und solche seltsamen Bündnisse zwischen Männern mag sie schon gar nicht.

* * *

Selbst ausgesprochen schwierige Situationen sind zu bewältigen. Solange man nur bei klarem Verstand bleibt. Er hat Glück. Einen klaren Verstand zu haben war schon immer seine Stärke. Und das Schlimmste ist ja offenbar überstanden.

Er hat mal gelesen, dass der erste Tag entscheidend ist. Und sie sind nicht gekommen, haben keine Spur. Jedenfalls keine, die zu ihm führt. Das Wasser kocht, er tut die Spaghetti rein. Nicht zu weich, nicht zu hart! Danach probiert er die Soße. Wenn er seinen Kopf nach rechts dreht, kann er seine Frau und seine Tochter sehen. Sie sind im Wohnzimmer und spielen ein ziemlich kompliziertes Spiel. Für eine Sechsjährige ist seine Tochter wirklich sehr gut. Er weiß, dass seine Frau ängstlich auf jedes Anzeichen von vorhandener oder nicht vorhandener Intelligenz bei ihrer Tochter achtet. Und es sieht ganz so aus, als wäre seine Intelligenz auf die Tochter übergegangen. Er stellt den Durchschlag in die Spüle, um die Spaghetti schnell abzugießen, wenn sie soweit sind. Die Soße ist auch gleich fertig. Er probiert noch mal und gibt etwas von den frischen Kräutern dazu. Er, seine Frau, sein Kind. Und der Mann steht am Herd! Er findet das völlig in Ordnung. Er liebt es, für seine Familie zu kochen, sich mit Kräutern und gutem Gewürzsalz zu beschäftigen. Sogar auf die Kalorien achtet er neuerdings. Ja! Alles hat sich so geregelt, wie es besser nicht hätte kommen können. Er ist wieder vollkommen stabil. Und so wäre tatsächlich alles in Ordnung.

Ein Tropfen spritzt auf, triff ihn an der Hand. Ein scharfer Schmerz. Alles wäre in Ordnung! Wenn ich nicht diesen Fehler gemacht hätte! Er reibt sich über den Handrücken. Mein Notfallplan war ein Fehler, ich hätte nie bei der Zeitung anrufen dürfen!

Er nimmt den Topf, gießt die Spaghetti hastig ab. Auch dabei tut er sich weh. Scheiße!

Während die Spaghetti abtropfen, schaut er hinaus. Es ist längst dunkel. Es schneit immer noch. Er weiß jetzt: Etwas muss geschehen!

* * *

An der Tür des *Chaise Longue* gibt es Schwierigkeiten. Der Türsteher spielt sich auf und will Conrey und Ohayon nicht reinlassen. Natürlich haben sie ihre Ausweise vorgezeigt, aber der Türsteher bleibt stur.

Als Roland Colbert dazukommt, hat sich schon eine Traube gebildet. Der Türsteher hat alle auf seiner Seite und genießt es. Am Rand der Traube werden Neuankömmlinge über den ungeheuerlichen Vorgang informiert.

»Die Bullen wollen eine Razzia machen!«

»Quatsch! Die Bullen wollen nur ein paar Fragen stellen!«

Das hat Ohayon schon fünf Mal erklärt. Er hat auch erklärt, dass er mal jung war und dass er alles versteht und dass er damals auch was gegen Bullen hatte. Das Gelächter ist enorm.

Roland Colbert erreicht den Rand der Traube.

»Platz machen!«

Die Jugendlichen machen Platz. Roland Colbert erreicht die Tür, nickt dem Türsteher kurz zu und betritt das *Chaise Longue*. Die Sergeanten folgen ihm. Draußen entsteht ein Tumult. Alle wollen rein. Der Türsteher pflanzt sich vor seiner Tür auf und erklärt dem Volk, was Sache ist.

»Da drin findet eine polizeiliche Ermittlung statt, ihr geht erst rein, wenn man euch ruft.«

Wie sieht eine Dorfdisco aus? Es gibt einen langen Tresen und der Rest des Raums ist dunkel. Der Barkeeper ist ruhig und kooperativ. Er weiß nichts. Fünfzig Jugendliche sind da. Roland Colbert hält eine kleine Ansprache.

»Seid mal ruhig, bitte!« Ein Schwall. Alle reden durcheinander, beruhigen sich dann. »Danke. Ich bin Kommissar Colbert. Die meisten von euch können sich denken, warum wir hier sind. Stand ja in der Zeitung. Am Feensee wurde ein Mädchen erschlagen. Sie heißt Geneviève Mortier …« Wieder muss er warten, bis sich alle beruhigt haben. »Es gibt noch ein weiteres Opfer. Einen toten Jungen. Er heißt Philippe Nimier …« Zwei Mädchen schreien auf, was folgt, ist keine Unruhe mehr, sondern ein Tumult. Es dauert, bis Roland Colbert weitersprechen kann. »Außerdem suchen wir jemanden, der Max heißt, und ich möchte wissen, ob jemand von euch gestern Abend hier war und gesehen hat, was Geneviève gemacht hat und mit wem sie weggegangen ist. Sergeant Ohayon, Sergeant Conrey und ich werden eure Aussagen aufnehmen.« Dreißig der fünfzig Jugendlichen stürmen auf ihn zu. Schon den ersten aufgeregten Äußerungen kann er entnehmen, dass sie alle Geneviève, Philippe und Max kannten. »Bitte nicht alle gleichzeitig! Fang du mal an. Wie heißt du?«

»Selina.«

»Es geht um gestern Abend, um die Zeit …«

»Ja, ich weiß, als Geneviève mit den Jungs abgezogen ist. Das war so. Sie hat getanzt, und Philippe hat sie angebaggert. Das macht er mit allen so, und sie hat sich drauf eingelassen, obwohl sie wusste, dass Philippe scheiße ist.«

»Wieso scheiße?«

»Der hat schon versucht, welche zu vergewaltigen.«

»Weißt du das sicher?«

»Da können Sie jede fragen. Philippe ist brutal. Erst schleimt er, und wenn man allein ist mit ihm, wird er brutal. So, und die Jungs hängen sich an ihn ran, weil sie hoffen, dass sie durch ihn an Mädchen rankommen. Max zum Beispiel passt sonst gar nicht zu Philippe, Max ist in Ordnung. Aber das ist Philippes Trick, dass er immer Jungs bei sich hat, die in Ordnung sind. Wahrscheinlich ist Geneviève deshalb überhaupt mit ihm los. Weil Max dabei war.«

»Kennst du Max?«

»Geht in meine Parallelklasse. Max Steiner heißt er.«

»Steiner? Ist der mit Marie Darlan verwandt? Die hieß früher mal Steiner.«

»Die ist seine Großmutter, die war auch mal Lehrerin bei uns. Alle nennen sie die Hexe.«

»Warum?«

»Weiß ich nicht.«

»Weißt du, wo Max wohnt?«

»Neben dem Kino. Gleich das Haus links. Mit seinen Eltern.«

»Wann ist Geneviève hier weg?«

»Um eins oder halb zwei.«

»Mit wem?«

»Na, mit Philippe und Max und noch einem. Ich glaube, der heißt Thomas. An den Feensee. Fragt sich nur, was die da im Winter wollen. Die können ja nicht alle im Auto … obwohl … Das war ein riesiger Schlitten!«

»Welche Marke?«

»Kenn ich mich nicht so mit aus, das wissen bestimmt die Jungs.«

»Kanntest du Geneviève?«

»Bisschen.«

»Wie war sie?«

»Ganz normal. ’n bisschen einfach gestrickt, und die wusste auch nicht genau, was sie wollte.«

»Was meinst du damit?«

»Dass sie alle Jungs angemacht hat und dann doch nicht wollte. Da hat sie bei Philippe echt schlechte Karten gehabt. Und dann ist noch, dass sie ein bisschen simpel war. Ihre Mutter ist ja … die putzt im Rathaus. Aber andererseits war sie in manchen Fächern ganz gut. In Kunst zum Beispiel, aber … bei ihr wusste man nie so genau, wo man dran war, mal war sie in einer Clique, und dann wollte sie wieder allein sein. Mit sechzehn ist das ja angeblich normal, dass man nicht weiß, was man will, obwohl ich da anders bin, und ich bin auch sechzehn.«

»Du weißt, was du mal werden willst.«

»Jedenfalls kein Model.«

»Was dann?«

»Weiß ich noch nicht.«

»Wollte Geneviève Model werden?«

»Sie hat sich ziemlich aufgerüscht. In letzter Zeit jedenfalls. Gelesen hat sie aber auch. Alte Sachen.«

»Kleist?«

»Was?«

»Hat sie Kleist gelesen?«

»Wer ist das?«

»Danke, Selina.«

* * *

Der Kaffee schmeckt gut, was daran liegt, dass es kein Filterkaffee ist, weil Conrey sich Gedanken gemacht hatte. Ihm war nämlich irgendwann klar geworden, dass er einen großen Teil seines Lebens im Kommissariat verbringt, und dass der Kaffee dort nicht nur sauer schmeckt, sondern wahrscheinlich auch schlecht für den Magen ist.

Conrey hatte also gefragt, ob sie nicht zusammenlegen wollen, um eine Espressomaschine zu kaufen. Keiner war interessiert. Also hat Conrey die Espressomaschine allein bezahlt. Es war eine gebrauchte Maschine aus einem Bistro, das Pleite gemacht hat, es war eine große Maschine. Nachdem sie da war, haben alle davon profitiert. Es hat ein paar Versuche gegeben, doch noch zusammenzulegen und Conrey einen Teil des Geldes zurückzugeben. Aber das hat nicht funktioniert. Es ist ihnen nicht mal gelungen, Geld für die Espressobohnen einzusammeln, die Conrey regelmäßig mitbringt. Conrey hat keine große Sache daraus gemacht. Es ist seine Maschine, es ist sein Espresso, alle profitieren davon. Außer Marie Grenier. Die trinkt weiterhin Kaffee aus der alten Kaffeemaschine.

Besprechung. Der Kommissar fängt an.

»Was ist bei euch rausgekommen? Conrey.«

»Philippe war ein Arschloch. Gefährlich. Unberechenbar. Max war in Ordnung. Und es war noch ein dritter Junge aus der Disco dabei. Einige meinten, dass er Thomas heißt. Sie sind zwischen eins und halb zwei losgefahren. Die Jungs meinen, das war ein altes deutsches Auto. Ein Opel, hat einer gesagt. Sie wollten zum Feensee. Ja, und Max heißt Max Steiner, wohnt bei seinen Eltern neben dem Kino. Und Achtung! Er ist der Enkel von Madame Darlan.«

»Ohayon?«

»Das Gleiche. Bei mir meinte ein Junge, das Auto wäre ein alter Opel Admiral gewesen. Er hat lange über Autos geredet, kennt sich offenbar aus. Sonst das Gleiche wie bei Conrey. Außer dass ein Mädchen ausgesagt hat, dass noch ein vierter Junge dabei war.«

»Weiß sie, wer das war?«

»Nein.«

»Was gibt's, Conrey?«

»Na, die wichtigste Frage! Warum hat sich Max noch nicht gemeldet? Jeder hier in Fleurville weiß, dass Geneviève ermordet wurde.«

»Das wird er uns erklären müssen. Hat sich jemand negativ über Max geäußert?«

»Nein.«

»Bei dir, Ohayon?«

»Nee, außer ... Ein Mädchen meinte, dass er ein Schleimer ist, der immer nur sagt, was die anderen sagen.«

»Ein Mitläufer.«

»Ja, aber einer, der die Klappe ziemlich aufreißt. Ich glaube, eigentlich mag sie ihn. Das Mädchen, das sagte, dass er ein Schleimer ist.«

»Ein Schleimer mit einer großen Klappe also. Na, mal sehen, was Max dazu sagt. So weit ist das Kino ja nicht.«

* * *

Die Eltern von Max hatten schon geschlafen. Aber daran liegt es nicht, dass das Feuer nicht mehr brennt, dass sie nebeneinanderstehen wie zwei erloschene Kerzen, von denen die eine größer ist als die andere. Und wissen tun sie auch nichts. Angeblich ist Max in Deutschland. Sie haben mit ihm telefoniert. Noch vor einer Stunde. Es geht ihm gut. Sie sind nicht beunruhigt.

»Na, dann rufen Sie bitte noch mal an!«

»Anrufen?«

»Jetzt?«

»Ja, jetzt! Ihr Sohn soll sich sofort hier einfinden und seine Aussage machen!«

Max' Eltern sind seltsam gleichgültig. Als ginge sie das alles nichts an. Auch Ohayon und Conrey sagen nichts. Es ist still. Ohayon sieht eine Standuhr, die wohl vor einundvierzig Jahren stehen geblieben ist. Außerdem Teppiche. Sogar an den Wänden. Ein Goldfisch schwimmt in einer alten Vase. Und der immerhin ist munter! Freut sich darüber, dass es noch mal hell geworden ist in der Stube. Ohayon nickt, als er das bemerkt. Niemand beachtet ihn, und Roland Colbert verliert allmählich die Geduld.

»Weil ihr Sohn zusammen mit Geneviève am Feensee war! Letzte Nacht, als sie ermordet wurde! Deshalb wollen wir mit ihm sprechen! Und wenn's geht, noch bevor wir hier alle Wurzeln schlagen.«

»Ach so.«

Max' Vater zögert. Macht zwei Schritte. Bleibt stehen. Zögert erneut. Ruft schließlich in Deutschland an. Max ist nicht da. Die Gleichgültigkeit der Eltern, die Teppiche, die Müdigkeit. Roland Colbert hat die Nase voll. »Gut, dann wird er zur Fahndung ausgeschrieben. Conrey, ruf in Deutschland an, die sollen ihn suchen und festnehmen.«

Max' Vater hält diese Maßnahme für übertrieben. Man sieht es. Er öffnet den Mund. Sagt nichts. Max' Mutter schließt sich der Meinung ihres Mannes an, indem sie sich an der Hand kratzt.

Die Ermittler verlassen das Haus. Sie stehen auf der Straße. Vor dem Kino ein paar Jugendliche, die rauchen. Ein älterer Mann mit einer Plastiktüte kommt vorbei. Bleibt kurz stehen.

Dreht sich um. Geht ein Stück zurück. Dreht sich wieder um. Geht weiter.

»Gut. Schluss für heute. Wir sehen uns morgen um acht.«

Dann ruft Grenier an.

»Was hat sie gesagt?«

»Die Proben von Walter Heimanns Mercedes. Er war am Feensee.«

»Voilà!«

* * *

Sex. Fischernetze, Beichte und Mord.

Es ist ein Zufall. Wirklich! Die meisten Morde sind Zufall. Gelegenheiten. Eine lange fällige Entlastung. Und sehr viele Morde passieren in der Familie. Oder unter Freunden. Da hält eine Frau ihren Mann nicht mehr aus, oder ein Mann seine Frau. Dabei hatte es doch so schön begonnen. So wie bei Roland und Juliet. Roland hat sich an den Abend nach dem Feuerwehrfest erinnert, daran, dass seine Frau eigentlich immer Lust hatte, was er für wichtig hält, und an die Fischernetze und auch daran, dass sie damals über Kinder gesprochen hatten.

Juliet hat heute nicht an Sex gedacht. Aber an Kinder. Und an Pflichten. Sie ist müde. Mürbe. So mürb und müde, dass sie keine Lust hat, ins Bett zu gehen. Dabei war im Verlag gar nicht viel los. Nicht mal Monsieur Joiet hat sie heimgesucht. Nein, der Verlag konnte nichts dafür. Sie hatte keine Entscheidung getroffen. Noch vor ein paar Tagen war alles klar gewesen. Sie hatte einen guten Job und einen Mann. Da war es gar keine Frage, dass sie demnächst vielleicht Kinder haben würden. Andererseits – als sie vor zwölf Jahren im Verlag anfing, war sie sich so sicher gewesen, dass sie eines Tages allein bestimmen würde, was in die Lesebücher kam und was nicht. Woran lag es, dass sie dabei war, diese Vorstellung Stück für Stück aufzugeben? An Roland? In den Jahren vor ihm hatte sie alles dafür getan aufzusteigen. Sich zu verwirklichen. Seit sie mit Roland zusammen war, fühlte sie sich tausendmal besser. Aber ausgerechnet dieses Besserfühlen hatte ihr die Kraft geraubt. Stattdessen gefiel sie sich plötzlich in ihrer Rolle als Stiefmutter!

Silvia denkt an den Pfarrer und ihre Beichte. Irgendwann war sie aber weggekommen von dem zwanghaften Wunsch zu beichten. Ganz plötzlich hatte sich ihr Schuldgefühl in sein Gegenteil verkehrt. Nein, sie würde weder sich noch jemand anderen für schuldig erklären. Ihre Aufgabe ist es, dass sie und Kristina aus der Sache rauskommen. Danach denkt sie kurz an ihren Mann. Er hatte ihr das Haus und den Pool im Keller überlassen. Schwimm weiter! Hatte er gesagt, denn aus dem, was sie als Familie angefangen hatten – »Gesund leben!« –, daraus war etwas Krankes geworden. Bei ihr. Sie schwimmt zu viel. Sie lebt zu gesund. Es ist traurig. Dass aus etwas Gutem etwas so Schlechtes geworden ist. Sie waren gescheitert.

Diese Gefahr besteht immer. Dass Mann und Frau scheitern. Woran liegt das? Am Egoismus? Am Zwang? Daran, dass jeder Mensch etwas will, und es ihm letztlich egal ist, was die anderen wollen? Ist das Mord? Lebensmord?

Der Mann aus dem Auto ist zufrieden. Er hat einen großartigen Text von Kleist gelesen. Madame Darlan hatte ihn darauf hingewiesen. Texte und Rotwein. Eine Stunde am Abend. Ja, die Welt ist friedlich. Er sitzt im Wohnzimmer und betrachtet das Buch auf dem Glastisch. Alles ist gut. Seine Frau ist schon vor einer Stunde ins Bett gegangen. Er hofft, dass sie schläft, wenn er nachher hochgeht.

Als Roland in seiner Pension im Bett liegt, versucht er, Juliet anzurufen. Sie geht nicht an den Apparat. Er ist irritiert. Er hatte damit gerechnet, dass sie zu Hause ist. Erst will er den Gedanken einfach beiseite schieben, aber dann steht er doch noch mal auf, geht runter und holt sich aus dem Kühlschrank hinter dem Tresen zwei Flaschen Bier. Er legt Geld hin und geht wieder hoch. Er darf so was. Man kennt ihn hier. Es ist zu weit, um nach Hause zu fahren. Wenn ein Fall dringlich ist, übernachtet er hier. Eine Weile steht er in seinem Zimmer, das Bier in der Hand. An der Wand hängt ein Stich. Eine Windmühle. Davor zwei Reiter, die ein totes Reh zwischen sich halten, auf dem etwas auf Lateinisch steht. Der Kommissar war ganz gut in Latein. Auf dem Reh steht: »Teile gerecht!« Neben den Reitern steht eine Bäuerin, die einen Ball oder Kohlkopf in die Luft wirft. Roland Colbert hat nie begriffen, was das Bild bedeuten soll, und er versteht immer noch nicht, warum Juliet nicht ans Telefon geht. Er legt sich schließlich ins Bett, trinkt sein Bier, knipst das Licht aus. Es dauert lange, bis er einschläft. Er träumt von zwei Reitern, die an einer Art Wandteppich entlangreiten, der die Geschichte Europas darstellt.

Zweiter Tag – Sonntag

Der Sonntagmorgen beginnt damit, dass der König auf seinem Thron sitzt. Hinter ihm steht eine scharfkantige Palme aus Blech, ein befeuertes Objekt, das an eine große Gasflasche angeschlossen ist. Die Flammen züngeln den Stamm hoch, verbreiten Wärme. Der König blickt über die Landschaft vor sich. Es ist nur ein heller Schimmer. Eine Wüste mit Kratern und Heide im Sommer, jetzt eine weiße Wüste. Die Deutschen und die Franzosen haben diese Krater in die Landschaft geschossen. Bäume sind nie wieder gewachsen. Der König residiert auf einem Hügel über der Wüste. Hunderttausend Männer sind hier gefallen. Neunzig Jahre ist das her.

Dann kommt eins von den Mädchen. Das Mädchen setzt sich neben seinem Thron auf den Boden und blickt, wie er, nach vorne. So sitzen sie eine Weile. Der König und das Mädchen. Im Gesicht des Mädchens kleine Anzeichen von Unruhe. Das Mädchen schaut hoch zu ihm. Es ist ein fragender Blick. Der König nickt nicht, aber die Art, wie er ihren Blick erwidert, scheint sie in irgendetwas zu bestätigen. Jedenfalls wirkt sie, als sie wieder nach vorne guckt, sicher.

* * *

Für Roland Colbert beginnt der Sonntag mit einem erfreulichen Gespräch. Er liegt noch im Bett, als Sina anruft und fragt, wann er kommt.

»Ich kann nicht nach Hause kommen, Sina … Ja, würde ich auch gerne, aber mein Auto steckt in einem Graben … Nein, mir ist nichts … nein, ich bin nur rückwärts in den Graben gerollt … Ich weiß nicht, wann ich wieder nach Hause komme, es schneit immer noch, und die Straßen sind nicht frei. … Wie? … Ja gut, gib sie mir. … Hallo, Juliet. … Ja, das Bett ist lang genug. … Na ja, wo schon? Noch in Fleurville. … Nein, nichts ist passiert, mein Auto steckt nur in einem Graben fest. … Nein, nichts Schlimmes, ich bin einfach nur rückwärts … Wie? … Gemütlich! … Klingt gut … Fisch zum Frühstück? … Ach, gestern Abend, ich wunderte mich schon … Sina hat was? … Fisch gegessen? Waren das Fischstäbchen? … und sie hat nichts über die Gräten gesagt? … Wirklich! … Das auch noch! Was ist denn los bei euch? … Nein, es ist wunderbar, dass Sina zum Friseur will, ich hab ja seit Wochen mit ihr darüber … Ja … Ja, vielleicht sollte ich öfter mal wegbleiben, vielleicht müsst ihr das unter euch ausmachen.«

An dieser Stelle hakt sich etwas Kleines ein, in Roland Colberts Kopf. »Ich kann dir nicht sagen, wann ich komme, wir stecken noch ganz am Anfang, und die Straßen, wie sieht's denn bei euch aus? … Auch alles dicht? … Na, sobald die Straßen halbwegs frei sind, vielleicht morgen Abend.«

Nachdem er aufgelegt hat, steht Roland Colbert auf. Beim Duschen erinnert er sich daran, dass da irgendwas war, während des Gesprächs. Er versucht sich zu erinnern. Es hatte etwas mit Sinas Friseurtermin zu tun. Er schiebt den Gedanken beiseite, verlässt die Pension.

Der Schnee gefällt ihm. Auch die Luft. Auf dem Weg zum Kommissariat ist da noch mal dieses Gefühl, dass etwas war, während des Gesprächs, etwas hatte seine Aufmerksamkeit erregt. Eine kleine Assoziation. Er kommt nicht drauf. Als er das Kommissariat betritt, ist es verschwunden.

* * *

Sie frühstücken zusammen, weil Conrey Brötchen und Aufschnitt mitgebracht hat und weil Sonntag ist. Roland Colbert fragt Conrey wegen Max.

»Nix. Die Deutschen haben ihn noch nicht gefunden. Aber bei denen liegt auch so viel Schnee.«

»Hat sonst jemand was? Grenier?«

»Das Handy von dem Jungen aus dem Krankenhaus. Er heißt Thomas Baffour.«

»Sehr gut.«

»Weißt du, Roland, ich hab noch mal überlegt …«

»Was hast du überlegt, Conrey?«

»Dass wir sortieren müssen. Das ging gestern alles so schnell.«

»Dann sortier mal.«

»Wir haben erst mal zwei Hauptverdächtige. Philippe und Walter Heimann.«

»Heimann ist also für dich ein Hauptverdächtiger?«

»Ist er nicht?«

»Doch, schon möglich, aber warum?«

»Weil ich Greniers Bericht gelesen habe. Das mit den Radständen, und dass das Oldtimer waren, da auf dem Parkplatz.«

»Grenier?«

»Könnte von einem Mercedes sein. Die eine Spur jedenfalls. Wir müssen klären, wo die Jugendlichen den Wagen her haben …«

Conrey unterbricht sie. »Richtig, die andere Spur stammt bestimmt von dem Auto, mit dem die Jungs und Geneviève an den See gefahren sind. Opel Admiral, hat einer gesagt. Das passt erst mal gut zusammen. Die fahren an den See. Philippe will was von Geneviève, sie haut ab … Sie weiß, dass Madame Darlan da wohnt. Sie rennt da also hin, Philippe hinterher, er verliert ihre Spur … Ja, und oben auf der Lichtung begegnet sie Heimann.«

»Hoppla! Hat Heimann da auf sie gewartet?«

»Vielleicht hat er Madame Darlan besucht. Er hat selbst gesagt, dass er sie kennt. Er will nach Hause und begegnet ihr.«

»Okay. Wäre möglich. Hast du das Alibi von Heimann überprüft?«

»Er war in Saarbrücken. Den Freund gibt es. Aber sie haben viel getrunken, und Heimanns Bekannter will sich nicht festlegen, wann Heimann bei ihm weg ist. Er meint, so gegen eins. Von Saarbrücken braucht man eine Stunde. Knapp. Das heißt, er war vielleicht schon um zwei hier. Geneviève ist gegen drei getötet worden. Ein Alibi ist das nicht.«

Roland Colbert schüttelt den Kopf. »Das mag theoretisch alles hinkommen, Conrey, aber … Wenn er Madame öfter besucht hat, dann kennt er bestimmt den Weg von Deutschland her. Und er kam ja aus der Richtung, wenn er aus Saarbrücken kam. Heimann ist Mitte fünfzig, und … hast du ja selbst gesagt … er wirkt wie Mitte sechzig. Bewegt sich ziemlich langsam. Warum sollte er seinen Wagen unten am See parken? Das ist ein beschwerlicher Weg, um den See und durch den Wald.«

»Vielleicht hat er die jungen Leute da gesehen und mitgekriegt, wie Geneviève in den Wald gelaufen ist. Dann hatte er immer noch Zeit, zurückzufahren und von der anderen Seite her zur Lichtung zu kommen.«

»Er wusste also, wo sie hinrennt? Woher wusste er das?«

Marie Grenier hat noch etwas, das gegen Conreys Theorie spricht. »Kommt nicht hin mit den Zeiten. Der zweite Wagen war erst zwei Stunden später da.«

»Also so gegen halb vier.«

»Eher noch später.«

»Was haben denn die aus Deutschland gesagt? Über Heimanns Fall?«

Conrey schlägt sein Notizbuch auf. »Vier Jahre ist das her.

Ermittelt hat damals Hauptkommissar Reimers. Der ist auch noch da. Hab ihn aber noch nicht erwischt.«

»Was ist mit der DNA von Heimann? Wo bleiben überhaupt die ganzen Ergebnisse von der Gerichtsmedizin?«

»Guck aus dem Fenster.«

»Es gibt ja auch Telefon!«

»Die Proben sind unterwegs, aber ...«

»Gut. Conrey, ruf noch mal im Krankenhaus an. Vielleicht ist dieser Junge ... Wie hieß der, Grenier?«

»Thomas Baffour.«

»Vielleicht ist der inzwischen aufgewacht. Wir wissen zu wenig darüber, was am See passiert ist. Und versuch weiter, diesen deutschen Kommissar zu erreichen. Wir müssen abklären, was Heimann damals gemacht hat. Seine Version haben wir. Mich interessieren die Verdachtsmomente. Letzte Frage: Hat sich einer von euch Gedanken darüber gemacht, wer diese beiden anonymen Anrufer waren?«

»Zwei?«

»Einer hat angerufen und uns informiert, dass da Jugendliche im Wald unterwegs sind. Das war Viertel nach fünf. Wer hat den Anruf eigentlich entgegengenommen?«

»Resnais.«

»Gut. Und irgendwann ruft dann auch noch jemand bei der Zeitung an und denunziert Walter Heimann. Wer war das? Und warum ruft er nicht bei uns an?«

Sie schweigen.

»Komm, Ohayon. Wir fahren noch mal zu Madame Darlan. Ich will wissen, wie gut sie Walter Heimann kennt und wann er das letzte Mal da war.«

»Ihr werdet nicht hinkommen, guck nach draußen.«

Grenier behält recht. Roland Colbert und Ohayon bleiben kurz hinter der Stadtgrenze von Fleurville stecken.

»Geht nicht, Roland, oder nur mit dem Hubschrauber.«

»Kann das denn sein? Anfang November?«

»Ich hab dir doch von dem Film erzählt, den ich gesehen habe …«

»Lass mich in Ruhe mit dem Scheiß!«

Dann ruft Conrey an. Thomas Baffour ist noch nicht aufgewacht. Ende der Fahnenstange. Es kommt nichts mehr rein an diesem Sonntag.

* * *

Der Mann aus dem Auto sitzt in einem bequemen Sessel und denkt nach. Er weiß, dass er einen großen Fehler gemacht hat. Etwas, das logisch war, hat sich als Fehler herausgestellt. Er fragt sich, wie ihm das passieren konnte. Nach einiger Zeit kommt er drauf. Er hat bei seinem Plan zu sehr das Ergebnis im Auge gehabt. Seine eigene Logik. Aber die ist gefährlich. Er darf sich nur an die Logik halten, die außerhalb seiner selbst liegt. Er hat gedacht, was er denken wollte. Das darf ihm nicht noch einmal passieren.

Jetzt ist er in Gefahr. Er hat die Gefahr geradezu heraufbeschworen. Und das ausgerechnet mit einer Maßnahme, die seiner Sicherheit dienen sollte. Er muss handeln. Er macht also einen neuen Plan. Diesmal denkt er nur in der Konsequenz der äußeren Logik. Er wird warten, bis die Zeitung wieder etwas schreibt. So lange zu warten, muss er riskieren. Die Zeitung wird den Startschuss geben. Ohne dass jemand etwas weiß. Außer ihm. Wenn er Glück hat, werden sie schon morgen etwas schreiben, das sein Handeln rechtfertigt. Rechtfertigt in den Augen derer, die nichts von ihm wissen. Das ist logisch und gut! Es gefällt ihm, aus der Distanz heraus zu operieren.

Dritter Tag – Montag

Die Besprechung am Montagmorgen verzögert sich. Einige kommen wegen des Schnees zu spät, andere, die nicht in Fleurville wohnen, kommen gar nicht. Wenigstens hat es aufgehört zu schneien. Die Wettervorhersage für die nächsten Tage prophezeit allerdings, dass die Temperaturen weiter unter dem Gefrierpunkt bleiben. Als Roland Colbert den Besprechungsraum betritt, wird engagiert debattiert. Die Gespräche drehen sich dabei weniger um die toten Jugendlichen als ums Wetter, Winterreifen und darum, wann die Straßen geräumt werden.

»Immerhin hat es letzte Nacht keine Verkehrsunfälle gegeben!«

»Da hast du recht, Grenier. Da hat sie recht, oder?«

»Ich hatte zwei Pakete Salami mitgebracht, wo sind die?«

Roland Colbert versteht das alles. Er versteht, dass manche es eben nicht pünktlich schaffen, er versteht, dass es nichts bringt, ungeduldig zu sein, er versteht sogar, dass Schnee im Winter kein böser Wille ist. Trotzdem.

»Warum, verdammt, sind wir nicht vollständig?«

»Guck aus dem Fenster. Ist wieder Kaffee da?«

»Zwei Pakete. Stehen unten im Schrank.«

Dann kommt Resnais. »'tschuldigung, bin zu spät, weil … kalt ist es! Minus acht Grad! Ist wieder Kaffee da?«

»Bin schon dabei.«

Roland Colbert stellt sich ans Kopfende des Tischs und zeichnet eine grobe Skizze des Tatorts und der Umgebung an eine Tafel. Dass noch eine Tafel verwendet wird und kein Overheadprojektor, ist ein Zugeständnis daran, dass er zwei Meter groß ist und lieber in der Vertikalen zeichnet. Dann geht es noch mal um die Salami, die Conrey mitgebracht hat und die jetzt weg ist, und Ohayon erzählt Resnais von diesem Film, in dem es auch immer schneit, und keiner denkt sich was, und …

»Könnt ihr dann mal aufhören zu quatschen? … Danke. Der Fall Geneviève Mortier. Obwohl jeder von euch am Tatort war, fasse ich kurz zusammen, was wir wissen. Vielleicht haben wir irgendwas übersehen.«

»Ich war nicht mit am Tatort!« Resnais ist neu und bewacht die meiste Zeit das Telefon. Er hatte sich das irgendwie aufregender vorgestellt bei der Polizei. Andererseits gefällt ihm auch einiges. Zum Beispiel die entspannte Atmosphäre.

»Na schön, Resnais, wenn du jetzt deinen Kaffee hast, dann spitz die Ohren! Das Opfer wurde um fünf Uhr morgens von Marie Darlan gefunden, als sie vor die Tür ging.«

»Ja, die wachen früh auf, die Alten. Stimmt doch, oder?«

»Mit Aufwachen hast du ja so deine Probleme.«

Eine kleine Anmerkung von Conrey. Belohnt von einem Lächeln. Resnais nämlich findet das meiste, was Conrey sagt oder macht, ziemlich richtig, ziemlich korrekt und insgesamt ziemlich gut. Grenier überhört solchen Quatsch grundsätzlich, der Kommissar geht auch nicht darauf ein.

»Madame Darlan konnte nicht schlafen, weil ein Junge im Wald rumgrölte. Um sieben Uhr fand die Suchmannschaft zwei Kilometer vom Fundort des Mädchens entfernt die Leiche eines Jungen. Wir wissen inzwischen, dass er Philippe Nimier heißt. Die Jugendlichen aus dem *Chaise Longue* beschreiben ihn als aggressiv und gewaltbereit. Vor allem Frauen gegenüber. Fragen?« Keine Fragen. Resnais trinkt einen Schluck Kaffee. »Philippe Nimier war am Freitagabend zusammen mit Thomas Baffour, Max Steiner und Geneviève Mortier im *Chaise Longue*.

Dafür gibt es dreißig Zeugen. Kurz nach eins sind die vier zum Parkplatz am Feensee gefahren. Dafür gibt es acht Zeugen, alles Besucher der Discothek.«

Ohayon unterbricht den Kommissar. »Eine Zeugin hat ausgesagt, dass ein weiterer Junge mitgefahren ist. Wollte dich nur dran erinnern.«

»Danke. Die anderen haben das zwar nicht bestätigt, sollten wir aber im Auge behalten. Das Auto, mit dem die Jugendlichen weggefahren sind, war auffällig und sehr alt.«

Conrey mischt sich ein: »Ein Junge meint, es sei ein Opel Admiral gewesen. Das passt doch auch zu den Spuren, die Grenier am Parkplatz sicherstellen konnte.«

»Grenier?«

»Wie schon gesagt, Roland ... Ich fand Spuren von zwei sehr großen Fahrzeugen mit schmalen Reifen. Oldtimer. Ein Opel Admiral kommt auch hin, was den Wendekreis angeht. Das andere Auto muss etwa zwei Stunden später dort eingetroffen sein. Sie sind höchstens eine halbe Stunde lang gemeinsam dort gewesen und dann abgefahren. Das habe ich aus der Dicke der Schneedecke über den Spuren beim Ausrangieren geschlossen. Wie gesagt, das sind alles Schätzungen.«

»Gute Arbeit, Grenier. Gute Arbeit.«

»Danke.«

»Tja, und Thomas Baffour liegt im Krankenhaus Zur Heiligen Mutter und schläft den Schlaf des Gerechten und konnte bisher nicht vernommen werden. Damit ist der Verbleib von Geneviève, Philippe und Thomas geklärt. Wo Max Steiner sich aufhält, wissen wir nicht. Angeblich ist er in Deutschland. Warum er und Thomas ihre Freunde bei minus sechs Grad am Feensee zurückgelassen haben, wissen wir auch nicht.«

»Die waren selbst halb erfroren, oder? Vielleicht waren sie einfach in Panik und haben es vergessen.«

»Immerhin bekamen wir den anonymen Hinweis, dass da Jugendliche im Wald sind. Vielleicht war das der Versuch, die Freunde zu retten. Sag mal, Resnais, wie war das mit dem Anruf? Ohayon meinte, es wäre zwei Mal angerufen worden. Was war da genau los?«

»Na, jemand ruft an, fängt an zu erklären und … legt plötzlich auf. Zehn Minuten später hat er dann noch mal angerufen.«

»Hm. Unklar ist bis jetzt auch noch, wer Thomas Baffour ins Krankenhaus gebracht hat. Die Schwester sagte, er wurde von einem Mann eingeliefert, den sie den ›König‹ nennen. Ich werde heute mit dem Chefarzt sprechen, und …«

Ohayon unterbricht ihn. »Entschuldige, dass ich so langsam bin, aber … Sag mal, Conrey: Wenn dieser Wagen tatsächlich ein Opel Admiral war … Gibt ja nicht viele davon, oder? Was hat denn der Junge gesagt? Was war das für ein Nummernschild?«

»Wusste er nicht. Nicht mal, ob der aus Deutschland kam, konnte er sagen. Er war so begeistert von dem Wagen … Na, wie diese Autofreaks eben so sind. Bei uns in Fleurville ist der Wagen jedenfalls nicht gemeldet«, erklärt Conrey. »Aber wir sind dran und haben in Deutschland angefragt. Die Deutschen werden uns sicher eine Liste schicken und dann, schätze ich, reden wir mit einer Menge Leute, und …«

»… so weiter und so weiter. Du wirkst müde, Conrey.«

»Bin ich aber nicht, es ist nur etwas kompliziert. Ich meine, wie weit gehen wir zurück? Was meinst du, Ohayon?«

»Mein Gefühl, Conrey … mein Gefühl sagt mir, dass da gar nichts geplant war. Da sind einfach ein paar Jugendliche betrunken zum Feensee gefahren, und …«

»Geneviève wurde aber erschlagen.«

»Ja, da ist noch irgendwas anderes passiert.«

Roland unterbricht Ohayon und Conrey. »Wenn wir jetzt mal kurz alle Autos und alle Spuren und all das, was am Parkplatz passiert ist, weglassen … Dieser Philippe … Eigentlich spricht doch erst mal ziemlich viel dafür, dass er sie getötet hat, oder?«

Grenier ist das zu einfach. »Es kann genauso gut sein, dass Max oder Thomas sie erschlagen haben und Philippe sie gesucht und sich dabei verirrt hat.« Resnais bekommt einen Anruf und verlässt den Raum. »Das Problem ist der Schnee. Wir werden vermutlich nie rausfinden, wo Philippe rumgelaufen ist und ob er an der Lichtung war oder nicht. Das ist sozusagen unser Schwierigkeitsgrad, wenn du verstehst.«

»Hm. Das heißt: Ohayon und Conrey! Ihr geht zur Schule und fragt die Lehrer und Mitschüler, ob es da irgendwelche Feindschaften gegeben hat und wie die eingeschätzt werden. Also was sagen die Mitschüler über Thomas, Philippe, Max und Geneviève. Ihr wisst schon.«

»Wir sollen ein Profil erstellen.«

»Wir müssen wissen, mit wem wir es zu tun haben …«

Resnais kehrt zurück.

»Roland!«

»Was gibt's?«

»Wir haben Max Steiner.«

»Wo habt ihr ihn gefunden?«

»Er hat sich gestellt. Ist schon im Vernehmungsraum.«

* * *

Auf dem Weg zum Vernehmungszimmer unterrichtet Resnais den Kommissar darüber, was Max zu Protokoll gegeben hat. Erst vor der Tür merkt der Kommissar, dass Ohayon und Conrey ihm und Resnais gefolgt sind.

»Was ist denn mit euch los? Wollt ihr alle mit rein? Ihr sollt zur Schule gehen, oder?« Conrey und Ohayon ziehen ab. »Was ist mit dir, Resnais? Hast du nichts zu tun?«

»Vielleicht ist es besser, wenn wir zu zweit sind.«

»Danke, ich spreche allein mit ihm.«

Resnais geht also, und Roland Colbert konzentriert sich. Er überlegt, wie er vorgehen soll. Offensiv? Nein. Jetzt geht es erst mal darum, so viele Informationen wie möglich zu sammeln. Roland Colbert bemüht sich, ruhig zu sein, als er den Verhörraum betritt.

Dann sieht er Max. Er kann nichts dagegen tun. Das Misstrauen ist da, noch ehe Max auch nur ein Wort gesagt hat.

* * *

Roland Colbert sieht Max an. Max erwidert den Blick.

»Hallo, Max. Ich bin Kommissar Colbert. Ich werde dich zu einigen Ereignissen befragen, die sich in der Nacht vom 3. auf den 4. November zugetragen haben. Der 3. November war Freitag.«

»Weiß ich.«

»Du weißt, dass Geneviève Mortier im Wald am Feensee erschlagen wurde?«

Max zögert mit seiner Antwort. Der Kommissar registriert das.

»Es stand in der Zeitung.«

»Du weißt auch, dass Philippe Nimier erfroren ist?«

»Stand auch in der Zeitung.«

Roland Colbert versucht, gelassen zu bleiben. Erst die Informationen, dann das Verhör … Er steht auf, geht zur Wand. An der Wand dreht er sich zu Max um. Max setzt sich anders hin.

»Hast du uns angerufen und gesagt, dass im Wald bei Fleurville Jugendliche sind?«

Wieder dauert es eine Weile, bis Max antwortet.

»Ja, ich hab angerufen.«

»Hast du Thomas ins Krankenhaus gefahren?«

»Ja.«

Er lügt offenbar. Oder ist er der König, der mit Professor Galinski ein Abkommen hat? Wohl kaum.

»Du hast deinem Freund damit vermutlich das Leben gerettet.«

»Ich hab sie nicht ermordet.«

»Warum seid ihr in den Wald bei Fleurville gefahren?«

»Ficken.«

Roland Colbert guckt Max an. »Drei Jungen und ein Mädchen fahren in den Wald zum Ficken.«

»Ich bin siebzehn!«

»War Geneviève einverstanden?«

»War sie. Das können die im *Chaise Longue* bezeugen.«

»Ihr seid also zum Parkplatz am Feensee gefahren. Was ist dann passiert?«

»Weiß ich nicht.«

»Es wäre aber gut, wenn du es wüsstest.«

»Warum?«

»Weil du sonst dem Haftrichter vorgeführt wirst.«

»Ich hab niemanden ermordet!«

»Wir könnten deine Fingerabdrücke nehmen und sie mit den Spuren am Tatort vergleichen. Wir können auch eine DNA-Probe von dir nehmen …«

»Natürlich sind da meine Fingerabdrücke! Das ist das Haus meiner Oma! Außerdem habe ich Geneviève im *Chaise Longue* geküsst.«

Roland Colbert hat alles falsch gemacht. Oder liegt es an Max? Daran, dass er sich sofort angegriffen fühlt? Kein Verhör, nur Informationen!

»Warum hast du dich erst jetzt gemeldet?«

»Ich war in Deutschland.«

Plötzlich hat Roland Colbert eine Ahnung. »Wie alt bist du? Siebzehn?«

»Ja.«

»Hast du den Wagen gefahren?«

Keine Antwort.

»Du bist gefahren, stimmt's?«

»Ich habe einen vorläufigen Führerschein. Mein Vater ist behindert, und meine Mutter kann nicht fahren.«

»Ohne Begleitung?«

Max sagt nichts.

»Ist das dein Wagen? Der Admiral?«

»Ja.«

Er ist nervös. Aber wegen des Führerscheins!

Roland Colbert blickt aus dem Fenster. Man sieht nicht viel. Ein paar Häuser im Vordergrund, dahinter beginnen Felder, dahinter ein Hügel mit ein paar Bäumen. Alles ist weiß. Roland Colbert merkt, wie die Landschaft ihn beruhigt. Er hat schon viele Menschen in diesem Raum verhört. Seine Regel, erst Informationen, dann das Verhör, hat sich immer wieder bewährt. Trotzdem gibt es bei manchen Verdächtigen diesen Reflex, sofort loszulegen mit den direkten Fragen. Im Nachhinein weiß er, dass er sich auf diesen Instinkt nicht verlassen kann. Er muss ruhig bleiben. Versuchen, dem anderen die Angst zu nehmen. Aus kleinen Ängsten heraus wird mehr gelogen als gut ist für die Ermittlungen. Und die Landschaft vor dem Fenster war immer verlässlich. Sich beruhigen. Sich auf den anderen einstellen. Freundlich sein. In keinem Fall darf er Max Angst machen. Es geht hier nicht darum, ob er einen Führerschein hat oder ob der Wagen geklaut wurde. Das kann warten. Im Moment geht es nur darum, so viel wie möglich darüber zu erfahren, was am Parkplatz und später oben auf der Lichtung passiert ist.

»Guck mal, Max. Es ist viel Zeit vergangen, seit du dich im *Chaise Longue* betrunken hast. Niemand ist in der Lage, dir jetzt noch nachzuweisen, dass du an dem Abend betrunken warst. Ich bin auch schon betrunken Auto gefahren. Das soll man nicht tun, das weißt du … Du hast verstanden, was ich damit sagen will?«

»Ich glaube schon.«

»Gut. Du bist unser einziger Zeuge. Du musst uns helfen, den Mörder von Geneviève zu finden. Darum geht es, nicht darum, ob du vielleicht betrunken Auto gefahren bist.«

»Ich hatte Angst wegen meinem Führerschein. Ich war in Deutschland und hab erst gestern Abend gehört, dass Geneviève tot ist. Ich hatte gehofft, dass alle zurückgekommen wären, ich hab bei der Polizei angerufen, dass sie jemanden rausschicken, weil … Ich dachte, dass ich besser der Polizei Bescheid sage. Ich hatte kein Handy dabei, also bin ich zurückgefahren … Ich war sowieso total durcheinander, ich … ich saß mit Thomas im Auto und … auf einmal war er weg und … ich hab im ersten Moment nur daran gedacht, Thomas zu retten, ich … ich hab an ganz vieles, was ich hätte tun sollen, erst später gedacht.«

Er sieht den Kommissar an, der nickt. Ob er das aus Gründen der Taktik tut oder weil er ihm glaubt, könnte er selbst im Moment gar nicht sagen. Es geht im Moment nur darum, so viel wie möglich herauszufinden.

»Glauben Sie mir das, Herr Kommissar? Ich hab wirklich an all das nicht gedacht in dem Moment. Nur daran, ob ich abhauen soll oder auf Thomas warten.«

»Wie war das, als du dann angerufen hast?«

»Da war ich schon zu Hause und … dann war das Gespräch plötzlich weg. Ich dachte erst, das ist eine Fangschaltung oder so und … dann hab ich gemerkt, dass einfach der Akku leer war, in unserem Telefon, und hab noch mal angerufen. Weil … Meine Schwester legt das Telefon nie auf die Ladeschale zurück, wenn sie mit ihrer Freundin gequatscht hat. Ich hab ihr das schon so oft gesagt, ich …«

»Das ist im Moment nicht so wichtig, Max.«

»Aber Sie glauben mir doch!«

»Das mit deiner Schwester glaube ich dir.«

Einen kurzen Moment lang passiert nichts. Dann lächelt Roland Colbert. Ein kleines Lächeln mit einer Hälfte des Munds. Max versteht, wie die letzte Bemerkung gemeint war. Er lächelt auch. Zum ersten Mal.

Roland Colbert versteht, dass er es mit einem ganz normalen Jungen zu tun hat, und Max akzeptiert, dass der Kommissar nicht so gefährlich und böse ist, wie er annahm.

* * *

Die komische Stimmung ist sofort da, bei Ohayon. Ihm ist eng geworden. Mehr im Bauch als in der Brust. Er kommt sich klein vor. Noch kleiner als sonst. Der große, rote Backsteinbau. Das Gymnasium!

Er hatte es erst im zweiten Anlauf geschafft. Das Abitur. Und eigentlich hatte er es nicht verdient. Das hatte er schon damals begriffen. Dass er den Abschluss noch schaffte, hatte etwas mit seiner Mutter zu tun. Die war Putzfrau. Es gab eine bestimmte politische Idee damals. Bei den Sozialisten. Ihr Sohn musste es schaffen, wenn sie sich schon getraut hatte, ihn aufs Gymnasium zu schicken. Es war ein »politisches Abitur«. Seine Mutter hatte versucht, sein Selbstbewusstsein wieder aufzubauen: Es sind nicht alle gleich. Du hast andere Stärken. Er hatte eine gute Mutter gehabt. Dafür keinen Vater. Aber daran, dass er keinen Vater hatte, lag es nicht. Dabei wäre das gerade für ihn wichtig gewesen, ein sauberes Abitur hinzulegen. Er war klein. Dick. Wäre es da nicht gerecht, wenn er wenigstens intelligent wäre? Ja, und so war das rote Backsteingebäude seine ewige Peinlichkeit geblieben.

Mein verdammtes sozialistisches, politisches Mogelabitur …!

Es hat eben jeder Mensch seine eigenen Probleme. Immer,

wenn er am Gymnasium vorbeifährt, erinnert er sich daran. Es sind nicht alle gleich. Manchmal ist es so schlimm, dass er sich sogar für sein Auto schämt. Seinen Achtzylinder. Er wollte das Gebäude nie wieder betreten.

Heute musste er. Roland hat ihm und Conrey den Auftrag gegeben, in Genevièves Klasse zu fragen. Conrey hatte sicher kein Problem mit dem Gymnasium. Der schämt sich bestimmt nicht! Nein, Conrey ist gefestigt. Conrey hat auch nie das Bedürfnis, darüber zu sprechen, wenn er etwas nicht schafft. Dabei ist Conrey nur drei Jahre jünger als er.

Heute ist Ohayon also das erste Mal seit damals wieder hier. Im Gymnasium. Sie haben als Erstes einen Termin mit dem Direktor. Der verdammte Schnee! Sie sind zu spät gekommen. Wieder im Gymnasium, und er ist zu spät.

Der Direktor lacht. »Heute sind fast alle zu spät!«

So einfach ist das. Für die anderen. Conrey ist sachlich. Er redet mit dem Direktor, als ob er dazugehört, und der Direktor nimmt ihn ernst. Wieder wird Ohayon ernst genommen in diesem Gebäude, und wieder verdankt er das einer Institution. Damals war es seine Mutter, heute ist es die Polizei. Sie dürfen mit den Schülern sprechen und mit den Lehrern. Conrey redet. Conrey befragt die Schüler und die Lehrer. Ohayon steht nur rum. Ohayon weiß, dass er von allen hier den niedrigsten Intelligenzquotienten hat.

Die Aussagen der Schüler und Lehrer decken sich mit denen aus der Discothek. Thomas und Max bekommen gute Noten. Die, die sich noch an Philippe erinnern, halten ihn für gefährlich.

Nachdem Ohayon und Conrey das rote Backsteingebäude verlassen haben, gehen sie noch ein paar Schritte, dann bleibt Conrey stehen. Als wäre er stecken geblieben im Schnee. Ohayon dreht sich um.

»Ist was, Conrey?«

»Diese Scheißschule. Warum macht mir das nach so langer Zeit immer noch so viel aus, da reinzugehen? Nur weil ich damals mein Abitur kaum geschafft habe! So was hängt einem an, oder? Ein Leben lang. Ich konnte gar nicht reden. Hat man gemerkt, oder?«

Sie sehen sich an. Sie müssten eigentlich so etwas wie ein Klassenbewusstsein der Erniedrigten entwickeln. Hier vor dem verfluchten roten Backstein, der alle zu Würmern macht, der Menschen noch Jahrzehnte später davon träumen lässt, was sie nicht geschafft haben. Von schlechten Noten. Von Fragen, die nicht beantwortet werden konnten. Vom einsamen Stehen in den Ecken des Pausenhofs. Von Zeiten, in denen man jung war. Vom Verprügeltwerden. Vom Sitzenbleiben. Vom Rotwerden in aller Öffentlichkeit. Vom Turnsack. Von alten Unterhosen. Vom hässlichen Gesicht des Lateinlehrers. Vom Körpergeruch. Von Mädchen, die Nein gesagt haben. Es ist eine Hölle aus rotem Ton. Und vielleicht lag es mehr an den Mädchen als am sozialistischen Abitur.

Oh Gott! Denkt Ohayon.

Oh Gott! Denkt Conrey.

Und so entsteht kein Klassenbewusstsein der Erniedrigten, sondern sie stehen nur da. Die beiden. Es wird nichts gesagt. Sie senken den Blick. Sie verharren. Sie versteinern. Sie ziehen sich auf ihr Innerstes zusammen.

Sie sind an ihre verdammte, menschliche Grenze gekommen.

* * *

Das Gespräch ist endlich in Gang.

»Philippe ist Geneviève also in den Wald gefolgt. Kannte Philippe sich da in der Gegend aus?«

»Keine Ahnung.«

»War er mal bei deiner Großmutter?«

»Nein.«

»Was ist dann passiert? Komm, Max!«

»Thomas und ich haben im Auto gewartet. Ich war kurz weg. Eingeschlafen. Als ich wieder zu mir kam, war Thomas verschwunden. Ich bin raus und hab ihn gerufen. Er hat nicht geantwortet. Was sollte ich denn machen? Mir war schlecht und total kalt.«

»Du hast vorhin gesagt, dass du Thomas ins Krankenhaus gebracht hast.«

»Ja, nein, das stimmt nicht. Weiß nicht, warum ich das gesagt habe.«

»Und ich weiß nicht, warum du lügst.«

»Ich hab alles gesagt.«

»Du hast nicht gesagt, wie Thomas ins Krankenhaus gekommen ist.«

Max wird laut. »Wir wollten ficken und haben stattdessen gekotzt! Das war alles! Ende der Story!«

»Wenn du meinst.«

»Kann ich jetzt gehen?«

»Ja. Und wenn du abhaust, schreibe ich dich zur Fahndung aus.«

Nachdem er Max an Resnais übergeben hat, geht Roland Colbert zu Grenier. Die telefoniert gerade die Nummern ab, die in Thomas' Handy gespeichert sind.

»Geht wieder nicht ran … Hallo, Roland. Und? Was hat Max gesagt?«

»Er war mehr um seinen Führerschein besorgt als um irgendwas anderes. Das kann bedeuten, dass er eiskalt ist, aber wahrscheinlich bedeutet es, dass er nichts mit ihrer Ermordung zu tun hat. Sie waren am Parkplatz, um zu ›ficken‹. War komisch, wie er das sagte. So betont grob.«

»Vielleicht ist er schüchtern und gibt sich cool.«

»Angeblich ist Geneviève abgehauen und Philippe hinterher.«

»Das ist doch was.«

»Er sagt, er wäre mit Thomas im Wagen geblieben. Irgendwann ist er angeblich eingeschlafen, und als er aufwachte, war Thomas auch weg. Dann ist er in die Stadt zurückgefahren und hat die Polizei angerufen. Er hat gesagt, dass das Gespräch einmal unterbrochen wurde und er noch mal angerufen hat. Das deckt sich mit dem, was Resnais gesagt hat. Zwei Anrufe, der erste wurde unterbrochen. Er ist dann nach Deutschland gefahren. Angeblich, weil er Angst um seinen Führerschein hatte. Gestern Abend liest er in der Zeitung, was passiert ist, und stellt sich. Könnte alles hinhauen. Hast du was Neues, Grenier?«

»Nix.«

»Hm …«

»Heißt das, wir stecken schon fest, Roland?«

»Wir haben mindestens noch eine Spur. Dieser Mann, der Thomas Baffour ins Krankenhaus gebracht hat …«

»Der König!«

»Dieses Krankenhaus Zur Heiligen Mutter. Das ist doch ein ganz normales katholisches Krankenhaus, oder? Oder gehört das zu einer Sekte oder so was?«

»Katholisch. Ich hab da meinen Blinddarm operieren lassen. War alles ganz normal. Nur dass die Schwestern eben zu dem Orden gehören und das Gebäude einem etwas Angst macht. Ich meine, das ist einfach unser Krankenhaus.«

»Gut. Ich werde noch mal losziehen und versuchen rauszukriegen, wer dieser Mann ist, der Thomas da abgeliefert hat. Ich meine, wo hat er Thomas aufgegabelt? Doch vermutlich am Feensee.«

»Dann fragt man sich, was er da gemacht hat, um vier Uhr morgens. Bei Schneetreiben.«

Es klopft. Ohayon tritt ein. Ziemlich verfroren.

»Wir haben alle vernommen, die was mit Geneviève zu tun hatten. Keiner hat was gesagt, das uns helfen könnte.«

»Schlecht.«

Ohayon nickt.

»Sonst noch was?«

»Ich hasse diese Schule.«

»Und woran liegt das, Ohayon? Möchtest du darüber reden? Vielleicht jetzt gleich?«

»Setz dich, wir hören dir zu!«, ergänzt Grenier.

Ohayon verlässt den Raum und zieht die Tür zu.

* * *

Der Weg zum Krankenhaus ist eigentlich nicht weit. Jedenfalls nicht, wenn man mit dem Auto fährt. Zu Fuß ist selbst eine Kleinstadt wie Fleurville ziemlich groß. Wenigstens haben sich inzwischen ein paar Leute auf die Straße getraut und eine Spur getrampelt. Trotzdem ist der Weg anstrengend. Roland Colbert denkt an Max, versucht sich vorzustellen, was in ihm vorgeht. … Dass er seine Freunde im Wald zurücklässt? Er ist in die Stadt gefahren und hat die Polizei alarmiert … Hat er noch jemanden angerufen? Zwei Anrufe, sagt Resnais … Dazwischen zehn Minuten … Braucht man zehn Minuten, um Batterien zu finden? War das Zufall, dass der König ihn gefunden hat? Wohl kaum.

Die Gedanken um den König bekommen eine neue Dimension, als Roland Colbert sich an die Aussage eines Mädchens aus dem *Chaise Longue* erinnert. Die hatte behauptet, dass noch jemand im Auto saß.

* * *

Kann das Leben nicht einfach mal einfach sein?

Den ganzen Vormittag hatte Juliet im Verlag gesessen und, unfähig zu arbeiten, herauszufinden versucht, was ihre Gefühle eigentlich wollten. Kind oder Karriere. Ja, sie hatte sich völlig festgefressen, was diesen angeblichen Kinderwunsch anging. Seit dem Angebot von Monsieur Chevrier ist mein ganzes Dasein komplett durcheinandergeraten! Ja, das hatte sie jetzt schon dreißig Mal festgestellt. Aber warum eigentlich? Warum fühlte sie sich so unter Druck gesetzt? Und wenn schon Druck, warum verriet ihr dann nicht wenigstens ihr Gefühl, was sie wollte? Dafür war es doch zuständig. Und warum war Roland seit Tagen weg? Sollte sie die Entscheidung ganz für sich allein treffen? Wie Roland reagieren würde, konnte sie sich ja denken. Er mochte Kinder, und ihn würde das ja auch nichts kosten. Natürlich hatte sie sich auch überlegt, ob sich Kind und Karriere wirklich ausschließen mussten. Und war wenigstens in dieser Frage zu einem Ergebnis gekommen. Ja, natürlich schloss sich das gegenseitig aus, es ging ja nicht um eine nette Halbtagsstelle, sondern um einen Job, bei dem sie jeden Tag zehn oder mehr Stunden im Verlag sein würde. Aber was wollte sie selbst denn überhaupt? Und wer, verdammt, welches System verlangte eigentlich so eine Entscheidung von ihr? Blöde Frage. Es war ihre ureigenste freie Entscheidung, das war ja gerade das Problem. Ja, und am Nachmittag hatte sie dann auch noch eine heftige Auseinandersetzung mit Monsieur Joiet gehabt. Es war zum zehnten Mal um diesen Text von Arthur Schopenhauer gegangen und darum, ob er für die zehnte Klasse geeignet ist. »Das in Ruhe zu diskutieren, stehe ich jederzeit bereit.« Dieser Satz, dieses Betonen von Ruhe, hatte sie platzen lassen wie eine reife Melone. Völlig zu Recht! Seit zwei Monaten diskutierten sie diese Frage. Und immer in Ruhe! Aber jetzt war Schluss mit Ruhe. Für so was fehlte Juliet einfach die Zeit.

Nachdem Monsieur Joiet ihr Büro verlassen hatte, war sie plötzlich in allem unsicher gewesen. Dabei hatte sie doch eine ganz klare Vorstellung davon gehabt, welche Texte für ihr Lesebuch geeignet waren und welche nicht. Wie auch immer sie sich in der Frage ihrer Mutterschaft entscheiden würde, Monsieur Joiet mit seiner störrischen Art und seinen ältlichen Textvorschlägen war in jedem Fall eine Bremse. Dass dieser Staubkopf überhaupt im Verlag arbeitete, verdankte sie einem Erlass aus Paris. Deutscher Denkart sollte mehr Platz im Unterricht eingeräumt werden. Politischer Mist! Ihr Lesebuch sollte den Jugendlichen Spaß machen! An deutscher Denkart hatte sie in diesem Zusammenhang nicht das geringste Interesse. Und schon gar nicht hatte sie den Nerv, »in Ruhe« über so was zu debattieren.

Als Juliet, beladen mit ihren Einkäufen, die Küche betritt, sieht sie sofort, dass etwas nicht stimmt. Sina sitzt auf einem Hocker und starrt nach draußen.

Juliet packt ihre Einkäufe aus, reißt den Sack mit den Kartoffeln auseinander und dreht den Wasserhahn auf. Muss ich sie jetzt fragen, was los ist? Das würde doch vermutlich damit enden, dass Sina eine Menge redete und dabei doch nicht damit rausrückte, weshalb sie so schlechte Laune hat. Nein! Juliet öffnet die Schublade und sucht nach einem geeigneten Messer. Schopenhauer! Einen Kartoffelschäler gibt es im Haushalt von Roland Colbert immer noch nicht. Muss ich daran auch noch denken? Juliet nimmt also ein Messer und fängt an, Kartoffeln zu schälen. Weil aber die Art, wie Sina schweigend auf ihrem Stuhl sitzt, sie immer noch nervt, weil sie doch wieder an die große Entscheidung denken muss, die das Schicksal von ihr verlangt, bleibt nach dem Schälen nicht viel übrig von der ersten Kartoffel. Aber während sie dann die zweite Kartoffel schält und dann die dritte, wird sie allmählich ruhiger. Du musst es nicht heute entscheiden.

»Ich wollte dir was sagen, Juliet.«

»Was denn?«

»Ich hab überlegt, ob ich vielleicht doch nicht mit nach Barcelona fahre.«

Während der nächsten Minute passieren mehrere Dinge. In der ersten Sekunde schüttet Juliets Körper so viel Adrenalin aus, dass es für einen Vierhundertmetersprint reichen würde. Da das in der Küche natürlich nicht geht, vernichtet sie eine Kartoffel. Dann formuliert sich in ihrem Kopf ein Satz und der unbedingte Wunsch, Sina mal so richtig laut und unpädagogisch anzuschreien. Dann geschieht das aber nicht. Stattdessen wird Juliet von einem Gefühl absoluter Ohnmacht ergriffen, einem Gefühl, das sich in dem jetzt noch stärkeren Wunsch Luft macht, Sina doch noch anzuschreien, was sie aber wieder nicht tut, woraufhin sie sich alt und schlapp fühlt und dann … mittendrin, in all der Verwirrung, springt der Gedanke gewissermaßen aus der Rille.

Durch Juliets Kopf flackern auf einmal uralte Erinnerungen. Erinnerungen, die absolut nicht dazu geeignet sind, mit der großen Schicksalsfrage fertig zu werden. Hanna … Der Name ihrer besten Freundin von damals fällt ihr sofort ein. Sie waren in Italien. Mit der Bahn. Genau! Da ist das Bild her! Ihr gemeinsamer Italienurlaub. Hanna schläft noch auf ihrem Bild. Zusammengekrümmt liegt sie auf der Bank des Zugabteils. Juliet hört auf zu schälen. Hanna und ich … Warum ist das eigentlich auseinandergegangen, damals?

Zuerst meint sie, ein Junge wäre der Grund gewesen, aber … Nein! Hanna und sie waren nicht wegen eines Jungen auseinandergegangen.

»Gibt's heute Hähnchen?«

»Sieht fast so aus, warum fragst du?«

»Ich überlege, ob ich vielleicht Vegetarierin werde.«

»Willst du noch vor dem Essen Vegetarierin werden?«

»In Filmen und Büchern wird doch ziemlich oft von jemandem gesagt, dass er einen liebt …«

»Hat dir jemand gesagt, dass er dich liebt? Ist er Vegetarier?«

»Gut, dann eben nicht.«

Danke. Juliet schneidet die Kartoffeln in Scheiben, hört dann auf und weiß gar nichts mehr. Sie betrachtet das Hähnchen und es kommt ihr seltsam fremd vor in seiner Nacktheit. Und genau aus dieser unerklärlichen Fremdheit des Hähnchens wird etwas entstehen, das ihr Leben und das von Roland Colbert dauerhaft beeinflussen wird.

* * *

Nichts! Zu viel und gleichzeitig nichts! Sergeant Conrey geht seine Aufzeichnungen durch. Sind ja ganz schön viele Namen gefallen! Erst im *Chaise Longue,* später in der Schule. Sergeant Conrey überprüft, ob ein Name häufiger auftaucht, kann aber nichts Auffälliges finden. Sergeant Conrey kennt sich. Wenn er jetzt nichts für seinen Kopf zu tun bekommt, kann er sich nicht mehr konzentrieren. Dann sitzt er rum, so wie Ohayon das oft tut. Ohayon lässt sich gehen, wandert ziellos im Kommissariat herum … Oder er steht im Glaskasten und gießt seinen bescheuerten Gummibaum! Ohayon ist Conreys Stachel. Niemals will er so werden. So gesehen ist Ohayon Conreys große Stütze. Immer wenn die Motivation nachlässt, denkt er: niemals wie Ohayon! Aber leider findet Sergeant Conrey heute trotz aller Anstrengung keinen Gedanken, an dem er sich abarbeiten kann. Das passiert immer nur bei so großen Sachen wie Mord. Dann werden sie alle freigestellt, und wenn da keine Informationen kommen und keiner eine Idee hat, gibt es diese Momente, wo die Gefahr besteht, sich gehen zu lassen. Niemals wie Ohayon! In größeren Städten ist das anders, das weiß Conrey. Da gibt es mehrere Delikte, die parallel bearbeitet werden, da ist immer was zu tun.

Sergeant Conrey merkt, dass der Drang, in die Kantine zu gehen, stärker wird. Er könnte was essen. Vielleicht eine Zigarette rauchen. Nein! Irgendwie will er es heute wissen. Beweisen, dass er was drauf hat. Und er ahnt auch, woran das liegt. Er hat schon vorhin an seine Zeit in der Schule gedacht. Sie waren heute im Gymnasium, er und Ohayon. Und die Schule ist Conreys wunder Punkt. Seine Freunde von damals … Bions, Celnier und Pelier. Über zwanzig Jahre ist das her. Niemals hätte er gedacht, dass ihm das so nachhängen würde. Dass er immer schlecht war. Dass er gespürt hatte, dass seine geistigen Fähigkeiten eindeutig unter denen seiner Mitschüler lagen. Er hatte es natürlich gemerkt, aber er hatte sich damals anders definiert. Er war gut in Sport. Niemand ahnte, was für eine Bedeutung das alles später für ihn haben würde. Er wäre nie auf den Gedanken gekommen zu studieren. Neuerdings fragte er sich, warum. Bions und Celnier hatten studiert, er und Pelier nicht. Bions und Celnier lebten schon lange nicht mehr in Fleurville. Sie waren zum Studieren weggegangen und nie wiedergekommen. Pelier war sein bester Freund gewesen. Er war mit dem Auto verunglückt und seit zehn Jahren tot. Bions und Celnier, ich und Pelier … Pelier hatte am besten ausgesehen. Ihm liefen die Mädchen nach. Er selbst war auch ganz gut angekommen. Ich und Pelier … Sergeant Conrey nimmt sich noch mal die Liste vor. So viele Namen … Wie viele Menschen man kennt, wenn man jung ist …

Sergeant Conrey merkt, was da gerade in seinem Kopf passiert. Ahnungen, alles verschwommen … Ganz kurz meint er, dass sie etwas Wichtiges übersehen haben, dass alles viel komplizierter ist, weil Geneviève so viele Leute kannte. Sergeant Conrey drückt den ganzen Firlefanz weg. Mit Ahnungen, das weiß er, kommt man nicht weiter.

* * *

Der Sturm hatte sich ziemlich schnell gelegt. Das können Juliet und Sina ganz gut. Sturm entfachen und Sturm legen.

Jetzt sitzen sie am Küchentisch, Sina trinkt Tee, Juliet erzählt von Hanna. Wie Sina es geschafft hat, Juliet zu entlocken, woran sie beim Schälen der Kartoffeln so intensiv gedacht hatte …

»… Ja, und in Rom haben Hanna und ich dann diese beiden schwedischen Mädchen kennengelernt. Wir haben erst über die Sehenswürdigkeiten geredet und dann über Kunst. Über Jungs oder so? Kein Wort! Das war dann also unser Thema. Kunst. Und Hanna ist voll darauf eingestiegen. Dabei hat sie sich vorher nie für so was interessiert! Wir sind die nächsten Tage in lauter Museen und Kirchen gewesen. Und Hanna, die war auf einmal ganz anders, tat so, als würde sie alles verstehen. Ich kam mir total dumm vor. Dabei hatte ich Kunst als Leistungskurs. Nach ein paar Tagen war mir klar, dass ich Hanna richtig peinlich war. Außerdem hatte ich keine Lust, immer nur über Kunst zu reden. Ich wollte mir Geschäfte angucken, ein paar Sachen kaufen, tanzen gehen. Und das hab ich Hanna dann auch gesagt.«

Juliet hört auf zu sprechen. Sie sieht alles genau vor sich. Das Zimmer. Hanna. Die ganze Situation.

»Und was hat sie gesagt?«

»Weiß ich nicht mehr genau. Irgendwas Blödes. Danach war ich allein.«

Juliet weiß, dass sie etwas ganz Wichtiges vergessen hat, ihr fällt nur im Moment nicht ein, was.

»Und was hast du dann gemacht?«

»Weil ich nicht wusste, was ich ohne Hanna überhaupt in Rom sollte, lief ich zwei Tage lang durch die Stadt. Erst fühlte ich mich noch stark, aber dann war ich nur noch traurig.«

»Warum bist du denn nicht nach Hause gefahren?«

»Weil ich nicht aufgeben wollte!«

Sina nickt ruhig und trinkt dann einen Schluck Tee.

»Hanna hab ich nur noch nachts gesehen. Das war kaum auszuhalten, mit meiner besten Freundin im selben Zimmer zu sein, wo doch schon längst klar war, dass sie gar nicht mehr meine beste Freundin war, sondern eine Verräterin. Irgendwann meinte Hanna dann, dass sie mit den beiden Schwedinnen nach Sizilien fährt, und am nächsten Tag war sie weg.«

»Na, was ein Glück!«

»Ich bin noch eine ganze Woche in Rom geblieben. Drei Romane hab ich gelesen! Ich war gar nicht mehr in der Stadt, nur noch auf dem Zimmer oder zum Essen unten im Aufenthaltsraum. Aber weißt du, Sina, was das Merkwürdigste an der ganzen Geschichte ist?«

»Nee.«

»Dass ich das alles total vergessen hatte!«

»Aber damals, warst du da nicht auch wütend?«

Das ist mal was ganz Neues. Dass Sina Fragen stellt.

»Natürlich war ich wütend. Aber was sollte ich machen? Ich konnte Hanna ja schlecht verprügeln.«

»Jedenfalls ist Verrat das Schlimmste überhaupt.«

»Ja.«

»Könntest du dir vorstellen, jemanden zu ermorden? Wenn du wütend bist.«

Juliet wundert sich. So hat Sina noch nie geredet.

»Wie kommst du auf so was?«

»Weiß nicht. Vielleicht, weil du von Verrat gesprochen hast. Oder … Man fragt sich doch manchmal, wie man tickt.«

Juliet muss lachen. Ja, Sina hat recht. Vielleicht sollte sie sich tatsächlich mal fragen, warum sie schon ein paar Mal daran gedacht hatte, Monsieur Joiet zu ermorden. Und wie war das damals mit Hanna gewesen? War sie wirklich nur traurig gewesen, als die mit ihren neuen Freundinnen abzog? War da nicht noch was anderes gewesen?

Wut.

Sinnlose Wut.

* * *

Als Conrey ihr Büro betritt, starrt Grenier so konzentriert auf ihren Bildschirm, dass es schon etwas Beängstigendes hat.

»Du, Grenier!«

»Was? Ach, du bist es.«

»Dieser Junge. Philippe. Kannst du mir zeigen, wo der lag?«

»Du warst doch dabei.«

»Ich will einen Plan. Einen genauen Plan, wo alles eingezeichnet ist. Wege, Höhenlinien … Einen richtigen Plan.«

Grenier glotzt Conrey an, als wäre sein Wunsch vollkommen unerklärlich.

»Also, hast du so was? Einen genauen Plan?«

Grenier steht auf und Conrey sieht, dass ihr das schwerfällt. »Ist was mit deinem Rücken?«

»Hab nur zu lange gesessen.«

Grenier holt einen Plan aus dem Schrank, breitet ihn aus.

Bei Grenier ist es immer ordentlich, da kann man was ausbreiten. Sergeant Conrey kommen komische Gedanken. Er kann gar nichts dagegen machen, sich verschiedene Sachen mit Grenier vorzustellen. Er verbietet sich die Gedanken.

»Hier kannst du alles sehen. Das ist die Straße, die von Fleurville kommt. Der Parkplatz. Da ist der schmale Waldstreifen, zwischen dem See und der Straße. Und hier, auf der anderen Seite des Sees, ist der richtige Wald. Der Wald von Fleurville. Das ist die Lichtung mit dem Hexenhaus. Und da lag das erste Opfer.«

»Und der Junge? Philippe! Wo lag der?«

Grenier überlegt kurz und zeigt Conrey die Stelle.

»Ungefähr hier.«

»Wieso ungefähr?«

»Wir haben ihn ja nicht eingemessen im Wald. Warum willst du das so genau wissen?«

»Weil ich mich frage, wie er da hingekommen ist.«

»Zu Fuß, wie sonst? Als die da im Wald unterwegs waren, lag ja noch nicht so viel Schnee. Ich versteh gar nicht, was du willst.«

»Ich versuche herauszufinden, ob er auf dem Rückweg erfroren ist. Ich meine, nachdem er zum Beispiel das Mädchen erschlagen hat.«

»Aber warum lag er dann da unten? Zwei Kilometer vom Tatort entfernt. Und auch noch in der falschen Richtung!«

Conrey zeigt auf den Plan.

»Was ist das? Das ist doch das Zeichen für einen Weg, oder?«

»Ja, aber der führt unten am Waldrand entlang.«

»Wir wissen nicht, ob Philippe irgendwann mal bei Madame Darlan war, oder?«

»Doch, das wissen wir. Roland hat gesagt, dass er nie da war. Max hat das behauptet. Passt auch nicht, vom Profil her. Was sollte ein Aufreißer wie Philippe bei einer alten Lehrerin?«

»Er kannte sich also nicht aus.«

»Und?«

»Stell dir vor, du wärst Philippe. Du bist total betrunken und geil. Also rennst du einem Mädchen hinterher.«

»Aha …«

»So, und jetzt verlierst du sie aber aus den Augen, weil da dieser Nebel ist. Dann kommst du an einen Wald. Was machst du?«

»Ich gehe zurück.«

»Ist er aber nicht. Also, was machst du, wenn du nicht umkehrst?«

»Kannst du nicht einfach mal sagen, was du meinst?«

»Du kommst an einen Wald, den du nicht kennst. Am Waldrand gibt es einen Weg. Ich würde nicht in den Wald gehen. Ich würde dem Weg folgen.«

»Du meinst, er ist da unten am Waldrand weitergelaufen? Das wäre ja eine völlig falsche Richtung.«

»Woher sollte Philippe das wissen? Der ist nicht in den Wald. Es war ja auch noch dunkel.«

»Wir hatten Vollmond!«

»Als wir am Tatort ankamen, war kein Vollmond.«

»Es fing zwischen halb drei und drei an zu schneien. Ehe die Wolken mit dem Schnee kamen, hatten wir Vollmond, ich war mit dem Hund draußen!«

»Jetzt mach doch mal mit, verdammt!«

»Gut. Er nimmt also den Weg am Waldrand!«

»Und als er feststellt, dass er in die falsche Richtung gelaufen ist, ist es zu spät. Er ist durcheinander, läuft in den Wald, macht schlapp, setzt sich an den Baum, schläft ein … Irgendwann kippt er um und liegt so da, wie wir ihn gefunden haben.«

»Das hieße, er hat nichts mit der Tat zu tun.«

»Ja.«

»Aber Madame Darlan hat ausgesagt, dass er im Wald rumgegrölt hat. Wenn er so weit weg war …«

»Am Anfang war er nicht so weit weg, am Ende auch nicht. Vielleicht hat er am Ende um Hilfe gerufen.«

Marie Grenier guckt auf den Plan.

»Vielleicht war es so, vielleicht nicht. Bist du jetzt zufrieden?«

Conrey geht, Marie Grenier kehrt zu ihrem Computer zurück, versucht weiter zu recherchieren. Aber sie kann sich nicht konzentrieren. Nach einer Weile steht sie auf und geht zum Tisch zurück. Sie betrachtet den Plan und versucht, Conreys Theorie noch einmal nachzuvollziehen. Hat sich da richtig reingedacht! So was hätte sie Conrey nicht zugetraut. Der hat ihr, auf dem Jahresfest, als er betrunken war, von der Schule erzählt und von seinen Leistungen damals. Offenbar hält er sich für dümmer, als er ist. Grenier versteht das nicht so ganz. Eigentlich ist Conrey doch eher ein Aufschneider als jemand, der sich selbst klein macht.

* * *

»Einen Cognac? Das Wetter ist schließlich ein guter Grund.«

Die Begegnung mit Professor Galinski ist anders verlaufen, als der Kommissar sich das vorgestellt hatte. Auf dem Weg zum Krankenhaus war Roland Colberts Stimmung ziemlich am Boden gewesen. Alles war so zäh, die Informationen kamen so langsam. Lag das am Schnee? Oder daran, dass Fleurville in einer erzkatholischen Gegend lag? Dass er diesen Weg machen musste, hing doch nur mit der Geheimnistuerei der alten Krankenschwester zusammen. Daran, dass für sie Chefärzte höhere Wesen waren, die nicht gestört werden durften.

Roland Colbert hatte also Vorbehalte, als er das Haus Zur Heiligen Mutter betrat. Doch dann war alles anders gekommen.

»Nein danke. Keinen Cognac.«

»Natürlich. Sie sind ja im Dienst.«

Der Raum, in dem Professor Galinski residiert, ist nicht ganz so groß, wie der Kommissar angenommen hat, und die große Gehirnkoryphäe ist jünger. Höchstens fünfzig! Professor Galinski bleibt auch nicht sitzen wie ein Gott, er steht auf, weist auf eine kleine Sitzecke und kocht den Kaffee selbst.

»Der König. Sie wollen wissen, wer das ist. Ich weiß es nicht.«

»Wenn jemand einen Patienten einliefert, dann müssen doch die Personalien festgestellt werden.«

»Dann müssten die Personalien festgestellt werden. Richtig. Wir tun das normalerweise auch. Es sei denn, es handelt sich um den König.«

»Warum diese Ausnahme?«

»Weil es besser so ist. Für die Patienten, vorwiegend Patientinnen, die wir über den König bekommen, ist es besser so. Die Patienten, die er uns zuführt, sind in der Regel minderjährig. Anonymität. Das ist eine Abmachung zwischen ihm und dem Krankenhaus. Oder genauer: zwischen ihm und mir. Mein Vorgänger hätte das sicher anders gehandhabt. Bei ihm wären solche Deals nicht möglich gewesen. Was ich für Sie tun kann … Ich kann Ihnen den König beschreiben. Er ist extrem dick, sieht auch extrem aus. Wie ein fett gewordener, gealterter Rocker. Motorradrocker. Das ist natürlich nur eine persönliche Einschätzung.« Professor Galinski bringt den Kaffee. »Aber ob er nun ein Motorradrocker ist oder nicht – er ermutigt Patienten herzukommen, die sonst nicht oder zu spät kämen. Mädchen und Jungen mit Geschlechtskrankheiten, schwangere Mädchen, die abtreiben wollen. Ich habe die jungen Leute natürlich gefragt, wer der König ist, aber sie sagen nichts. Ich dachte anfangs, er wäre Sozialarbeiter, aber der Sozialarbeiter von Fleurville ist ein mäßig interessierter, dürrer Beamter. Die Jugendlichen, die uns der König bringt, sind wirklich in Not. Ich sage das, damit Sie verstehen …«

»Wir ermitteln in einem Mordfall.«

»Natürlich. Und deshalb würde ich Ihnen am Ende wahrscheinlich auch sagen, wer er ist. Aber ich weiß es nicht. Als Kommissar werden Sie das vielleicht verstehen. Mein Zögern.«

»Nicht ganz.«

»Macht ihr nicht auch Deals mit kleinen Kriminellen, um an die großen ranzukommen?«

Professor Galinski redet weiter, und Roland Colbert erfährt etwas über den Zusammenhang zwischen Armut, Bildung und Krankheit. Dass im Haus Zur Heiligen Mutter Schwangerschaftsabbrüche vorgenommen werden, ist ein Widerspruch, der größer kaum sein kann. Der erste Reflex, zu vermuten, dass hier etwas nicht stimmt, löst sich auf, und Roland Colberts vorgefasste Abneigung gegen Professor Galinski verwandelt sich. Zunächst in Interesse, schließlich in Sympathie.

»Ich glaube, ich verstehe, was Sie vorhin meinten.«

»Was?«

»Dass unsere Berufe gewisse Gemeinsamkeiten haben.«

»Wir haben immer zwei Möglichkeiten. Entweder wir halten uns an die Vorschriften und gehen Schritt für Schritt nach Plan vor … oder … wir erweitern das System und überlegen, worauf es uns wirklich ankommt. Das heißt, wenn Sie wüssten, wer der König ist, wenn Sie wüssten, dass er junge Frauen hierher bringt, damit wir ihnen helfen … Dann könnten Sie sagen: Das geht nicht, der Mann darf das nicht tun.«

»Das könnte ich.«

»Sie könnten mir natürlich auch vertrauen und sich sagen: Wenn Galinski meint, es ist gut so für die Patienten, dann ist es wohl so.«

»Worauf wollen Sie hinaus?«

»Vertrauen Sie mir?«

Roland Colbert überlegt. Es geht dabei weniger um die Frage des Vertrauens, als darum, ob er sein Versprechen später auch einhalten kann.

»Ja, ich vertraue Ihnen. Wenn Sie als Arzt sagen, der König hilft diesen jungen Frauen …«

»Mädchen! Vierzehn- bis sechzehnjährige Mädchen.«

»Ich hab Sie schon verstanden, also … Wenn er nicht direkt in den Fall verwickelt ist, bleibt Ihr Arrangement unangetastet.«

»Gut. Der Pförtner erwähnte, dass der König sehr besondere Autos fährt. Oldtimer. Große Autos.«

»Verschiedene?«

»Wie?«

»Er kommt mit verschiedenen Oldtimern? Nicht immer mit demselben?«

»Nein, er scheint mehrere davon zu haben.«

»Danke.«

* * *

Armut, Krankheit, Tod. Es gibt selbstverständlich noch eine andere Wirklichkeit in Fleurville. Eine, die so leuchtet, dass sie alles Dunkel überstrahlt und bannt. Nur vier Minuten trennen die eine von der anderen Welt, denn es sind nur dreihundert Meter vom Kloster zur Fußgängerzone.

Mord? Schneekatastrophe? Da muss schon mehr passieren, um die Geschäftsleute von Fleurville davon abzubringen, ihren Kunden zu zeigen, dass es einen Sinn, ein Wollen und eine Kraft gibt, die alles in der Welt zusammenhält. Und wie immer ist Luis Barye der Erste. Man könnte auch sagen, der Anführer.

Es geht um ein Ritual, das auch Mord und Krankheit nicht außer Kraft setzen. Und wie jedes Jahr geht Luis Barye sehr dezent zu Werke dabei. Bescheidenheit. Dieses Wort würde er selbst benutzen. Im Schaufenster des Juweliers steht also nur ein kleiner, brillantenbesetzter Schlitten, der von vier weißen Hirschen gezogen wird. Die Hirsche sind kein schlichtes Abbild, sie sind viel schöner als echte Hirsche. Bestimmt Hermelin! Und wie die Geweihe glitzern! Und vor den Hirschen ein Mann in prunkloser Tracht. Nicht der Weihnachtsmann! So etwas Ordinäres würde Luis Barye niemals tun. Ein Hirte mit seinem Licht. Es ist kein Licht, es ist ein schlichter Diamant. Die Landschaft hinter dem Hirten beschreiben? Da werden sie sich in der Zeitung wieder einen abbrechen! Auch das hat Tradition. Die verfrühte Weihnachtsstimmung von Luis Barye findet jedes Jahr in der Zeitung ausführlich Erwähnung. Wie immer wird dabei jedes Detail der Auslage, dieser Welt für sich, mit nüchterner, dem Werk angemessener Noblesse beschrieben.

Für alle, die in Fleurville aufgewachsen sind, beginnt mit diesem Hinweis der Zeitung die erweiterte Weihnachtszeit. *Luis Barye hat dekoriert!* Die Überschrift ist immer die Gleiche. Und Roland Colbert braucht das jetzt. Licht, Glanz, Verschwendung. Er drückt also seine Nase gegen das Schaufenster, betrachtet die luxuriöse Auslage, versinkt im Glanz und denkt an Juliet.

* * *

Juliet guckt durch die Glasscheibe des Backofens und fletscht die Zähne vor Lust. Das Hähnchen sieht gut aus. Sie öffnet den Ofen, zieht das Backblech heraus und stellt es auf den Tisch.

Seit fast zwei Stunden reden sie jetzt. Sina und sie. Und es ist ein richtiges Gespräch. Das heißt, eins, bei dem Fragen vorkommen und man sich gegenseitig zuhört. Erst geht es noch eine Weile um Hanna, weil Sina wissen möchte, wie sie war, bevor sie Juliet im Stich ließ, aber dann kommt Sina zu der Frage, die sie im Moment am meisten beschäftigt.

»Wem kann ich wirklich vertrauen, das frage ich mich andauernd!«

Leider. Auch Stiefmütter wissen nicht alles. Und so weichen sie vom Verrat dann doch ziemlich schnell zu politischen Themen aus und landen schließlich bei Fragen der Kunst. Dass sie dabei kaum etwas von dem leckeren Hähnchen essen, ist eigentlich ein gutes Zeichen.

Aber dann schlägt das Gespräch plötzlich um.

Juliet hat noch nie so deutlich gemerkt, was hinter Sinas Stimmungsumschwüngen steckt. Irgendeine irrationale Wut! Ein Drang, alles kaputt zu machen. Oder liegt es an ihr selbst? Im Zentrum dieser Vernichtung des schönen Gesprächs steht nämlich etwas, über das sie schon seit Tagen reden, etwas, was Juliet einfach nicht mehr hören kann, etwas, das man im Volksmund als rotes Tuch bezeichnet:

»Was heißt das, du willst jetzt doch nicht zum Friseur? Wir haben gestern zwei Stunden diese ganzen Zeitschriften durchgeblättert, du warst total begeistert von der Frisur, und außerdem hast schließlich du gesagt, dass du zum Friseur willst, nicht ich.«

»Das war gestern! Aber heute ist was passiert. Einer hat was gesagt. Einer aus meiner Klasse. Was Ordinäres.«

»Und deshalb willst du jetzt nicht zum Friseur?«

Die lapidare Art, wie Juliet ihr Problem behandelt, ist ein Nadelstich. Jedenfalls platzt da plötzlich was raus aus Sina. Etwas, das pubertär und völlig unbegründet ist.

»Warum soll ich schön aussehen? Nur damit irgendwelche Typen mich geil finden? Du willst doch nur, dass ich mich aufrüsche und irgendwen aufreiße! Damit ich hier weg bin. Damit du mit meinem Vater allein sein kannst!«

Irgendwo ist auch mal Schluss mit Verständnis. Juliet wird also laut, Sina rennt aus der Küche. Kurz darauf knallt die Haustür.

Und dann ist da plötzlich eine Lücke.

Juliet weiß nur noch, dass sie Sina hinterhergeschrien hat. Und zwar so laut, dass ihr der Hals jetzt noch wehtut. Und dann war da so etwas wie eine schnelle Bewegung gewesen. Jetzt liegen das Backblech, die Hähnchenreste und die Teller auf dem Boden.

* * *

Roland Colbert schüttelt den Kopf, während er geht. Im Krankenhaus klang das ja alles vernünftig. Dass Professor Galinski angeblich gesetzwidrig handeln muss, um seinen jungen Patienten helfen zu können, kratzt an seinem Sinn für Recht und Ordnung. Er versteht den Deal mit diesem geheimnisvollen König. Aus der Sicht eines Arztes ist das vielleicht so was wie Pragmatismus. Nur ist sich der Kommissar nicht sicher, wie weit der Arzt über den Tellerrand seiner Güte hinausblickt. Und warum bitteschön hat der König etwas dagegen, Anmeldeformulare auszufüllen? Wie kommt er dazu, Aufgaben zu übernehmen, die Sache der Eltern sind? Irgendwie ist Roland Colbert das unheimlich.

Es ist kurz vor drei, als er beim Kommissariat ankommt.

In der Eingangshalle trifft er auf Ohayon, der gerade seinen Gummibaum gießt. Ohayon erklärt, dass irgendwas mit seinem Körper nicht stimmt. Zum Beispiel ist ihm gerade schlecht.

Der Kommissar geht nicht darauf ein. Zweiter Stock, der lange Gang, vorletztes Zimmer rechts. Grenier sitzt vor dem Rechner.

»Ich war im Krankenhaus und hab vielleicht was, das uns hilft rauszufinden, wer dieser König ist.«

Ohayon kommt dazu und erklärt noch mal, dass er was mit dem Magen hat. Keiner beachtet ihn.

»Pass auf, Grenier, der Chefarzt im Krankenhaus hat diesen Typen, den sie König nennen, ganz gut beschrieben. Er ist fett, kleidet sich wie ein Rocker und fährt mit Vorliebe Oldtimer. Außerdem hat unser König Kontakte zu Jugendlichen. Kümmert sich um sie.«

»Jugendliche ... Warte mal ...«

»Das ist doch kein Zufall. Einer von den Jungen, die wir im *Chaise Longue* befragt haben, hat ausgesagt, dass Max einen goldenen Opel Admiral gefahren hat. Max hat beim Verhör gesagt, das sei seiner. Stimmt das? Wenn nicht, wie kommt er dann zu dem Wagen? Außerdem sagst du, dass da zwei Oldtimer auf dem Parkplatz waren. Wir müssen dringend mit irgendwem sprechen, der sich in der Oldtimerszene auskennt, und ...«

Marie Grenier unterbricht ihn. »Nicht so schnell, Roland.« Sie nimmt ihre Schreibmappe, blättert. »Als ich wegen der Spurweite recherchiert habe, das hab ich dir doch erzählt!«

»Was?«

»Na, das mit dem Oldtimerclub, mit dem ich telefoniert habe, wegen der Spurweiten von unseren Autos.«

»Ja, und?«

»Na, es gibt hier in der Gegend einen Oldtimerfanclub. Nichts Professionelles. Sie rufen einfach zum Oldtimertreffen auf. Fahrzeuge über fünfunddreißig Jahre oder so. Freaks. Ich hab später noch mal angerufen und gefragt, ob sich da jemand auf Opel Admiral spezialisiert hat. Weil wir ja diese Aussage hatten, dass Geneviève in einen Opel Admiral gestiegen ist. Fehlanzeige.«

»Jetzt komm doch bitte mal zur Sache!«

»Na ja, der kannte keinen mit einem Admiral, hat sich aber an einen Typ erinnert, der mit einem Opel Kapitän da war. Das ist auch so ein großer Schlitten. Noch älter als der Admiral.«

»Admiral, Kapitän, König ... Oder? Passt doch.«

»Sehr schöner Beitrag, Ohayon. Danke.«

»Was soll jetzt passieren?«

»Ruf deinen Oldtimerfreak noch mal an, Grenier. Jetzt gleich. Frag ihn nach dem Typen mit dem Kapitän und auch, ob einer, der auf Opel steht, mit Jugendlichen zu tun hat.«

Roland Colbert fragt Ohayon, ob der was Neues hat. Ohayon zuckt mit den Schultern. Sie reden leise, während Grenier telefoniert. Ohayon erklärt noch mal, dass es ihm nicht gut geht. Der Kommissar sagt nichts dazu. Ohayon meint, dass es vielleicht am Kantinenessen liegt. Der Kommissar sagt auch dazu nichts.

Es liegt ja auch nicht am Kantinenessen, sondern an Frau Behling. Frau Behling aus der Asservatenkammer. Ohayon hat sich gestern mit ihr unterhalten. Am Fischstand gegenüber, und seitdem ist ihm schlecht. Immer wenn er sich mit Frau Behling unterhält, hat er hinterher was mit dem Magen. Vielleicht liegt es daran, dass Frau Behling zwanzig Zentimeter größer ist und ihm ziemlich gut gefällt. Aber das sagt Ohayon natürlich nicht. Grenier telefoniert immer noch. Stellt präzise Fragen, hakt nach. Ohayon erzählt dem Kommissar, dass er früher mal ein uraltes russisches Motorrad hatte. Wenn er damit gefahren ist, ist ihm auch manchmal schlecht geworden. Der Kommissar entdeckt einen klitzekleinen Fleck auf dem Revers seines Jacketts. Grenier spricht inzwischen ziemlich laut und eindringlich. Wahrscheinlich ein Spritzer eingetrockneter Spaghettisoße von gestern Mittag. Ohayon fängt an, von dem Motorrad zu erzählen, und wie schwierig es damals war, Ersatzteile dafür zu bekommen. Der Kommissar nickt mechanisch, konzentriert sich aber darauf, den Fleck abzukratzen, was bei ganz kleinen eingetrockneten Spritzern manchmal funktioniert, wie er weiß. Er hofft, dass es klappt, und Ohayon sagt, dass der Typ, bei dem er damals die Motorradersatzteile gekauft hat, nicht besonders dick war. Der Kommissar hat es geschafft, der Fleck ist weg. Ohayon erläutert, dass sein Schrotthändler damals eigentlich kein richtiger Schrotthändler war, aber dafür ziemlich faire Preise hatte. Der Kommissar sieht ihn an. Ohayon erinnert sich sogar an den Namen.

»Wolfgang hieß der! Wolfgang Pape, ja. Aber dick war er nicht.«

»Das ist natürlich bedauerlich, Ohayon. Wie lange ist das her?«

»Fünfzehn Jahre.«

»Und da kanntest du mal einen Schrotthändler, der keiner war und der auch nicht dick war.«

»Ja. Wolfgang Pape hieß der.«

»Na, wie schön.«

Grenier legt auf.

»Ich glaube, wir haben ihn. Der Typ mit dem Opel Kapitän hatte bei der letzten Altwagenshow tatsächlich Jugendliche dabei. Die haben da gegrillt, eine Party gefeiert und alle genervt.«

»Jugendliche beim Oldtimertreffen? Das passt doch überhaupt nicht! Oder?«

»Unser König ist kein eingetragener Schrotthändler, auch kein Oldtimerfreak, sondern jemand, der zusammen mit Jugendlichen alte Autos ausschlachtet und wieder aufbaut. Er heißt Wolfgang Pape. Zweiundfünfzig.«

»Siehst du!«

»Ein Deutscher. Lebt aber seit fünfundzwanzig Jahren in Frankreich. Eine Adresse konnte mir keiner geben.«

»Pape! Klar. Ich weiß, wo der haust. Da hab ich vor Urzeiten mal Teile für mein russisches Motorrad gekauft. Hab ich dir doch gerade erzählt, oder?«

»Ja, Ohayon, das hast du mir erzählt.«

»Dass der das jetzt ist …«

»Wo, Ohayon! Wo wohnt er?«

»Wenn er noch da ist, wo er früher war, dann lebt er im Todesstreifen.«

»Todesstreifen?«

»Aus dem Ersten Weltkrieg. Da wächst nix, nur Blaubeeren, Heide und Krater. Soll vergiftet sein. Der Boden, meine ich. Fragt sich nur, wie wir da hinkommen.«

»Na, wenn er Oldtimer zusammenbaut, wird es wohl eine Straße …«

Grenier unterbricht ihn.

»Krater, Erster Weltkrieg … Bei Madame Darlan lag doch auch lauter Gerümpel aus der Zeit rum.« Das Telefon klingelt. Grenier geht ran. »Der Medizinmann ist da.«

Auf dem Weg ins Besprechungszimmer fragt Ohayon: »Was hat denn der Junge gesagt? Du warst doch im Krankenhaus.«

»Noch nicht aufgewacht. Sie halten ihn in einem künstlichen Koma. Es werden ja einige im künstlichen Koma gehalten.«

»Wieso guckst du mich dabei an?«

* * *

Juliet sitzt noch immer am Tisch. Sie hat das Hähnchen und die Teller aufgehoben und auf den Tisch gestellt.

Aber das war nicht alles.

Bevor sie endlich begriff, was sie wollte, war es noch mal richtig losgegangen in ihrem Kopf. Alle Elemente ihres Schicksals traten miteinander in Beziehung. Zum Beispiel die Tatsache, dass sie nicht in Ruhe über die Frage nachdenken konnte, wie sie sich entscheiden sollte. Weil sie ihre Zeit damit verplemperte, mit einer Sechzehnjährigen über Frisuren zu debattieren! Es war ein Sturm. Nicht in der Art, dass sich alles beschleunigt, sondern, dass alles ineinandergeht. Monsieur Joiet und Sina, Schopenhauer und das Hähnchen durchdrangen sich. Schneesturm wäre übrigens ein besseres Bild, wenn man an die Schneeflocken denkt, an Wirbel, an Kollisionen.

Und dann, auf einmal, war alles klar.

Ihr Zorn auf Sina meint das Gegenteil! Ihre Wut ist nichts anderes als … Zuneigung. Sie versteht jede kleinste Regung von Sina, sie ist absolut auf ihrer Seite, sie würde sich langweilen, enttäuscht sein, wenn es diese Streitereien nicht gäbe.

Und so hat Juliet in der großen Frage, die sie seit Tagen beschäftigte, endlich einen Entschluss gefasst. Es gibt Wichtigeres für sie, als Lesebücher zu konzipieren.

Ein Detail allerdings sollte erwähnt werden. Während Juliet erkennt, dass sie Sina wie eine Tochter liebt, während sie begreift, dass ausgerechnet die enervierenden Gespräche mit einer Sechzehnjährigen den nun unbedingten Willen in ihr bekräftigt haben, sich in das richtige Leben zu stürzen und ein Kind zu bekommen, während all dieser Einsichten hält sie ihr Messer in der Hand und popelt damit Fleisch vom Torso des Hähnchens. Sie tut das mit ziemlich viel Energie. Genau genommen sticht sie auf das Hähnchen ein.

* * *

»Die Todesursache war leicht zu ermitteln.« Der Gerichtsmediziner wartet, ob sich nach dieser Eröffnung etwas tut. Aber sie reagieren nicht. Conrey und Grenier und der Kommissar hören immerhin zu. Ohayon und Resnais sind auf der Suche nach dem

Würfelzucker, den Conrey gestern mitgebracht hat. »Gestorben ist sie an einer Gehirnblutung in Folge eines schweren Schlags auf den Kopf. Der Schädel wurde dabei nicht zertrümmert. Allerdings wurde die Kopfhaut verletzt. Daher die Blutung.« Wieder eine Kunstpause, wieder stellt keiner eine Frage. Resnais hat den Zucker gefunden und tut zwei Würfel in seine und vier in Ohayons Tasse, woraufhin der kollegial nickt. »Jetzt zum dramatischen Teil des Vorgangs. Das Opfer könnte noch leben, wenn es früher gefunden und in eine Klinik verbracht worden wäre.«

»Wann ist sie gestorben?«

»Gegen vier Uhr morgens.«

Ohayon gibt Resnais durch ein kleines Mienenspiel bekannt, dass der Kaffee schmeckt. Roland Colbert überlegt laut.

»Wir wissen bis jetzt, dass Geneviève um kurz nach eins im *Chaise Longue* weg ist. Dann war sie vielleicht um halb zwei am See. Dort gab es Streit, dann sind sie in den Wald gelaufen. Für den Weg zur Lichtung haben sie mindestens dreißig Minuten gebraucht. Sie waren also frühestens um Viertel nach zwei Uhr dort oben. Das heißt, die Tat wurde zwischen Viertel nach zwei und drei Uhr begangen.«

»Eher gegen drei Uhr.«

»Was hat sie eine Dreiviertelstunde da in der Kälte gemacht? Warum ist sie nicht ins Haus gegangen?«

»Euer Problem.«

»Hm.«

»Das nächste, was für euch interessant sein dürfte, ist der Winkel. Der Schlag kam von schräg oben. Sehr steiler Winkel. Heißt: Der Täter war größer oder er stand auf einem Stuhl.«

»Wobei das Zweite unwahrscheinlich ist.«

»Nun war Geneviève mit 1,58 auch nicht besonders groß. Trotzdem: sehr steiler Winkel. Außerdem wurde der Schlag von vorne geführt, was bedeutet …«

»… dass sie nicht mit dem Angriff rechnete, weil sie den Täter kannte.«

Resnais hat seinen Kaffee abgestellt. Er geht zu seiner Aktentasche und holt ganz leise und unauffällig einen Papierbeutel raus. Dann kehrt er zu Ohayon zurück.

»Hinweise darauf, dass sie sich gewehrt hat, gibt es jedenfalls nicht. Zur Tatwaffe: der Gegenstand, mit dem sie erschlagen wurde … Das kann so ungefähr alles sein. Ich habe ein paar Partikel Rost in der Wunde gefunden. Also ein Gegenstand aus Eisen oder mit Eisenteilen daran. Danach müsst ihr suchen.«

»Unter fünfundsiebzig Zentimetern Schnee?«

Resnais holt eine Madeleine aus der Papiertüte und teilt sie gerecht. Ohayon läuft das Wasser im Mund zusammen, die Papiertüte entgleitet und macht beim Aufprall auf den Boden ein ganz leises Geräusch. Conrey hört das und wirft Resnais und Ohayon einen Blick zu, der es in sich hat. Ohayon fragt also schnell was.

»Hat man mit ihr was Sexuelles gemacht?«

Resnais verharrt, die geteilte Madeleine in Händen. Sein Blick. Interessiert.

»Vergewaltigung? Nein. Geschlechtsverkehr? Jein. Sie hatte nichts an. Kein Höschen, meine ich. Und an ihrer Vagina wurde manipuliert. Vielleicht heftiges Petting. Mit der Kopfverletzung kann sie durchaus noch zweihundert Meter gelaufen sein. Es dauert meist eine Weile, bis so viel Blut einsickert, dass das Opfer bewusstlos wird. Daher wahrscheinlich auch die Lücke zwischen eurer vermuteten Tatzeit … Wann war das, Grenier?«

»Was den Befund vor Ort angeht, zwischen halb drei und drei.«

»Das heißt, sie hat noch fast eine Stunde gelebt. Nach der Tat. Alles nicht auf die Minute natürlich.«

Conreys ganze Aufmerksamkeit gilt jetzt wieder dem Gerichtsmediziner. Resnais löst sich aus seiner Erstarrung, gibt Ohayon die Hälfte seiner Madeleine und erntet dafür einen dankbaren Blick. Die beiden haben jetzt alles, was sie brauchen, und hören interessiert zu.

»Sie hatte 1,4 Promille im Blut. Stark betrunken, aber nicht total besoffen. Jetzt zu dem männlichen Opfer. Er hatte 2,0 Promille und ist ohne Zweifel erfroren. Und zwar zwischen halb vier und vier. Bei ihm habe ich leichte Prellungen im Bereich des Brustkorbs und der Arme gefunden, die ihm kurz vor seinem Tod beigebracht wurden. Sieht aus, als hätte ihn jemand geboxt. Möglich, dass sie sich doch gewehrt hat.«

»Rostpartikel an seinen Händen?«

»Negativ, Grenier. Wenn er sie erschlagen hat, muss er Handschuhe getragen haben. Er wurde aber ohne Handschuhe gefunden.«

Conrey fragt: »Ich hab das mal durchgerechnet. Vom Auto bis zur Lichtung und dann bis zu der Stelle, wo wir ihn gefunden haben, das sind über drei Kilometer. Kann er das überhaupt geschafft haben?«

»Wenn er ständig in Bewegung geblieben ist, ja. Aber viel mehr war nicht drin. Genau kann man das schwer sagen. Da spielt sicher auch der Alkohol eine Rolle. Bei ihr ist das übrigens auch erstaunlich. Wie lange sie durchgehalten hat.«

»Dann kann sie doch nur bei Madame Darlan gewesen sein! Oder? Dann sieht alles anders aus.«

Der Gerichtsmediziner winkt ab.

»Nicht so schnell, Ohayon! Ich sagte, dass ich vermute, dass sie nicht die ganze Zeit draußen war. Aber sie muss nicht unbedingt im Haus gewesen sein.«

»Der Schuppen.«

»Da ist es windgeschützt. Das hätte geholfen.«

»Und Sex auch, oder? Ich meine, Sex hält einen doch warm.«

Alle sehen Ohayon an. Conrey bemerkt die Krümel auf seinem blauen Pullunder. Bei Resnais hängt was am Mundwinkel.

* * *

Angst darf nicht zu Hysterie werden, das Tempo der Ermittlungen hängt von vielen Faktoren ab, und Sina und Juliet leben in Saint Mouron.

Auch bei ihnen stand etwas in der Zeitung über den Mord. Schließlich ist Saint Mouron der erste größere Ort westlich von Fleurville. Und so gab es natürlich die theoretische Möglichkeit, dass der Mörder von Geneviève sich hier sein nächstes Opfer suchen würde. Roland Colbert hat trotzdem weder seine Tochter noch Juliet gewarnt. Auch das gehört zu den Aufgaben eines Kommissars: abzuwägen, wann er die Bevölkerung in Alarmbereitschaft versetzt. Statistisch gesehen ist die Wahrscheinlichkeit, dass ein Mädchen in Saint Mouron Opfer dieses Täters wird, äußerst gering. Im Moment sind die Bewohner von Saint Mouron auch gar nicht besonders beunruhigt. In der Zeitung stand ja einiges. Offenbar ist der Name des Täters bereits bekannt.

Ja, und Sina ist inzwischen ziemlich kalt.

Nach dem Streit mit Juliet ist sie erst mal raus aus dem Haus und losgelaufen. Ohne Ziel.

Anfangs war sie einfach nur wütend. Auf Juliet natürlich! Aber das hielt nicht lange an, und bald musste sie nachlegen, um das Feuer in Gang zu halten. Also suchte sie nach Gründen, die bewiesen, dass ihr Dilemma, ihr ganzes schreckliches Dilemma, sich auf Juliet zurückführen ließ und auf ein noch nicht näher bestimmtes Unrecht, das ihr angetan wurde.

Da sie so mit sich und ihren Problemen beschäftigt ist, achtet sie natürlich nicht auf ihre Umgebung. Warum sollte sie auch? Die Gegend, in der Roland, Juliet und sie wohnen, ist eine dieser typischen Reihenhaussiedlungen mit leicht gekrümmten, verkehrsberuhigten Straßen, wie sie an den Rändern von Kleinstädten gedeihen. Gegenden, in denen nie etwas passiert. Außerdem geht es jetzt gerade um etwas anderes! Der Zorn, der schnelle Aufbruch. Sina hat dünne Turnschuhe an! Also ist sie schon nach fünfhundert Metern mit zwei Dingen beschäftigt. Mit ihrer Wut und mit ihren kalt werdenden Füßen. Da ist es natürlich kein Wunder, dass ihr der hellblaue Kleintransporter nicht auffällt, der auf der anderen Seite der Straße steht. Erst recht fällt ihr nicht auf, dass in dem Kleintransporter ein Mann sitzt, der zu ihr rüberguckt. Der Mann ist auffällig gut rasiert und trägt eine sonderbare Jacke, die an einen Kittel erinnert. Aber das Auffälligste an dem Mann ist nicht die Jacke, sondern das Gesicht. Der Ausdruck. Der Mann wirkt angespannt.

Ja, André Nemours ist angespannt. Er ist Elektroinstallateur und macht gerade Pause. Während er das tut, denkt er an sein Auto und hat ein ganz schlimmes Gefühl im Leib. Gestern war auf einmal der Auspuff laut geworden. Kaputt, nichts zu wollen! Er musste den Wagen also in eine Werkstatt bringen. Unerwartete Kosten … die sich schlimmstenfalls auf den geplanten Weihnachtsurlaub auswirken. Während er sich den dritten Kaffee aus der Thermoskanne nachgießt, überschlägt er zum x-ten Mal, was er für die Reparatur wohl zahlen wird. Und das alles hat sehr unangenehme Nebenwirkungen! Finanzielle Sorgen haben bei André Nemours nämlich immer das Gleiche zur Folge. Er kann nicht kacken. Der Kaffee hat bis jetzt nicht geholfen, also überlegt er, ob er noch eine rauchen soll, bevor er zurück ins Haus geht, um weiterzuarbeiten. Manchmal helfen Zigaretten, die Sache wieder in Gang zu bringen. Das Mädchen, das eben auf der anderen Straßenseite vorbeigegangen ist, hat er längst vergessen.

Zehn Minuten später erreicht Sina den Stadtwald. Der Stadtwald ist nicht groß, hat aber einen schönen Bestand an alten Bäumen und Büschen. Da Sina immer noch mit sich beschäftigt ist, nimmt sie instinktiv den Rundweg. Auf dem kann man endlos seine Kreise ziehen, wenn man nachdenkt. Sina hat ihren Zorn auf Juliet inzwischen so ins Maßlose erweitert, dass er schon ziemlich an Kraft verloren hat. Also richtet sie ihre schlechten Gedanken auf verschiedene andere Personen, wobei das meiste der reinste Quatsch ist, was sie noch mehr nervt. So ist es eigentlich nur logisch, dass ihr völlig entgeht, dass sie an einem Mann vorbeikommt, der nur zwei Meter neben dem Weg halb hinter einer Buche steht. Der Mann sieht Sina, erschrickt und zieht sich ein Stück hinter die Buche zurück. Für einen Moment hatte er doch wirklich geglaubt, es sei Camille! Dabei ist Sina eindeutig jünger und auch kleiner. Außerdem: Warum sollte Camille hier rumlaufen? Die kocht doch bestimmt gerade Kaffee! Trotzdem hat er sich mächtig erschrocken, sich versteckt und seinen Blumenstrauß schnell hinter dem Rücken verborgen. Eine lächerliche Aktion, aber absolut typisch für Pascal Laval. Siebenundzwanzig Jahre alt ist er, und hat ein beachtliches Talent, sich das Leben schwer zu machen. Jetzt ist es gerade ganz schlimm. Gleich nämlich hat er einen schweren Weg … den schwersten Weg überhaupt! … vor sich. In zehn Minuten wird er an der Tür von Camille klingeln. Sie hat ihn schon zum vierten Mal eingeladen, und er ist tödlich in sie verliebt. Drei Mal hat sie schon richtig für ihn gekocht, mit Kerzen und allem. Aber was nimmt er sich da eigentlich heraus? Was bildet er sich ein! Nur weil eine Frau ein paar Mal nett für einen kocht, darf man als Mann da gleich vermuten, dass sie was will? Es führt trotzdem kein Weg dran vorbei! Er will, er muss es ihr heute sagen! Auch wenn es das Schlimmste bedeutet. Aber noch nicht sofort! Erst zündet er sich noch eine fünfte Zigarette an, wobei er fast das Einwickelpapier seiner Blumen in Brand setzt.

Sina begegnet auf ihrem Weg ins Stadtzentrum elf weiteren

Männern. Fünf davon verhalten sich sonderbar. Drei dieser Männer nehmen sie wahr, einem von ihnen, einem Neunzehnjährigen ohne Ausbildungsstelle, würde sie »irgendwie gefallen«, was der jedoch nach vierzehn Sekunden wieder vergessen hat.

Im Zentrum der Stadt begegnet Sina einunddreißig Männern. Bei vier von ihnen kommt kurzfristig »Interesse« auf. Am längsten währt es bei Eric Lamour, einem Einundzwanzigjährigen, der vor Kurzem in der Stadtverwaltung angefangen hat. Dass er diese Position erreicht hat, ist ein »fragwürdiges Wunder«. Meint jedenfalls sein Vater. Eric Lamour war immer schlecht in der Schule, hatte Probleme mit den Lehrern. Bis er dann … ganz plötzlich, und keiner wusste, warum … die Kurve gekratzt hat. Er wurde so schnell vernünftig, so schnell gut in der Schule, dass es seinem Vater schon komisch vorkam. Jetzt hat der Sohn eine so gesicherte, vor allem eine so gut dotierte Position, dass sein Vater, ein alter Linker, im Grunde seines Herzens enttäuscht ist, weil er mit der Totalverweigerung seines Sohnes ja insgeheim sympathisiert hatte. Bei Eric Lamour dauert das Interesse an Sina immerhin fünfundvierzig Sekunden und ist eindeutig sexueller Natur. Er dreht sich sogar nach ihr um! Nach diesem kleinen Aussetzer fällt ihm allerdings ein, dass er ja hier ist, um Aufschnitt zu kaufen. Eric Lamour liebt teuren Käse und genießt es, sich teuren Käse leisten zu können. Also betritt er einen Käseladen. Hinter dem Tresen steht eine Verkäuferin, die ihm auf den ersten Blick gefällt.

Es hört nicht auf, sie sind überall.

Da! Wieder einer! In einem Citroën. Ein großer Wagen und die Art, wie der Mann gekleidet ist …! Ein wohlhabender Herr, Ende fünfzig und … Ja! In dem Moment, als Sina vorbeigeht, leckt er sich mit der Zunge über die Zähne! Luis Lefort wartet gerade vor einer Zahnarztpraxis auf seine Tochter und … Louis Lefort hatte nie Angst vor dem Leben. Aber vor Zahnärzten.

Allein der Gedanke ... Louis Lefort überprüft seine Zähne. Er macht das, indem er mit seiner Zunge darüberfährt.

Nichts also. Keine Gefahr? Oder doch?

Da! Ein Mann wird aktiv! Alexandre heißt er und hat, so wie er aussieht, vermutlich eine algerische Großmutter. Alexandre meint, Sina sei doch genau im richtigen Alter für besondere Erlebnisse. Also drückt er ihr einen Zettel in die Hand, auf dem ein Event angekündigt wird. Für Frauen ist der Eintritt frei, betont er zwei Mal und ...

Nichts. Er verdient Geld damit, Girls anzusprechen.

Alles harmlos?

Oder war vielleicht doch einer gefährlich? Welcher?

Sina selbst fiel übrigens kein einziger Mann auf. Sie hat wirklich andere Probleme, als Angst vor Männern zu haben. Vielleicht muss sie auch keine Angst haben. Einen Satz wie: »Ich lebe so sicher, weil mein Vater seinen Job macht ...« Nein. So was hat Sina noch nie gedacht. Noch nicht mal an das Wort »Sicherheit« hat sie bisher ernsthaft gedacht. Offenbar hat die Gesellschaft, in der sie lebt, die gefährlichen Männer ganz gut im Griff.

* * *

Er schließt die Augen, der Kopf kippt leicht in den Nacken ... Roland Colbert ist müde.

Endlich ...!

Endlich sitzt er ungestört in seinem Büro. Er hat alle gebeten, ihn in Ruhe zu lassen, braucht mal ein bisschen Zeit. Zum Nachdenken. Vielleicht auch nur, um sich kurz auszuruhen ... Es klopft.

»Entschuldige, wenn ich dich störe ...«

»Was gibt's denn, Ohayon?«

»Ich ... mir kam da eine Idee.«

»Ja?«

»Ich weiß ja nicht. Die Mädchen von heute, wenn die mit den Jungs an den Feensee fahren … Vielleicht lassen die ihre Höschen gleich zu Hause. Wer weiß denn schon, ob die was drunter haben.«

»Wovon redest du da?«

»Na, weil kein Verkehr stattgefunden hat, meine ich. Warum hat sie da kein … Warum hat sie da unten nichts an?«

»Ich weiß es nicht.«

»Deine Tochter ist doch in dem Alter. Vielleicht weiß die ja …«

»Ich knall dir gleich eine!«

»Ich will doch nur wissen, wer ihr das angetan hat.«

»Gut, aber lass meine Tochter aus dem Spiel, ich … Ich weiß nicht, Ohayon, aber … dass wir uns über so was unterhalten …«

»Es geht darum, wer das getan hat, oder? Da müssen wir alles im Auge behalten. Auch das Höschen. Ich denke, wenn ein Mädchen ermordet wird, dann … dann geht es ja oft um so was. Irgendwas mit Sex. Oder? Also müssen wir das im Auge behalten. Das Höschen, meine ich.«

»Natürlich müssen wir das, Ohayon, ich … ich würde es nur allgemeiner formulieren.«

»Ja, das Sexuelle ist immer besser zu besprechen, wenn es allgemein ist und … tut mir leid, wegen deiner Tochter. Also dass ich die da mit reingezogen habe.«

»Sonst noch was?«

»Der Junge … Max Steiner. Der ist gerade gekommen. Er will noch mal mit dir reden.«

»Bring ihn her. Aber schick mir Grenier vorher noch mal rein.«

Ohayon verschwindet. Kurz darauf erscheint Grenier.

»Setz dich.«

»Was gibt's?«

»Hast du mal über den Säbel nachgedacht?«

»Nicht wirklich.«

»Du sagst, er lag da noch nicht lange.«

»Nein. Ich hab noch zwei solche Säbel gefunden. Unter dem Vordach vom Schuppen.«

»Wir suchen also die Tatwaffe und haben stattdessen einen Säbel, mit dem sie aber nicht erschlagen wurde.«

»Die Tatwaffe liegt möglicherweise noch da oben, aber … Die finden wir nicht, ohne alle Spuren zu vernichten.«

»Das hast du schon gesagt.«

»Vielleicht hat der Täter die Waffe auch mitgenommen.«

»Wie raffiniert!«

»Was?«

»Er nimmt die Tatwaffe mit, damit wir nicht merken, wie er es gemacht hat. Aber diesen riesigen Säbel, den lässt er da?«

»Was ist los, Roland? Verlierst du die Geduld?«

»Weil ich die ganze Zeit das Gefühl habe, dass wir an der falschen Stelle suchen. Es sei denn, die einfachste Lösung trifft zu, und Philippe hat sie erschlagen. Sollen wir uns damit zufriedengeben?«

»Was ist mit Walter Heimann?«

»Ich kann mir den irgendwie nicht vorstellen, wie er da bei minus sechs Grad im Wald rumläuft. Außerdem bewegt er sich so langsam. Dass der eine Sechzehnjährige erschlägt …«

»An seinem Auto war Material aus der Gegend. Er war da.«

»Die Frage ist nur, wann? Na gut. Ich schicke Ohayon noch mal zu Madame Darlan. Der soll das checken.«

»Ohayon?«

»Mit Verhör ist bei der nichts zu holen. Die hat so eine innere Haltung … Das muss Ohayon machen.«

»Sechs Ohren und sechs Augen! Verstehe.«

Ohayon tritt ein, ohne zu klopfen. »Ich hab den Jungen …«

»Schick ihn rein und … ich will allein mit ihm reden.«

* * *

»Setz dich, Max.«

Max ist nicht mehr so verängstigt wie am Morgen. Dafür ist er aufgeregt.

»Mir ist was eingefallen.«

»Ja?«

»Thomas, Philippe und ich sind raus aus dem Auto. Wir haben ein bisschen … Na so Sachen gesagt und so. Und dann waren die plötzlich weg, und Philippe hat sich aufgeregt, und ich hab zu Philippe gesagt, dass die Girls vielleicht bei meiner Oma sind …«

»Girls?«

»Ja, genau! Da war nämlich noch eine dabei. Die wollte unbedingt mit. Saß vorne, neben mir. Keine Ahnung, wer das war. Die gehörte zu Geneviève.«

»Ach.«

»Was?«

»Du hattest das zweite Mädchen also glatt vergessen.«

»Als sie einstieg, dachte ich, das ist ein Junge. Während der Fahrt auch. Die hat nix gesagt. Geneviève sah viel besser aus als die. Deshalb wahrscheinlich. Das war so eine graue Leseratte. Die hatte sogar in der Disco 'ne Mütze auf! Außerdem war ich abgelenkt, weil Philippe und Thomas Geneviève hinten begrabscht haben.«

»Wurde die Leseratte auch begrabscht?«

»Nee. Wozu denn? Ich hab dann auch gekotzt. Aber Philippe, der ist in den Wald und hat immer ›ficki ficki‹ gerufen. Wo die graue Maus hin ist? Keine Ahnung.«

Irgendwas passiert mit Roland Colbert. Er kann es nicht genau einordnen. Ist er einfach nur wütend? Oder steckt mehr dahinter? Outet sich hier ein Verdächtiger ganz direkt als Frauenhasser? Roland Colbert fasst einen Entschluss. Wenn Max schon so die Klappe aufreißt, sollte er die Gelegenheit vielleicht nutzen, ihm mal auf den Zahn zu fühlen.

»Hast du auch ›ficki ficki‹ gerufen?«

»Ich? Ja, vielleicht. Ich glaube sowieso, dass es am Sauerstoff lag, dass wir plötzlich komisch drauf waren. Und am Alkohol natürlich.«

»Hast du schon mal mit einem Mädchen geschlafen?«

»Na klar!«

»Und wie denkst du über Mädchen?«

»Wie soll ich denn denken?«

»Ist da noch mehr als ›ficki ficki‹?«

»Versteh ich nicht.«

»In der Schule? Da redest du doch auch mal mit Mädchen.«

»Natürlich rede ich mit Mädchen!«

»Sagst du da auch immer ›ficki‹ …«

»Wir waren betrunken! Ich hab nur gesagt, wie wir an dem Abend geredet haben. Und dann waren die Girls plötzlich weg!«

»Die Tussis.«

»Geneviève und die graue Maus.«

»Die Fotzen!«

»Geneviève und die andere! Ich sag's doch! Geneviève und die andere! Warum hacken Sie so darauf rum?«

»Weil ich wissen will, wie du zu Mädchen stehst, weil ich wissen will, ob du sie so sehr verachtest oder solche Angst vor ihnen hast, dass du eine töten würdest!«

Max wird laut. »Sie waren weg! Ende!«

»Ja, und dein Freund Philippe verfolgt sie! Und er ist bekannt für seine Brutalität. Aber du … Du bleibst im Auto sitzen. Hättest du nicht auf die Idee kommen müssen, die Mädchen zu beschützen?«

»Hätte ich. Ja. Wenn ich nicht damit zu tun gehabt hätte zu kotzen. War Ihnen schon mal so schlecht, dass Sie glauben, Sie sterben? Da ist man nur damit beschäftigt.«

»War einer von euch dreien vorher mit einem der beiden Mädchen zusammen oder intim?«

»Zusammen? Geneviève war sechzehn! Ich hab sie einmal geküsst. Im *Chaise Longue*. Aber die hat viele geküsst. Na ja, sie ist eben sechzehn und weiß nicht, was sie will.«

»Sechzehn ist noch sehr jung.«

»Ich bin siebzehn! Da ist sechzehn nicht verboten! Für Sie ist es verboten, aber nicht für mich!«

»Da hast du natürlich recht.«

»Sie glauben, dass ich es war.« Roland Colbert sagt nichts. »Sie halten mich für ein Arschloch, dem so was zuzutrauen ist!«

Roland Colbert sieht Max an und entscheidet sich. Ein schüchterner Junge mit einer großen Klappe, mehr nicht.

»Sie wollen, dass ich es war!«

»Nein, Max, das will ich nicht. Aber die Art, wie du über Mädchen redest.« Der Kommissar bemüht sich um ein Lächeln. So halbwegs klappt das auch. »Über ein Mädchen, das tot ist, und über eins, das vermisst wird. Das ist schon sehr, sehr cool. Zu cool für meinen Geschmack.«

»Wir reden eben so! Die Mädchen sind da auch nicht anders.«

Und so sitzen sie voreinander. Ein Siebzehnjähriger und ein Vierzigjähriger. Auf einmal ist Roland Colbert einiges klar. Er hat noch nie in einem Mordfall ermittelt, in den Jugendliche verstrickt waren. Die reden einfach so, das ist alles. Er versucht sich vorzustellen, wie das für Max ist, so vor einem Erwachsenen zu sitzen, der ihn beschuldigt. Sprüche, Abwehr, hätte ich damals auch so gemacht …

Auch mit Max passiert etwas. Er richtet sich plötzlich auf, sitzt ganz gerade und sieht den Kommissar an, als würde er ihn zum ersten Mal richtig wahrnehmen. Seine Stimme klingt auf einmal anders. »Ich will, dass ihr rauskriegt, wer das gemacht hat. Mit Geneviève.«

»Gut, Max. Dann sag mir doch bitte ganz genau, wie Philippe angezogen war.«

»Er hatte eine schwarze Hose an und ein weißes Hemd. Der hat sich schon immer angezogen wie einer, der zehn Jahre älter ist. War aber eigentlich egal, was er anhatte. Die Mädchen fanden ihn sowieso gut. Und ehrlich gesagt, ich war sauer, nein … Ich war … traurig. Weil Geneviève so auf ihn abgefahren ist. Dann hab ich gedacht: Lass ihn, er serviert sie sowieso nach einer Woche ab und … Vielleicht findet sie mich dann ja gut. Durch Philippe hatte ich wenigstens die Möglichkeit, an sie ranzukommen. Ich bin nicht so gut darin, Mädchen anzusprechen.«

»Ich verstehe, was du meinst.«

»Aber Sie wollten ja wissen, was Philippe anhatte. Schwarze Hose, weißes Hemd … Was für Schuhe er anhatte, weiß ich nicht mehr. Auf so was achte ich nicht.«

»Hatte er einen Schal an? Eine Mütze? Einen Hut?«

»Ja, stimmt!«

»Was?«

»Handschuhe. Ich hab mich noch mit ihm gestritten, weil er den Wagen fahren wollte, und da sind mir die Handschuhe aufgefallen. Solche Angeberdinger, die manche beim Autofahren tragen …«

Die Tür geht auf, Ohayon ist aufgeregt. »Die Klinik hat angerufen. Thomas Baffour ist aufgewacht. Wir dürfen kurz mit ihm sprechen.«

Roland Colbert reagiert schnell. Er lässt Max nicht aus den Augen. Und so sieht er, dass Max erschrickt.

* * *

»Hallo, Thomas.«

Thomas Baffour liegt im Bett. Die Schwester hat Roland Colbert erklärt, dass er außer Gefahr ist. Aber er braucht Ruhe.

»Wie geht's dir?«

Thomas Baffour schüttelt den Kopf.

»Kannst du nicht sprechen?«

Es dauert einen Moment, bis er es schafft.

»Habt … habt ihr die anderen gefunden?«

»Ja.«

»Philippe und Geneviève?«

»Wir haben sie gefunden.«

»Und Max?«

»Auch.«

»Sind sie in Ordnung?«

»Ja. Ich bin übrigens Kommissar Roland Colbert.«

»Kommissar?«

»Ich möchte wissen, was passiert ist. Du kannst am Parkplatz anfangen, den Rest wissen wir.«

»Sind sie in Ordnung?«

Roland Colbert zögert einen Moment. »Ja, wir haben sie.«

»Die andere auch?«

»Welche andere?«

Thomas fängt an den Kopf zu schütteln. Ja, er will irgendwas abschütteln, das aber nicht weggeht. Der Kommissar lässt ihm Zeit. Obwohl es ihn drängt, nach dem anderen Mädchen zu fragen. Es ist das zweite Mal, dass jemand erwähnt, dass noch jemand dabei war, außer Max, Philippe, Geneviève und Thomas. Der brabbelt noch immer, beginnt sich allmählich zu erinnern.

»Wir waren total blöd und besoffen. Als wir dann aus dem Auto raus sind … Der Sauerstoff … Wir sind umgekippt … Max und ich. Wir haben sofort gekotzt. Dann … Dann waren die

Mädchen weg, und ich hab sofort kapiert, dass jetzt alles außer Kontrolle ist.«

»Geneviève war weg.«

»Ja, dic ist Richtung See gelaufen.«

»Und das zweite Mädchen, wer war das?«

»Die kannte ich nicht, die ist erst im letzten Moment ins Auto …«

»Und du weißt nicht, wer das war?«

»Nein. Die war noch nie im *Chaise Longue.* Hab sie da nie gesehen.«

»Versuch dich zu erinnern. Kannte Geneviève sie?«

»Von uns kannte die keiner. Also gehörte sie wohl zu Geneviève. Ja.«

»Wie war sie angezogen?«

»Total falsch für die Disco.«

»Das heißt?«

»Dicker Parka, lange Hosen.«

»Hat sie was gesagt?«

»Kann mich nicht erinnern. Ich glaube nicht. Ich hab ja hinten gesessen … Ach ja … Jetzt erinnere ich mich … Erst dachte ich nämlich, das ist gar kein Mädchen.«

»Ein Junge?«

»Nein, ich glaube schon, dass das ein Mädchen war. Nur hatte die im Auto eine Mütze auf und sah nicht so aus wie eine, die in der Disco war … Aber das war trotzdem ein Mädchen. Die gehörte zu Geneviève, und wenn das ein Junge gewesen wäre, dann hätte Philippe ihn bestimmt nicht reingelassen.«

»Aber so ganz sicher bist du dir nicht, dass es ein Mädchen war.«

»Ach ja! Da war noch was, das ich merkwürdig fand. Als Philippe Geneviève angegrabscht hat, da hat die andere gar nichts gemacht. Aber dann waren die plötzlich beide weg. Die hatten

Angst vor Philippe. Der … der macht immer erst auf Gentleman und grabscht sie dann an, er … die waren weg, und Philippe hat rumgebrüllt, und dann hat Max was von seiner Oma erzählt und gemeint, dass sie da hin wollen.« Thomas schließt die Augen. Es dauert eine Weile, bis er sie wieder aufmacht. »Nachdem Max das mit seiner Oma gesagt hat, ist Philippe in den Wald … Ich wusste, dass, wenn er sie erwischt … der war völlig durchgedreht, ich … ich bin hinterher und um den halben See rum, bis ich ihn eingeholt habe … Ich hab gesagt, dass er zurückkommen soll und … Es war saukalt … Er hat mich ins Gesicht geschlagen und … Wir haben gekämpft … geboxt … er hat mich umgehauen … Ich lag eine Weile im Schnee … auch weil mir so schlecht war. Als ich wieder hochkam, war er weg. … Mir war kalt, und ich konnte nicht mehr … ich wollte zum Auto zurück … hab es aber nicht mehr geschafft. Ich bin hingefallen und war nur noch müde … Ich wusste, dass ich sterbe, wenn ich liegen bleibe … ging aber nicht mehr … und dann hab ich telefoniert und dann war ich weg und … dann hat er mich geholt.«

»Wer?«

»Der König. Er ist selbst gekommen. Ich hab erst gedacht, ich bin schon im Jenseits … aber das war ER. ER ist gekommen …«

Thomas wiederholt Sätze, die er bereits gesagt hat, und dabei gehen ganz langsam seine Augen zu.

Die Schwester betritt den Raum, um das Verhör abzubrechen. Als sie hört, wie Thomas sagt, *ER ist gekommen,* bekreuzigt sie sich mit einer kleinen, schnellen Bewegung.

Nachdem sie ihrem Gott gehuldigt hat, blickt sie Roland Colbert auf eine Weise an, die jedes Wort überflüssig macht. Der Kommissar verlässt den Raum.

* * *

Als Roland Colbert auf dem Kommissariat eintrifft, hat Resnais Neuigkeiten.

»Schon gelesen, Roland?«

»Was?«

»Sie haben einen großen Bericht draus gemacht, Heimanns ganzen Namen genannt und auch sein Foto gebracht. Der ist am Arsch, würde ich sagen.«

Roland Colbert holt alle zusammen.

Conrey fragt, ob die Staatsanwältin da nicht was machen kann. Schließlich ist nach diesem Zeitungsartikel Heimanns Leben hier in Fleurville vernichtet. »Und wieder hat sich dieses Arschloch von Chefredakteur nicht mit uns abgesprochen! Ich finde, wir fahren hin und ziehen ihm mehr aus als nur seine Schuhe.«

Ohayon nickt.

»Er stellt ja auch alle bloß. Außerdem erschwert er uns damit die Arbeit.«

Ohayon und Resnais wären einverstanden mit einer Aktion gegen den Chefredakteur. Roland Colbert geht mit keinem Wort auf Conreys Vorschlag ein.

»Ihr habt alle Kaffee?« Sie haben alle Kaffee. »Zucker auch? Wie ist es, Resnais? Vielleicht möchte Ohayon noch ein Stück Kuchen.« Resnais und Ohayon. Professionelle Blicke. »Es gibt Neuigkeiten. Vorhin war Max hier und hat eine neue Aussage gemacht. Er hat behauptet, dass noch ein Mädchen im Auto war und …« Es wird unruhig. »Ich bin noch nicht fertig. Während ich Max verhört habe, kam ein Anruf aus dem Krankenhaus. Ich war dort und konnte mit Thomas Baffour sprechen.«

»Ist er wieder unter den Lebenden.«

»Ich habe das zweite Mädchen nicht erwähnt, er kam von selbst drauf, ist sich aber nicht ganz sicher. Trotzdem. Wir haben jetzt zwei Hinweise darauf, dass noch ein Mädchen im Auto war.«

»Und wo ist die? Auch tot?«

»Möglich ist das. Die Suchmannschaften haben nur den Wald abgesucht. Wenn sie in die andere Richtung gelaufen ist, Richtung Deutschland, dann kann sie da irgendwo unter dem Schnee liegen. Das bedeutet für dich, Grenier, dass du dich mit den Deutschen in Verbindung setzt und einen Suchtrupp zusammenstellst. Egal, wie das Wetter ist, das muss geklärt werden. Ich würde im Moment ausschließen, dass sie zurück zum See gelaufen ist. Erstens waren da die Jungs, und zweitens hätten wir sie dann im Wald gefunden. Dafür, dass sie Richtung Deutschland gelaufen ist, spricht auch, dass weder Max noch Thomas sie kannten. Auch das Mädchen aus dem *Chaise Longue* hat ausgesagt … Du hast doch mit ihr gesprochen, Ohayon!«

»Ja, die hat gesagt, dass da noch jemand war.«

»Aber deine Zeugin kannte dieses geheimnisvolle zweite Mädchen nicht.«

»Nein. Sie meinte sogar, das wäre ein Junge gewesen.«

»Thomas hielt sie auch für einen Jungen. Das deckt sich.«

»Und niemand kennt sie?«

»Die kommt vielleicht gar nicht aus Fleurville. Es gibt hinter dem Wald von Fleurville eine Siedlung, die zu Benningstedt gehört. Bis dahin könnte sie es geschafft haben. Max hat sie als graue Maus beschrieben und Thomas hat gesagt, dass sie falsch angezogen war für die Disco. Parka und lange Hose. Sie hatte also bessere Karten als die anderen. Das heißt jetzt: Conrey, Ohayon … ihr versucht irgendwie da hinzukommen. Fragt in der Siedlung nach. Wenn es in Benningstedt eine Schule gibt, nehmt ihr euch die auch vor. Was ist, Conrey?«

»Was, wenn das doch ein Junge war?«

»Unwahrscheinlich. Die Person, die wir suchen, gehörte ja offenbar zu Geneviève. Wenn es ein Junge gewesen wäre, hätte Philippe ihn gar nicht mitgenommen. Er wollte ja was von Geneviève.«

»Und wenn das doch ein Junge war? Und wenn er zu Philippe gehörte und nicht zu Geneviève? Die einzige neutrale Zeugin, die wir haben, ist das Mädchen aus der Discothek, und die meinte, das war ein Junge. Ein Junge ist doch viel logischer! Wenn er und Philippe unter einer Decke stecken, dann waren sie vielleicht beide hinter Geneviève her. Philippe hat's nicht geschafft, aber der andere war besser angezogen, und der hat sie erwischt. Kann ja sein, dass er aus Deutschland kommt. Dann ist er dahin abgehauen. Das ist doch alles viel logischer, oder?«

Dagegen fällt Roland Colbert erst mal nichts ein. Conrey macht einen Vorschlag. »Ohayon und ich fragen morgen in Benningstedt nach, ob jemand seit Freitagabend vermisst wird. Aber wir beschränken uns nicht auf ein Mädchen.«

»Einverstanden. Eine Sache hab ich noch. Max hat ausgesagt, dass Philippe Handschuhe dabei hatte. Solche, wie man sie beim Autofahren benutzt. Das könnte eine Rolle spielen, wenn es um Rostspuren geht. Für den Fall, dass doch Philippe Geneviève erschlagen hat. Grenier.«

»Wir haben den Fundort der zweiten Leiche noch nicht genau untersucht. Nur ein paar Meter. Kann sein, dass er versucht hat zu telefonieren und … vielleicht war das nicht da, wo wir ihn gefunden haben. Ich fahr morgen noch mal raus.«

»Gut. Das machst du, nachdem du den Suchtrupp organisiert hast. Was ist mit dir, Ohayon? Willst du auch was beitragen?«

Ohayon hat es sich überlegt. Seit Roland gesagt hat, dass vielleicht noch ein Mädchen mit im Auto war. Er hat es sich gut überlegt. »Na ja, Roland, ich hätte schon noch was.«

»Dann rück bitte damit raus, wir wollen langsam Feierabend machen. Also, was denkst du?«

»Was ist mit dem Mädchen, bei dem Geneviève war, bevor sie ins *Chaise Longue* gefahren ist? Kristina hat mir zwar gesagt, dass sie nie in die Disco geht, und ich habe ihr das auch geglaubt, oder? Ja. Ich hab ihr das geglaubt. Aber dann ist jetzt diese Sache. Dass keiner das Mädchen kannte, das noch mit im Auto war. Könnte damit zusammenhängen, dass sie nie in die Disco geht. Richtig?«

»Aber sie geht ja wohl irgendwo in die Schule. Die anderen hätten sie wiedererkannt, auch wenn sie nicht zum Tanzen geht.«

Es ist ja klar, dass Conrey einen Einwand hat. Der Kommissar sieht das allerdings anders. Und so ist für Ohayon noch nicht Feierabend.

* * *

Das Haus ist immer noch grün, und es gibt immer noch drei Stufen und oben einen kleinen Absatz.

»Hallo, Kristina. Du erinnerst dich an mich?«

»Sie haben mir gesagt, dass Geneviève tot ist.«

»Darf ich reinkommen?«

Sie gehen ins Wohnzimmer. Dort stehen Kerzen auf einem Couchtisch und auf dem Boden liegen vier Bilder. Ohayon sieht sofort, dass sie von Geneviève sind. Er kennt die Bilder aus dem Fischladen ihres Opas.

»Sind deine Eltern nicht da?«

»Mein Vater arbeitet noch, er kommt erst um acht.«

Nachdem sie das gesagt hat, setzt sich Kristina aufs Sofa und guckt auf die Bilder. Sie hat geweint, das ist nicht zu übersehen.

Ohayon sagt erst mal nichts. Er überlegt, ob man Kristina als burschikos oder männlich bezeichnen würde. Er findet das nicht. Ihre blonden Haare gehen ihr bis auf die Schultern. Überhaupt nicht männlich, eher im Gegenteil. Schließlich überwindet er sich und bittet sie, noch mal zu erzählen, wie der Freitagabend verlaufen ist. Kristina sagt das Gleiche wie beim ersten Mal. Geneviève ist um neun Uhr gekommen und dann um elf ins *Chaise Longue* gefahren. Mit dem Bus.

»Sie kennt sich mit Busfahrplänen echt gut aus. Oder sie kannte sich gut aus.«

»Und du bist nicht später doch noch hingefahren?«

Kristina schüttelt den Kopf. »Ganz bestimmt nicht? Sie wusste, dass ich nicht mitgehe.«

Sie sagt das ganz selbstverständlich und sieht dabei auf die Bilder, die vor ihr auf dem Boden liegen.

»Guckst du dir die schon lange an?«

Kristina nickt. Dann schweigen sie eine Weile. Als Ohayon gerade noch etwas fragen will, zeigt sie auf eins der Blätter. »Das gefällt mir am besten.«

Ohayon versucht zu erkennen, was das Bild darstellt. Aber er sieht nur verschiedene Streifen Farbe, die ineinandergelaufen sind.

»Sie müssen das richtigherum angucken, Sie sehen es ja auf dem Kopf!«

Kristina steht auf und legt das Bild mitten auf den weißen Flokati. Dann setzt sie sich im Schneidersitz seitlich neben das Bild. Ohayon weiß nicht, was er tun soll. Schließlich steht er aus seinem Sessel auf und geht zu Kristina. Sie macht ihm ein Zeichen, und er setzt sich neben sie, direkt vor das Bild. Ohayon hat Schwierigkeiten mit den Beinen. Im Schneidersitz, so wie sie, kann er nicht sitzen, da würden seine Sehnen zerreißen. Also kniet er sich hin und setzt sich auf seine Fersen. Auch das tut ziemlich weh. Dann endlich guckt er auf das Bild. Es ist verblüffend. Von hier aus sieht das kleine Aquarell ganz anders aus. Auf einmal sind das keine Streifen mehr, sondern eine Landschaft. Sie besteht aus nichts als einem durch die Farben hervorgerufenen Eindruck von räumlicher Tiefe. Linien oder andere konkrete Anhaltspunkte gibt es nicht.

»Das hat sie gemalt, nachdem wir an einem Nachmittag an einem Feld gestanden haben. Es hat geregnet und eigentlich war alles nur grau. Sie hat mir das alles vorher erklärt. Wie sie das malen wird. Sie ist ein Stück aufs Feld gelaufen und dann wieder zurück. Sie war so aufgeregt, als wäre gerade was ganz Besonderes passiert. Ich hab nur eine graue Suppe gesehen. Und als sie das Bild fertig hatte, da war ich geschockt. Hier auf dem Bild ist ja alles irgendwie grünlich, blau und lila. Da war gar nichts lila, da am Feld. Aber als ich das Bild sah, da war es genau das, was wir gesehen hatten. Nicht wie ein Foto, aber die Stimmung, das war genau das.«

Ohayon sagt nichts. Er war nicht dabei. Aber er sieht schon seit einiger Zeit ein Feld. Er bildet sich sogar ein, in irgendwelchen Flecken Gewächse und Bodenformationen zu sehen. Kristina holt ihm eine Tasse, und sie trinken zusammen Tee. Dann redet sie weiter. Ohayon ist sich nicht sicher, ob sie überhaupt noch mit ihm spricht. Sie redet jetzt schneller, stellt Fragen, die sie dann gleich selbst beantwortet. Und so erfährt Ohayon eine Menge über Geneviève und Kristina. Er begreift überhaupt zum ersten Mal, wie eine Sechzehnjährige denkt. Nach einer Weile vergisst er, warum er da ist, und noch etwas später vergisst er sogar, dass Kristina ein hübsches Mädchen ist. Er denkt auch nicht darüber nach, dass er klein und dick ist und dass es wahrscheinlich lächerlich aussieht, wie er da auf dem Flokati kniet. Normalerweise hat er das bei weiblichen Wesen immer in seinem Denken mit drin. Dass er ein Mann ist. Und immer erinnert ihn das dann gleich daran, dass er hässlich ist, was ihn dann unweigerlich befangen macht. Viele Frauen behaupten, dass man sich überhaupt nicht mit ihm unterhalten kann. Hier auf dem Flokati ist das anders.

Irgendwann hört Kristina auf zu reden und stellt Fragen. Und Ohayon beantwortet sie, ohne dabei an etwas anderes zu denken. Offenbar hat auch Kristina vergessen, dass er ein kleiner, fetter Bulle ist. Sie unterhalten sich einfach. Und auch noch über so wichtige Themen wie Tod, Schmerz und Verlust.

Als Ohayon schließlich geht, kommt ihm der Schnee weniger fremd vor. Er hat noch den Flokati vor Augen, die Kerzen und irgendwie auch Kristinas Stimme. Und so stellt er sich zum ersten Mal in seinem Leben vor, mal ein Kind zu haben. Bis er zu Hause ist, kommt ihm das ganz normal vor. Erst als er seine Wohnung betritt, den Geruch wahrnimmt und sieht, wie er lebt, begreift er, dass vor der angedachten Vaterschaft noch eine Menge Probleme zu überwinden sind. Aber er verfällt nicht in seine übliche Stimmung. Er schenkt sich auch keinen Cognac ein. Stattdessen wühlt er in seinem Hängeschrank, bis er einen Teebeutel findet, gießt sich einen Tee auf, zündet eine Kerze an und setzt sich in seinen Stuhl. Er denkt nicht mehr an Kristina, er denkt viel weiter. Und ganz allmählich wird ihm klar, dass er das Leben und vor allem die Frauen bis jetzt irgendwie aus einem falschen Blickwinkel gesehen hat, dass wahrscheinlich alles viel normaler ist, als er bisher glaubte. Die Erkenntnis, dass es vielleicht gar nicht an seiner Größe und an seinem Bauch liegt, macht ihm Hoffnung. Und so denkt er zuletzt noch eine Weile an Frau Behling aus der Asservatenkammer. Und diesmal wird ihm nicht schlecht.

* * *

Roland Colbert liegt bereits im Bett, als ihm Juliet und Sina … Vergessen, schon halb eins … Er überlegt. Er will unbedingt mit Juliet reden. Er vermisst sie, will ihre Stimme hören und ihr sagen, dass er sie liebt. Aber er weiß auch, dass sie früh raus muss. Also ruft er nicht an.

Hätte, hätte, Fahrradkette.

Hätte er Juliet angerufen, wäre er wahrscheinlich eingeweiht worden, er hätte dann erfahren, warum Juliet heute Abend das Wohnzimmer umgeräumt hat und gerade unbeschreiblich entspannt und voller Pläne neben dem Telefon sitzt. Ja, wenn er doch angerufen hätte! Sie wäre sofort am Apparat gewesen. Und es wäre dann alles anders gekommen. Der Fall wäre vielleicht so aufgeklärt worden, wie es sich gehört! Ja! Aber vier Wochen später hätte möglicherweise in der Zeitung gestanden, dass schon wieder ein Mädchen ermordet wurde. Es wäre dann alles richtig gelaufen und auf ganz grausame und ungerechte Weise falsch. Dafür wären er und Juliet sich vielleicht einig geworden über die Vergrößerung ihrer Familie. Es gibt solche Momente, in denen sich das Richtige und das Falsche so gründlich verheddern, dass man schon an so was wie einen höheren Willen glauben möchte.

Es dauert ziemlich lange, bis Roland Colbert endlich einschläft. Und dann passiert noch was. Etwas, das perfekt passt zu einem Abend, an dem offensichtlich höhere Mächte ihre Hand im Spiel haben.

Aus irgendeinem Grund sind die in der Pension auf die Idee gekommen, ihren Gästen könnte fußkalt sein. Jedenfalls ist der Heizkörper am Fußende des Bettes angebracht. Und weil Roland Colbert unruhig schläft, drängelt er sich allmählich im Bett nach unten, was zur Folge hat, dass seine Füße irgendwann an der Heizung landen. Und da die Heizung auf vollen Touren läuft, werden seine Füße verdammt heiß, was wiederum zur Folge hat, dass er davon träumt, in einem brennenden Haus eingeklemmt zu sein.

* * *

Nicht alle schlafen, manche sind knallwach. Du musst es sehen, wie es ist! Er ist dabei abzustürzen. Die zwei Welten lassen sich nicht länger trennen. Oder ist es nicht vielmehr anders herum? Ist es nicht gerade sein Problem, dass sich die zwei Welten in ihm vollständig geteilt haben? Der vernünftige Teil weiß, dass er außer Kontrolle ist. Er hat Sachen gemacht, die kriminell sind. Wenn mich eben jemand gesehen hat, ist alles vorbei … Es geht hin und her in ihm. Ist das Schizophrenie? Leidet er unter einer gespaltenen Persönlichkeit? Etwas in ihm sagt ganz klar: Nein! Aber ist das nicht gerade der Charakter der Schizophrenie? Dass der eine Teil dem anderen widerspricht? Der vernünftige Teil in ihm ist offenbar der Meinung, dass er alles richtig gemacht hat. Der vernünftige Teil! Inzwischen bereitet ihm der vernünftige Teil mehr Sorgen als der verrückte. Er gibt Gas. Er muss jetzt erst mal hier wegkommen.

* * *

Als das Telefon um halb fünf klingelt, baut Roland Colbert dieses Geräusch als nahende Feuerwehr in seinen Traum ein. Sein Feuertraum ist übrigens eher vielfältig als angstmachend und hat eine Art Prolog. Denn bevor das Haus anfing zu brennen, hatte er einen Streit mit Juliet, der sich darum drehte, dass sie unbedingt einen Gasherd anschaffen wollte, er aber nicht. Ein Traum mit richtigen Dialogen. – *Ich will einen Gasherd, ich muss kochen! – Nein, Juliet, Gas ist gefährlich! – Gas ist nicht gefährlich, ich muss kochen! – Gas kann explodieren!* – Warum Juliet in seinem Traum auf einmal kochen musste, ist genauso unerklärlich wie die Tatsache, dass er mit einer Erektion aus seinem Verbrennungstraum aufwacht. Oder vielmehr geweckt wird.

Es ist Conrey. Und obwohl Roland Colbert noch mitgenommen ist, versteht er sofort, dass nun alles wieder normal ist. Er wird nicht verbrennen.

Conrey ist sehr aufgeregt.

»Roland, du musst raus. Sofort! Das Haus von Walter Heimann brennt. Ohayon holt dich gleich ab.«

Er antwortet vernünftig. Legt auf. Braucht dann aber noch ein paar Momente. Erst, als er seine zweite Socke in der Hand hält, sie mit der ersten vergleicht und mit innerer Ruhe akzeptiert, dass sie gleich sind, erst da ordnet sich die Welt.

Das mit den Socken ist die letzte Gelegenheit, die ihm das Schicksal in die Hände spielt. Hätte er sich mehr Zeit genommen mit den Socken, dann wäre er vielleicht später auf die Idee gekommen, dass in allem, was nun folgt, eine ungeheure Verwechslung vorliegt. Oder eine Verdrehung, wenn man an die Socken denkt.

* * *

Als Roland Colbert und Ohayon das Haus von Walter Heimann erreichen, ist es fast schon zu spät.

Das Feuer breitet sich vom Eingang der linken Hälfte her aus. Aus der rechten Hälfte flüchtet gerade eine fünfunddreißigjährige Marokkanerin mit drei Kindern. Eins hält sie auf dem Arm, eins an der Hand. Einige Menschen stehen in sicherem Abstand und starren ins Feuer. Keiner hilft der Frau. Als das dritte Kind ins Haus zurück will, rennt Roland Colbert ihm nach, fängt es ein und bringt es seiner Mutter. Die Mutter redet auf das Kind ein, das etwas von einem Meerschweinchen sagt, das noch im Haus ist. Da das Kind nicht zu bändigen ist, ruft Roland Colbert Ohayon und befielt ihm, das Mädchen auf den Arm zu nehmen.

»Feuerwehr ist gleich da.«

»Warum so spät?«

»Die hatte jemand zugeparkt.«

Sagt Ohayon, während er versucht, das Mädchen zu beruhigen. Die Marokkanerin hat einen wichtigen Hinweis.

»Da ist noch der Mann im Haus. Da links.«

Die Tür brennt, die ganze Seite, wo die Tür war, brennt. Das Feuer strahlt eine ungeheure Hitze ab. Roland Colbert versucht, gleichmäßig zu atmen, und das Feuer frisst sich schnell von links nach rechts durch das Gebäude. Der Kommissar zieht seine Waffe. Während er auf das Fenster zugeht, entsichert er sie.

»Weg vom Fenster!« Nach zwei Sekunden wiederholt er die Warnung. »Herr Heimann! Gehen Sie weg vom Fenster, ich schieße!«

Er wartet noch einen Moment, dann schießt er in den oberen Teil der Scheibe. Er zieht seinen Mantel aus, umwickelt seinen Arm.

Im Zimmer ist niemand. Er hält sich ein Taschentuch vors Gesicht, geht in den Flur. Alles ist voll Rauch. Er findet Walter Heimann im Bett, kriegt ihn nicht wach. Roland Colbert läuft zurück ins Wohnzimmer, stellt einen Stuhl vors Fenster. Auf dem Weg zurück ins Schlafzimmer beißt der Rauch so in den Augen, dass er kaum noch was sieht. Er schultert Heimann, trägt ihn ins Wohnzimmer und klettert mit ihm auf die Brüstung des Fensters. Dann springt er. Als er auf dem Boden aufkommt, knicken seine Beine weg, und er spürt einen stechenden Schmerz am Fußgelenk. Er ignoriert das und zerrt Heimann weg vom Haus. Als er ihn auf dem Rasen ablegt, hört er, wie jemand ruft.

»Den hätten Sie drinlassen können!«

Die Menge murmelt Zustimmung. Roland Colbert hat nicht gesehen, wer gerufen hat. Ohayon hat es gesehen.

»Der! Das kam von ihm!«

Roland Colbert geht zu dem Mann und erklärt ihm, dass er vorläufig festgenommen ist. Als er den Mann grob am Arm packt, um ihn abzuführen, wird die Menge unruhig. Einige Männer und Frauen rücken näher.

Das Mädchen auf Ohayons Arm hat aufgehört zu weinen und guckt den Sergeanten mit offenem Mund an. Ohayon mit einem Kind auf dem Arm. Etwas Undenkbares. Obwohl so viel Wichtiges passiert, prägt sich das Bild Roland Colbert ein. Heimann kommt zu sich.

Dann ist die Feuerwehr endlich da. Immer mehr Schaulustige. Das Haus steht in Flammen. Zwanzig Meter hoch, schätzt

Roland Colbert. Im Haus platzen Gegenstände. Ein Gedanke. Unmittelbar. Der Kommissar fragt Heimann.

»Kochen Sie mit Gas?«

Heimann nickt.

»Gasflaschen.«

Roland Colbert brüllt Richtung Haus, die Feuerwehrmänner ziehen sich zurück. Das Haus explodiert. Eine Leere im Schock. Der Kommissar reißt seinen Kopf herum, sieht etwas, das nicht zur Explosion passt. Ohayon mit dem Kind auf dem Arm. Dann erfolgt eine zweite Explosion. Noch größer als die erste.

Vierter Tag – Dienstag

Es ist so still wie in einem toten Backofen. Und es ist kalt. Die Landschaft ist endlos, und genau wie Ohayon gesagt hatte, wächst hier nichts.

Der Hügel. Der einsame weiße Hügel mitten in der Landschaft. Dafür sind hunderttausend Menschen gestorben. Dafür! Ein Schrottplatz. Auf dem Hügel sind schon Einzelheiten zu erkennen. Ein Schrottplatz im Todesgürtel.

Seit vierzig Minuten geht Roland Colbert jetzt durch den Schnee auf den Hügel zu. Bis über die Knie sinkt er ein. Gefährlich ist der Marsch über das ehemalige Schlachtfeld trotzdem nicht. Man kann die Krater als leichte Mulden gut im Schnee erkennen und umgehen. Dafür spürt Roland Colbert seinen Fuß. Seit er bei seinem Sprung aus dem Fenster umgeknickt ist, ist da ein feiner, stechender Schmerz im Gelenk.

Als Roland Colbert den Hügel zur Hälfte erklommen hat, sieht er die Autos. Eine ganze Reihe großer alter Wagen steht da. Fünf Minuten später steht Roland Colbert vor dem König.

So ungefähr hab ich mir Gott vorgestellt. Nur nicht unter einer Palme aus Blech.

Es ist ein Thron. Ein Thron aus Schrott mit einer Palme aus Stahl, aus der blaue Flammen züngeln. Der Mann, der unter der Palme thront, hat eine speckige Lederhose an. Sein Oberkörper ist fast nackt, die Haare gehen bis weit über die Schultern.

Der Wirt hatte recht. Der ist so fett, den würde jeder wiedererkennen.

Es gibt noch mehr zu sehen als einen König auf seinem Thron. Jugendliche in sonderbarer Verkleidung. Blumenkinder im Schnee. Roland Colbert betrachtet das Haus, auf dessen Veranda der König seinen Thron aufgestellt hat. Pippi Langstrumpf ist ziemlich fett geworden. Rechts im Hintergrund stehen Schuppen. Die Türen sind weit auf, im Inneren Lager mit Schlafsäcken. Dann spricht der König.

»Schätze, du brauchst einen Cognac. Komm rein.«

Nach diesem Satz ist der König weg. Seine Würde, der Thron, der Hofstaat aus Blumenkindern, das alles hat sich nach diesem einen Satz aufgelöst. Der König ist nichts anderes als ein dicker Mann, Anfang fünfzig, bekleidet mit einer speckigen Hose.

Ein fetter, alter Biker!

Doch da täuscht sich der Kommissar. Der König ist der König. Er hat sich seinen Titel auch nicht selbst gegeben, wie Roland Colbert meint. Auf die Idee, ihn König zu nennen, ist vor Jahren ein fünfzehnjähriges Mädchen gekommen. Seitdem nennen sie ihn so.

* * *

»Und warum nennt man Sie König?«

»Weiß nicht. Wie junge Leute eben so sind. Vielleicht erinnere ich sie an wen aus dem Kino. Ich bin kein König.«

»Und was sind Sie?«

»Ich schraub an alten Autos rum und verkaufe Ersatzteile. Bringt ganz gut Geld.«

Der König und Roland Colbert sitzen an einem stinknormalen Tisch in einer nicht stinknormalen Küche. Der Raum ist viel zu groß für eine Küche. Außerdem stehen in normalen Küchen keine ausgebauten Kurbelwellen rum.

»Für manche hier bin ich so was wie eine Mischung aus Pirat und Muttersatz. Schätze, das ist es.«

»Und warum machen Sie das? Als ich jung war, kannte ich auch einen Schrotthändler. Der hat uns verjagt.«

»Die arbeiten hier. Bauen Motoren aus, sortieren Ersatzteile. Bereiten die Karosserien zur Lackierung vor. Dafür können sie hier sein. Umsonst nix geben hier. So Gesetz.«

Der König lacht, Roland Colbert nimmt an, dass er über sich selbst lacht, über seine gewürzte Ausdrucksweise.

»Im Krankenhaus sagte man mir, dass Sie manchmal welche dort hinbringen.«

»Wenn jemand ins Krankenhaus muss. Ja, dann fahr ich sie manchmal.«

»Und das ist alles?«

»Ich weiß schon, worauf Sie rauswollen, Herr Kommissar. Aber es ist alles viel einfacher, als Sie glauben. Das sieht hier vielleicht ein bisschen nach Kommune aus … Und vielleicht mögen Sie so was nicht. Aber ich baue nur alte Autos auf, und die helfen mir. Das ist alles. Voilà!«

»Die Mädchen schrauben Autos auseinander?«

»Mädchen sollen zum Friseur gehen und sich schön machen, meinen Sie das?«

»Normale Schrotthändler haben nichts mit Krankenhäusern zu tun.«

»Jungen und Mädchen. In der Pubertät. Muss ich noch deutlicher werden?«

»Die Mädchen schlafen hier mit Jungen.«

»Ja, und ich zwinge sie dazu und kassiere Geld. Weshalb sind Sie hier?«

»Sie haben meine Frage noch nicht beantwortet.«

»Man muss Ihnen alles ganz genau stecken, oder? Sehen Sie es doch einfach als Abenteuerspielplatz. Und ich bin hier der Schrottguru. Also hat es sich so eingebürgert, dass die Mädchen auch mal mit mir reden, die Jungs tun das seltener. Bei den Jungs ist das einfach, da sag ich, dass sie sich Kondome besorgen sollen. Den Mädchen sage ich, dass sie ins Krankenhaus gehen sollen.«

»Und Professor Galinski verschreibt ihnen dann die Pille.«

»Dafür sind Ärzte da, oder?«

»Und wenn ein Mädchen schwanger wird?«

»Dann bringe ich sie um und verscharre sie da draußen in den Trichtern.«

Der König findet auch diese Bemerkung komisch, was zur Folge hat, dass er sie noch einmal wiederholt und bei der Wiederholung noch heftiger hustet. Wobei das Husten selbstverständlich ein Lachen ist. Da er alleine lachhustet, mildert sich seine Freude schließlich zu einem gutmütigen Blick. Da auch der nicht erwidert wird, verschwindet das Gutmütige. Der Kommissar wartet, bis das Gesicht des Königs sich von allen Verzerrungen befreit hat, und betrachtet es dann. Der König versteht. Nach einer Weile herrscht also Einverständnis, was die Grimassen angeht.

Roland Colbert kennt sich ganz gut aus mit Gesichtern. Dieses Gesicht gehört einem Mann, den man nicht unterschätzen sollte. Es sind am Ende immer die Augen … Und diese Augen lohnen einen längeren Blick. Als das Schweigen lästig wird, lässt sich der König zu einer Interpretation der Wirklichkeit herab. Humor ist da nicht angebracht. Die Stimme klingt härter und direkter als vorher.

»Ich kenne Sie nicht, Herr Kommissar. Ich weiß nicht, wie Sie ticken. Wir leben hier in einer katholischen Gegend. Sind Sie katholisch?«

»Ja.«

»Glauben Sie an Gott?«

»Was hat das mit den Mädchen zu tun?«

»Sie glauben daran, dass man Menschen keine Gewalt antun soll, ja?«

»Normalerweise stelle ich die Fragen.«

»Fleurville hinkt zwanzig Jahre hinter der Zeit her. Aber es gibt das Internet. Fernsehen. Die wissen, wie es woanders aussieht. Also wollen sie auch das wilde Leben. Kann man das verstehen? Ich meine doch, ja. Und wenn ein Mädchen dann schwanger wird, soll ich die dann denen überlassen? Der Kirche? Haben Sie mal mit dem Pfarrer von Fleurville zu tun gehabt?«

Roland Colbert schüttelt den Kopf.

»Der kommt sich vor wie Gott selbst. Der verpasst ihnen eine religiöse Gehirnwäsche. Soll ich das zulassen? Nein. Muss jedes Kind geboren werden? Nein. Es hat schon einen Grund, dass sie zu mir kommen und nicht zu ihren Eltern. Außerdem passiert das auch nicht sehr oft, dass mal eine schwanger wird.«

»Aber wenn …«

»Ich rede mit ihr, und wenn sie sagt, dass sie kein Kind haben will, fahre ich sie zu Professor Galinski. Und der redet sicher auch noch mal mit ihr.«

»Sie bringen schwangere Mädchen in ein katholisches Krankenhaus, damit sie dort abtreiben können?«

»Warum jemand wie Professor Galinski ausgerechnet in so einer Bude arbeitet, weiß nur der Allmächtige selbst. Aber er ist ein angesehener Arzt. Kein Engelmacher.«

»Immerhin.«

»Setzen Sie Ihre schwarze Brille ab, Herr Kommissar. Kommen Sie mal im Sommer her. Abends. Da sitzen wir da hinten und machen Feuer und quatschen. Das sind schöne Jahre, wenn man jung ist.«

Roland Colbert denkt an seine Tochter und daran, wie sehr sie sich auf die Reise nach Barcelona freut. In seinem Beruf kann man sich gar nicht dagegen wehren. Gegen diese Einteilung. Heile Familien. Kaputte Familien. Vielleicht ist das alles falsch

… Sina, er und Juliet. Ist das eine heile Familie? Oder sind er und Juliet dabei, seine Tochter zu einer Spießerin zu erziehen, die später Pauschalreisen bucht?

»Träumen Sie?«

»Nein.«

Roland Colbert schiebt sein Glas nach vorne, der König füllt es nach.

»Prost!«

Sie trinken.

»Wie ist Thomas Baffour ins Krankenhaus gekommen?«

»Er rief mich an und sagte, dass er am Feensee im Wald liegt. Ich bin hingefahren und hab ihn gesucht. Er war nur noch halb bei Bewusstsein, als ich ihn fand. Total unterkühlt war der. Also hab ich ihn ins Krankenhaus gebracht.«

»Mit was für einem Auto sind Sie gefahren?«

»Mit dem Kapitän. Opel Kapitän.«

»Einige Zeugen haben ausgesagt, Max hätte an dem Abend einen Opel Admiral gefahren. Stammt der von hier?«

»Ja. Max hat das schon ein paar Mal gemacht, sich Autos zu nehmen. Schwierig. Der Wagen gehört mir noch nicht mal. Ich hab ihn an einen Deutschen vermittelt. Der stand nur hier, weil der Kunde meinte, dass die Achse klappert.«

»Ach so, deshalb …«

»Was?«

»Der Wagen ist nicht in Frankreich gemeldet.«

»Nein, in Deutschland. Wurde Mittwoch umgemeldet.«

»Und Max hat ihn sich ›geliehen‹.«

»Er ist schüchtern und meint, er braucht das. Ein dickes Auto und seine coolen Sprüche.«

»Als Sie Thomas gefunden haben, hat er was gesagt?«

»Er hat gebrabbelt, dass da noch welche im Wald sind, die wir retten müssen. Ich hatte in der Aufregung mein Handy vergessen. Also habe ich Max gesagt, dass er die Polizei benachrichtigt, sobald er zu Hause ist.«

»Max war noch da, als Sie kamen?«

»War noch da. Ja. Ziemlich verfroren. Hat tapfer ausgehalten, ich hab ihm dann gesagt, dass er nach Hause fahren soll und die Polizei informieren. Das hat er doch wohl gemacht, oder?«

»Ja, das hat er gemacht. Anonym, aber er hat uns informiert.«

»Ich musste ja Thomas ins Krankenhaus bringen. Der war nicht mehr weit vom Erfrieren. Ich hatte keine Zeit, noch nach den anderen zu suchen.«

»Was genau hat Thomas gebrabbelt? Wer sollte da noch im Wald sein?«

»Geneviève und Philippe.«

»Von einem weiteren Mädchen hat er nicht gesprochen?«

»Nein. Geneviève und Philippe.«

»Können Sie sich vorstellen, dass Thomas einem Mädchen was antut?«

»Im Suff ist alles möglich. Davon abgesehen … Nein. So wie ich ihn kenne, würde ich ganz klar sagen, nein.« Der König überlegt. »Geneviève ist oben an der Lichtung ermordet worden, nicht wahr …?« Der Kommissar nickt. »Als ich Thomas fand … Er hat die ganze Zeit … auch im Auto … er hat immerzu gebrabbelt … Zwei Sachen hat er gesagt: Wir müssen Bescheid sagen, Geneviève und Philippe sind noch im Wald … Und: Philippe, bau keinen Scheiß! Er hat nichts gesagt, dass auch nur im Entferntesten darauf hindeutet, das er ihr etwas angetan hat. Wie gesagt: Er wusste nicht, was er da brabbelt. Ich würde sagen … Ich würde mit all meiner Kenntnis sagen: Nein, der war's nicht.«

Der Kommissar nickt. Er kann sich nicht dagegen wehren: Er sieht sich selbst als jungen Mann. Es ist nur ein Gefühl. Er überlässt sich der Betäubung.

Ein sonderbares Wesen kommt in die Küche. Der Junge ist

sechzehn, vielleicht siebzehn. Wie der geht! Er trägt eine gestreifte Hose und ein buntes Jackett. Lange Haare. Einen Moment lang ist der Kommissar sich nicht ganz sicher, ob der Junge real ist. So was gibt es ja! Dass man kurz meint, nichts wäre real.

Der Junge kommt näher und der Kommissar denkt etwas, das unsinnig ist: Das ist mein Jackett!

Er korrigiert sich. Blödsinn, du erinnerst dich nur an deine Zeit von damals!

Aber auf seinen Schrottplätzen von damals wurde nicht gegrillt. Da gab es keinen König, der was mit einem beredete. Roland Colbert denkt an eine Frau, die er damals kannte, sie war zwanzig Jahre älter als er und hatte ihm Gitarrespielen beigebracht. Heute würde man denken, dass so ein Altersabstand pervers ist. Sie war Kommunistin. Warum bin ich kein Kommunist, sondern Bulle? Es ist wirklich alles anders gekommen, als wir dachten. Ist das Vernunft?

Er gibt sich einen Ruck. Vertreibt die Gedanken.

Der Junge, der sein Jackett trägt, steht jetzt vor ihm.

Dieser Blick! Total ignorant. Das bin ich, das war ich. Komischer Ort hier.

»Du bist doch ein Bulle! Was willst du vom König?«

»Ich bin Roland Colbert, Mordkommission.«

»Na und?«

»Ich bin hier, weil ich im Mordfall Geneviève Mortier ermittele. Kanntest du Geneviève?«

»Willst du mich verhaften?«

Du bist nicht Che Guevara, du kleiner Scheißer!

»Kanntest du Geneviève?«

»Ja.«

»War sie mal hier?«

»Ja. Aber wir ermorden keine Leute.«

»Philippe, Max, Thomas. Kennst du die?«

»Thomas kenne ich, der ist in Ordnung. Max hält sich nicht an die Regeln.«

»Welche Regeln?«

»Er nimmt die Autos vom König.«

»Und Philippe?«

»Philippe ist ein Arschloch. Hat er Geneviève gekillt?«

»Das versuchen wir rauszufinden.«

Ein Mädchen kommt dazu. »Was will der?«

»Von der Mordkommission, er fragt wegen Philippe.«

»Es soll noch jemand mit im Auto gesessen haben. Freitagabend. Könnt ihr euch vorstellen, wer das war?«

Die beiden wissen nichts, dafür ist der Junge misstrauisch. »Schickst du uns jetzt die Bullen?«

»Warum sollte ich das tun?« Das Misstrauen ist nicht zu übersehen. »Ihr könnt euch nicht vorstellen, dass ich auch mal jung war?« Keine Reaktion. »Ihr könnt euch nicht vorstellen, dass ich auch mal an Autos geschraubt habe? Dass ich auch mal so ein Jackett hatte wie du?«

Sie können es sich nicht vorstellen. Der König findet, es reicht.

»So, ihr geht jetzt. Ihr seht ja, es ist nichts los.«

Was der König anordnet, wird befolgt. Es war ein weiter Weg hier raus, und Roland Colbert fragt sich, was das gebracht hat. Außer Erinnerungen. Aber Erinnerungen sind gut. Vor allem, wenn Zeugen sich erinnern. Und der König tippt seit ein paar Sekunden leicht nervös mit seinem dicken Zeigefinger auf den Tisch.

»Wissen Sie, Herr Kommissar … Mir ist doch noch was eingefallen. Als ich hingefahren bin, da hatte ich Thomas falsch verstanden. Er sagte, er wäre irgendwo in der Nähe vom Parkplatz. Ich hab gedacht, er meint den alten Knutschweg. Da, wo wir früher immer geparkt haben. Den alten Waldweg.«

»Sie meinen den Weg, der von Deutschland zur Lichtung führt.«

»Nein, nicht die Zufahrt zum Grundstück der Hexe. Nein. Wenn man am heutigen Parkplatz vorbeifährt und die Straße noch gut zwei Kilometer weiterfährt, da geht links ein Forstweg rein. Sieht man kaum. Der führt bis fast zur Lichtung. Das ist der alte Knutschweg. Da haben wir früher immer gehalten. Aber den kennt heute wohl niemand mehr. Den Parkplatz, wo die Kids jetzt halten, den gab es zu meiner Zeit noch gar nicht. Na ja, und ich dachte eben, dass Thomas den Knutschweg meint. War aber falsch. Ich bin kurz ausgestiegen, hab ihn gerufen und ... da waren Reifenspuren. Es hat schon geschneit, aber ... Die waren noch gut zu erkennen. Die waren also ziemlich frisch.«

Roland Colbert denkt nicht mehr an seine Jugend. »Können Sie was über die Spuren sagen?«

»Hab nicht groß hingeguckt. Aber die waren nicht von dem Admiral. Viel schmaler. Mittelklassewagen, würde ich sagen. So bin ich ja drauf gekommen, dass Thomas eine andere Stelle meint. Sonst wären ja die Spuren von dem Admiral da gewesen.«

Der Rückweg zum Auto dauert eine Stunde. Auf halbem Weg bekommt Roland Colbert einen Anruf. Ohayon und Conrey haben die Siedlung abgeklappert. Negativ. Ohayon erklärt, dass sie noch zur Schule wollen.

»Aber beeilt euch. Es ist schon nach zwei. Mittagessen erst nach der Schule. Hast du verstanden, Ohayon!«

* * *

Sie sitzt am Tisch und isst alleine zu Mittag. Hering in Sahnesoße. Sie isst oft Hering. Manchmal auch gebraten oder geräuchert und dann zerdrückt auf Brot. Und sie ist wieder geschwommen. Sie weiß, dass das falsch ist. Zu viel geschwommen, sie weiß das, auch wegen ihrer Haut. Und sie hat wieder daran gedacht, dass sie dem Pfarrer beichten muss und dass ihr Schwimmbad im Keller und der Pfarrer, ja …? Was, ja? Na, dass es da eine sonderbare Verbindung gibt, dass sie so oft an ihn denkt und ans Beichten und an Schuld, beim Schwimmen, das ist eigentlich gar nicht zu erklären, es sei denn, man würde denken, Gott ist ein Fisch. Sie weiß natürlich, dass das Quatsch ist. Gott ist kein Fisch, sondern ein Gedanke. Und sie weiß natürlich auch, dass sie zu viel beichtet. »Deine Geständnisse, die fließen aus dir raus wie Wasser!« Das hatte der Pfarrer schon ein paar Mal gesagt. Zu ihr. Wie oft sie sich schon ihr Hirn zermartert hat, woran das liegen könnte? Tja. Das könnte sie gar nicht mal sagen. Oft. Verdammt oft! Und sie weiß trotzdem nicht, woran es liegt. Am ehesten hat das mit ihren Wutanfällen zu tun. Woher die kommen, bei ihr? Nein, das weiß sie nicht. Wirklich nicht. Sie hat sich eben manchmal nicht im Griff. Zwei Mal wurde sie fast angezeigt. Einmal diese Geschichte am Spielplatz mit der Frau mit dem Hund … Das war schlimm, wie sie sich da aufgeführt hatte. Richtig schlimm. Aber wo kommt so was her? Unbegründeter Zorn. Plötzliche Raserei. Sie ist doch eigentlich so friedlich. Ja, wirklich! Fast schon zu friedlich, wie manche meinen. Ach, und da fällt ihr ein, dass sie lange nicht mehr auf dem Friedhof war. Bei ihrem Vater. Der hat im Kirchenchor gesungen. Hatte eine schöne Stimme. Hatte einen ganzen Teich voller Goldfische. Und ist ganz plötzlich gestorben. Bei den Radieschen. Die Mutter hat ihn umfallen sehen. Bei den Radieschen. Zum Glück! Weil er war schon alt, und er hätte es nicht ausgehalten zu leiden, vielleicht wegen Diabetes oder Demenz oder Krebs oder was noch gekommen wäre, weil Männer halten weniger aus als Frauen, das weiß jeder. Nein, es war schon besser so. Aber ausgerechnet bei den Radieschen? Wo die doch angeblich so gesund sind! Nein, es war an allem immer auch was, das komisch ist. Eine Krähe soll im Baum gesessen haben. Ja … Ihr Vater mit der schönen Stimme. Jedenfalls ist die Emanzipation völlig spurlos an ihr vorübergegangen. Aber ihr Lebensplan, der ist auch ohne Emanzipation aufgegangen, weil sie ziemlich gut aussah, eigentlich noch immer ganz passabel. Sie hatte ja jung geheiratet ... eine Liebesheirat, das hat sie immer wieder gesagt ... jung geheiratet und schnell ein Kind bekommen. Bei der Geburt gab es dann aber Komplikationen, und ihre Freundin hatte ihr noch gesagt, dass sie nicht ins neue Krankenhaus gehen soll, sondern ins alte, zu den Schwestern, und danach konnte sie keine Kinder mehr bekommen. Aber deshalb beichtet sie nicht. Nein, nein! Sie hat auch nicht das Gefühl, dass sie keine Kinder mehr bekommen kann, dass das so was wie ... wie eine göttliche Strafe wäre. Nein. Nein, wirklich nicht. Und sie ist auch eigentlich gar nicht besonders gläubig. Das ist kein Witz, das sagt sie selbst! Nur so zum Schein. Aber sie geht gerne zum Pfarrer. Seit sie ein Kind ist, tut sie das. Und sie war schon immer etwas rastlos. »Flüchtig.« So hatte der Pfarrer mal gesagt. Da war sie dreizehn. Flüchtig! Das ist wohl ihr Charakter, da kann der Pfarrer nichts dafür. Und so entstanden dann die schönsten Jahre. Das war die Zeit, als ihre Tochter noch klein war, vielleicht fünf oder sechs Jahre alt. Das war die Zeit, als sie und ihr Mann anfingen, an ihre Gesundheit zu denken und Sport zu machen. Das Haus, das Schwimmbad im Keller. Er verdiente nämlich ganz gut. Als Vertreter. Obwohl Schwimmbäder eigentlich schon nicht mehr in Mode waren. Die Energiepreise waren zu hoch. Aber das alles hat nichts mit Schuld und ihrem Hang zum Pfarrer zu tun. Nein, sie hat einfach einen Knall. Das sagt sie selber. Einen Knall, was Schuldeingeständnisse angeht, und einen Knall, was das Schwimmen angeht. Sie hat ihren Mann deswegen verloren, und sie ist dabei, ihre Tochter zu verlieren. Sie weiß das alles und kann nichts dagegen tun. Im Gegenteil! Sie genießt diesen ständigen Kampf gegen die Zerstörung. So wie sie auch ihre wunde, juckende Haut genießt. Es ist nicht in Ordnung. Es ist nicht gesund, weil es immer schlimmer wird. Trotzdem hat sie die Hoffnung noch nicht ganz verloren. Denn diesmal! Diesmal ist es keine Einbildung. Diesmal ist etwas passiert.

Mord.

Sie atmet tief durch. Sie steht auf und stellt den Teller in die Spülmaschine. Danach cremt sie sich die Hände und die Arme ein. Bis hoch zu den Schultern. Danach die Beine. Sie muss sich oft eincremen. Ihre Hautärztin hat ihr verboten zu schwimmen. Sie muss etwas ändern. Sie weiß nur nicht, wie das gehen soll. Und vor allem ist jetzt nicht der richtige Zeitpunkt. Bevor sie irgendetwas ändern kann, muss sie erst mit dem Pfarrer sprechen. Denn diesmal. Diesmal ist wirklich etwas passiert.

* * *

Sie sollen sich beeilen, hat Roland gesagt, und Ohayon hat verstanden. Er und Conrey essen also nicht zu Mittag und gehen stattdessen in die Schule von Benningstedt. Sie zeigen die Fotos von Philippe und Geneviève herum und fragen, ob jemand sie kennt. Negativ. Sie fragen auch, ob jemand seit Freitag vermisst wird. Es ist reine Fleißarbeit, und wieder ist es Conrey, der die Fragen stellt, und Ohayon bekommt den Mund nicht auf. Weil es wieder ein Gymnasium ist.

Und so schämt er sich eine Weile, merkt, dass Conrey auch gut ohne ihn klarkommt, und fängt an, sich zu langweilen.

Nach einer Weile gibt er es auf, hinter Conrey herzutrotten. Er setzt sich ein Stück ab und guckt aus einem Fenster. Roland Colbert hat auch diese Angewohnheit.

Wieder ein Baum, genau wie auf dem Schulhof in Fleurville. Die Melancholie breitet sich aus. Die Welt ist immer dieselbe, egal was gerade los ist.

Und so sieht Ohayon, dass es auf dem Innenhof des Gymnasiums von Benningstedt einen Garten gibt und dass in der Mitte ein Baum steht und dass auf allen Zweigen Schnee liegt. Das sieht sich Ohayon eine Weile an, beruhigt sich dabei und hört irgendwann auf, sich zu schämen. Und als das mit dem Schämen aufgehört hat, gehen bei Ohayon die Sensoren wieder an. Seine sechs Augen und seine sechs Ohren, wie der Kommissar das nennt. Ohayon fällt etwas auf, das Conrey nie aufgefallen wäre. Und wenn er zehntausend Schüler und Lehrer befragt hätte. Ohayon fällt auf, dass ihnen jemand folgt, immer in der Nähe steht, wenn Fragen gestellt werden. Und dass dieser Jemand nervös ist. Nicht nervös nach außen, aber spürbar nervös. Und wenn Ohayon mal was registriert, dann wird er anders. Er geht also zu dem Mann, fragt ihn, erfährt, dass er Lehrer ist, und lädt ihn vor. Am nächsten Tag zur Aussage. Ohne weitere Nennung von Gründen. Die Reaktion des Mannes verblüfft ihn. Sergeant Ohayon hat nämlich das Gefühl, der Mann hätte nur auf diese Einladung gewartet.

* * *

Als Conrey und Ohayon eintrudeln, wartet Roland Colbert gerade darauf, dass Walter Heimann gebracht wird. Er will wissen, ob die Suchmannschaften schon was gefunden haben.

»Frag Grenier. Die ist doch mit denen draußen, oder?«

»Ja, aber die hat mal wieder ihr Handy abgeschaltet. Habt ihr die Nummer von der Suchtruppe?«

Keiner hat sie. Also geht Ohayon in Greniers Büro. Die Liste mit den Nummern liegt neben dem Telefon.

Conrey ruft beim Leiter der Suchmannschaft an und erfährt, dass sie bis jetzt kein totes Mädchen gefunden haben und dass sie bald durch sind mit dem Gelände. Bis fast zur Siedlung bei Benningstedt. Wo Grenier ist, weiß der Mann nicht.

* * *

Marie Grenier tastet sich durch den Schnee.

Vielleicht hat er die Handschuhe ausgezogen. Das Handy lag neben der Leiche, und um anzurufen, hat er sie vielleicht …

Greniers Knie werden kalt.

Wäre logisch, dass er sie ausgezogen hat. Aber nicht neben der Leiche, da waren wir gestern schon, nein, ich bin falsch hier. Also noch mal: Von wo ist er gekommen? Von der Lichtung? War er bei Geneviève? Hat er sie getötet und deshalb … wäre das logisch …

* * *

Walter Heimann kommt nicht, und als Roland Colbert in der Pension anruft, sagt die Wirtin, dass er vor einer Stunde weggegangen ist. Für den Weg braucht man auch im Schnee höchstens eine halbe Stunde. Resnais wird also losgeschickt.

Danach ist Roland Colbert endlich allein. Er denkt an Juliet und Sina, an die geplante Reise. Dass er in einer Woche irgendwo in Barcelona sitzt und Paella isst, kommt ihm sonderbar vor. Wie wohl das Wetter da ist, im November?

Er ist jetzt seit vier Tagen in Fleurville. Wird Zeit, dass ich mal wieder nach Hause fahre. Und als er an den letzten Anruf von Juliet und Sina denkt, fällt ihm wieder dieser komische Moment ein. Bei dem Telefonat am Sonntagmorgen … da war ihm doch eine Idee gekommen. Er konzentriert sich, kommt aber nicht drauf, warum ihm das gerade jetzt einfällt. Ein Gedanke, der etwas mit dem Krankenhaus zu tun hatte – und mit Sinas geplantem Friseurbesuch. Roland Colbert erwägt einige Kombinationen, in denen ein Krankenhaus, ein Mordfall und ein Friseurbesuch zusammenfallen, und … Er gibt den Versuch schließlich auf und beschließt, später darüber nachzudenken. Das allerdings wird er nie tun. Er wird den Gedanken für immer vergessen. Wie wichtig oder genial er auch war, er wird keine Rolle spielen. So was kommt vor. Dass etwas für immer und ewig vergessen wird. Und nun wäre es ein Leichtes, sich auszumalen, wie die Welt aussähe, wenn das noch nie passiert wäre, dass ein bedeutender Gedanke durch schlichtes Vergessen verloren ging. Vielleicht hätten wir dann schon Autos, die ohne Benzin, Wasserstoff oder Strom fahren. Vielleicht gäbe es die Welt aber auch schon gar nicht mehr. Mit dem Vergessen hat es so einiges auf sich. Bei Kriminalfällen natürlich besonders.

* * *

Resnais ist ganz froh, dass er mal rausgekommen ist. Normalerweise muss er immer telefonieren oder wenigstens das Telefon bewachen. Das ist in Ordnung, er ist ja noch Anfänger. Trotzdem! Deshalb ist er bestimmt nicht zur Polizei gegangen.

Aber was erwartet Roland? Dass ich Heimann an einem Kiosk aufgabele, wo er sich gerade besäuft?

Mit Saufen hat es nichts zu tun, der Gedanke ist Quatsch. Dann sieht Resnais etwas Merkwürdiges. Heimann drückt sich in einen Hauseingang.

»Was verstecken Sie sich dann da, Herr Heimann?«

»Was wollen Sie?«

»Kommissar Colbert schickt mich, wir warten auf Sie.«

»Gott sei Dank, ich … Jemand hat versucht, mich zu töten.«

»Zu töten? Und wie?«

»Mit einem Backstein.«

* * *

Nicht da hinfahren, nicht! Ist das der Irre in ihm, der ihm sagt, dass er nicht da hinfahren soll, wo er das Mädchen erschlagen hat? Warum noch mal in den Wald? Damit du dich daran erinnerst, dass gar nichts passiert ist! Er kann es nicht mehr auseinanderhalten. Der vernünftige Teil hat ihn jahrelang gerettet, jetzt bedroht er ihn. Leichtsinn hoch drei!

Sie sind ihm ohnehin auf der Spur. Er hat sich auffällig verhalten. In der Schule. Nur das kann es sein. Oder hatte ihn doch jemand gesehen? Im Haus war kurz Licht angegangen. Der Gedanke, dass die Hexe ihn vielleicht gesehen hat, war ja überhaupt der Auslöser gewesen. Deswegen hatte er bei der Zeitung angerufen und die Spur Richtung Heimann gelenkt. Und genau das war ein Fehler gewesen! Warum hatte er das gemacht? Ich hab doch gar nichts getan! Aber welcher Teil war das, der ihm sagte, dass er nichts getan hatte? Der vernünftige Teil! Der weiß, dass ich nichts getan habe. Ich muss also nicht hinfahren und nachsehen! Ich muss das gar nicht tun!

Trotzdem. Er muss noch mal dort hin. Natürlich! Vor Ort würde er sich bestimmt erinnern. Daran, dass gar nichts passiert ist. Daran, dass der vernünftige Teil in ihm recht hat. Und fahren ist immer gut. Oder schlecht! Schlecht! Die Mädchen hat er immer mit dem Auto verfolgt. Das ist doch sein Trick gewesen. Seine perversen Triebe umzulenken in diese Verfolgungen. Und es ist ja auch nie mehr etwas passiert. Die Straßen sind wieder frei. Wenn die Straßen nicht frei wären, könnte er nicht fahren. Es war kein Mord, rede dir das nicht ein! Es sind auch nicht die Gedanken an den Mord, die ihn zwingen zu fahren. Es ist etwas, das der vernünftige Teil fordert. Etwas, das im Namen der Vernunft immer stärker wird, in ihm. Dieser Zwang, andere zu verfolgen. Nur, wen verfolgt er im Moment eigentlich? Sich selbst? Ist das noch vernünftig, was der vernünftige Teil in ihm tut? Ist das nicht längst viel stärker und zwanghafter als seine Lust auf die Mädchen? Die Pläne. Die Wege. Die Linien, die er im Kopf hat. Sie zu verfolgen. Sie in seiner Gewalt zu haben. Zu wissen, wo sie sind und was sie tun. Immer dabei zu sein. Ist das vernünftig?

Immerhin hab ich heute eine gute Idee gehabt!

Er hat angefangen bei dem Spiel mitzuspielen, das die Polizei mit ihm spielt. Seine Vernunft will, dass er sich der Gefahr stellt. Aber was mache ich jetzt? Warum fahre ich noch mal zum Wald? Ja, warum tut er das? Damit du siehst, dass nichts ist! Er gibt Gas. Seine Stimmung ist von einem Moment zum nächsten umgeschlagen. Er kann es kaum noch erwarten. Sich von der Last dieser eingebildeten Schuld zu befreien.

* * *

Walter Heimann ist ziemlich aufgeregt. »Jemand hat versucht, mich umzubringen!«

Resnais ist zum ersten Mal bei einer Vernehmung dabei. Seit drei Minuten versucht Heimann, Ohayon und den Kommissar davon zu überzeugen, dass ein Mordanschlag auf ihn verübt wurde. Höchste Zeit für Resnais, etwas zu sagen.

»Ich glaube nicht, dass das ein Mordanschlag war, Herr Heimann. Ich war oben auf dem Baugerüst. Da liegen eine Menge solcher Backsteine rum. Einige ziemlich dicht am Rand. Ich würde sagen, das war ein Unfall. Der Stein ist einfach runtergefallen.«

Roland Colbert weiß, dass er im Augenblick nicht klären kann, ob jemand einen Stein auf Walter Heimann geworfen hat. Also versucht er, das Beste aus der Situation zu machen. »Wer, glauben Sie, könnte den Stein geworfen haben?«

»Na der, der auch mein Haus angezündet hat.«

»Ich glaube nicht, dass ein aufgebrachter Bürger so was tut. Die würden sie anpöbeln, vielleicht eine Scheibe einschmeißen. Aber ein Mordanschlag auf offener Straße? Mit einem Backstein? Von oben? Da müsste ja dann jemand auf der Lauer gelegen haben. Woher sollte der- oder diejenige denn wissen, dass Sie da vorbeikommen? … Dass Ihr Haus angezündet wurde, das ist viel ernster. Wir vermuten, dass es in Fleurville jemanden gibt, der schon seit Längerem weiß, was man Ihnen damals in Deutschland vorgeworfen hat. Jemanden, der von sich ablenken will. Also: Überlegen Sie bitte noch mal ganz genau, ob Sie hier mal jemandem begegnet sind, der Sie aus Deutschland kennt.«

»Wer damals von den Vorwürfen gegen mich gewusst hat? Alle, die Zeitung lesen! Und jetzt wissen es auch wieder alle. Warum hat die Zeitung mein Bild veröffentlicht? Ich bin in Deutschland von allen Vorwürfen freigesprochen worden!«

Roland Colbert nickt. Er nimmt sich vor, Grenier zu beauftragen, sich die Brandstelle noch mal genau anzusehen. Er darf das nicht vergessen. Dann blickt er kurz zu Ohayon rüber. Er hat ihn diesmal mit ins Verhörzimmer gebeten. Ohayon hat sich nicht eingemischt. Er soll nur seine sechs Ohren und Augen aufsperren. Bis jetzt ist ihm nichts aufgefallen bei Heimann. Der redet immer verzweifelter.

»Die haben aus einer Mücke einen Elefanten gemacht! Und mein Pech war, dass kurz zuvor dieses andere Mädchen entführt und ermordet worden war. Isabel hieß die. Die war zwar viel älter, und die Umstände waren anders, aber das interessierte niemanden. Außerdem hatte ich kein Alibi für die Zeit, in der Isabel verschleppt wurde. Irgendwann hat meine Schülerin zugegeben, dass sie sich die Geschichte ausgedacht hat. Aber der Makel blieb. Ich konnte nicht mehr unterrichten und wurde vorzeitig pensioniert.«

Ohayon zuckt mit den Schultern, was bedeutet, dass er keine Ahnung hat, ob Walter Heimann ihnen etwas verschweigt oder nicht. Dann wird Resnais rausgeschickt. Der will nicht, das sieht man.

»Es ist wichtig, Resnais! Es ist wichtig, dass jemand am Telefon sitzt!«

»Ja klar! Es ist wichtig, dass ich den ganzen Tag da rumhocke.«

Resnais geht also, Roland Colbert wechselt das Thema.

»Ich wollte Sie noch etwas anderes fragen, Herr Heimann. Wann waren Sie eigentlich das letzte Mal bei Madame Darlan?«

* * *

Handschuhe finden! Unter dem Schnee! Auf einer Fläche so groß wie ein ganzer Wald! Und außerdem … Ich suche an der falschen Stelle, hier ist nichts. Scheiße!

Marie Grenier steht auf, blickt den Hang hinab.

Da unten, am Waldrand, muss der Weg sein, den Conrey auf der Karte … Nein, das Gelände ist zu groß, das schaff ich nicht! Marie Grenier entscheidet sich also gegen Conreys Weg am Waldrand, geht hoch, Richtung Lichtung. Da! Ein kleiner Huppel! Vielleicht, wenn der Handschuh da liegt … Nix.

Es wird dunkel.

Nix, seh nix mehr … morgen… Aber mal logisch … wenn er getötet hat und hier reinläuft … dann läuft er erst mal … der will erst mal nur weg! Wär ja unlogisch, dass er gleich nach dem Mord anruft … »Ey, ich hab gerade ein Mädchen erschlagen, aber jetzt ist mir kalt, holt mich ab!« … Erst mal rennt er … erst muss ihm kalt werden … so kalt, dass er merkt … dass er Todesangst hat … nur dann … also muss der Handschuh doch weiter unten liegen … hat jetzt keinen Sinn. Morgen, wenn's hell ist … Marie Grenier hat die Lichtung erreicht. Im Hexenhaus brennt schon Licht. Blaue Stunde. Wirklich alles bläulich …

Hundert Meter rechts von ihr flattern die Absperrbänder im Wind. Die Stelle, wo Geneviève lag. Marie Grenier weiß, dass es Zeit ist, zum Parkplatz zurückzulaufen. Aber sie läuft nicht zurück. Sie tut nichts, außer über die Lichtung zu blicken.

Und dann sieht sie die Gestalt. Direkt neben einem Baum. Erst denkt sie, der Stamm hätte eine Ausbuchtung. Dann bewegt sich die Ausbuchtung. Marie Grenier läuft los. Als sie zwanzig

Meter gelaufen ist, geht im Haus das Licht aus. Marie Grenier sucht beim Laufen nach ihrem Handy … im Rucksack! Die Gestalt hat sie bemerkt, verschwindet im Wald.

»Stehen bleiben, Polizei!«

Sie nimmt im Laufen den Rucksack ab, reißt die Lasche auf, sucht ihr Handy … Scheiße! … Es dauert eine Weile, das Handy zu finden … Sie lässt den Rucksack fallen, wählt, während sie weiterläuft. Nichts passiert. Scheiße, ausgeschaltet … Sie läuft weiter, wartet, bis das Handy bereit ist. Wählt. Läuft. Das Handy am Ohr. Resnais meldet sich. Wie gut, dass Resnais immer am Telefon sitzt! Wie gut! Grenier kann kaum noch reden.

»Hier Grenier! Ich bin auf der Lichtung, wo wir das Mädchen gefunden haben … hier war jemand … ist jetzt in den Wald gelaufen … verfolge ihn … ich brauche Verstärkung … alle Fahrzeuge kontrollieren … ich brauche meine Mannschaft. Scheinwerfer … Sofort! Sag Roland Bescheid … brauche ihn … sofort … alle Fahrzeuge kontrollieren, die Richtung Fleurville fahren … Ende.«

Marie Grenier dringt in den Wald ein. Sie entdeckt die Fußspuren und versucht ihnen zu folgen. Es ist dunkel. Die Taschenlampe ist im Rucksack. Scheiße! Sie hört, wie in einiger Entfernung ein Motor angelassen wird. Läuft auf das Geräusch zu. Dunkel. Die Wurzel. Der Schnee über der Wurzel. Marie Grenier stürzt und schlägt mit dem Kopf hart auf. Sie hört ein Knirschen. Der Schmerz in ihrer Nase ist so groß, dass ihr schwarz vor Augen wird. Trotzdem rappelt sie sich hoch … der fährt weg … läuft weiter auf das Geräusch zu. Etwas läuft ihr in die Nase. Sie kennt den Geschmack. … Blut … Das Geräusch des Fahrzeugs entfernt sich. Marie Grenier kann nicht mehr. Sie sinkt auf die Knie, ihr Kopf sackt nach vorne. Ihr Gesichtsfeld ist verschwommen, aber sie sieht, wie ihr Blut den Schnee rot färbt.

* * *

Die Erde, die Grenier am Unterboden von Heimanns Mercedes gefunden hat, stammt von der Lichtung. Das soll Heimann erklären. Er hat also erklärt, wann er das letzte Mal oben an der Lichtung war. Bei Madame Darlan. Sie hätten über deutsche Literatur gesprochen, erklärt Heimann. Deutsche Klassik. Ein gemeinsames Interesse. Das ist angeblich acht Tage her. »Oder nein! Neun! Neun Tage! Entschuldigung …«

Er hat außerdem ausgesagt, dass er nie den Weg vom Parkplatz her nimmt, dass der Weg um den See und durch den Wald ihm viel zu weit sei. Wenn er Madame Darlan besucht hat, ist er immer von der deutschen Seite gekommen. Ohayon fällt auf, dass Heimann sich nicht wohl fühlt bei den Fragen, die Madame Darlan betreffen. Als der Kommissar dann noch mal über den alten Fall spricht, bekommt Heimann einen Wutausbruch. Er besteht darauf, dass er damals von allen Vorwürfen freigesprochen wurde. Roland Colbert versucht ihn zu beruhigen.

»Hören Sie auf, Herr Heimann. Ich bin nicht daran interessiert, noch einmal in den Fall von damals einzusteigen, und natürlich ist mir klar, dass damals viele Menschen aus der Zeitung von der Sache wussten. Aber ich glaube nicht, dass ein Zeitungsleser von damals bei unserem Käseblatt angerufen hat. Vor allem nicht um halb fünf Uhr morgens. Die Verbindung muss direkter sein. Ich habe Sie das schon zwei Mal gefragt, ich frage Sie noch mal: Gibt es hier in Fleurville nicht vielleicht doch jemanden, der von den Vorfällen in Saarbrücken Kenntnis hat? Einen Insider? Also einen ehemaligen Kollegen, einen Schüler, einen aus dem Kreis des Opfers. Vielleicht einen Polizisten.«

Walter Heimann antwortet sofort. »Nein, das habe ich Ihnen aber auch schon drei Mal gesagt! Es gibt nur einen einzigen alten Freund in Saarbrücken, der überhaupt weiß, wo ich jetzt lebe.«

»Ihr Freund. War das ein Kollege?«

»Ja.«

»War das der, bei dem Sie an dem Abend waren, als Geneviève getötet wurde?«

»Ja. Stimmt. Das war der.«

»Interessant.«

»Sie glauben, dass er bei der Zeitung angerufen hat? Aber warum? Und woher sollte er überhaupt wissen, dass hier eine junge Frau ermordet wurde?«

»Keine Ahnung, Herr Heimann. Vielleicht ist er Ihnen hinterhergefahren. Vielleicht hat er Geneviève ermordet und Sie dann denunziert, um uns auf Ihre Spur zu setzen. Es gibt viele Möglichkeiten!«

»Ja, aber nicht diese. Mein Freund hat nur noch ein Bein.«

Die Tür wird aufgerissen, es ist Resnais.

»Du musst kommen, Roland. Du auch, Ohayon. Grenier verfolgt jemanden im Wald.«

»Allein?«

»Ich glaube, ja. Wir sollen hinkommen, Scheinwerfer mitbringen, die Jungs von der Spurensicherung hab ich schon angerufen … Alle Autos, die nach Fleurville fahren, werden angehalten und überprüft. Ich hab schon eine Mannschaft losgeschickt.«

Roland Colbert und Ohayon folgen Resnais.

»Die fahren doch hoffentlich nicht mit Blaulicht.«

»Blaulicht?«

»Ruf sie an. Kein Blaulicht, nichts Auffälliges. Kein Licht. Sag das sofort durch.«

Der Raum ist leer. Walter Heimann wartet noch eine Weile. Dann steht er auf und verlässt das Verhörzimmer. Er meldet sich ordnungsgemäß in der Zentrale ab und geht in seine Pension.

* * *

Er hat einen großen Fehler gemacht … das hätte ich wissen müssen, dass die jemanden hinstellen … Er fährt so schnell durch den Wald, dass er zwei Mal hart aufsetzt … nicht so schnell, wenn du jetzt stecken bleibst … Er hat Angst. Es hat sich umgedreht! Ja, es hat sich umgedreht. Eigentlich ist er es doch, der immer alles berechnet. Er ist der Verfolger, von dem die anderen nichts wissen. … Die Straße!

Er kann nicht mehr überlegen. Er kann nur noch fahren. Sein Fehler. Sein ungeheurer Fehler. Er zwingt den Gedanken weg, um sich aufs Fahren zu konzentrieren. Er muss so schnell wie möglich nach Hause. Der ruft natürlich im Kommissariat an! Er meint, die Gestalt, die über die Lichtung auf ihn zugerannt ist, war ein Mann. Dann sieht er in großer Entfernung das bläuliche Flackern. Er versteht sofort. Sie kommen! Er reagiert schnell. Schaltet das Licht aus. Zurück! Das Tier in ihm weiß, was zu tun ist. Er wendet den Wagen. Es dauert eine Weile auf der engen Straße. Er fährt zwei Mal in die Schneehügel rein, die der Straßenräumdienst an die Seite geschoben hat. Aber er schafft es. Fährt zurück.

Hoffentlich ist er nicht bis an die Straße gelaufen! Bitte! Er nimmt an, dass er von einem Mann verfolgt wurde. Anders kann er es sich nicht vorstellen. Er fährt an der Stelle vorbei, wo der kleine Weg aus dem Wald kommt. Keiner, Gott sei Dank! Er hat Glück, dass Grenier gefallen ist. Er weiß nichts von seinem Glück. Wäre Grenier nicht gefallen, stünde sie jetzt an der Straße.

Er fährt weiter. Erhöht das Tempo … nach Deutschland und dann irgendwie zurück … nicht mit dem Auto …! Woher kommt dieser Einwand? Ein guter Einwand. Die sperren bestimmt alles ab! Er ist jetzt ganz klar im Kopf und etwas Vertrautes kehrt zurück. Das Gefühl der Spannung. Es ist, als würde er einem Mädchen folgen. Es ist trotzdem anders. Es ist viel besser. Er weiß jetzt Bescheid. Ich bin nicht schuldig! Es hat sich gelohnt, noch einmal zur Lichtung zu gehen. Er hat sich erinnert. Seine Gedanken geordnet. Dann muss er lachen. Was für ein Widerspruch! Er weiß jetzt, dass er unschuldig ist. Und flüchtet gleichzeitig vor der Polizei. Ja! Es ist ein Spiel. Ich spiele mit ihnen. Jetzt, wo er weiß, dass er unschuldig ist, macht das Spiel noch mehr Spaß. Denn: Selbst wenn sie ihn schnappen, kann ihm nichts passieren.

* * *

»Was sagt der Arzt? Ist die Nase gebrochen? Ja, oder?«

»Angeknackst. Geht schon.«

Marie Grenier sieht aus wie ein Verbrecher aus dem Wilden Westen, dem das Halstuch hochgerutscht ist. Natürlich ist es kein Halstuch, sondern ein provisorischer Verband, bei dem unten ein Zipfel raushängt. Ein drolliger, unerklärlicher Zipfel. Es ist trotzdem nicht lustig. Keiner hat gelacht. Grenier hat sich geweigert, ins Krankenhaus zu fahren. Gerade beugt sie sich über die Spur, die im Scheinwerferlicht gut zu erkennen ist.

»Besser geht's nicht. Wenn der nicht sofort die Reifen wechselt, kriegen wir ihn.«

»Das heißt, wir untersuchen ab jetzt bei jedem Verdächtigen erst mal die Reifen, oder? Na ja, das kann er sich natürlich denken.«

»Die Abdrücke der Schuhe haben wir auch. Gute Gebirgswanderschuhe, würde ich sagen. Größe 45 mindestens. Also ziemlich sicher ein Mann. Wir haben viel.«

»Nur ihn selbst haben wir nicht, oder? Der ist bestimmt nach Deutschland gefahren. Vielleicht kam er in der Mordnacht auch aus Deutschland, was meinst du, Roland?«

»Möglich.«

»Wahrscheinlich hat er damals auch hier am alten Knutschweg geparkt.«

Grenier starrt Ohayon wütend an.

»Du kennst diesen Weg?«

»Ja, das ist der alte Knutschweg.«

»Der alte was?«, will Conrey wissen.

»Der alte Knutschweg. Der heißt so, weil …«

»Und warum hast du mir nichts von diesem Weg gesagt? An dem Morgen, als wir Geneviève gefunden haben.«

»Vergessen. Den Weg benutzt schon lange keiner mehr. Außer denen vom Forstamt.«

Grenier schüttelt den Kopf, Roland Colbert zuckt mit den Schultern.

»Jedenfalls ist das die Stelle, wo der König zuerst nach Thomas gesucht hat. Und der hat ausgesagt, dass er Reifenspuren gesehen hat. Mittelklassewagen.«

»So wie die hier!«, erklärt Grenier, bemerkt, dass sie etwas am Mund kitzelt und drückt den Zipfel unter den Verband.

»Also ist er von hier gekommen. Klingt logisch, oder? Nur, woher wusste er, dass Geneviève überhaupt hier auftauchen würde?«

»Tja … Entweder, er hat geahnt, wo sie hin will …«

»Oder?«

»Ich weiß nicht, Ohayon … Aber wenn man es logisch betrachtet …« Roland Colbert blickt in Richtung der Lichtung.

»Du hast was im Kopf, oder?«

»Ja, schon, aber … Warum sollte Madame Darlan jemanden anrufen und sagen: Jetzt kannst du kommen, hier irrt gerade ein Mädchen rum. Warum sollte sie das tun?«

Roland Colbert wird in seinen Gedanken unterbrochen. Conrey hat eine Nachricht. »Hab eben mit Resnais gesprochen. Marie Darlan hat angerufen. Sie hat gemeldet, dass jemand über die Lichtung läuft.«

»Das war Grenier, die sie gesehen hat. Oder? Der andere stand doch am Waldrand. Sie meint Grenier.«

»Das nehme ich an, Ohayon. Und das sagt uns zwei Dinge: Erstens, dass sie sich meldet, wenn was passiert. Was für sie spricht … Zweitens, dass sie gute Augen hat.«

Ein Mann kommt. Er ist weiß angezogen, was seine Funktion erklärt. »Grenier!«

»Was?«

»Wir haben an der Straße was gefunden. Da ist jemand ein paar Mal in die Schneehaufen gefahren.«

Roland Colbert macht Ohayon ein Zeichen, ihm zu folgen, und geht zur Lichtung.

»Du willst noch mal zu Madame, oder?«

Es ist inzwischen dunkel, und sie müssen ihre Taschenlampen einsetzen.

»Wir haben seine Fußabdrücke, die Profile seiner Reifen … Es wird sich sicher feststellen lassen, was für Reifen das sind. Ich wette, es sind keine deutschen Reifen.«

»Du meinst, er stammt aus Fleurville?«

»Wer weiß denn schon, dass dieser kleine Waldweg bis fast an die Lichtung führt? Wer weiß schon, dass sich am Feensee Jugendliche aufhalten? Nein, Ohayon, das ist jemand, der sich hier auskennt. Jemand, der sich mit den Gewohnheiten unserer jungen Leute beschäftigt hat.«

»Also kein Zufall.«

»Ich glaube, dass er ihnen gefolgt ist. Er hat gesehen, dass Geneviève in den Wald gelaufen ist, und hat dann die Abkürzung hierher genommen. Das glaube ich.«

Ohayon nickt. Er mag es, wenn Dinge logisch klingen. Es ist nur leider nicht seine Stärke. Das Logische. Leider.

»Weißt du, Roland. Manchmal frage ich mich …«

Ein Gedanke wird angekündigt, aber nicht zu Ende geführt.

Sie erreichen die Lichtung und gehen auf das Haus von Madame Darlan zu. Es beginnt wieder zu schneien.

»Und weißt du, was ich noch glaube, Ohayon?«

»Nee.«

»Ich glaube, er hat jetzt ein Problem. Er steckt in Deutschland und kann sich denken, dass wir an den Straßen Posten aufgestellt haben. Es gibt nur drei Straßen, die nach Fleurville führen. Die Frage ist also, wie kommt er zurück.«

Es passt immer alles so gut, wenn man der Logik folgt. Ohayon ist zufrieden, Roland Colbert klopft an die Tür der Hexe.

* * *

Im Auto kann ihm nichts passieren. Er fühlt sich so gut wie schon lange nicht mehr. Er ist frei. Ein Gedanke. Er greift nach seinem Portemonnaie … Ja! … Er hat sich richtig erinnert. Vierhundert Euro. Er war heute Morgen auf der Bank. Er wird seine Kreditkarte nicht benutzen müssen. Der Tank ist auch noch fast voll. Ich muss nur die Nacht rumkriegen. Morgen früh ist halb Fleurville unterwegs. Da werden sie wohl kaum alle kontrollieren. Oder noch besser! Er hat eine Lösung gefunden, das Problem mit der Zurückfahrerei vollkommen zu umgehen. Und wie schnell!

Es war knapp gewesen. Aber es hatte sich gelohnt. Er denkt schon gar nicht mehr an Mädchen. Die Mädchen sind unwichtig geworden. Der vernünftige Teil in ihm hat gesiegt. Ich war einfach unterfordert! Vielleicht ist er gar nicht pervers, vielleicht sind es gar nicht die Mädchen, die er verfolgt, vielleicht ist es nur die Spannung, die er sucht. Er weiß jetzt, dass er normal ist. Und dass er unschuldig ist! Er fährt weiter. Die gute Stimmung bleibt. Die Polizei ist sehr nah an ihm dran gewesen. Wie damals. Er wischt den Gedanken weg. Der schuldige Teil von ihm hat sich ganz klein zusammengekringelt. Er hat jetzt wieder Kontrolle. Die Ereignisse ordnen sich wieder nach den Gesetzen von Logik und Vernunft.

* * *

Wie man's dreht und wendet, es gibt keine vernünftige Lösung. Juliet war müde. Es tat ihr weh, Monsieur Joiets Abhandlung über Schopenhauer in ihr Lesebuch zu integrieren. Es geht einfach nicht! Dann klopfte es. Monsieur Joiet betrat ihr Büro und legte ihr ein paar Seiten Papier auf den Tisch.

»Was ist das?«

»Eine kurze Einführung.«

Mehr hatte Monsieur Joiet nicht gesagt, war gegangen.

Auch noch ein einleitender Text? Wie viel Platz will er sich denn noch nehmen, mit seinem Schopenhauer?

Sie las die Einleitung. Nach einigen biografischen Daten kam Monsieur Joiet schnell zum Kern, von dem aus der große Philosoph leuchtete: »Schopenhauer hat es wie kaum ein anderer geschafft, seine Menschenverachtung, seinen charakteristischen tiefen Pessimismus produktiv zu machen …« Während Juliet weiterlas, machte sich ein Juckreiz in ihren Oberarmen breit, sie kreuzte also ihre Arme und begann sich die Haut zu reiben. »Das menschliche Dasein ist durch eine Vielzahl von Bedürfnissen belastet, die nie befriedigt werden können. Alles eben noch Befriedigte treibt sofort neue Begehrlichkeiten aus sich hervor, und am Ende vermag doch nichts den bodenlosen Abgrund des menschlichen Herzens auszufüllen …« Der Juckreiz weitete sich auf die Oberschenkel aus. »… ist der Mensch endlich dieses sinnlosen Spiels, sich Befriedigung zu verschaffen, überdrüssig, verfällt er in unermessliche Langeweile. Der Lebenslauf des Menschen ist nichts, als dass er von der Hoffnung genarrt dem Tode in die Arme tanzt. Jeder läuft zuletzt schiffbrüchig und entmastet in diesen Hafen ein …« Dann hatte sie den Eindruck, ihre Mandeln würden anschwellen. »Ungerechtigkeit, Härte, Grausamkeit, das ist die Handlungsweise der Menschen gegeneinander. Die Wilden fressen einander, die Zahmen betrügen sich. Optimismus ist nicht bloß eine absurde, sondern auch eine wahrhaft ruchlose Denkungsart, ein bitterer Hohn über die namenlosen Leiden der Menschheit.« Sie hörte ein Pfeifen und … Peng! Ja, sie war wütend, rot und maßlos entschlossen.

* * *

Oh ja! Roland Colbert schwellen die Adern am Hals! Er meint außerdem ein feines Pfeifen zu hören.

Er hält sie nicht mehr aus, Madame Darlan und ihre arrogante Art, Vorgänge ironisch oder indirekt zu beschreiben. Es ist eine Art Panzer, den sie sich da zugelegt hat. Er wird ihn durchbrechen und ihre Nase auf den Boden der Tatsachen drücken.

»Ja, ich frage Sie noch mal, Madame Darlan! Ich werde Sie so oft fragen, bis ich nicht mehr den Eindruck habe, dass Sie mir etwas verschweigen. Sie stehen offenbar öfter am Fenster. Sie sagten bei meiner ersten Befragung, dass Sie wach waren, Sie haben heute Abend eine Person gesehen, die wesentlich weiter entfernt war als die Stelle, an der Geneviève lag.«

»Und ich habe sofort die Polizei angerufen. Genau wie Samstagmorgen. Was glauben Sie denn, was ich verschweige?«

»Das müssen Sie mir sagen.«

Madame Darlan sitzt wieder in ihrem Sessel am Kamin. Roland Colbert steht am hinteren Fenster. Er sieht zum Schuppen hinüber. Der überdachte, vordere Teil ist schwer zu erkennen.

Ohayon steht vor einem Bücherregal. Er weiß, warum der Kommissar ihn mitgenommen hat. Sechs Augen und sechs Ohren. Und Ohayon merkt, dass er wieder anfängt, sich zu schämen. Nur deshalb bin ich hier … Sergeant Ohayon presst die Lippen aufeinander. Conrey sagt manchmal: Du kannst so schön mit Gefühl! Und genau dafür setzen sie ihn ein. Für alles, was mit Gefühl zu tun hat. Und genau das will Ohayon nicht. Wenn er seine Gedanken so laufen lässt, wie sie wollen, sieht er sich als diesen Kommissar aus der amerikanischen Krimiserie.

Er hat das Roland Colbert mal gestanden und der hat gesagt: Die siebziger Jahre sind aber schon eine Weile vorbei! Trotzdem. Ohayon träumt davon, wie dieser Kommissar zu sein. Schnell, schlagfertig, attraktiv. Das Auto immerhin hat er sich geleistet. Seinen Achtzylinder. Aber da sind keine schönen Frauen um ihn herum. Und er hat noch nie mit messerscharfen Schlussfolgerungen geglänzt. Stattdessen haben sie ihn abgestempelt: … so schön mit Gefühl! Ohayon weiß, wie Conrey das meint. Er nimmt ihn so wenig ernst wie die anderen. Trotzdem ist heute etwas anders als sonst. Seit dem Gespräch mit Kristina sind ganz neue Gedanken in seinem Kopf. Er hat sich eine Stunde lang mit einer Sechzehnjährigen unterhalten, ohne sich oder sie von außen zu sehen. Ohne sich besonders zu verhalten. Und sie hat ihn ernst genommen. Ohayon fragt sich seitdem, warum er das nicht früher begriffen hat. Dass Frauen vielleicht gar nicht wollen, dass er besonders ist. Und dann diese plötzliche Vorstellung, er könnte eines Tages selbst Kinder haben. Aber das kam wahrscheinlich nur daher, dass er Kristina beschützen wollte. Ihr helfen bei ihrem Schmerz. Es ist viel passiert. Bei Ohayon. Seit gestern Abend. Und so steht er also mit gemischten Gefühlen vor dem Bücherregal.

Dann sind die schönen neuen Gedanken plötzlich weg, und er beginnt sich zu langweilen, während der Kommissar seine präzisen Fragen stellt. Und irgendwann wird ihm so langweilig, dass er zum Kamin geht. Roland Colbert will gerade seine nächste Frage stellen, als er sieht, wie Ohayon sich in den zweiten Sessel setzt und Madame Darlan ansieht. Er schweigt also.

Ohayon wartet, bis Madame Darlan ihn ansieht. Sie kann irgendwann gar nicht anders. Der kleine dicke Mann ihr gegenüber ist so träge, dass sie irgendwas tun muss. Ohayon erwidert den Blick nicht, er schaut jetzt auf den Boden, die Ellenbogen auf die Knie gestützt, die Hände gefaltet. Madame Darlan sieht, dass

Ohayon etwas fragen will, und es kostet sie einiges an Selbstbeherrschung, diesen energielosen Menschen zu ertragen. Es dauert noch eine Weile, bis Ohayon anfängt. Und selbst als er spricht, sieht er sie nicht an. Madame Darlan kann den kleinen Dicken nicht einschätzen. Ist er einfach nur unglaublich dumm? Ist er schüchtern? Jedenfalls redet er so langsam, als hätte er Schwierigkeiten, überhaupt ganze Sätze zu formulieren. Und vor jedem neuen Satz entsteht eine Pause.

»Wissen Sie, Madame … Die meisten Leute, zu denen wir kommen, haben das Gefühl, dass wir sie reinlegen wollen. Das ist ganz oft so. Und ich wundere mich auch nicht darüber. Wer hat schon gerne mit der Polizei zu tun?«

Ohayon hört auf zu sprechen und fängt auch nicht wieder an. Schließlich hält Madame Darlan es nicht länger aus. Sie hat das dringende Bedürfnis, die Konversation irgendwie zu beschleunigen.

»Ich habe keine Angst vor der Polizei!«

Wieder entsteht eine Pause.

»Ich habe mit Genevièves Mutter gesprochen. Und ich glaube, sie war froh, dass ich bei ihr war. Obwohl ich von der Polizei bin. … Und als ich ging, da sagte sie etwas. Wollen Sie wissen, was sie sagte?«

»Was sagte sie?«

»›Ihr müsst mir versprechen, dass ihr herausfindet, wer es war.‹ Können Sie sich das vorstellen?«

»Was?«

»Was das für ein Gefühl ist. … Wenn einem die Mutter von einem toten Mädchen so was sagt?«

Madame Darlan ist irritiert, reagiert abweisend.

»Natürlich kann ich mir das vorstellen. Meinen Sie, ich bin aus Stein?«

Er antwortet nicht.

»Was soll das? Was sind das für Reden?«

»Na ja, ich … wir … der Kommissar und ich, wir haben das Gefühl, dass Sie sich vieles nicht vorstellen können.«

»Ach ja? Sie wissen, was ich kann und was ich nicht kann?«

»Ja, Madame, das weiß ich.« Jetzt erst blickt Ohayon sie an. »Ich sehe es so deutlich, als hätten Sie es sich auf die Stirn geschrieben.«

Die Aussage überrascht Madame, durchbricht die Mauer. Durchbricht sie auf eine Weise, die die ehemalige Lehrerin zu einem ganz kleinen, unwillkürlichen Lächeln veranlasst. Sie hatte den kleinen dicken Mann für einen dummen Schergen des Kommissars gehalten. Offenbar musste jemand dabei sein, und dafür war er gut genug. Der stille Dummkopf, der an der Wand lehnt. Jetzt ist sie überrascht. Es kommt ihr vor, als würde etwas in ihr aufwachen. Dieses Gefühl ist so unmittelbar, dass sie den Kopf schüttelt. Vielleicht tut sie das, um ganz wach zu werden.

»Sie haben auf dem Gymnasium unterrichtet, nicht wahr?«

»Was hat das mit dieser Sache zu tun?«

»Ich war dort. Zusammen mit Sergeant Conrey. Wir haben uns nicht wohlgefühlt.«

»Und jetzt haben Sie eine Abneigung gegen mich? Darf ich das so verstehen?«

»Nein … Ich habe mich nicht gut ausgedrückt, wir … Sergeant Conrey und ich, wir hatten beide große Schwierigkeiten mit dem Gymnasium. Wir haben hinterher darüber gesprochen, es … Es hat bei uns eigentlich nicht gereicht. Mit der Intelligenz, verstehen sie? An manchen Dingen kann man nichts drehen. An der Intelligenz kann man nichts drehen.«

Madame Darlan beginnt wieder, sich unwohl zu fühlen. Etwas will sich aus ihr befreien. Aber warum löst gerade dieser Dummkopf mit seinem Geschwätz das bei ihr aus?

»Conrey hat mit den Lehrern gesprochen, und die meinten,

Geneviève war nicht gut. Also, Mathematik und Physik. Da war sie wohl nicht so gut. In Chemie auch nicht. Meine Mutter fand das damals nicht schlimm, dass ich immer so schlecht war. Ich weiß nicht, wie Genevièves Mutter das gesehen hat … Sie macht sauber. Putzfrau. Ist bei der Stadt angestellt. Genau wie meine Mutter damals. Damals habe ich deshalb mein Abitur gekriegt. Obwohl es eigentlich nicht gereicht hat. Nur weil meine Mutter Putzfrau war. Die Sozialisten … Sie wissen ja, wie das war. Na ja, und als ich ihr sagen musste, dass Geneviève totgeschlagen wurde … Und weil sie eben Putzfrau ist, fiel ihr nichts Besseres ein. ›Ihr müsst mir versprechen, dass ihr herausfindet, wer es war.‹ So ist das mit den dummen Leuten. Sie können sich nicht ausdrücken.«

Madame Darlan steht auf und verlässt den Raum. Ohayon bleibt sitzen. Roland Colbert will ihr folgen, Ohayon macht ihm ein kleines Zeichen mit der Hand. Roland Colbert kehrt also zum Fenster zurück und schaut wieder zum Schuppen. Es schneit immer noch. Aber nur ein bisschen. Es ist still. Eine Minute lang passiert nichts. Keiner rührt sich. Dann kehrt Madame Darlan zurück. Sie hat keine Flasche dabei. Sie hält kein Glas in der Hand. Sie hat nicht geweint. Sie wirkt größer, sogar jünger als zuvor. Sie stellt sich vor die Wand, an der Genevièves Bild hängt. Ganz gerade steht sie da. Sie spricht ruhig und selbstbewusst.

»Ich habe sie gesehen. Da am Schuppen. Da, wo Sie die ganze Zeit hinstarren. Ich habe nicht so lange dort hingestarrt. Es kommen öfter welche von den Jugendlichen hierher. Wenn es regnet, stellen sie sich da beim Schuppen unter. Sie haben mich gestern gefragt, ob Geneviève hier im Haus war. Sie war nicht im Haus. Sie war da am Schuppen. Und sie war nicht allein. Sie haben sich geküsst. Sehr schüchtern … zärtlich … Ich habe nicht lange hingesehen. Es ist mir unangenehm, wenn sie herkommen. Ich bin seit vier Jahren Witwe, und mitanzusehen, wie ungeniert … Aber bei Geneviève war es anders. Sehr zärtlich … Wie gesagt, ich habe nicht lange hingesehen. Sie werden sich jetzt fragen, warum ich das nicht früher gesagt habe. Dafür gibt es einen einfachen Grund. Ich wollte jemanden schützen.«

»Sie kennen den Jungen?«

»Es war kein Junge. Geneviève hat Zärtlichkeiten mit einem Mädchen ausgetauscht.«

Roland Colbert setzt zum Sprechen an, Ohayon schüttelt ganz fein den Kopf, der Kommissar schweigt.

»Ich weiß nicht, wer das Mädchen war. Es war dunkel. Sie wird im gleichen Alter gewesen sein. Das ist alles, was ich weiß. Ich persönlich glaube nicht, Monsieur …«

»Ohayon.«

»Monsieur Ohayon … Für mich wäre die Ermittlung des Täters kein Trost. Aber wenn es für Genevièves Mutter ein Trost ist, dann hoffe ich, Sie finden denjenigen, der Geneviève erschlagen hat. Ich hoffe es wirklich.«

»Danke, Madame. Es ist ja so … Das lastet auf einem. Dieser Auftrag von einer Mutter.«

Madame Darlan sieht ihn an. Sie weiß immer noch nicht, mit was für einem Menschen sie es da zu tun hat. Aber ihr Interesse an Ohayon ist geweckt.

* * *

Juliet sitzt im Bett, ihrs und Rolands Kissen im Rücken. Die Dachschräge, der alte Kleiderschrank, die hübsche, kleine Nachttischlampe, deren Licht …

Sie hatte, nach der Lektüre von Monsieur Joiets Einleitung zu Schopenhauer, einen Wutanfall bekommen, sofort Monsieur Chevrier aufgesucht und ihm eine Zusage gegeben. Wenn gewünscht, würde sie ihre Abteilung ab März leiten. Danach hatte sie sich die Genehmigung geholt, Monsieur Joiets Beiträge zum Lesebuch ersatzlos zu streichen.

Nach dem Gespräch mit Monsieur Chevrier war sie in ihr *Restaurant an der Schleuse* gefahren und hatte sich einen Café au Lait bestellt und … Nun ja … Danach hatte sie etwas total Unlogisches getan und Monsieur Joiets Einleitungstext noch mal gelesen. Er war eigentlich gar nicht so schlecht. Schopenhauer auch nicht.

Ein scharfer Knall, dann ein dunkles Brummen. Juliet sah nach draußen. Viel Wasser strömte, die Schleuse wurde geöffnet.

Womit Schopenhauer begann, gefiel ihr: Wütend zu sein, vom Schlimmsten auszugehen, die Wunden herbeizureden und dann aufzukratzen, das war, als Methode, die Gedanken in Schwung zu bringen, brillant. Als die Bedienung kam und fragte, ob sie noch einen Café au Lait wünsche, verlangte sie ein Bier.

»Und bitte ein großes, wenn's geht!«

Sie trank das Bier in einem Zug fast vollständig leer. Ja, das Unvernünftige machte für sie durchaus Sinn.

Die Schleuse war jetzt offen, ein kleines Boot mit vielen Fähnchen kam aus dem Schleusenbecken heraus. An Deck standen ein paar Leute und winkten, sie winkte zurück. Dann wieder ein Knall, wieder das dunkle Brummen. Die Schleuse ging wieder zu.

Trotzdem! Sie würde ihr Lesebuch so machen, wie sie wollte, und konnte dabei gerne auf Schopenhauer verzichten.

Und noch etwas war ihr klar.

So etwas durfte ihr nie wieder passieren, dass sie so ausstieg. Aus sich. Es war ja gerade noch gut gegangen. Sie hatte Monsieur Joiet ihren Dolch nicht in die Brust gestoßen. Schopenhauer ja, den hatte sie abgemurkst, aber nicht seinen Jünger. Hasste sie Monsieur Joiet denn überhaupt? Ging von ihm und seinen Vorschlägen nicht eigentlich etwas aus, das sie faszinierte? Juliet bestellte noch ein Bier und las Monsieur Joiets Zitatensammlung zum dritten Mal. Keine Frage, der Text hatte was. Die Welt von

Arthur Schopenhauer war, wenigstens in Monsieur Joiets Verdichtung, ein Rausch.

Und das für Vierzehnjährige? Vor allem dieses Gipfelzitat, mit dem Monsieur Joiets Einleitung abschloss: »Der Mensch kann zwar tun, was er will, aber er kann nicht wollen, was er will.« Nicht wirklich geeignet für Schüler. Außerdem schien dieses ganze Wollen letztlich vom Geschlechtstrieb auszugehen. Der Mensch sollte nichts anderes sein als konkretisierter Geschlechtstrieb?

So reduziert ist die Welt nicht!

Und was viel wichtiger war als aller Geschlechtstrieb: Sie war nicht reduziert auf Mutterschaft, sie konnte endlich aufhören zu grübeln!

Beruhigt sah sie also nach draußen, genoss die Abenddämmerung und deutete die kleinen schwarzen Wolken vor dem Rot als Enten, Schäfchen und kleinen Firlefanz. Die Schleuse pumpte schon wieder ein Schiff nach oben. Ein kleiner Mast erschien. Wieder mit einigen Wimpeln. So viel Aufwand nur wegen eines Segelboots. Aber da täuschte sie sich. Diesmal war es ein Schleppkahn. Braun, schwarz und so groß, dass er kaum ins Becken passte.

Fünfter Tag – Mittwoch

Er weiß, dass er es geschafft hat. Er ist wieder ausbalanciert. Mehr noch! Er ist geradezu beschwingt, sieht in allem Licht.

Das Beste ist die Tatsache, dass sein Verstand wieder funktioniert. Er hat etwas Furchtbares getan, aber er weiß auch, wo genau er seinen Fehler gemacht hat. Ich bin ausgestiegen. So etwas darf nie wieder geschehen. Ein Vorhaben, das ihm nur in Freiheit gelingen würde. Er muss also frei sein.

Das ist das Ergebnis seines Nachdenkens von gestern Abend. Da hatte er in Saarbrücken ganz ruhig auf dem breiten Hotelbett gelegen und sich genau zurechtgelegt, was er sagen würde: Ich war in Saarbrücken und bin vom Schnee aufgehalten worden!

Mit diesem Satz würde nicht nur seine Verteidigungsrede beginnen, sondern auch sein Kampf gegen den eigenen Trieb. Ich war in Saarbrücken und bin vom Schnee aufgehalten worden!

Er hatte den Satz ein paar Mal halblaut vor sich hin gesagt. Klarheit war dringend nötig.

Danach hatte er seine Frau angerufen. Sie fand es vernünftig, dass er über Nacht in Saarbrücken blieb. Zum Glück waren die wichtigsten Straßen am nächsten Morgen geräumt. Die Verbindung nach Fleurville war sicher noch nicht frei. Aber das war egal. Er war am Morgen direkt von Saarbrücken aus zu seiner Schule in Benningstedt gefahren.

Als er auf dem Weg zum Schulgebäude von ein paar Schülerinnen gegrüßt wird, fällt ihm auf, dass er seit gestern Abend nicht mehr an Mädchen gedacht hat. Etwas ist mit ihm passiert. Etwas Wunderbares. Gibt es so was? Dass ein dunkler Zwang, der einen jahrelang quält, plötzlich verschwindet? Im Moment fühlt er sich jedenfalls wie ein ganz normaler Mann, der zur Arbeit geht. Vor dem Lehrerzimmer wird er von einer Kollegin angesprochen, die wissen will, ob seine Schüler über die Anwesenheit der Polizei gestern reden.

»Weiß ich noch nicht. Ich habe heute erst um zwölf Uhr Unterricht.«

Danach macht er eine Bemerkung über die Polizei, und seine Kollegin lacht. Nachdem er im Lehrerzimmer verschwunden ist, fällt ihr auf, dass sie noch nie über eine seiner Bemerkungen gelacht hat.

Im Lehrerzimmer hält der Direktor der Schule eine kleine Ansprache und erteilt die Anweisung, dass man mit den Schülern offen über das tote Mädchen aus Frankreich reden soll.

»Es muss Raum dafür sein, dass unsere Schüler darüber sprechen können. Das Pensum ist im Moment nicht so wichtig. Die französische Polizei hat uns nicht gesagt, ob das Mädchen vergewaltigt wurde, aber ihr könnt davon ausgehen, dass die Schüler und vor allem die Schülerinnen so etwas denken. Es ist wichtig, dass die jungen Menschen merken, dass wir in dieser Situation auf ihrer Seite sind. Es ist nicht nur wichtig, es ist eine Selbstverständlichkeit.«

Der Direktor lässt sich länger darüber aus, wie brutal diese Tat gegen ein junges Mädchen ist. Zwei Lehrerinnen sehen aus, als würden sie gleich weinen. Es entsteht das Gefühl einer Gemeinschaft. Der Mann fühlt, dass er zu dieser Gemeinschaft gehört. Es fällt ihm schwer, sich zurückzuhalten. Er möchte unbedingt etwas sagen. Zum Ausdruck bringen, dass er dazugehört. Nachdem der Direktor die Sitzung beendet hat, macht er sich auf den Weg in seine Klasse. Der Gang ist so trist wie all die Jahre zuvor. Ihm kommt es so vor, als würde die Sonne scheinen.

* * *

Nach einundfünfzig Bahnen ist sie entschlossen. Es ist Unsinn, die Last länger zu tragen. Ihre Haut hält diesen Wahnsinn im Wasser nicht mehr aus. Sie telefoniert kurz und zieht sich dann an. Der Entschluss hat sie beruhigt. Warum hat sie überhaupt so lange gezögert? Sie wird dem Pfarrer alles beichten, dann liegt es an ihm. Sie überlegt, ob sie das Auto nehmen soll, entschließt sich aber, zu Fuß zu gehen. Fünfzehn Minuten ist sie unterwegs. Sie geht noch immer nach Frankreich zum Beten. Und zum Beichten. Sie kennt den Pfarrer, seit sie ein Kind war.

War sie da auch schon so? Das mit dem Schwimmen hat erst angefangen, nachdem ihr Mann sie verlassen hatte. Aber das Religiöse. Ihr Zwang, sich schuldig zu fühlen. Lag das am Pfarrer? Rannte sie am Ende zu dem, der sie überhaupt erst krank gemacht hatte? Nein, an ihm liegt es nicht. Es ist ihr Problem, nicht das des Pfarrers. Warum sie sich an allem, was im Ort Schlimmes passiert, schuldig fühlt, weiß sie nicht. Aber sie weiß, dass es diesmal anders ist. Diesmal ist etwas passiert. Sie weiß, dass sie ihre Tochter schützen muss. Das ist ihr Mutterinstinkt. Trotzdem zieht sich ihre Tochter immer mehr zurück. Gerade jetzt! Sie hat versucht, mit ihr zu reden. Aber es hat nicht geklappt. Der Einzige, der mit jemandem reden kann, der schuldig geworden ist, ist nun mal der Pfarrer.

Der Schnee auf den Wegen fängt bereits an zu tauen. Als sie den Turm der Kirche sieht, weiß sie, dass ihr Entschluss richtig war. Je näher sie kommt, desto weniger versteht sie, warum sie überhaupt so lange gezögert hat. Der Pfarrer war sofort bereit, sich mit ihr zu treffen. Natürlich weiß er längst, was los ist. Er hat ja von dem Mord an Geneviève in der Zeitung gelesen. Und mich nicht verraten! In einer Stunde hat sie es hinter sich.

* * *

»Es wäre schön gewesen, wenn Sie sich angemeldet hätten, aber … Kommen Sie rein.«

»Wir werden Sie nicht lange stören.«

Der Pfarrer führt Roland Colbert und Ohayon in sein Wohnzimmer. Ohayon sieht sich kurz um, holt sein Notizbuch heraus. Der Pfarrer ist gut gelaunt. »Muss ich mit einem Verhör rechnen?«

»Wir haben nur ein paar Fragen, wir …«

»Sie sind wegen Geneviève hier. Das ist eine traurige Geschichte. Aber ich kann gar nicht so viel über sie sagen, denn … Sie ist in letzter Zeit nicht mehr in die Kirche gekommen. Leider.«

»Deshalb sind wir nicht hier.«

»Sie wollen mal nachfragen, ob jemand während der Beichte die Tat gestanden hat?«

»Hat jemand gebeichtet?«

»Darf ich Ihnen etwas zu trinken anbieten? Kaffee? Tee?«

»Kaffee.«

Der Pfarrer geht in die Küche und kehrt nach einer Weile mit dem Kaffee zurück. Die Stimmung des Pfarrers ist immer noch ausgesprochen heiter. Verbindlich. Vertrauen erweckend.

»Ich hoffe, er ist noch warm. Meine Haushälterin macht ihn immer als Erstes. Morgens. Davon ist sie nicht abzubringen … Ich habe eben in der Küche überlegt. Gebeichtet hat keiner den Mord, das darf ich Ihnen sagen und … ich habe überlegt, wie ich Genevièves Tod überhaupt aufnehmen soll, Sie … Sie werden das vielleicht nicht verstehen, aber … es gibt eine Gerechtigkeit in allem. Es gibt Gründe für alles.«

»Für den Tod einer Schülerin? Es gibt Gründe dafür, Mädchen zu erschlagen?«, möchte Ohayon wissen. Der Pfarrer bleibt unbewegt. Er nimmt eine kleine silberne Zange und tut zwei Stück Würfelzucker in seinen Kaffee. Danach rührt er um. Endlich spricht er.

»Wenn ein junges Mädchen stirbt, dann ist man erst mal entsetzt. Natürlich.« Der Pfarrer entscheidet sich für ein weiteres Stück Würfelzucker. »Aber wenn man, so wie ich, davon ausgeht, dass es für alles einen höheren Grund gibt, dass jede Strafe gerecht ist …«

»Dann geht einem alles am Arsch vorbei.«

»Es ist gut, Ohayon. Wir wollen nicht auf dieser Ebene einsteigen.«

Der Pfarrer lächelt. »Religiöse Fragen interessieren Sie offenbar nicht.«

»Nicht unter diesen Umständen.«

»Gut. Sie sind Polizisten, und Sie wollten wissen, ob sich jemand anders als sonst verhalten hat.«

»Hat jemand sich anders verhalten?«

»Nein. Nein, mir ist nichts aufgefallen. Absolut nichts. Und ich bin froh darüber. Der Gedanke, dass mir jemand so eine Tat gestehen würde, und dann kämen Sie … Zum Glück bin ich noch nie in eine solche Gewissenslage gebracht worden.«

»Das wäre ja auch schrecklich, oder?«

Der Pfarrer sieht Ohayon an. »Wie meinen Sie das?«

»Na, was für eine schreckliche Situation das für Sie wäre. Dieser Konflikt. Und ich weiß nicht mal, wie das gehandhabt wird. Wie siehst du das, Roland? Macht er sich strafbar? Wenn er uns anlügt oder etwas nicht sagt?«

»Will Ihr Kollege mir Angst machen?«

Ohayon beugt sich vor. »Warum sollte ich Ihnen Angst machen? Es geht ja nur um ein Mädchen. Sechzehn war die. Die hat man totgeschlagen. Und ihr Höschen ist weg und an ihrer Möse hat jemand rumgemacht. Wie würde man so was büßen?« Ohayon wird laut. »Auch totschlagen? Auf höheren Rat hin vielleicht? Oder doch lieber die Beichte?« Ohayon schweigt. Der Pfarrer ist für Schreierei nicht zu haben.

»Ich möchte, dass Sie jetzt gehen. Wer von Ihnen beiden führt hier das Kommando? Sie doch wohl.«

»Ja, er hat das Kommando. Wir gehen trotzdem nicht.«

»Was wollen Sie? Mich weiter anbrüllen? Ich hab Ihnen gesagt, was ich weiß.«

»Ich will, dass Sie es noch mal sagen. Und zwar richtig. Als ganzen Satz, ohne das Drumherum.«

»Wenn Sie unbedingt wollen. Keiner hat einen Mord gebeichtet, und niemand hat sich so verhalten, dass ich glaube, ich müsste das der Polizei mitteilen.«

»Geht doch!«

Beim Rausgehen erklärt Roland Colbert dem Pfarrer, dass Ohayon normalerweise nicht so ist und dass sein Ausbruch vermutlich etwas damit zu tun hat, dass er es war, der der Mutter des Opfers die traurige Botschaft übermitteln musste. Der Pfarrer hat Verständnis und geleitet sie an die Tür. Als er die Tür öffnet, steht dort eine Frau Mitte vierzig.

»Komme ich ungelegen?«

»Nein, Silvia, wir sind gerade fertig.«

Die Frau tritt zur Seite, Roland Colbert und Ohayon gehen an ihr vorbei. Der Pfarrer verlässt ebenfalls das Haus und geht mit der Frau Richtung Kirche.

Als Ohayon und Roland Colbert im Auto sitzen, sagt der Kommissar etwas. Es geht um Ohayons ungebührlichen Ausbruch. Ohayon erwidert etwas, und er tut es mit einer Schärfe und Genauigkeit, die Roland Colbert daran erinnert, dass Ohayon nicht immer der ist, den sie alle so gut kennen.

* * *

Er weiß, dass er nicht zappeln darf. Nicht hier, auf dem Kommissariat. Aber er möchte zappeln. Im Moment ist ja keiner da! Also zappelt er ein bisschen. Vor Freude. Weil er so gut funktioniert.

Weil sein Verstand, jetzt, wo er von dem Gefühl der Schuld befreit ist, wieder so präzise arbeitet. Er ist unschuldig, für ihn ist es nur noch ein Spiel. Ein Spiel, von dem er weiß, dass es gefährlich sein kann. Aber sonst wäre es ja auch langweilig!

Schon in Saarbrücken, nach seiner Flucht gestern Abend, hat sein Verstand funktioniert. Er hatte sich an Peter erinnert. Und Peter hat noch immer seine Garage. Das mit den Reifen hätte ihm zwar nicht das Genick gebrochen, aber er hätte eine Menge erklären müssen. Das Dümmste wäre es gewesen, neue Reifen aufziehen zu lassen! Dann würden sie fragen: »Wieso haben Sie neue Reifen, wo sind die alten?« Da hätte er auch gleich die alten Reifen drauflassen können. Das immerhin hatte er in den schlimmen Jahren gelernt. Planen. Schritt für Schritt. Sich selbst und seine Gedanken infrage stellen. Als er in Saarbrücken im Hotelbett lag, war er alles gründlich durchgegangen. Er brauchte einen Grund, falls sie seine Frau fragten. Die würde sagen: »Mein Mann war letzte Nacht in Saarbrücken.« Sie würden zu ihm kommen und fragen: »Was wollten Sie in Saarbrücken, waren Sie auf der Flucht?« Er wusste, was er dann antworten würde: »Ich wollte mir schon seit Wochen die Ausstellung im Kunsthaus angucken!« »Haben Sie Ihre Eintrittskarte noch?«, würden sie fragen. Also war er vom Hotel aus zum Museum gegangen und hatte gesucht, bis er im Mülleimer eine Eintrittskarte fand. Abgestempelt um 17 Uhr 10. Bis halb vier waren die beiden Bullen in der Schule gewesen. Danach konnte er es leicht bis nach Saarbrücken geschafft haben. Die mit 17 Uhr 10 war eine gute Eintrittskarte. Und die steckte jetzt in seinem Portemonnaie. Dann, so würde er erklären, hatte er sich wegen der Straßenverhältnisse entschlossen, in Saarbrücken zu übernachten. Morgens war er dann zu Peter gefahren, das würde er natürlich nicht sagen, und Peter hatte ihm einen Satz gut erhaltener Altreifen aufgezogen. Seine waren sowieso runter. Seine Verbindung zu Peter würden sie nie rauskriegen. Nicht mal seine Frau kannte Peter. Zuletzt war er auch noch pünktlich in der Schule gewesen.

Dass die zwei Teile in seinem Kopf so unabhängig voneinander arbeiteten, war jetzt ein Vorteil. Bei der Konstruktion seines Alibis hatte ein Teil ihn selbst vertreten, der andere Teil hatte die Perspektive der Polizei eingenommen. Schizophrenie! Dieses Wort war ihm am Anfang immer im Kopf rumgegeistert. Aber was ist Schizophrenie? Wenn ein Wissenschaftler wie Einstein sich eine Frage stellt, sie teilweise beantwortet, seine eigene Antwort dann in Zweifel zieht … Womit denn? Mit seiner zweiten Stimme! Ist das Schizophrenie? Dann war alles Denken Schizophrenie. Denken ist ohne Dafür und Dawider gar nicht möglich! Sicher, bei manchen Menschen gab es diese Dispute im Kopf vielleicht nicht. Aber das waren auch nicht gerade die Hellsten.

Nicht so doll zappeln! Das mit den zwei unabhängigen Gehirnhälften hatte Vor- und Nachteile. Vor allem weil der Teil, der für Schuld und alles Negative zuständig war, meist die Oberhand behielt. Gegen alle Logik. Ein Reflex auf diesen religiösen Schwachsinn, den sie allen einimpfen! Damals in Saarbrücken hatte er sich ja auch eingeredet, dass er der Mörder von Isabel wäre. Dabei war es Heimann gewesen. Und der hatte echt Schwein, dass er da noch rauskam! Heimann war viel schlauer, als alle dachten. Allein, wie er das mit dem DNA-Test hingekriegt hat! Das soll ihm mal einer nachmachen! Aber so sind die Bullen genau an ihrem Scheiß-DNA-Test gescheitert, was nur gerecht ist! Weil DNA-Tests total geistlos und unkriminalistisch sind! Aber das alles ist ja jetzt sowieso unwichtig. Das Ganze ist nur noch ein Spaß. Ich jedenfalls habe das Mädchen nicht ermordet! Ihm damit Angst zu machen, ging auf das Konto seiner schlechten Gehirnhälfte. Er war im Wald gewesen, er war ihr gefolgt, aber er hatte sie nicht ermordet. Das war Kristina! Die war nämlich auch oben an der Lichtung gewesen. Die

Kommissare werden sich wundern, wenn er ihnen gleich die Lösung ihres Falls präsentiert. Was das angeht, versteht er keinen Spaß. Ein fünfzehnjähriges Mädchen ist erschlagen worden! Er verfolgt zwar Mädchen, geilt sich an dem Gefühl auf, sie in der Hand zu haben. Aber ich bringe sie nicht um! Bei so was ist er ein Bürger wie alle anderen. Bei Heimann damals konnte er nicht aussagen. Dann hätte er sich selbst belastet. Hier ist das anders. Kristina muss bestraft werden. Plötzlich erschrickt er. Was, wenn sie nicht glauben, dass sie es war. Wenn sie das, was ich Ihnen sage, als Spinnerei abtun?

Das kurze Erschrecken hat Folgen. Positive Folgen. Er hat aufgehört, vor Freude zu zappeln. Gerade noch rechtzeitig. Die Tür geht auf. Sie sind da. Das Spiel kann beginnen.

* * *

»Monsieur Agneau. Danke, dass Sie gekommen sind. Und entschuldigen Sie bitte unsere Verspätung. Aber Sie sehen ja, wie es auf den Straßen aussieht.«

»Na, jetzt taut es ja wohl. Gott sei Dank.«

»Ja, Gott sei Dank.«

»Für Sie ist das sicher ein Problem.«

»Was für ein Problem, Monsieur Agneau?«

»In der Zeitung stand, dass das Mädchen oben am Feensee ermordet wurde. Und dann der Schnee ... Aber ich nehme an, Sie sind auf solche Situationen eingerichtet.«

»Na ja, der Schnee macht uns schon zu schaffen. Ich möchte Ihnen kurz Sergeant Ohayon vorstellen ... Obwohl, Sie kennen sich ja schon.«

»Ja, er hat mich gebeten zu kommen. Warum eigentlich?«

»Ich hatte das Gefühl, dass Sie etwas bedrückt, und dachte, vielleicht wollen Sie lieber hier darüber sprechen. Sie wollen doch, oder?«

»Ja, das ist mir lieber so.«

»Bevor wir anfangen, möchte ich Sie darüber informieren, dass Sergeant Ohayon sich Notizen machen wird. Ich hoffe, das stört Sie nicht?«

Pierre Agneau hätte fast wieder angefangen zu zappeln vor Freude. Das ist eine Einschüchterungstaktik. *Alles, was Sie sagen, wird gegen Sie verwendet.* Sie haben ihn im Visier.

»Von mir aus können wir auch ein Tonband laufen lassen.« Er weiß sofort, dass er übertrieben hat. Das darf ihm nicht noch mal passieren.

»Kannten Sie Geneviève Mortier?«

»Sie meinen, weil ich Lehrer bin? Nein, ich kannte sie nicht. Ich unterrichte in Benningstedt, und das ermordete Mädchen ging ja vermutlich hier in Fleurville zur Schule.«

»Sie wohnen immerhin in Fleurville.«

»Ja. Aber ich unterrichte in Deutschland.«

Plötzlich wird die Tür geöffnet. »Roland, kommst du bitte kurz raus?«

»Ist es wichtig?«

»Glaube schon.«

»Entschuldigen Sie mich kurz.«

Der Kommissar geht. Ist das ein Trick? Was soll er jetzt tun? Der kleine Dicke sitzt einfach nur da und macht nichts. Soll er ein Gespräch mit ihm anfangen? Nein, das wäre übertrieben. Er darf nicht übertreiben. Schweigen ist besser.

* * *

»Was gibt's denn, Conrey?«

»Wegen Walter Heimann. Ich hab endlich diesen deutschen Kommissar erreicht, der damals an der Sache gearbeitet hat.«

»Und?«

»Die sehen das mit dem Fall von damals nicht so locker.

Heimann konnte zwar nichts nachgewiesen werden, und sie haben sich wohl auch formell bei ihm entschuldigt … Aber der deutsche Kollege meint, es wäre null zu null ausgegangen.«

»Interessant.«

»Sie haben sogar versucht, ihn mit dem Mord an einem anderen Mädchen in Zusammenhang zu bringen, aber das hat nicht geklappt.«

»Du meinst diesen Mordfall Isabel, von dem Heimann erzählt hat?«

»Konnten sie ihm aber nicht nachweisen. Walter Heimanns DNA stimmte nicht überein. Isabel war ja vergewaltigt worden. Dieser deutsche Kommissar tickt irgendwie nicht ganz richtig. Er sagte immer wieder, dass Heimann viel schlauer ist, als man denkt. Er behauptet sogar, er hätte den DNA-Test manipuliert. Ich meine, ich frage dich, wie so was gehen soll. Was ist mit dem da drin?«

»Wir fangen gerade erst an. Aber eins kannst du machen, Conrey. Frag beim Pförtner, ob Monsieur Agneau mit dem Auto gekommen ist. Wenn ja, soll Grenier sich den Wagen ansehen und die Reifen überprüfen. Aber schnell. Wir haben eigentlich nichts mehr, was wir ihn fragen können.«

»Ich sag's ihr.«

* * *

Er fühlt sich inzwischen richtig wohl.

Sobald der Kommissar aus dem Raum war, hatte die Stimmung gewechselt. Der kleine Dicke war eigentlich ganz angenehm. Sie waren ins Gespräch gekommen. Der Dicke hatte offenbar Schwierigkeiten auf der Schule gehabt. Und so hatte er ihm ein bisschen von den Sorgen der Lehrer erzählt. Da waren sie jetzt.

»… Na ja, das war damals nicht leicht. Unsere Tochter wurde geboren, und meine Frau wollte weg aus der Stadt. Ich wäre eigentlich lieber in Hannover geblieben. Eine größere Stadt, Sie verstehen. Aber dann erfuhr ich, dass eine Stelle in Benningstedt frei wird. Das war eine absolute Ausnahme. Es gab damals eigentlich einen Einstellungsstopp für Lehrer, und dass so eine Stelle frei wird … Der Übergang war dann aber doch nicht so einfach. Aber das ist jetzt schon vier Jahre her. Und wie das so ist: Am Ende entpuppt sich das, was man meint zu wollen, oft nur als Bequemlichkeit. Inzwischen lebe ich sehr gerne hier. Meine Frau auch. Und unsere Tochter. Die ist jetzt sechs. Haben Sie Kinder?«

»Leider nein.«

Pierre Agneau will gerade anfangen, von seiner Tochter zu erzählen, als der Kommissar zurückkommt. Wird Zeit, dass ich denen sage, warum ich hier bin!

»Ja, Monsieur Agneau … Viel gibt's eigentlich nicht mehr zu fragen. Außer natürlich ganz obligatorisch: Wo waren Sie in der Nacht von Freitag auf Samstag, zwischen acht Uhr abends und vier Uhr morgens?«

»Zu Hause. Ich habe Klassenarbeiten korrigiert.«

»Kann das jemand bezeugen?«

»Meine Frau war nicht da.«

»Aha.«

Dieses »Aha« und wie der Kommissar es ausgesprochen hat … Er muss sich zusammenreißen.

Nicht zappeln!

»Ist das schlimm, dass ich alleine zu Hause war? Haben Sie mich in Verdacht?«

»Es wäre besser gewesen, wenn wir das ausschließen könnten, aber wenn wir jeden verdächtigen würden, der allein zu Hause war … Wo war Ihre Frau?«

»Bei ihrer Mutter. Sie fährt am Wochenende immer hin. Die Einsamkeit.«

»Und Ihre Tochter?«

»Die ist mit meiner Frau gefahren.«

»Da hatten Sie also einen freien Abend. Mal ohne Anhang. Oder?«

Der kleine Dicke ging ihm allmählich auf die Nerven.

»Kann ich mir gar nicht vorstellen, wenn man mal ohne die Bagage ist, dass man sich da an den Schreibtisch setzt.«

»Ich musste Klassenarbeiten korrigieren.«

»Wann wurden die geschrieben?«

»Am Mittwoch.«

»Warum haben Sie die nicht vorher korrigiert? Warum an Ihrem freien Abend?«

»Das sind dreißig Arbeiten. Ich habe jeden Abend welche korrigiert. Am Mittwoch, am Donnerstag und auch am Freitag.«

Er merkt, dass er fast wieder angefangen hätte zu zappeln. Das war beinahe schon ein Verhör. Jetzt würde sich ja herausstellen, ob er alles bedacht hatte. Und das Beste daran war, es konnte ihm gar nichts passieren. Natürlich! Er hatte die Arbeiten am Mittwoch und Donnerstag korrigiert, um am Freitag frei zu haben. Genau wie der kleine Dicke vermutet. Das Datum … Auch daran hatte er gedacht und bei einigen Arbeiten das Datum des Freitags über seine Unterschrift gesetzt. Das Spiel ging weiter, der Zwerg ließ nicht locker.

»Und gestern Abend? Wo waren Sie da?«

»In Saarbrücken.«

»Was haben Sie da gemacht?«

»Ich war im Museum und habe mir eine Ausstellung von Giacometti angesehen. Ich unterrichte Deutsch und Kunst, und wir nehmen gerade die Surrealisten durch.«

»Sie sind Franzose und unterrichten Deutsch?«

»Ja?«

»Warum nicht Französisch?«

»Warum sind Sie nicht Dachdecker geworden?«

Er erschrickt. Eine dumme Bemerkung. Er ist zu locker. Er nimmt die Sache zu leicht. Aber er hat sich geirrt. Der kleine Dicke nimmt die Bemerkung mit dem Dachdecker offenbar mit Humor. Jedenfalls grinst er.

»Ja, vielleicht hätte ich Dachdecker werden sollen. Bei der Polizei, das viele Sitzen …«

»Nein, um Ihre Frage richtig zu beantworten, ich … ich bin in unserem Nachbarort aufgewachsen …«

»In Corte?«

»Grimauds.«

»Ah! Meine Großeltern stammen aus Grimauds. Also meine Großeltern mütterlicherseits.«

»Mütterlicherseits. Verstehe. Na, dann wissen Sie ja, wie das ist, wenn man im Grenzgebiet aufwächst … Ich spreche akzentfrei Deutsch und … habe natürlich studiert.«

»Und wann sind Sie zurückgekommen?«

»Wie?«

»Wann sind Sie aus Saarbrücken zurückgekommen?«

»Ach so! Ja. Heute Morgen.« Nichts ergänzen, nicht zu viel reden!

»Warum erst heute Morgen?«

»Ich nahm an, dass die Straßen nicht frei sind, oder glatt. Ich wollte nachts kein Risiko eingehen.«

So lief das hier also. Erst stellte der Chef ein paar unverfängliche Fragen, dann ging er raus, und dann legte der kleine Giftzwerg los. Ihm gefiel diese klassische Aufteilung.

»Kann jemand Ihre Anwesenheit in Saarbrücken bezeugen? Ja, oder?«

»Ich habe im Hotel die Anmeldung unterschrieben, und ich nehme an, man erinnert sich an mich.«

»Wann haben Sie eingecheckt?«

Er durfte nicht zappeln, auch wenn er vor Aufregung und Freude fast durchdrehte. »Ich verstehe jetzt gar nicht, was Sie wollen. Stehe ich unter Verdacht, oder …?«

»Nein. Oder meinen Sie, Sie müssten unter Verdacht stehen?«

»Ich hab um halb acht eingecheckt. Ungefähr. Das Museum schließt um sechs … bevor ich eingecheckt habe, war ich noch essen … ich … warten Sie … ich habe hier … Das ist meine Eintrittskarte. Die vom Museum.«

»Wie gut, dass Sie die aufgehoben haben.«

»Ich bekomme das Geld von der Schule erstattet. Der Besuch der Kunsthalle hängt ja mit meinem Unterricht zusammen.«

»Haben Sie die andere Quittung auch?«

»Was für eine andere Quittung?«

»Die vom Restaurant.«

»Die … nein. Die habe ich nicht.«

»Die können Sie nicht absetzen?«

»Essen kann ich nicht absetzen.«

Die Tür geht auf, der andere kommt zurück. Der kleine Dicke nickt, sieht den anderen an.

»Und? Wie steht's, Ohayon?«

»Also für mich klingt alles, was Monsieur Agneau sagt, sehr vernünftig.«

»Gut. Ich glaube, dann können Sie gehen.«

Jetzt kommt sein Auftritt. »Ich kann gehen … Natürlich, aber … Ich habe noch etwas auf dem Herzen. Und das können Sie wörtlich nehmen. Ihnen ist ja aufgefallen, dass ich gestern etwas nervös war, als Sie in unserer Schule waren. Ich nehme an, deshalb bin ich hier.«

»Ich hatte den Eindruck, etwas beschäftigt Sie. Ist das so?«

»Ja. Ich muss Ihnen das hier geben. Es geht mir seit Samstag im Kopf rum. Seit ich das mit dem Mädchen in der Zeitung gelesen habe. Und Sie können mir glauben, es fällt mir nicht leicht. Ich hoffe, es ist nichts.«

Pierre Agneau hebt seine Aktentasche auf den Schoß und beginnt zu suchen. Er braucht einen Moment, um sich zu besinnen. Bei der Ernsthaftigkeit der Befragung ist ihm klar geworden, dass er sich strafbar macht, wenn er die Polizei absichtlich in die Irre führt.

»Was wollten Sie uns geben, Monsieur Agneau?«

»Das hier. Einen Aufsatz, den eine meiner Schülerinnen vor zwei Wochen geschrieben hat. Kristina Stühler heißt sie. Soll ich den Aufsatz vorlesen, oder soll ich ihn einfach dalassen? Er ist auf Deutsch.«

»Das mit dem Deutsch ist kein Problem.«

»Ist lange her, dass mir ein Lehrer was vorgelesen hat. Was meinst du, Roland?«

»Lesen Sie.«

Jetzt würden die Bullen ein gutes Stück weiterkommen mit der Aufklärung ihres Falles. Und er hatte es in der Hand gehabt, ob er ihnen den Aufsatz von Kristina geben würde oder nicht. Er kontrollierte das Spiel, daran gab es keinen Zweifel.

»Wir hatten über den Ersten Weltkrieg gesprochen, wir … Es ging vom Stoff her eigentlich um den Expressionismus. Aber irgendwie sind wir dann auf den Ersten Weltkrieg gekommen, meine Schüler wussten fast nichts darüber, und ich hatte den Eindruck, wir müssten das Thema Krieg mit einschließen. Also habe ich ihnen erzählt, wie es zum Ausbruch des Ersten Weltkriegs kam, und wie sich das Kriegsgeschehen dann zu der industriell organisierten Vernichtung von Menschen entwickelt hat. Danach habe ich der Klasse den Auftrag gegeben, eine Geschichte darüber zu schreiben. Ja, und Kristina gab dann diesen Aufsatz ab. Er trägt den Titel ›Plötzliche Raserei‹. Also: ›Die Reiterei hatte sich auf dem Paradeplatz vor dem Schloss versammelt und wartete auf die Ankunft des Kronprinzen. Die Soldaten trugen ihre hohen blauen Hüte, ihre goldenen Kordeln und ihre Säbel, und alle saßen sie auf Schimmeln. So warteten sie auf den Kronprinzen, und dann kamen die Knirpse anmarschiert.

Die Knirpse, das waren noch keine richtigen Soldaten. Zwölf Jahre alt waren die erst. Und diese Kindersoldaten, die zogen nun schön ordentlich über den Platz, und keiner wusste später, wer ihnen gesagt hatte, dass sie das tun sollten. Und so kamen sie also auf ihrem Weg vor die Reiterei des Prinzen. Keiner der Männer auf den Pferden verzog eine Miene, denn sie warteten ja auf die Ankunft des Prinzen.

Und so war die Entstehung der Welle von Anfang an unerklärlich. Die Schimmel stiegen hoch, und los ging es. Reihe für Reihe preschten sie vor, und die Säbel wurden aus den Scheiden gerissen und blitzten gold und silbern in der Sonne. Dann ging es den Knirpsen ans Leben. So irre ging es auf die Rücken der Kleinen, dass die richtig in Stücke gehackt wurden und ihr Blut gegen die Schimmel spritzte, und nach fünf Minuten war alles vorbei. Und als es vorbei war, entstand dieser Moment. Die Schimmel waren nervös und begannen sich in aller Stille zu drehen und wurden dabei immer verrückter, weil Pferde sich weigern, auf zerhackte Kinder zu trampeln. Zwei Minuten dauerte das Pferdeballett. Dann sammelte sich die Reiterei wieder und wartete weiter auf die Ankunft des Kronprinzen.‹ Ich sehe gerade, da fehlt noch ein Komma.«

Ohayon verzieht keine Miene, sitzt genauso da, wie er die ganze Zeit dagesessen hat. Auch Roland braucht einen Moment, ehe er sich äußern kann.

»Das ist ein deutscher Aufsatz? Sie unterrichten …«

»Monsieur Agneau unterrichtet Deutsch, er ist in Grimauds aufgewachsen.«

»Verstehe. Grimauds … Tja, Monsieur Agneau, das ist eine

sehr drastische Schilderung, die … Mit so was hätte ich sicher auch nicht gerechnet, bei einem sechzehnjährigen Mädchen. Nun, wir sind keine Pädagogen, also frage ich Sie. Was ist Ihrer Meinung nach so beunruhigend an dem Aufsatz?«

»Meinen Sie die Frage jetzt ernst?«

»Ja. Ich möchte Ihre Einschätzung.«

»Beunruhigend daran ist das völlige Fehlen von Mitgefühl, die Sinnlosigkeit des ganzen Vorgangs. Krieg ist das Verachtenswerteste und Schlimmste, was Menschen Menschen antun. Hier wird das Töten von Kindern beschrieben, als wäre es irgendein Vorgang.«

Es dauert eine Weile, bis er merkt, was gerade mit ihm passiert. Er hat den eigentlichen Grund seines Hierseins völlig vergessen. Er referiert, als säße er vor seinen Schülern. Als ihm das klar wird, gefällt es ihm. Dass er gegen den Krieg, gegen Gewalt ist, zählt zu den Dingen, die für ihn unverrückbar feststehen. Was spricht dagegen, dass er sich hier als der zeigt, der er ist?

»Die anderen Schülerinnen schreiben also nicht solche Aufsätze.«

»Nein, Herr Kommissar! Sie schreiben vielleicht: ›Dann kriegte er eins in die Fresse!‹ Aber nicht so was.«

»Wie ist Kristina sonst?«

»Nach außen hin ein ganz normales Mädchen. Vielleicht etwas zu Stimmungsumschwüngen neigend.«

»Was meinen Sie damit?«

»Genau das, was sie in ihrem Text geschrieben hat. Plötzliche, völlig unerklärliche Stimmungsumschwünge.«

»Und warum glauben Sie, dass dieser Aufsatz etwas mit dem Tod von Geneviève Mortier zu tun hat? Weil es darin um Gewalt geht?«

»Sie haben mich noch nicht verstanden. Das Problem ist nicht die Schilderung von Gewalt, sondern die kalte Distanz, mit der das geschieht. Außerdem stand in der Zeitung, dass neben der Toten ein Säbel lag.«

* * *

Ohayon bringt Pierre Agneau zum Ausgang. Der Lehrer ist ziemlich aufgeregt. »Das war heute das erste Mal, dass ich in so einer Situation war. Haben Sie denn schon eine Spur? Eine Ahnung, wer Geneviève getötet hat?«

»Darüber darf ich nicht reden, solange der Fall nicht abgeschlossen ist.«

»Natürlich.«

Ohayon bringt den Lehrer bis zum Glaskasten und verabschiedet sich dort von ihm. Sobald er allein ist, geht er zu seinem Gummibaum, und der sieht, wie immer, nicht gut aus. Ohayon holt also die kleine Kanne und gießt die Pflanze. Während er das tut, versucht er, sich an etwas zu erinnern. Eben während des Verhörs war etwas gesagt worden, das wichtig war. Ihm fällt nur nicht mehr ein, was.

* * *

Als Ohayon ins Zimmer des Kommissars zurückkehrt, sind Grenier, Conrey und Resnais bereits da.

»Ich hab die Reifen gecheckt. Die haben ein anderes Profil als die von eurem Knutschweg. Neu sind sie auch nicht.«

»Danke, Grenier.«

Roland fasst die Aussage des Lehrers für die anderen noch mal zusammen. Während er spricht, übersetzt Conrey Resnais Kristinas Aufsatz. Als Conrey damit fertig ist, nickt er kurz und ergreift dann das Wort. »Hat eine ziemlich schräge Fantasie, diese Kristina. Ich meine, wie kommt man auf so was? Der Sache sollten wir nachgehen.«

Resnais gibt ihm recht, Grenier sagt nichts.

»Und warum ist das in deinen Augen eine brauchbare Spur?«

Conrey versteht die Frage des Kommissars nicht so ganz. Für ihn ist das ziemlich eindeutig.

»Na, da kommen mehrere Sachen zusammen. Erstens wird in dem Aufsatz ganz klar brutalste Gewalt geschildert, und zwar gegen junge Menschen. Zweitens … na ist ja klar!«

»Der Säbel!«, ergänzt Resnais. »So oft kommen Säbel im normalen Leben ja nicht vor!«

»Geneviève wurde aber nicht mit einem Säbel getötet.«

»Nein, aber der lag schön dramatisch neben ihr. Und genau das finde ich noch viel schlimmer, das weist nämlich in eine ganz andere Richtung, wenn du mich fragst.«

»Lass hören.«

»Es gibt doch diese Spinner, wie nennt man die …? Satanisten! Genau!«

»Oha!«

»Ja, Ohayon, Satanisten. Ich behaupte nicht, dass diese Kristina unbedingt zu so einem Klub gehört, aber mit dem Säbel wurde offenbar ein Zeichen gesetzt. So, und jetzt sieht auf einmal der ganze Fall anders aus. Was, wenn Kristina, Thomas, Max und Philippe zu so einer durchgeknallten Gruppe oder Sekte gehören? Oder nein! Wie nennen die das, wenn sie im Internet Videos zeigen, auf denen man sieht, wie einer zusammengeschlagen wird? Ist doch möglich, dass die zu so einer Gruppe gehören. Wie nennt man das denn? Grenier!«

»Woher soll ich das wissen?«

»Happy Slapping nennt man das, glaube ich.«

Conrey ist dankbar für das moderne Fachwort. »Danke, Resnais.«

Der Kommissar geht nicht darauf ein. »Was meinst du, Ohayon?«

»Satanisten, Internetspinner … Keine Ahnung, aber … Ich

finde ja nicht, dass man so was in dem Aufsatz merkt. Da steht nirgends: Jetzt bekamen sie ihre gerechte Strafe. Oder? Außerdem habe ich mit Kristina gesprochen. Mit so was hat die nichts zu tun. Nein. Aber was anderes. Dieser Lehrer, der uns den Aufsatz gebracht hat …« Ohayon überlegt. »Ich frage mich, warum er überhaupt meint, das hätte was mit unserem Fall zu tun.«

»Na, wegen dem Säbel!«

»Ja, der Säbel, der ist natürlich was Besonderes. Trotzdem finde ich es komisch, dass er zu uns damit kommt und nicht mit seiner Schülerin darüber geredet hat.«

»Ah, verstehe! Jetzt ist der Lehrer schuld. Das kennen wir ja schon aus dem Fernsehen. Da bringt ein Schüler seine halbe Klasse um, und dann sind die Lehrer schuld oder die Eltern oder die Firmen, die Videospiele herstellen.«

»Stopp, Conrey! So kommen wir nicht weiter.«

»Was heißt das?«

»Das heißt, dass wir beide Theorien klären müssen. Deine, dass Kristina und vielleicht auch Philippe und die anderen Jungs Geneviève sozusagen hingerichtet haben, und die von Ohayon, dass der Aufsatz bedeutungslos ist.«

Endlich äußert sich Grenier. »Was glaubst du denn, Roland?«

»Ich hatte den Eindruck, dass Monsieur Agneau irgendwie merkwürdig war. Sein Gebaren, die Art, wie er da auf dem Stuhl saß, sein Bekenntnis gegen den Krieg … Sag doch mal, Ohayon.«

»Aufgeregt war er.«

»Na, kein Wunder, wenn seine Schülerinnen so was schreiben!«

»Das meinte ich nicht, Conrey. Ich meinte das Gegenteil. Es kam mir vor, als würde er sich freuen, das alles sagen zu können.«

Der Kommissar nickt. »Genau den Eindruck hatte ich auch. Er hat sich verhalten wie ein Wichtigtuer, einer, der sich einmischt, weil er meint, einen bedeutenden Beitrag leisten zu müssen. Komm, Ohayon, wir besuchen Kristina.«

* * *

Der Schnee ist größtenteils geräumt, und man kommt wieder ganz gut voran. Roland und Ohayon müssen nur aufpassen, dass sie nicht ausrutschen oder nasse Füße kriegen.

»Jetzt noch mal in Ruhe. Was hältst du von der Sache, Ohayon?«

»Wir haben innerhalb kurzer Zeit mehrere Hinweise darauf bekommen, mit wem Geneviève möglicherweise dort oben auf der Lichtung war. Einmal von Madame Darlan, die gestern damit rausgerückt ist …«

»Weiter.«

»Dann Max, der sich plötzlich daran erinnert, dass noch ein Mädchen im Auto war. Und natürlich passt das verdammt gut mit dem zusammen, was wir über den Freitagabend wissen. Dass Geneviève mit ihrer Freundin Kristina verabredet war. Das mit dem Säbel ist schon ein komischer Zufall.«

»Wirklich? Monsieur Agneau hatte der Klasse den Auftrag gegeben, etwas über den Krieg zu schreiben. Erster Weltkrieg. Denk mal an Bilder, alte Fotos. Die Offiziere sitzen da oft auf Pferden und haben solche Säbel umgeschnallt. Außerdem hatten sie vorher den Expressionismus durchgenommen. Ich bin kein Kunstkenner, aber da sind die Menschen doch auch oft zerfetzt dargestellt.«

»Du strengst dich ja ziemlich an.«

»Wobei?«

»Kristina zu entlasten.«

»Sina hat mir neulich was vorgelesen und dann darüber gesprochen, dass der Schriftsteller Selbstmord begangen hat. Die ist da so eingestiegen, als ob Selbstmord etwas ganz Großartiges wäre. Ich meine, es geht hier um sechzehnjährige Mädchen! Wer weiß schon, an was die denken.«

»An zerhackte Kindersoldaten?«

»Du meinst, die denken immer nur an Partys und daran, sich hübsch zu machen und die Welt zu verbessern?«

»Sprichst du jetzt als Kommissar, oder …«

»Eine Sache, die Conrey gesagt hat, ist übrigens gar nicht so dumm. Wir haben noch nicht an die Möglichkeit gedacht, dass da vielleicht mehrere unter einer Decke stecken. Es gibt da nämlich etwas, was ich nicht verstehe. Wenn Kristina tatsächlich mit Geneviève am Schuppen war … Wie ist sie da weggekommen? Philippe ist erfroren, Thomas wäre fast erfroren, Max hatte zum Glück noch das Auto. Und sie? Wie ist sie zurück nach Fleurville gekommen? Ich war im Haus. Viel sehen tut man nicht am Schuppen. Unter dem Dach ist es dunkel.«

»Ja?«

»Trotzdem ist Madame sich sicher, dass es ein Mädchen war. Ein Mädchen und nicht ihr Enkel. Nicht Max. Und Max erinnert sich dann auch plötzlich daran, dass noch ein Mädchen mit im Auto war. Man hat den Eindruck, Kristina wurde da quasi hingezaubert.«

»Bin gespannt, was sie dazu sagt. Da vorne wohnt sie.«

* * *

»Wohl keiner zu Hause, oder?« Laut genug ist die Klingel. Man hört sie bis auf die Straße.

»Dieser Lehrer. Agneau. Hast du die Nummer?«

»Hab ich, ja.«

»Ruf ihn an.«

Ohayon wählt.

»Idiotisch! Warum haben wir ihn nicht gleich gefragt?«

»Keine Ahnung, Roland. Du hast ihn verhört, ich hab nur …

Ah! Monsieur Agneau. Sergeant Ohayon, Fleurville. Wir haben vorhin vergessen … Kristina Stühler, wir haben hier eine Adresse in Fleurville, aber … Danke. – Er sucht sie raus.«

»Aber du hast sie doch hier befragt.«

»Hab ich. Genevièves Mutter hat mir die Adresse gegeben … Ja? Aha. Ja, danke, Monsieur Agneau.«

»Und?«

»Das wird dir nicht gefallen.«

»Jetzt mach's nicht so spannend.«

»Kristina Stühler wohnt in Benningstedt. Oben in der Siedlung am Wald von Fleurville.«

»Scheiße.«

* * *

Silvia Stühler schreit. Eine Folge von Schreien ohne Wortfetzen. Wie Pressschreie bei der Geburt. Irgendwann hört sie auf. Der Pfarrer entfernt sich. Sie atmet heftig.

»Besser?«

Silvia bekommt kaum Luft. »Ja … Danke, Herr Pfarrer.«

»Möchtest du einen Hagebuttentee?«

»Gerne.«

Der Pfarrer schenkt ein und wartet dann, bis Silvia sich zu ihm an den Tisch setzt. »Und jetzt möchte ich wissen, was passiert ist.«

Silvia Stühler starrt auf den Tisch. Sie starrt weiter dorthin, während sie redet. »Kristina war schmutzig, als sie nach Hause kam, und total durchgefroren. Ich habe sie ins Bad geschickt, damit sie warm wird, sich wäscht und was Trockenes anzieht. Am nächsten Morgen hat sie es mir dann erzählt. Sie und Geneviève waren mit ein paar Jungs am Feensee. Die Jungen sind zudringlich geworden, und die Mädchen sind in den Wald gerannt, weil sie Angst hatten. Geneviève kannte da ein Haus. Zu dem Haus gehört ein alter Schuppen.« Silvia fängt an zu weinen. Der Pfarrer wartet geduldig, bis sie weiterspricht. »Kristina sagt, sie weiß nur noch, dass etwas runtergefallen ist. Auf Genevièves Kopf.«

»Glaubst du, dass etwas runtergefallen ist?«

»Kristina hat manchmal diese Ausbrüche.« Silvia Stühler wird wütend. Sie hebt den Kopf, sieht den Pfarrer an. »Aber sie sagt, dass etwas runtergefallen ist!«

»Was wollten die beiden im Schuppen? Sich vor den Jungs verstecken?«

»Anfangs ja. Aber dann war ihnen kalt und ... Sie haben wohl ... die beiden haben sich wohl ... angefasst.« Silvia quält sich, verkrampft sich. »Gestreichelt oder wie man sagt ... wie man das nennt ...«

Silvia starrt auf den Tisch, der Pfarrer trinkt einen Schluck Tee.

»Wäre es nicht besser, du sagst mir, was wirklich passiert ist?«

Da endlich löst sich die Anspannung. Silvia sieht den Pfarrer direkt an und wird laut. »Meine Tochter hat Geneviève erschlagen! Das ist passiert! Weil sie eben diese Ausbrüche hat. Genau wie ich. Ich kenne meine Tochter.«

»Du willst mir sicher noch mehr erzählen.«

»Nein, will ich nicht.«

»Du hast gesagt, sie hätten sich gestreichelt.«

»Ich will nicht darüber reden. Ich vermute, dass das der Grund war. Dass sie sich deshalb getroffen haben.«

»Wie lange quälst du dich damit schon rum? Seit Samstag?«

»Länger. Kristina kennt Geneviève ja schon, seit sie zwei Jahre alt ist. Wir haben damals noch in Fleurville gelebt. Ich weiß nicht, ob es an dieser Freundschaft lag oder ob manche Menschen eben so veranlagt sind, aber ...«

»Deine Tochter interessiert sich nicht für Jungen, das meinst du.«

»Ich habe sie einmal überrascht. Sie und Geneviève. In Kristinas Zimmer. Ich wollte Wäsche in den Schrank legen und wusste nicht, dass sie da sind. Sie lagen auf dem Bett und haben sich geküsst und waren ganz verschlungen, ich … Ich will nicht darüber reden.« Eine Weile sagt keiner etwas. Dem Pfarrer ist nicht anzusehen, was er denkt oder empfindet. Dann sieht Silvia ihn an, redet schnell. »In letzter Zeit ist etwas passiert mit Geneviève. Sie hat sich verändert. Sie zog sich ziemlich ordinär an und schminkte sich übertrieben. Sie kam auch nicht mehr so häufig wie früher und … Kristina war nicht mehr ansprechbar. Ich konnte gar nicht mehr zu ihr durchdringen.«

»Du meinst, Geneviève hat angefangen, sich für Jungen zu interessieren?«

»So sah es aus für mich. Und deshalb habe ich auch solche Angst.«

»Wovor?«

»Dass es kein Unfall war, nicht einfach ein Wutausbruch. So wie bei mir damals. Ich habe Angst, dass sie Geneviève aus Eifersucht … Warum war sie überhaupt in der Discothek an dem Abend? Kristina war noch nie in einer Discothek. Sie war völlig auf Geneviève fixiert. Aber es kann doch nicht sein, dass meine Tochter so etwas tut. Jemanden mit Vorsatz zu töten. Jemanden, der ihr so nahe war wie Geneviève.«

»Es ist nicht das erste Mal, dass du zu mir kommst.«

»Nein.«

»Immer wenn etwas Schlimmes in der Zeitung steht, kommst du.«

»Sie glauben, dass ich verrückt bin?«

»Du hast diese Angewohnheit, dich selbst zu beschuldigen. Du hast mir schon viele Geschichten erzählt, die nicht gestimmt haben.«

»Aber ich habe noch nie meine Tochter beschuldigt!«

»Bis jetzt noch nicht. Wo ist Kristina?«

»Bei einer Freundin von mir.«

»Kristina muss sich stellen und der Polizei alles erzählen. Sonst wird es nur schlimmer.« Der Pfarrer überlegt kurz. »Deine Tochter hat gesagt, dass die Jungen zudringlich geworden sind?«

»Und dass ihnen einer gefolgt ist. Philippe. Die anderen sind wohl am Parkplatz geblieben.«

Der Pfarrer kennt Philippe. Er weiß, dass er brutal und unberechenbar ist. »Philippe …« Er schüttelt den Kopf, als wollte er, dass etwas weggeht. »Gut, das mit Philippe muss die Polizei rausfinden.«

»Soll ich noch mal mit Kristina reden?«

»Nein, ich werde mit ihr reden. Du holst sie ab, und ich werde mit ihr reden.«

»Ohne mich?«

»Ja, ohne dich.«

* * *

Conrey, Grenier, Roland Colbert, Ohayon, selbst Resnais darf heute dabei sein.

»Ohayon und ich waren eben in Benningstedt. Wir haben dort weder Kristina noch ihre Mutter angetroffen. Dafür die Nachbarin. Und die konnte uns einiges erzählen. Silvia Stühler lebt dort seit elf Jahren. Vor sechs Jahren hat sie sich von ihrem Mann getrennt. Der ist Deutscher, lebt aber hier in Fleurville. Sie ist Französin, lebt jetzt in Deutschland. Die Nachbarin war ziemlich gesprächig und sagte, dass Frau Stühler ihrer Meinung nach verrückt ist, wobei sie mit verrückt so was wie übertriebene Religiosität und den Hang zu Zornesausbrüchen meinte. Frau Stühler hat sie angeblich mal geohrfeigt. Außerdem hat Frau Stühler mehrfach versucht, sie und ihren Mann zum Kirchgang zu überreden.«

»Halte auch die andere Wange hin. So sagt man doch, oder?«

Grenier mischt sich ein. »Hat die Nachbarin Frau Stühler wegen der Ohrfeige angezeigt?«

»Nein. Angeblich hat der Pfarrer ihr das ausgeredet.«

»Der Pfarrer?«

»Richtig.«

»Aber die Ohrfeige hat die Nachbarin seelisch-moralisch trotzdem nicht ausgehalten und redet jetzt schlecht über Frau Stühler. Und natürlich sind ihr auch der Pfarrer und seine Fürbitte unheimlich!«

Roland Colbert wird ungeduldig. »Worauf willst du raus, Grenier?«

»Das klingt alles nach altem Tratsch. Geohrfeigt! Da ist bestimmt noch mehr passiert. Oder auch nicht. Wer weiß das schon? Frau Stühler hat ihre Nachbarin vielleicht nur gefragt, ob sie gemeinsam zur Kirche gehen wollen. Was ist daran so ungewöhnlich? Wir sind hier auf dem Land! Nein. Ich wäre vorsichtig. Ich würde auf die Aussage dieser Nachbarin nicht allzu viel geben.«

Der Kommissar kann den angeblichen religiösen Eifer von Frau Stühler auch noch nicht einordnen. Für so was ist sie eigentlich eine Generation zu jung. Er zuckt mit den Schultern und fährt fort. »Kristina hält sich jedenfalls die meiste Zeit bei ihrer Mutter auf, ist aber auch manchmal bei ihrem Vater hier in Fleurville. Daher die Verwirrung mit den Wohnungen. Also, Resnais, du hängst dich ans Telefon und rufst so lange bei Frau Stühler an, bis du sie hast, und …« Roland Colbert überlegt, wie es weitergehen soll. »Die Situation ist ein bisschen vertrackt. Wir müssen dringend mit Kristina sprechen, und solange wir die nicht haben … Also, wenn jemand von euch einen Vorschlag hat.«

Grenier meldet sich zu Wort. »Was ist mit dem Mann, den ich

am Waldrand gesehen habe? Was ist mit Philippe? Ich hab die Handschuhe immer noch nicht gefunden.«

»Ach so, die Handschuhe … Ja, vielleicht solltest du da weitermachen.«

»Klingt so, als ob wir die Handschuhe nicht mehr brauchen. Ich reiße mich nicht darum, in den Wald zu fahren und im Schnee rumzukrabbeln.«

Zum Erstaunen aller ergreift Ohayon das Wort. Normalerweise bestehen seine Beiträge bei ihren Besprechungen aus Antworten auf direkte Fragen oder kleinen Witzen. Jetzt hat er sein Notizbuch rausgeholt, es aufgeschlagen. »Na ja … vielleicht sind sie wichtig, die Handschuhe. Vielleicht auch nicht.«

»Was ist denn das für ein Quatsch? Vielleicht ja, vielleicht nein …«

Ohayon erklärt es Grenier. »Weil so viel passiert ist, nachdem Philippe längst tot war. Vor allem der Anruf bei der Zeitung. Wer wusste, dass es eine Leiche beim Hexenhaus gab? Wer hatte Interesse, Walter Heimann zu belasten? Dann die Sache mit dem Mann am Waldrand. Wer war das?«

Conrey hat eine Erklärung. »Könnte jeder gewesen sein. Einer von der Zeitung, jemand, der geil darauf war, sich den Tatort noch mal anzusehen … Dann kommt Grenier aus dem Wald gerannt und ruft ›Stehen bleiben! Polizei!‹ … Ich nehme an, du hast dich zu erkennen gegeben.«

»Natürlich.«

»Also, was passiert? Der Bursche am Waldrand will nicht in die Sache reingezogen werden und macht sich aus dem Staub.«

Die letzte Bemerkung von Conrey hat den Kommissar an etwas erinnert. »Das mit dem Waldweg … Als ich bei Wolfgang Pape war, dem Typen, den sie hier als König bezeichnen. Der hat mir erzählt, dass er zuerst aus Versehen diesen Waldweg reingefahren ist. Als er Thomas gesucht hat. Und da waren frische

Spuren im Schnee. Spuren von einem Auto. Mittelklasse, kein großer Schlitten.«

»Und das bedeutet?«

»Dass jemand dort war, an dem Morgen, als Geneviève ermordet wurde. An derselben Stelle, an der Grenier den Mann gesehen hat. Wir können das wohl kaum als Zufall abtun. Wer kennt denn schon diesen alten … Knutschweg!«

»Das heißt, er oder sie könnte auch derjenige sein, der bei der Zeitung angerufen hat.« Alle sehen Conrey an. Der entwickelt seinen Gedanken weiter. »Wenn wir mal andersrum denken. Nur theoretisch. Wenn Kristina Geneviève erschlagen hat. Und irgendwer hat das beobachtet. Warum ruft der- oder diejenige dann nicht bei der Polizei an?«

»Du meinst, jemand will Kristina schützen? Wer?«

»Na, ihre Mutter oder ihr Vater zum Beispiel.«

»Aber warum, Conrey? Warum sollten sich Kristinas Mutter oder ihr Vater da im Wald aufhalten? Zufällig? Woher wusste der- oder diejenige von Heimann?«

»Keine Ahnung, Grenier.«

»Und warum sollten sie an den Ort des Verbrechens zurückkehren?«

»Vielleicht hat Kristina da was verloren, was weiß ich.«

Conrey merkt, dass er sich verfranst hat, und schweigt. Roland Colbert hat das Schlusswort. »Solange wir Kristina und ihre Mutter nicht vernehmen können, sollten wir die anderen Spuren weiterverfolgen. Du, Conrey, setzt dich noch mal mit diesem Kommissar aus Saarbrücken in Verbindung. Vielleicht fällt dem jemand ein, der genauere Kenntnis von den Vorgängen damals hatte. Jemand, der inzwischen hier in der Gegend lebt.«

Ohayon macht einen Vorschlag. »Wenn du nichts dagegen hast, Roland, dann würde ich das gerne übernehmen. Die Straßen sind ja wieder halbwegs frei, oder?«

Conrey ist einverstanden.

Sie wollen gehen und sich an die Arbeit machen. Ohayon hält sie zurück. »Ich war noch gar nicht fertig!«

»Was denn noch?«

»Frage an Grenier: Das Haus von Heimann, habt ihr da was gefunden?«

»Nichts. Ich war nicht selbst da, sondern hab Verstärkung angefordert. Albert Munier. Soll ein guter Brandermittler sein. Er sagt: Brandstiftung ja. Aber Spuren, die zu einem Täter führen, hat er nicht. Ist alles verbrannt.«

»Kannst du nicht noch mal hinfahren? Ja, oder? Einfach noch mal gucken, dich von deiner Nase lenken lassen.«

Roland Colbert versteht nicht, was Ohayon will. »Was ist jetzt dein Gedanke?«

»Mein Gedanke ist der, dass unser Mörder das Haus angezündet hat. Ja?«

Conrey weist Ohayon darauf hin, wo der Hase lang läuft. »Im Moment steht Kristina im Fokus, Ohayon. Oder glaubst du, eine Sechzehnjährige zündet ein Haus an? Und woher soll sie wissen, dass Heimann ein Kinderschänder ist? Das war ein aufgebrachter Bürger. Heimanns Name stand mittags in der Zeitung, und nachts brennt sein Haus. Da hat jemand ein Zeichen gesetzt.«

»Ein Zeichen? Nee, Conrey, so einfach ist das nicht. Als Roland und ich da ankamen, brannte ja erst ein Teil vom Haus. Ich bin kein Brandexperte, aber ich würde sagen, es wurde an der Haustür angezündet. Das heißt, Heimann wäre nicht mehr rausgekommen.«

»Durchs Fenster!«

»Ich glaube, das ist mehr als ein Zeichen. Wir fanden Heimann ja ganz sympathisch, aber die in Deutschland sind sich nicht so sicher, dass Heimann wirklich unschuldig war. Damals. So, und jetzt sage ich mal: Heimann hat das Mädchen damals tatsächlich angefasst. Diese Sechsjährige, ja? Seine Schülerin. Und ich sag mal, Heimann hat schon andere Mädchen angefasst. Und ich sag sogar: Er ist ein Serientäter, der sich in gewissen Kreisen aufhält. Kommt ihr mit?«

»Ohayon, bitte!«

»Ja schön. Und jetzt sag ich mal, ganz theoretisch, dass sich der Mörder von Geneviève in denselben Kreisen aufgehalten hat. Damals in Saarbrücken. Da gab es ja noch einen Fall. Du hast doch mit denen telefoniert, Conrey.«

»Der Fall Isabel. Sechzehn Jahre alt, wurde vergewaltigt und erschlagen.«

»So, und jetzt spinne ich mal und behaupte, dass sie sich kennen. Das ist erst mal kein Problem für beide. Aber dann dreht der andere durch und bringt Geneviève um. So, und jetzt denkt er sich: Es gibt nur einen, der weiß, wer's wahrscheinlich war. Heimann. Also muss Heimann weg. Und genau das ist vielleicht auch der Grund, warum Heimann uns nichts sagt. Weil er sich dann selbst belasten würde. Logisch, oder?«

»Ein bisschen weit hergeholt, wenn du mich fragst.«

Ohayon lässt sich von Conreys Einwurf nicht aus der Fassung bringen. »Unser Mörder ist nach der Tat in Panik. Er ruft also bei der Zeitung an, heizt die Stimmung gegen Heimann auf. Aber das war ein Fehler, und das merkt er dann auch. Jetzt wird es nämlich noch gefährlicher für ihn. Heimann könnte ja Angst bekommen und aussagen. Also legt er Feuer. Wir denken: Das war ein Ablenkungsmanöver. Aber vielleicht war das ein waschechter Mordanschlag. Vielleicht ist Heimann immer noch in Gefahr.«

Während Ohayon seinen Gedanken entwickelt, fühlt sich Roland Colbert immer besser. Ohayons Überlegung bedeutet schließlich, dass doch das Wahrscheinliche passiert ist. Ein Mädchen wurde ermordet, es hatte kein Höschen an und an ihrer Vagina wurde manipuliert. Das sah doch eindeutig nach einem Mann aus. Wodurch hatten sie sich dazu verleiten lassen anzunehmen, dass die sechzehnjährige Kristina die Täterin sein könnte? Warum hatten sie sich so schnell vom Naheliegenden entfernt? Roland Colbert weiß, dass so was bei Ermittlungen vorkommt, dass Hinweisen, die plötzlich in eine ganz andere Richtung deuten, zu viel Bedeutung gegeben wird. Das passiert vor allem dann, wenn die Ermittlungen feststecken, und wenn dann sehr schnell hintereinander mehrere Hinweise kommen, die in eine neue, hoffnungsvolle Richtung deuten. Er denkt an Sina. Und so, wie er sie in Schutz nehmen würde, gegen vorschnelle Hypothesen, so nimmt er jetzt Kristina in Schutz. Er ist froh, dass Ohayon mit seiner Langsamkeit nicht vom Wahrscheinlichen abgewichen ist, und trifft eine Entscheidung.

»Danke, Ohayon. Conrey und ich fahren zu Heimann und quetschen ihn noch mal aus. Grenier untersucht die Brandstelle, und du fährst nach Saarbrücken. Versuch rauszufinden, ob es eine Verbindung zwischen den Fällen gibt. Resnais ruft weiter bei Silvia Stühler an.«

Grenier ist nicht einverstanden. »Ich fahre gerne noch mal zur Brandstelle, aber erst morgen früh. Es wird schon dunkel.«

»Gut. Jetzt komm schon, Conrey. Ehe noch jemand was einzuwenden hat.«

Zwei Minuten später ist der Raum leer. Alle wissen, was sie zu tun haben.

Bis auf Ohayon.

Ohayon fährt nicht nach Saarbrücken. Ohayon nämlich hat das Gefühl, dass etwas mit der Reihenfolge nicht stimmt.

* * *

Nachdem sein Haus abgebrannt war, hatten sie Walter Heimann erst mal in einer Pension untergebracht. Niemand wusste, wohin mit ihm. Heimann selbst wusste es auch nicht.

Die Besitzerin der Pension ist froh, dass jemand von der Polizei kommt.

»Ich wollte schon anrufen. Herr Heimann ist weder zum Frühstück noch zum Mittagessen erschienen und … heute Nacht hat jemand eine Scheibe eingeschmissen. Da vorne können Sie noch sehen … Wir haben das zugeklebt, aber … Wie lange soll der hier noch sein? In der Zeitung stand, dass er sich an kleinen Mädchen vergangen hat. Ist er der Mörder von Geneviève?«

Sie bringt die beiden zu Walter Heimanns Zimmer. Als Conrey und Roland Colbert an der Tür stehen, reagiert Walter Heimann nicht auf ihr Klopfen. Nachdem die Besitzerin der Pension aufgeschlossen hat, finden sie ihn. Er liegt in der Badewanne und ist so kalt wie das Wasser.

Conrey ruft sofort an. »Grenier, du musst herkommen. Wir haben Walter Heimann gefunden, er ist tot. Den Medizinmann brauchen wir auch.«

* * *

Ihr Leben ist endlich wieder normal.

Schopenhauer ist vom Tisch und ab März würde sie ihre Abteilung leiten.

»Du darfst in Zukunft entscheiden, womit unsere Schüler gequält werden!« So hatte Monsieur Chevrier sich ausgedrückt. Ein ausgesprochen unverkrampfter Mensch übrigens. Und ein Verlagsleiter mit einer klaren Linie, was die Personalpolitik angeht. Männer wie Monsieur Joiet sind ihm ein Dorn im Auge. Außerdem ist er der Meinung, dass Frauen einfach besser sind. Vor allem, wenn man sie in Ruhe ihre Arbeit machen lässt. Er selbst ist in der Lage, sich weitgehend zurückzunehmen. Abgesehen davon, dass er der Chef des Verlags ist und bleibt.

Nach der guten Neuigkeit war Juliet einkaufen gegangen und

hatte ziemlich viel Geld ausgegeben. Der Gipfel dieses Einkaufs war aber nicht das grüne Kleid für 310 Euro, sondern der Besuch eines Teeladens. Es war das erste Mal.

Juliet hatte früher nie viel übrig gehabt für diese Form überfeiner Betulichkeit. Die einzige Sorte, die sie trank, war Beruhigungstee. Aber den brauchte sie jetzt nicht mehr.

Tee also. Und eine Teekanne. Und ein spezielles Teesieb aus naturreinem Ton und neue Teetassen. Vier. Blau. Fein. Dünn und 240 Euro. Ach ja! Und ein kleines Geschenk als Zugabe.

Aber der Tee wäre nicht wertvoll, wenn er nicht mit Erkenntnis gewürzt wäre. Ruhe. Ankommen. Als erstes hatte sie, mit Sinas Hilfe, die Möbel wieder an ihren alten Platz gerückt. Die neue Aufgabe wird sie fordern. Gut, dass sie endlich mit sich im Reinen ist.

Dann hatten Sina und sie es sich auf dem Sofa gemütlich gemacht und sich einen Film über Barcelona angesehen, den Sina aus der Stadtbücherei mitgebracht hatte. Tee haben sie natürlich auch getrunken, aufgebrüht mit enthärtetem Wasser.

Nach dem Film haben sie noch eine Weile über die Reise gesprochen, und dann wollte Sina wissen, was eigentlich los ist. »Neue Klamotten, die ganzen teuren Teesachen …«

Juliet hatte Sina erklärt, was passiert war. »Als ich vor zwölf Jahren da angefangen habe, strotzte ich nur so vor Selbstbewusstsein. Ich habe nicht im Geringsten daran gezweifelt, dass ich meine Abteilung irgendwann leiten würde. Aber dann habe ich das mit der Zeit vergessen und einfach immer weitergearbeitet. Das Angebot kam für mich vollkommen überraschend, und das ist eigentlich das Beste daran. Mein Kopf schwirrt richtig vor lauter Ideen. Außerdem verdiene ich auch mehr als vorher.«

»Sind dir denn Geld und Karriere so wichtig?«

Sina brachte immer solche Torpedos ins Ziel, wenn gerade mal alles schön war. Aber heute? Nein, Juliet lässt sich nicht mehr aus der Ruhe bringen. »Es ist eine Anerkennung, Sina. Und es ist etwas, von dem ich seit zwölf Jahren träume.«

»Ich gehe übrigens doch zum Friseur!«

Das saß schon besser. Juliet konnte das Wort Friseur nicht mehr hören. »Warum plötzlich doch?«

»Warum denn nicht?«

Juliet bleibt cool. »Also gut, Sina. Dann ruf ich jetzt an und mache einen Termin aus. Und dabei bleibt es dann.«

»Klar. Aber du kommst mit. Nicht, dass der mich zu was überredet, was ich nicht will!«

Juliet nickt. »Hat dieser Junge eigentlich noch mal was gesagt?«

»Welcher Junge?«

»Na der, wegen dem du Montag so durcheinander warst.«

»Ich weiß jetzt nicht, wen du meinst.«

»Wir haben in der Küche gesessen, und du hast gesagt, dass ein Junge in der Schule was Blödes gesagt hat.«

»Ach, das meinst du! Das war doch nichts Blödes. Das war total süß. Er hat auch nur gesagt, dass ich schöne Haare habe. Ach ja! Ich wollte dir noch was vorlesen. Von Kleist.« Sina holt also das Buch und liest Juliet ihre Lieblingsstelle vor. Den Satz, zu dem ihr Vater nichts gesagt hatte. »Hier. Das hat Kleist über das Bild *Der Mönch am Meer* geschrieben: ›Zu dem Bild gehört, dass man hingegangen sein muss, dass man alles zum Leben vermisst und die Stimme des Lebens dennoch im Rauschen der Flut vernimmt.‹ Was, glaubst du, ist damit gemeint?«

»Sehnsucht. Dass man das am meisten will, was nicht da ist. Was hast du gedacht?«

»Dass man etwas erst machen muss, um herauszufinden, ob man es wirklich will.«

Juliet stellt die Tassen zusammen und verlässt das Wohnzimmer. Blau. Fein. Die Tassen klappern. Ein Nachteil von feinem Geschirr.

* * *

Der schmale Blechtresen ist schmutzig, aber das Bier aus der Flasche schmeckt. Passt jedenfalls zur Situation. Roland Colbert wartet. Grenier und der Medizinmann sind seit über einer Stunde in der Pension.

Nach zehn Minuten hatte Grenier kurz durchgegeben, wie es aussah. »Nicht eindeutig. Nicht eindeutig Selbstmord.«

Danach hatte sie Verstärkung angefordert. Die waren auch schnell dagewesen. Seitdem untersucht sie zusammen mit ihrem Team den Tatort. Auch der Gerichtsmediziner war noch mit Heimann beschäftigt, als Roland Colbert runterging. Er hat Conrey zurück zum Kommissariat geschickt. Auf Abruf, falls sich herausstellt, dass Heimann getötet wurde. Nachdem Conrey weg war, hat sich der Kommissar noch mal mit der Wirtin unterhalten. Gefragt, ob gestern Abend oder heute jemand gekommen ist, den sie nicht kennt.

»Ich bin nicht immer an der Rezeption. Wir haben morgen eine Feier, also haben wir im großen Saal eingedeckt und dekoriert.«

Danach ist er gegangen. Und schräg gegenüber der Pension stand eben dieser Kiosk. Roland Colbert hatte sich ein deutsches Bier gekauft. Jetzt steht er hier und wartet. Die Situation, in ihrer Tristesse, ist angemessen. Wenn Heimann ermordet wurde, stimmt nichts mehr.

Und nichts passiert. Kein Anruf von Grenier. Nach einer Weile gibt er auf.

* * *

Als Roland Colbert zum Kommissariat zurückkommt, will Conrey wissen, ob der Gerichtsmediziner schon was hat durchblicken lassen.

»Bis jetzt nicht. Grenier ruft an, wenn sie was haben.«

»Hm.«

»Ist Ohayon noch in Saarbrücken? In seinem Büro war er nicht.«

»Nee, der ist noch hier. Vorhin hab ich ihn in der Eingangshalle gesehen. Da hat er den Gummibaum gegossen.«

»Ist ja im Moment auch egal. Wir müssen erst mal den Befund abwarten und was Grenier sagt.«

* * *

Das Kommissariat von Fleurville wurde 1961 gebaut. Und nicht von Corbusier. Fleurville liegt abgelegen an der deutschen Grenze und hat nur 45 000 Einwohner. Wer hätte da auf die Idee kommen sollen, Corbusier zu beauftragen?

Leider verstand der Architekt, der den Kasten für die Bullen ins Zentrum von Fleurville geklotzt hat, nicht das Geringste von der Philosophie des Meisters. Das Kommissariat ist so etwas wie ein hochkant gestellter Schuhkarton mit gleichmäßigen Fensterreihen. Drei Stockwerke, drei Reihen Fenster. Auf gliedernde Elemente oder anderen Schmuck hatte man verzichtet. »Das hässlichste Gebäude der Stadt!« Da sind sich die Einwohner von Fleurville einig.

Einen kleinen Lichtblick immerhin hat der Architekt den Bullen gegönnt. Und das ist der Glaskasten. Der Eingangsbereich. Ein durchsichtiger Klotz, der an dem Betonklotz klebt. Hier hat Ohayon Pierre Agneau verabschiedet.

Hier steht er auch jetzt und gießt zum dritten Mal den Gummibaum. Danach stellt er die kleine Kanne ab und betrachtet die Pflanze. Die ist allen ein Rätsel. Sie wächst nicht, stirbt aber auch nicht. Es gibt eine Menge Theorien, woran das liegt. Die meisten Kollegen meinen, der Gummibaum bekäme zu viel Wasser, und bringen in diesem Zusammenhang Ohayons Namen ins Spiel. Gerade einige der älteren Mitarbeiter weisen immer wieder darauf hin, dass es dem Gummibaum früher sehr gut gegangen ist. Bis eben Ohayon vor fünfzehn Jahren im Kommissariat angefangen hat. Auch der Vorschlag, die Pflanze umzutopfen, ist mehrfach gemacht worden. Das geschah aber nicht. Weil jemand gelesen hatte, dass Gummibäume ausgesprochen konservativ sind und so was gar nicht vertragen.

Ohayon hebt ein heruntergefallenes Blatt auf, legt es in den Blumentopf. Warum treibt er sich neuerdings so oft hier herum? Es wirkt ja fast, als wolle er, dass der Gummibaum mit ihm spricht. Aber worüber sollte er sprechen?

* * *

Ohayon geht zurück in sein Zimmer im dritten Stock. Dort setzt er sich an seinen Schreibtisch und betrachtet eine Weile die wenigen Gegenstände, die darauf liegen. Nachdem er die Anordnung der Gegenstände vollständig erfasst hat, verlässt er sein Büro wieder. Auf dem langen Gang oben? Nichts. Im Treppenhaus? Nichts. Und im Erdgeschoss? Auch keine Erleuchtung. Es passiert gar nichts in seinem Kopf. Schließlich steht Ohayon wieder im Glaskasten. Hier war ihm zum ersten Mal aufgefallen, dass da was war, während des Verhörs von Monsieur Agneau. Vielleicht kommt es wieder. Und so steht er eine Weile herum. Doch leider: keine Erinnerung, keine Erkenntnis. Er dreht sich nach links, macht zwei Schritte, betrachtet erneut den Gummibaum. Der hat sich nicht verändert.

Ohayon versucht es noch eine Weile mit dem Erinnern, hat aber kein Glück. Er gibt den Versuch schließlich auf, geht zurück, überlegt, ob er in die Kantine gehen soll. Aber die hat um diese Uhrzeit sicher schon zu. Plötzlich fällt ihm ein Papierkorb auf, der schon seit zwei Tagen im Gang steht und ihn ärgert. Das hat schon Methode, dass jemand aus der Verwaltung seinen vollen Papierkorb einfach auf den Gang stellt. Hinter diesem Papierkorb, das weiß Ohayon, steckt so was wie ein kalter Krieg.

Es hat damit begonnen, dass die Putzfrauen sich weigerten, im Winter die Sachen zum Container zu bringen. Das wiederum hing damit zusammen, dass das letzte Stück des Wegs dorthin nicht gestreut wurde. Es war ihnen nie gelungen zu ermitteln, warum dieses letzte Stück nicht gestreut wurde. Die aus der Verwaltung waren natürlich der Meinung, dass es nicht zu ihren Aufgaben gehört, Papierkörbe zu entleeren. Es war zum Papierkorbkrieg gekommen. Diesen Krieg hatten die Putzfrauen gewonnen. Am Ende hatte Roland Colbert ein Machtwort gesprochen und angeordnet, dass die Mitarbeiter der Verwaltung ihre Papierkörbe selbst wegzubringen hatten. Daran hielten sich inzwischen auch alle. Trotzdem stand hin und wieder so ein Ding auf dem Gang.

Ohayon überlegt einen Moment und entschließt sich dann, das Ärgernis zu beseitigen. Er nimmt den Papierkorb, geht den Gang zurück, durchquert den Glaskasten, verlässt das Gebäude. Die Sonne ist gerade untergegangen, es ist kälter geworden, es ist glatt.

Immerhin, das abendliche Licht ist sehr schön. Ohayon ärgert sich über seine Idee, den Papierkorb von jemand anderem wegzubringen. Aber nun hat er sich mal auf den Weg gemacht, nun will er es auch zu Ende bringen. Er kommt zu den Papiercontainern, öffnet einen und entleert den Papierkorb. Danach bleibt er noch eine Weile dort stehen. Ein gut zu benennendes Lustgefühl steigt auf. Auf der anderen Straßenseite steht nämlich der Wagen, der frittierte Sachen verkauft. Der Fischhändler … Ohayon überlegt kurz, widersteht seiner Lust nicht, überquert also, zusammen mit seinem Papierkorb, die Straße. Dabei fällt ihm ein Renault Twingo auf. Ohayon steht zwar nicht auf Kleinwagen, aber die Farbe des Twingos gefällt ihm. Liegt vielleicht nur an dem schönen Licht … Er erinnert sich, dass vor zwei Wochen ein längerer Artikel über die Anfänge der Firma Renault in der Zeitung stand. Es gab Abbildungen von den großen Limousinen der Anfangszeit. Sie waren alle schwarz. Heute sind sie klein und bunt … Ohayon kommt zu dem Wagen des Fischhändlers, riecht Angenehmes. Der Fischhändler macht hier abends gute Geschäfte. Viele Berufstätige holen sich bei ihm noch schnell ihr Abendessen, bevor sie nach Hause fahren. Ohayon stellt sich eine Szene im Hafen vor. Ein Kutter kommt an und entlädt Fisch. Möwen kreisen … Ohayon bekommt richtig Appetit. Er steht gerade mal zwei Minuten in der Schlange, als sich Frau Behling aus der Asservatenkammer neben ihn stellt. Der Ausstoß an Adrenalin ist gewaltig. Wegen Frau Behling hat er doch eigentlich schon genug Magenschmerzen gehabt.

»Na, Ohayon? Was hast du mit dem Papierkorb vor?«

»Wie?«

»Willst du da deinen Fisch reintun?«

Ohayon merkt, dass Frau Behling ziemlich aufgekratzt ist. Er fragt sie also, was es denn so Aufregendes gibt, und Frau Behling ist froh, endlich mit jemandem darüber sprechen zu können.

»Mein neues Auto wird morgen geliefert.«

Ohayon fragt höflich, was für ein Auto sie sich denn gekauft hat, und die Augen von Frau Behling leuchten zwar nicht, sehen aber noch schöner aus als sonst.

»Einen Twingo! Speziallackierung. Deshalb musste ich zwei Wochen warten, aber ich dachte: Lieber zwei Wochen warten! Schließlich fährst du den Wagen dann vielleicht fünf Jahre! Ich finde, die Twingos haben immer so schöne Farben!«

Ohayon gibt ihr recht und fragt sich, ob das ein Zufall ist, dass sie ausgerechnet über Twingos und Farben redet.

Sie unterhalten sich noch eine Weile, und Frau Behling klärt Ohayon darüber auf, dass sie einmal gesehen hat, wie der Fischhändler mit einer Eisenstange einen Karpfen getötet hat. Seitdem isst Frau Behling zu Weihnachten Ente. Danach erklärt sie ihm, dass es in jedem Fall gesünder ist, selbst zu kochen, als Sachen aus der Friteuse zu essen und dass sie gerne kocht, und als Ohayon dann an der Reihe ist, bestellt er nichts, worüber sich der Mann, der hinter ihm in der Schlange steht, freut. Der Mann erinnert Ohayon an einen Filmschauspieler, dessen Name ihm aber nicht einfällt. Ohayon verabschiedet sich schließlich von Frau Behling und geht zurück. Er hat fast zehn Minuten mit ihr geredet und merkt, dass er schon wieder so ein komisches Gefühl im Magen hat. Dann betritt er das Gebäude und durchquert den Glaskasten, ohne dass ihm der Gummibaum weiter auffällt. Er stellt den leeren Papierkorb da hin, wo er ihn vor zwanzig Minuten weggenommen hat. Als er ihn abstellt, fällt ihm auf, dass unten auf dem Boden ein Zettel klebt. Erst ärgert er sich, dass der Zettel da hängen geblieben ist, dann aber sieht er, dass auf dem Zettel etwas steht. Mit Bleistift … Er bückt sich. Die Schrift ist etwas verwischt und kaum noch zu lesen. Er hält den Papierkorb näher ans Licht und entziffert schließlich, was da steht. *Radiergummis anfordern …* Da der Papierkorb jemandem aus der Verwaltung gehört, kann Ohayon sich die Zusammenhänge ungefähr vorstellen. Er stellt den Papierkorb wieder ab und geht Richtung Treppenhaus. Als er gerade fünf Stufen hochgestiegen ist, bleibt er stehen. Einen ganz kurzen Moment lang ist sich Ohayon sicher, dass ihm eben eingefallen ist, was er Pierre Agneau hatte fragen wollen.

Ohayon setzt also seinen Weg fort. Noch bevor er in seinem Büro ankommt, ist der Gedanke an die bedeutsame Kleinigkeit verschwunden. Ohayon guckt auf die Uhr. Es ist schon ziemlich spät. Er beschließt, Feierabend zu machen, überlegt kurz, ob er noch bei Roland Colbert reingucken soll, tut es aber nicht. Der wird ihn sicher fragen, ob er in Saarbrücken war, und darauf hat er keine Lust.

* * *

Conrey ist gegangen, und Resnais musste wieder in die Telefonzentrale. Danach ist Roland Colbert allein in seinem Büro.

Er wartet. Was unsinnig ist. Er könnte genauso gut in seine Pension fahren und dort auf Greniers Anruf warten. Warum bin ich so nervös?

Er braucht nicht lange, um darauf zu kommen. Heimanns Tod könnte die Lösung sein. Das ist alles. Wenn sich herausstellt, dass Heimann ermordet wurde, haben sie wieder einen klaren Fall. Es sei denn, er nimmt an, dass Kristina ihn umgebracht hat. Aber woher sollte die wissen, dass sie Heimann in der Pension untergebracht hatten? Nein, wenn Heimann ermordet worden war, dann war genau das eingetreten, was Ohayon prophezeit hatte. Dann war die Sache mit Kristina vom Tisch. Ein Gedanke, der ihn erleichtert.

Manchmal versteht er einfach nicht, wie Ohayon tickt. Seit fünfzehn Jahren arbeiten sie jetzt zusammen. Sie sind in gewissem Sinne sogar befreundet. Obwohl. Was weiß ich schon über Ohayon? Er ist einmal in seiner Wohnung gewesen. Sie hat ihm nicht gefallen. Wahrscheinlich finde ich ihn nur interessant, weil ich überhaupt nicht kapiere, wie er funktioniert. Er ist faul. Und trotzdem! Zwei Mal hat ihm Ohayon schon den Arsch gerettet und einen völlig verfahrenen Fall doch noch gelöst. Natürlich stecken Ohayons große Momente wie ein Stachel in ihm. Denn wenn er ehrlich ist, dann gehörten diese beiden Fälle so ziemlich zu den schwierigsten, die sie in diesen fünfzehn Jahren hatten. Gleichzeitig geben ihm diese beiden Fälle auch ein Gefühl der Sicherheit. Er hätte es nicht sachlich begründen können, aber er weiß, dass Ohayon ihn nicht im Stich lassen würde, wenn was schieflief. Und das ist in seinem Beruf wichtiger als alles andere.

Im Moment sieht es also wieder mal so aus, als hätte Ohayon recht. Seine verworrene Begründung heute Nachmittag, dass sich Heimann und der Täter vielleicht kennen. Dass Heimann nur deshalb dichthielt, weil der andere etwas über ihn wusste. Und wenn Heimann Selbstmord begangen hat? Sie haben keinen Abschiedsbrief gefunden. Wenn Heimann sich umgebracht hat, weil er es nicht mehr aushielt, dass er wieder zu Unrecht in der Öffentlichkeit bloßgestellt wurde, warum hat er das nicht geschrieben? Das hätte doch jeder in so einer Situation gemacht. Nur ein paar Zeilen: »Ich halte es nicht mehr aus, ich will nicht noch mal von vorne anfangen, aber ich war es nicht!« Nur: Es gibt keinen Abschiedsbrief. Es wäre also gut möglich, dass er Selbstmord begangen hat, weil er der Täter ist.

Warum will er eigentlich, dass Heimann der Täter ist? Warum hat er Ohayon gegenüber so ausführlich begründet, dass Kristinas Aufsatz gar nicht so zwingend auf Lust an Gewalt hindeutet? Natürlich! Weil das eine rationale Möglichkeit von hoher Wahrscheinlichkeit ist. Wirklich rational? Hat er nicht vielmehr versucht, Kristina zu entlasten? Kann es nicht sein, dass er insgeheim einen solidarischen Bund mit ihr eingegangen ist? Aber warum? Er kennt sie doch gar nicht, hat noch nie mit ihr gesprochen. Oder ist alles viel einfacher? Will er einfach nicht, dass ein sechzehnjähriges Mädchen so etwas tut?

Das Schicksal hat es offenbar gut mit ihm gemeint und sein Dilemma für ihn gelöst. Egal, ob Heimann Selbstmord begangen hat oder ermordet wurde, der Spuk mit Kristina ist vorbei.

Grenier kommt rein, ohne anzuklopfen. »Wir sind fertig. Tut mir leid, dass es so lange gedauert hat, aber ich wollte ganz sicher sein.«

»Und?«

»Einfach nur Unfall. Er ist ausgerutscht und ertrunken.«

»Scheiße.«

Resnais ist sehr aufgeregt. »Entschuldigt, wenn ich hier so reinplatze, aber … Hier hat eben ein Anwalt angerufen und gesagt, dass er die Interessen von Silvia Stühler vertritt. Er wird morgen früh mit ihr vorbeikommen.«

»Gleich mit Anwalt? Warum das?«

»Würde sagen, zwei Möglichkeiten: Entweder sie ist einfach extrem ängstlich, oder da ist was.«

»Danke, Resnais.«

Grenier und Resnais verlassen das Büro, und Roland setzt sich an seinen Schreibtisch. Er ist müde und findet trotzdem keine Ruhe. Die Tatsache, dass Heimann einfach nur in der Badewanne ausgerutscht ist, widerlegt Ohayons schöne Theorie. Heimann ist nicht der Schlüssel. Der Brandanschlag war vermutlich doch nur die Tat eines aufgebrachten Bürgers. Roland Colbert ist klar, dass er nicht mehr ausweichen kann. Kristina, nicht Heimann, steht im Zentrum ihres Falls.

Sechster Tag – Donnerstag

Marie Grenier hatte noch nie mit Albert Munier zu tun. Er ist ihnen in den ersten Tagen zur Verstärkung zugeteilt worden.

Sie begrüßen sich kurz und gehen zu dem Bereich der Brandstelle, wo früher die Eingangstür von Walter Heimanns Haus war. Albert Munier erklärt Grenier, was er herausgefunden hat.

»Das Feuer ist mit Sicherheit hier ausgebrochen. Ich hab ein paar Proben ins Labor geschickt. Das Ergebnis: Benzin. Brandstiftung. Sonderbar fand ich allerdings, dass hier unten noch ein Rest von der Wand steht. Ich habe mit den Nachbarn gesprochen. Die haben den Brand bemerkt, kurz nachdem er ausgebrochen ist. Sind von einem merkwürdigen Geräusch aufgewacht. Sagen sie. Nach der Beschreibung eine klassische Verpuffung. Die Frau meinte, sie hätte außerdem ein Pfeifen gehört.«

»Ein Pfeifen?«

»Ein Pfeifen gehört. Als sie raus sind, hat bereits die halbe Wand gebrannt.«

»Die halbe? Haben sie das gesagt?«

»Die obere Hälfte.«

»Also hat jemand Benzin gegen die Wand geschüttet.«

»Richtig. Wie gesagt: Oberer Bereich. Wenn du dir den schmalen Steg anguckst, der hier unten noch steht, dann siehst du überall diese schwarzen Streifen. Da ist Benzin runtergelaufen, aber nur wenig. Es hat ein Weilchen gebrannt, ist dann, als die Flammen sich oben entfaltet haben, durch die starke vertikale Luftbewegung gelöscht worden. Das heißt, es gab keine größeren Benzinlachen am Fuß der Wand. Und das bedeutet, der Täter hat sehr schnell gearbeitet.«

Grenier betrachtet die Brandstelle mit einer Besorgnis, als könne das Feuer noch mal ausbrechen. »Morgens stand in unserem Käseblatt, dass hier jemand wohnt, der mal mit einem Sexualdelikt zu tun hatte. Und dann brennt gleich sein Haus?«

»Richtig. Gleicher Gedanke bei mir. Ziemlich extrem, diese Reaktion. Und vor allem sehr schnell. Noch was. Das Haus wurde im Bereich der Eingangstür angezündet.«

»Wir hatten die Vermutung, dass jemand unseren Verdacht auf Walter Heimann lenken wollte.«

»Das war keine Warnung. Auch kein Hinweis. Hier sollte jemand getötet werden. Meine Meinung.« Albert Munier schüttelt wieder ganz leicht den Kopf. Nur guckt er diesmal nicht in Richtung der Brandstelle dabei, er guckt Grenier an. »Hast du eigentlich keinen Vornamen?«

»Marie.«

»Und warum nennen dich alle Grenier? Warum nicht wenigstens Madame Grenier?«

Marie Grenier zuckt mit den Achseln. »Du kannst mich gerne Marie nennen, wenn's dir lieber ist.«

»Gut. Ich bin Albert.«

Marie Grenier guckt in den verwilderten Garten. »Also, Albert, wenn du deine Erkenntnisse zusammenziehst. Wie ist es passiert?«

»Jemand kommt mit einem Benzinkanister. Schüttet das Benzin gegen die Holzwand. Große Bewegungen. Er will, dass es auch oben an die Wand kommt, er will, dass das Feuer sich schnell ausbreitet. Danach zündet er die Wand an.«

»Er schüttet nach oben?«

»Warum fragst du?«

»Weil dann alles voller Benzin gewesen sein muss. Seine Kleidung. Mit Sicherheit der Kanister. Das muss doch alles voller Benzin gewesen sein.«

»Wenn er nicht blöd war, hat er sich eine Spur aus Benzin gelegt. Aber du hast recht. Vielleicht müsst ihr jemanden suchen, der Verbrennungen hat.«

»War nicht mein Gedanke.«

»Sondern?«

»Der Kanister. Im Kanister ist noch etwas Benzin. Außerdem Luft. Das pfeifende Geräusch.«

»Der Kanister fliegt weg wie eine Rakete. Meinst du das?«

Grenier blickt in Richtung der gestrüppartigen Schneeballsträucher. Drei Meter hoch, dicht, eine Welt für sich.

* * *

Sie haben gegessen und seine Tochter hat ihm ihre Hausaufgaben gezeigt.

Er hat sich alles gründlich angeguckt, sie gelobt und dann eine Weile sehr konzentriert mit ihr geredet. Seine Tochter ist erst sechs Jahre alt. Trotzdem kann sie gut unterscheiden, ob er ernsthaft mit ihr redet oder nur plappert. Seine Tochter ist ihm ähnlich. Sie plant alles sehr genau. Obwohl sie erst sechs Jahre alt ist. Seine Frau hat das auch gesagt. Dass seine Tochter ihm ähnlich ist. Er hat gemerkt, dass seiner Frau diese Ähnlichkeit gefällt. Während er mit seiner Tochter über ihren Aufsatz sprach, ist sie in der Küche gewesen. Hat aber geguckt. Er hat kurz zu ihr hinübergesehen. Er weiß, was ihr Blick bedeutet. Es ist alles richtig.

Nach dem Gespräch mit seiner Tochter ist er nach oben gegangen. In sein Arbeitszimmer. Um Arbeiten zu korrigieren. Kurz darauf haben seine Frau und seine Tochter das Haus verlassen. Er ist jetzt allein.

Endlich.

Er darf keine Spuren hinterlassen. Er steckt einen USB-Stick in die Buchse seines Laptops, erzeugt eine Datei auf dem Stick. Er beginnt zu schreiben.

Es war ein Zufall. Ich hatte Geneviève nicht im Visier. Sie lief mir einfach über den Weg.

Er überlegt kurz, schreibt dann weiter.

Ich saß im Wagen und wartete. Sie kam aus dem Haus und ging zur Bushaltestelle. Sie fiel mir auf. Sie wusste nicht, dass sie mir auffiel. Ich entschied mich für sie. Ich folgte dem Bus. Ich dachte, ich wüsste, wo sie hin will. Ich dachte, sie fährt ins Chaise Longue. *Ich täuschte mich. Sie verschwand in einem Haus. Ich wartete. Um kurz vor elf kam sie wieder raus. Ich folgte ihr. Meine Entscheidung, ihr zu folgen, musste nichts bedeuten. Es war immer noch möglich, die Observation abzubrechen, es war meine Entscheidung. Ich wartete an der Straßenecke. Von dort aus hatte ich den Eingang der Discothek im Blick. Niemand achtete auf mich. Ich sah andere Mädchen. Ich hätte mich für jede von ihnen entscheiden können. Ich schob es auf. Wartete. Schlief ein Weilchen. Um acht Minuten nach eins kam sie raus. Zusammen mit drei Jungen. Die Jungen waren betrunken. Dann war da noch ein Mädchen. Sie fuhren los. Ich folgte ihnen. Nach einer Weile wusste ich, wo sie hin wollten. Sie fahren immer zum Feensee. Ich war ihnen schon öfter dorthin gefolgt. Ich fuhr am Parkplatz vorbei, hielt hinter ein paar Bäumen. Ich sah, dass sie sich stritten. Einer von den Jungen wollte mein Mädchen anfassen. Sie lief weg. Direkt in den Wald. Sie wollte zum See. Das andere Mädchen folgte ihr, dann der Junge. Wo wollten sie hin? Ich erinnerte mich an das Haus auf der anderen Seite des Sees. Ich fuhr ein Stück weiter. Es gibt dort einen alten Forstweg, der direkt zur Lichtung am Hexenhaus führt. Vielleicht würden sie dort auftauchen. Ich wartete zwanzig Minuten. Dann sah ich sie. Mein Mädchen in ihrem silbernen*

Glitzerrock. Ich hielt mich im Wald und umrundete die Lichtung. Ich kam näher. Ich wusste, dass ich ihr nicht zu nahe kommen durfte.

Weiter will er erst mal nicht schreiben. Er ist zufrieden. Die distanzierte Beschreibung der Vorgänge, die sich vor fast einer Woche abgespielt haben, erregt ihn. Er überlegt, ob er es bei dem nächsten Mädchen vielleicht anders machen soll. Sie länger observieren, den Zufall ausschalten, alles, was dann geschehen wird, vorher aufschreiben. Er muss noch besser werden. Er hat einen großen Fehler gemacht. Er hätte nicht bei der Zeitung anrufen dürfen. Und er hätte nicht versuchen dürfen, Walter Heimann zu töten.

* * *

Grenier hängt fest. Ihre Haare haben sich im Gestrüpp verfangen, und irgendwie bekommt sie die nicht los. Sie ruft Albert. Während er ihre Haare aus den Ästen befreit, während seine Finger arbeiten, erschrickt sie. Weil sie will, dass Albert mehr mit ihr macht, hier im Gestrüpp, als nur ihre Haare anzufassen. Dass sie an so was in so einer Situation denkt, ist noch nicht vorgekommen.

Albert hatte mit ihr den Garten abgesucht. Sie hatten nichts gefunden. Als letztes waren sie in diesen riesigen, verfilzten Schneeballstrauch eingedrungen.

Albert hat sie befreit. Sie dreht sich um. Er bleibt stehen. Warum so nah? Marie Grenier spürt ein extremes Verlangen. Nach diesem Mann, den sie überhaupt nicht kennt. Und Albert? So dicht, warum macht er nichts? Marie Grenier kommt sich vor wie ein dummes Mädchen. Sie senkt den Kopf, sieht zur Seite.

Rot.

Ein Stück rotes Plastik, die Ränder sind schwarz. Marie Grenier hat genug Erfahrung, um zu wissen, dass sie den Rest eines Benzinkanisters gefunden hat.

* * *

Als Grenier Roland Colberts Zimmer betritt, merkt sie sofort, dass sie hätte anklopfen sollen. Im Zimmer sitzen vier Leute. Der Kommissar, eine Frau, die sie nicht kennt, ein Mann, der wie ein Anwalt aussieht, und ein älterer Herr.

Grenier will kurz mit dem Kommissar sprechen.

Eine schnelle Bewegung mit der Hand. Eine eindeutige Geste.

Das ist noch nie vorgekommen, dass der Kommissar sie rausschmeißt.

* * *

Roland Colbert hat den Schreck in Greniers Gesicht nicht wahrgenommen. Es gibt Wichtigeres im Moment.

Silvia Stühler ist mit ihrem Anwalt auf dem Kommissariat erschienen, und Roland Colbert wartet auf Unterstützung. Jetzt einen Verfahrensfehler zu begehen ist das Schlimmste, was ihm passieren kann. Silvia Stühler stammt zwar aus Fleurville, lebt aber in Deutschland. Wer befugt ist, sie zu vernehmen, ist ihm unklar. Das muss geklärt sein, sonst drehen die sich mit einem Verfahrensfehler raus!

Silvia Stühlers Anwalt macht Druck.

»Wie lange wollen Sie uns hier noch festhalten?«

»So lange, bis unser Jurist da ist.«

»Und mit welcher Begründung halten Sie Frau Stühler fest?«

»Sie sind hier in einem französischen Kommissariat. Ich werde keine Ihrer Fragen beantworten. Nicht, ehe unser Jurist da ist.«

Roland Colbert ist längst entschlossen, Kristinas Mutter nicht gehen zu lassen. Er weiß, dass Silvia Stühler einen Fehler begangen hat. Sie hat einen Anwalt angerufen, der darauf aus ist, eine

Aussage zu verhindern. Sie wird ihre Gründe haben! Endlich geht die Tür auf. Ein großer Mann Ende fünfzig stellt sich als Jurist für Verfahrensfragen vor. Er ist gerade damit fertig, als eine Frau den Raum betritt, die dem Anwalt von Silvia Stühler mitteilt, dass sie die Staatsanwältin des Arrondissements von Fleurville ist. Silvia Stühlers Anwalt weicht unwillkürlich einen Schritt zurück. Die Staatsanwältin ergreift das Wort.

»Monsieur Colbert, weshalb ist mein Erscheinen hier notwendig?«

»Ich möchte, dass meine Berechtigung, Frau Stühler und später ihre Tochter Kristina zu befragen, vor der Vernehmung eindeutig geklärt ist. Ich möchte verhindern, dass wir Verfahrensfehler machen.«

»Gut, und wer ist dieser Herr?«

»Das ist unser Pfarrer.«

»Warum sind Sie hier?«

»Ich bin hier, um Frau Stühler beizustehen.«

* * *

Albert steht ganz dicht hinter Marie Grenier, beugt sich leicht über sie. Sie hat ihm nicht gesagt, dass der Kommissar sie rausgeschmissen hat. Es war nicht wichtig, dass der Kommissar sofort von ihrem Fund erfuhr.

So wie es aussieht, haben sie ein Stück vom Boden eines Benzinkanisters gefunden. Das Plastikstück hatte eindeutig gebrannt. Und zwar vor kurzer Zeit. Sie haben Glück gehabt. An dem roten Stück Plastik klebt ein schmaler Streifen Klettband. Wahrscheinlich hatte es dazu gedient, den Kanister im Kofferraum zu fixieren.

»Fasern aus einem Filzgewebe. Wahrscheinlich Kofferraum.«

»Guck, ob noch was anderes dranhängt.«

Marie Grenier zieht das Klettband langsam unter dem Okular

durch, und Albert beugt sich wieder von hinten über sie. Marie versucht, sich auf das zu konzentrieren, was sie sieht. Es gelingt ihr nicht. Und so übersieht sie den Hinweis.

»Nichts außer Fasern aus Filz. Zu wenig …«

Sie spürt Alberts Kopf neben ihrem. Aber Albert will nur selbst durchs Okular schauen. Trotzdem … Es ist schon etwas eigenartig, wie er da hinter ihr steht, sie quasi umarmt.

»Doch, Marie! Da. Sieh es dir an!«

Marie Grenier guckt wieder ins Mikroskop, konzentriert sich und entdeckt ein kleines bräunliches Fragment.

»Irgendwas von einer Pflanze. Da ist noch was!«

Albert gibt ihr recht. »Das ist was für Fachleute.«

Marie Grenier hält seine Nähe nicht mehr aus. Sie kann das nicht einschätzen. Spielt er mit ihr? Sie will aufstehen. Weg von ihm. Auf einmal spürt sie seine Hand. Seine Haare kitzeln sie an der Wange. Dann küsst er sie. Kleine vorsichtige Küsse. Schüchtern … Sie hatte sich etwas Eindeutiges vorgestellt. Es dauert nicht lange, und Marie Grenier ändert ihre Meinung. Alberts behutsames Vorgehen beginnt ihr zu gefallen.

* * *

Die Verfahrensfragen konnten nicht geklärt werden. Immerhin hat Roland Colbert jetzt ein Foto von Kristina. Das wenigstens ist herausgekommen bei dem großen juristischen Aufgebot.

Nachdem Silvia Stühler, ihr Anwalt und der Pfarrer gegangen sind, ruft Roland Colbert Conrey und Ohayon in sein Büro. Conrey erscheint, Ohayon nicht. Conrey erhält einen Auftrag:

»Du fährst noch mal ins *Chaise Longue*. Heute ist zwar Donnerstag, aber frag trotzdem rum, ob irgendwer Kristina und Geneviève dort letzten Freitag gesehen hat.«

»Jetzt? Nach einer Woche?«

»Versuch dein Glück. Vielleicht ist heute jemand da, der

letztes Mal nicht da war. Vorher gehst du zu Max Steiner und Thomas Baffour, zeigst ihnen das Foto von Kristina und fragst, ob sie das Mädchen ist, das vorne neben Max gesessen hat. Und frag alle, die letztes Mal nicht da waren, wann die mit dem Admiral abgefahren sind. Ich will diesen Zeitpunkt möglichst genau eingrenzen.«

»Soll ich das alles allein machen?«

»Wo steckt denn Ohayon?«

»Keine Ahnung. Vielleicht ist er nach Saarbrücken gefahren.«

»Wollte er das nicht gestern machen?«

* * *

Hauptkommissar Reimers ist Anfang sechzig und weder zu dick noch zu dünn. Er wirkt sogar ziemlich durchtrainiert und hat eine gesunde Gesichtsfarbe. Die Augen in diesem Gesicht sehen allerdings nicht so gut aus. Sie sind uninteressiert. Hauptkommissar Reimers hört sich an, was Ohayon zu sagen hat. Als er endlich anfängt zu sprechen, weiß Ohayon sofort, dass er an den Falschen geraten ist.

»Also, Monsieur Ohayon. Es gab eine Anzeige. Die Mutter einer Sechsjährigen hat Herrn Heimann angezeigt. Wir haben ihn vernommen, und er hat zugegeben, dass er das Mädchen angefasst hat. Er behauptete, das sei nichts anderes als spontane Zuneigung gewesen. Wir waren damals mit dem Fall Isabel beschäftigt. Eine Sechzehnjährige, die vergewaltigt und erschlagen wurde. Es lag für uns nahe, die Fälle miteinander in Verbindung zu bringen. Heimann hatte kein Alibi für die Nacht, in der Isabel getötet wurde, aber … seine DNA-Probe hat leider nichts ergeben.« Hauptkommissar Reimers verändert seine Körperhaltung, seine Augen sehen ihn auf einmal direkt an. Ohayon kommt es vor, als würde der Deutsche aufwachen. »Und ich sage Ihnen, dass er da getrickst hat, mit seinem DNA-Test! Heimann ist viel gerissener, als man denkt!« Dann sackt Hauptkommissar Reimers wieder zusammen. »Kurz darauf hat die Sechsjährige ihre Aussage widerrufen. Wir konnten Heimann also nichts nachweisen und mussten ihn gehen lassen. Ein ganz normaler Vorgang. Ich weiß nicht, wie ich Ihnen helfen kann.«

»Ja, wie Sie mir helfen können ... Was war denn Ihr persönlicher Eindruck? Glauben Sie, dass Heimann das Kind begrabscht hat?«

»Ich hielt es für möglich, ja.«

»Warum?«

»Erfahrung.«

»Verstehe. Und wie kam das damals in die Zeitung?«

»Die Information kam sicher nicht von uns.«

»Sie haben doch aber bestimmt nachgefragt, woher die ihre Information hatten.«

»Es war ein anonymer Hinweis.«

»Komisch, oder?«

»Was ist daran komisch, Monsieur?«

»Dass es bei uns auch einen anonymen Hinweis gab. Sie nehmen mir das doch nicht übel, oder? Dass ich laut denke.«

Ohayon merkt sofort, dass Kommissar Reimers nicht viel von lautem Denken hält. Er denkt also nicht laut und verabschiedet sich.

* * *

Nachdem Ohayon das deutsche Kommissariat verlassen hat, überlegt er, ob er etwas essen gehen soll. Er hat aber keinen Hunger. Er ist sogar ausgesprochen appetitlos. Ohayon weiß, woran das liegt. Als er nach Saarbrücken gefahren ist, war er sich sicher gewesen, hier auf etwas Wichtiges zu stoßen. Nun ist nichts dabei herausgekommen. Er hat keine Lust, länger zu bleiben. In Fleurville machen Kristina und ihre Mutter vielleicht schon ihre Aussagen, dort wird er dringender gebraucht. Conrey wird sich bestimmt wieder aufspielen! Und irgendwann geht es dann ja auch um die nächste Beförderung. Es gibt noch einen Grund zurückzufahren. Wenn er sich beeilt, ist er rechtzeitig am Fischstand und trifft vielleicht Frau Behling.

Aber Ohayon fährt nicht zurück nach Fleurville. Der Gedanke an seinen Konkurrenten Conrey hat ihn auf eine Idee gebracht. Er kehrt um und geht zurück ins Kommissariat. Beim Pförtner muss er erneut seinen Ausweis vorzeigen, offenbar erinnert man sich bereits nicht mehr an ihn. Er fragt, ob Kommissar Reimers einen Assistenten oder irgendwelche Mitarbeiter hat. Der Pförtner will bei Kommissar Reimers anrufen. Ohayon belügt ihn und erklärt, er wäre gerade bei ihm gewesen, der Kommissar sei sehr beschäftigt. Der Pförtner telefoniert. Ohayon geht ein paar Gänge entlang, es gibt ein paar Missverständnisse, aber irgendwann landet er bei Vera.

* * *

Vera Büttner ist klein und etwas füllig. Absolut nicht der Typ Frau, auf den Ohayon steht. Dafür ist sie hilfsbereit.

»Aus Frankreich, wie schön!«

»Fleurville. Ja, und ich komme, weil … bei uns ein Mädchen ermordet wurde. Geneviève Mortier hieß sie.«

»Da hat neulich schon mal jemand angerufen, kann das sein?«

»Das war Sergeant Conrey.«

»Es ging um Walter Heimann, nicht wahr? Habt ihr ihn im Verdacht?«

»Nicht direkt, nein. Er ist außerdem tot. Ein Unfall, sagt unser Medizinmann.«

»Also kein Selbstmord und kein Schuldeingeständnis.«

»Hinterlassen hat er uns jedenfalls nichts, keinen Brief oder so. Und wie gesagt, es war ja ein Unfall. Nein, es sieht im Moment eher so aus, dass Geneviève von einer Freundin getötet wurde. Das ist jedenfalls unsere eindeutigste Spur.«

»Und warum bist du dann hier? Ich darf doch du sagen? Ich heiße Vera.«

»Ohayon.«

»Das ist doch kein Vorname!«

»So heiße ich trotzdem.«

»Interessant.«

»Du willst wissen, warum ich hier bin?« Ohayon lächelt sie fein an. Er nimmt sich Zeit dafür. Vera findet das genauso bemerkenswert wie die Tatsache, dass ihr Besucher offenbar ohne Vornamen auskommt. Sie überlegt, wie sie es fände, einfach nur ›Büttner!‹ gerufen zu werden.

»Ich bin hier, weil ich nicht glaube, dass ihre Freundin sie getötet hat. Ich vermute, dass da doch eine Verbindung ist. Zwischen Heimann und der Person, die wir suchen.«

»Welche?«

»Ich glaube, dass Walter Heimann den Mörder gekannt hat. Aber er wusste nicht, dass er ihn kennt. Oder?«

»Das musst du wissen, nicht ich.«

»Auf Heimann wurde ein Anschlag verübt. Man hat sein Haus angezündet. Im Bereich der Tür. Mein Chef glaubt, das war ein Ablenkungsmanöver, aber ich …«

»Mordversuch.«

»So seh ich das. Also, meine Frage: Ist in eurem Fall mal der Name Kristina Stühler aufgetaucht? Oder Silvia Stühler, oder … Moment, ich muss nachgucken … Ah ja! Frank Stühler, das ist Kristinas Vater.«

»Und Kristina ist eure Hauptverdächtige.«

»Wie gesagt …«

Vera überlegt eine Weile. »Muss ich im Computer nachgucken.«

»Gut, dann hab ich noch drei Namen, da kannst du auch gleich nachsehen. Philippe Nimier, Thomas Baffour und Max Steiner. Die sind zwar, soweit wir wissen, Schüler in Fleurville … Aber trotzdem.«

»Aha.«

»Außerdem überprüf doch bitte Pierre Agneau. Das ist ein Lehrer.«

»Was ist mit dem?«

»Nichts. Außer, dass er uns sehr eindeutige Hinweise darauf geliefert hat, dass eine seiner Schülerinnen zur Gewalt neigt. Oder zumindest solche Fantasien hat.«

»Du meinst, du magst ihn nicht.«

»Genau das wollte ich sagen.«

Vera geht nach nebenan, Ohayon wartet. Nach zehn Minuten kommt Vera zurück.

»Keiner dieser Namen ist bei unseren Ermittlungen aufgetaucht. Aber … Frau Stühler. Die hat vor ein paar Jahren mal Selbstanzeige erstattet und behauptet, sie hätte eine Frau angegriffen. War aber nichts dran.«

»Sonderbar.«

»So was gibt's. Dass Leute sich selbst belasten. Manchmal steckt ein seelischer Defekt dahinter, manchmal ist es einfach nur Langeweile oder Einsamkeit.«

»Hm … Und Heimann? Was war damals dein Eindruck?«

»Hat Kommissar Reimers dir nichts gesagt?«

»Ich hatte den Eindruck, er hielt ihn für schuldig. Wenigstens wegen dem Mädchen, das er angefasst haben soll.«

»Ina. So hieß die. Ina Lorenz. Ja, Reimers war damals davon überzeugt, dass Heimann die Kleine angefasst hat. Wir haben das natürlich auch mit dem Mordfall Isabel in Verbindung gebracht, und Heimann hatte kein Alibi. Kommissar Reimers hat während der Ermittlungen einen kleinen Schlaganfall gehabt. Er war früher anders, als du ihn heute erlebt hast. Er war überzeugt, dass Heimann es war. Aber der DNA-Test war negativ.«

»Reimers behauptet, Heimann hätte da getrickst.«

»Wie denn das? Ich hab ihm das Stäbchen gegeben, er hat es sich in den Mund gesteckt und … Ich stand direkt vor ihm. Nein. Das redet Reimers sich ein. Wie gesagt, er sitzt hier nur noch seine Zeit bis zur Pensionierung ab. War früher mal gut. Aber Walter Heimann …? Wir konnten nicht mal ermitteln, wie weit sein Interesse bei den Mädchen überhaupt ging. Vielleicht reichte es ihm, so ein Mädchen ein wenig an sich zu drücken. Ich habe mich damit getröstet, dass er ungefährlich ist und es auch bleibt. Aber er ist nicht euer Mann.«

»Warum nicht?«

»Ich habe auch so meine Tricks. Ich habe mich zwei Mal mit ihm getroffen. In der Öffentlichkeit. Heimann hat sich eindeutig für kleine Mädchen interessiert. Er konnte gar nicht anders, als kurz zu ihnen rüberzusehen. Aber ich habe kein einziges Mal erlebt, dass er Interesse an einer Vierzehnjährigen oder einer noch Älteren gezeigt hat. Das war nicht seine Altersgruppe. Ich habe seit zwanzig Jahren mit solchen Verbrechen zu tun und sage dir: Heimann stand nicht auf Fünfzehnjährige.«

»Bleibt immer noch die Frage, wer sein Haus angezündet hat.«

»Wenn es vorher in der Zeitung stand …«

»Ja, dann war es vielleicht doch ein besorgter Bürger.«

Siebter Tag – Freitag

Freitagmorgen sind die juristischen Fragen geklärt. Kristina und ihre Mutter erscheinen auf dem Kommissariat. Silvia Stühler bringt wieder ihren Anwalt mit. Der geht zusammen mit seiner Mandantin in Roland Colberts Büro. Der Kommissar bittet Conrey dazu.

»Sie möchten, dass Ihr Anwalt dabei ist?«

»Ja.«

»Und Ihre Tochter?«

Der Anwalt schaltet sich ein. »Wir hoffen, dass wir sie so weit wie möglich aus allem heraushalten können.«

»Es geht aber um Kristina, nicht um Frau Stühler.«

»Das werden wir ja sehen.«

»Na gut, wenn Sie unbedingt eine Aussage machen möchten. Würden Sie mir bitte Ihren Namen sagen?«

»Ich heiße Silvia Stühler.«

»Wo wohnen Sie, Frau Stühler?«

»Hagebuttenweg 19. In Benningstedt.«

»Seit wann leben Sie dort?«

»Seit März 2005.«

»Wo haben Sie vorher gelebt?«

»In Fleurville.«

»Zusammen mit Ihrem Mann, Frank Stühler. Richtig?«

»Richtig.«

»Erinnern Sie sich an die Nacht vom Freitag auf Samstag letzter Woche?«

»Ja.«

»War Ihre Tochter Kristina in dieser Nacht zu Hause?«

»Sie war am Donnerstag und Freitag bei meinem Mann.«

»Hier in Fleurville?«

»Ja. Sie kam dann in der Nacht auf Samstag zu mir. Wir hatten das so abgemacht.«

»Wann kam sie?«

»Das weiß ich nicht mehr genau. Irgendwann um zwei Uhr morgens.«

»Sie waren noch wach?«

»Ja.«

»Sie sind berufstätig?«

»Ja.«

»Sind Sie immer so lange wach?«

»Es war Wochenende. Ich bin etwas ängstlich, was Kristina angeht. Sie ist erst sechzehn. Wir haben die Vereinbarung, dass sie nicht später als zwei Uhr nach Hause kommt, und so lange bleibe ich wach.«

»Verstehe. Und … als Kristina dann nach Hause kam … irgendwann gegen zwei Uhr … Sie erinnern sich ja nicht mehr so genau …«

Der Anwalt von Silvia Stühler mischt sich ein. »Das klingt, als würden Sie meiner Mandantin nicht glauben. Warum ziehen Sie ihre Aussage in Zweifel?«

»Ich ziehe ihre Aussage nicht in Zweifel. Ich wundere mich nur etwas.«

»Was wundert Sie?«

»Frau Stühler sagt einerseits, dass sie etwas ängstlich ist und auf die Rückkehr ihrer Tochter gewartet hat, andererseits erinnert sie sich nicht, wann sie gekommen ist.«

»Was ist daran ungewöhnlich?«

»Ich habe auch eine Tochter. Sie darf bis zwei Uhr wegbleiben. Wenn wir auf sie warten, sehen wir öfter mal auf die Uhr.«

»Meine Mandantin hat nicht auf die Uhr gesehen.«

»Nein, offenbar nicht. Als Kristina dann zurückkam, ist Ihnen da irgendwas an ihr aufgefallen, Frau Stühler?«

»Was?«

»War sie aufgeregt? Erschöpft?«

»Nein.«

»War ihre Kleidung verschmutzt oder zerrissen?«

»Nein.«

»Sie war so wie immer.«

»Ja, sie war so wie immer.«

»Hat sie gesagt, was sie an dem Abend gemacht hat?«

»Sie war im *Chaise Longue*, in Fleurville.«

»Allein?«

»Sie war mit einer Freundin dort.«

»Mit Geneviève?«

»Das ist möglich, die beiden kennen sich.«

»Wir haben verschiedene Jugendliche befragt, die regelmäßig ins *Chaise Longue* gehen. Keiner von ihnen kannte Kristina. Woran kann das liegen?«

»Sie geht nicht oft in die Disco.«

»Meinen Sie damit, Kristina geht nur manchmal dorthin?«

»Das weiß ich nicht.«

»Wenn sie manchmal dorthin gegangen wäre, hätte sie der eine oder andere doch sicher auf dem Foto erkannt, das Sergeant Conrey dort herumgezeigt hat.«

Wieder mischt sich der Anwalt ein. »Können Sie bitte klar sagen, worauf Sie hinauswollen?«

»Nach Stand unserer Ermittlungen war Kristina noch nie im *Chaise Longue*. Niemand dort kannte sie. Kein Einziger.«

»Was für Schlüsse ziehen Sie daraus?«

»Dass sie am Freitagabend zum ersten Mal dort war.«

»Und das macht Sie in Ihren Augen verdächtig, Monsieur Colbert?«

»Das macht sie nicht verdächtig. Es wundert mich nur, dass sie zu Hause nichts davon erzählt hat. So was ist ja ein besonderes Ereignis.«

»Monsieur Colbert. Da Sie vorhin erwähnten, dass Sie eine Tochter in Kristinas Alter haben, dürfte Ihnen bekannt sein, dass Jugendliche in diesem Alter verschiedene Phasen durchlaufen und sehr unterschiedlich sind. Die einen erzählen so etwas vielleicht, andere tun es nicht. Worauf stützen Sie eigentlich Ihren Verdacht, dass Kristina nicht zwischen ein und zwei Uhr nach Hause kam?«

»Wir haben eine Augenzeugin, die Geneviève um halb drei zusammen mit einem Mädchen in der Nähe des Tatorts gesehen hat.«

»Hat die Augenzeugin Kristina identifizieren können?«

»Kristina hat sich ja bis jetzt nicht bei uns gemeldet. Seit einer meiner Sergeanten sie am Tag nach der Tat vernommen hat, hat sie sich weder bei uns gemeldet noch hat sie ergänzende Aussagen gemacht. Meinem Sergeanten hat sie gesagt, sie sei nicht mit in die Discothek gefahren. Offenbar war sie aber doch da. Wir haben inzwischen die Aussagen von zwei weiteren Zeugen. Zwei junge Männer haben erklärt, dass sie mit Geneviève und einer Freundin von Geneviève zum Feensee gefahren sind. Einer der beiden hat Kristina auf dem Foto identifiziert. Die Jugendlichen sind um Viertel nach eins beim *Chaise Longue* aufgebrochen. Das heißt, sie waren so gegen halb zwei beim Feensee. Dort kam es zu Streitigkeiten. Das hat sicher zehn Minuten gedauert. Die Mädchen sind dann in den Wald gelaufen. Für den Weg zur Lichtung haben sie, selbst bei guter Ortskenntnis, mindestens dreißig Minuten gebraucht. Sie waren also frühestens um Viertel nach zwei dort oben. Selbst wenn Kristina gleich weitergelaufen ist, wogegen spricht, dass sie dort oben vermutlich gesehen wurde, wie sie sich beim Schuppen aufhielt, selbst dann kann sie frühestens um kurz nach drei zu Hause gewesen sein. Frau Stühler hat ausgesagt, dass Kristina gegen zwei zu Hause war. Da ergibt sich eine Differenz von über einer Stunde. Das ist eine große Differenz.«

»Ich habe nicht auf die Uhr gesehen! Vielleicht war es drei! Vielleicht war es halb vier!«

»Kristina war in einen heftigen Streit mit den Jungen verwickelt. Es ist zu Handgreiflichkeiten gekommen. Dann läuft sie in großer Angst zusammen mit ihrer Freundin in den Wald, läuft bei günstigster Rechnung anderthalb Stunden, ehe sie zu Hause ist. Und das bei minus sechs Grad. Sie muss kurz vor dem Zusammenbruch gewesen sein, als sie ankam! Sie haben ausgesagt … Conrey, was hat Frau Stühler gesagt?«

Conrey blättert in seinem Notizbuch.

»Ähm … Sie hat gesagt: ›Sie war so wie immer.‹«

»Was Sie mir hier auftischen, stimmt von vorne bis hinten nicht. Und das, ohne dass wir Ihre Angaben überhaupt mit unseren übrigen Recherchen abgeglichen haben. Wollen Sie bei Ihrer Aussage bleiben?«

»Ich habe von Anfang an gesagt, dass ich nicht auf die Uhr gesehen habe. Kristina kam nach Hause, hat mir vom Flur aus kurz Gute Nacht gesagt und ist dann auf ihr Zimmer gegangen. Ich konnte nicht sehen, ob sie erschöpft war.«

»Vom Flur aus, wie darf ich mir das vorstellen?«

»Sie hat kurz ins Zimmer geguckt und Gute Nacht gesagt.«

»Trotzdem konnten Sie feststellen, dass ihre Kleidung in Ordnung war.«

»Ja, das konnte ich feststellen.«

* * *

Nachdem Silvia Stühler und ihr Anwalt gegangen sind, berät sich der Kommissar kurz mit Conrey.

»Dein Eindruck?«

»Da stimmt nichts. Die Zeiten, Kristinas Zustand, nichts.«

»Würde ich auch sagen, nur ... Warum ist die überhaupt hier erschienen?«

»Wir haben sie gesucht.«

»Das meinte ich nicht. Ich meinte ... die Art, wie sie sich in den Vordergrund gespielt hat.«

»Wie?«

»Als ob es um sie ginge!«

»Sie will ihre Tochter beschützen, das ist doch ganz normal.«

»Sie hat ihrer Tochter doch echt einen Bärendienst erwiesen. Warum hat sie diese bescheuerte Aussage gemacht?«

»Was willst du damit sagen? Dass sie es war?«

»Nein, aber warum? Warum hat ihr Anwalt sie nicht davon abgehalten?«

»Du weißt doch, wie manche von denen sind. Die machen aus einer Mücke einen Elefanten. Wegen Geld.«

»Da kann einem Kristina fast leid tun.«

»Sprich erst mal mit ihr. Dann siehst du ja, wie sie drauf ist und alles.«

* * *

Bei der Vernehmung von Kristina darf der Anwalt von Silvia Stühler nicht dabei sein. Und das ist nicht Roland Colberts Entscheidung. Kristina selbst will nicht, dass der Anwalt dabei ist.

»Hallo, Kristina, setz dich bitte.«

Kristina wirkt eingeschüchtert. Roland Colbert fühlt sich sofort unwohl.

»Warum wolltest du nicht, dass der Anwalt dabei ist?«

»Weil der alles so dreht, dass ich lügen muss. Ich will aber nicht lügen.«

Roland Colbert sieht Kristina an. Sie ist tatsächlich unscheinbar.

Max hatte das zweite Mädchen, das angeblich mit im Auto saß, als unscheinbar beschrieben. Er hatte sogar behauptet, dass er sich bei der ersten Vernehmung nicht mehr an dieses zweite Mädchen erinnerte. Auch von den Zeugen in der Discothek, die dabei waren, als Philippe, Thomas, Max und Geneviève in den goldenen Admiral einstiegen, hatte nur eine junge Frau davon gesprochen, dass noch jemand mit im Auto war. An Geneviève hatten sich alle erinnert. Die Schöne und die Unsichtbare. Vielleicht gab es so was ja tatsächlich. Unsichtbare Frauen.

Roland Colbert überlegt, woran das liegt. Die Antwort ist einfach. Kristina ist wirklich grau angezogen. Grünlich und grau. »Die graue Maus« hatte Max sie genannt, weil er ihren Namen nicht kannte. Hässlich ist sie nicht … weder hässlich noch schön. Aber sie ist mutig und kann sich durchsetzen. Als es vorhin darum ging, ob ihr Anwalt beim Verhör dabei ist oder nicht, hatte sie keinen Millimeter nachgegeben.

»Also gut, Kristina. Fangen wir an. Ich werde hin und wieder was aufschreiben. Lass dich davon nicht nervös machen.«

»Okay.«

»Gut. Erzähl mir doch bitte, was an dem Abend passiert ist. Warst du mit Geneviève verabredet …?«

»Ich will erst was anderes sagen.«

»Und was?«

»Ich bin schuld, dass Geneviève tot ist. Und ich habe gelogen. Aber nur einmal. Als ihr Sergeant mich das erste Mal gefragt hat, da wusste ich noch nicht, dass Geneviève tot ist. Aber als er das zweite Mal kam, da habe ich gelogen, da wusste ich, dass ich sie getötet habe. Da habe ich gesagt, dass ich nicht mit im

Chaise Longue war. Aber das stimmt nicht. Ich bin Geneviève hinterhergefahren.«

Roland Colbert wundert sich. Dieses Schuldeingeständnis kommt ihm ein bisschen zu schnell. Warum macht sie das? »Und warum bist du schuld an ihrem Tod?«

»Weil ich sie festgehalten habe, als wir am Schuppen waren. Sie hat sich losgerissen und ist gegen einen Holzpfeiler gefallen. Ja, und dann ist was Großes runtergefallen. Von oben. Und auf ihren Kopf.«

»Das wäre dann ein Unfall.«

»An dem ich schuld bin.«

»Als du ihr ins *Chaise Longue* nachgefahren bist. Wie bist du ihr hinterhergefahren? Mit dem Bus?«

»Wie meinen Sie das?«

»So wie ich es sage. Ich will wissen, wie du ihr nachgefahren bist.«

»Das ist doch egal! Ich hab schon gesagt, dass ich schuld bin und wie es passiert ist!«

»Ich will trotzdem wissen, wie du ihr nachgefahren bist.«

»Warum?«

»Weil dein Geständnis mir ein bisschen schnell kommt, und weil mir alles ein bisschen zu ungenau vorkommt, deshalb.«

»Also gut! Ich bin ihr mit meinem Mofa nachgefahren. Der Bus fährt nachts nicht so oft.«

»Wann bist du im *Chaise Longue* angekommen?«

»Kurz vor zwölf. Geneviève hat mich erst kaum beachtet. Dann kam sie irgendwann zu mir und meinte, dass ein paar Jungen an den Feensee fahren wollten. Ich hatte keine Lust, aber sie hat gedrängelt und gesagt, dass sie Angst hat alleine. Also bin ich doch mitgefahren.«

»Du hattest aber eigentlich keine Lust. Warum?«

»Weil mir das zu primitiv ist. Als sie dann mit den Jungs

ankam, sah ich, dass Philippe dabei ist. Mit dem wäre ich nie gefahren.«

»Weißt du, dass Philippe auch tot ist?«

Kristina nickt. Fragt dann: »Woran ist er gestorben?«

»Philippe ist erfroren.«

Kristina nickt wieder.

»Ihr seid also losgefahren.«

»Ja, zum Parkplatz am Feensee.«

»Was ist auf dem Parkplatz passiert?«

»Philippe wollte was von Geneviève und hat ›ficki ficki‹ gesagt.«

»Du hattest Angst vor Philippe.«

»Weil einer ›ficki ficki‹ sagt? Nein. Aber dann ist Geneviève weggelaufen, und ich bin hinter ihr her.«

»Ist euch jemand gefolgt?«

»Wer?«

»Philippe zum Beispiel.«

»Kann sein. Die Jungs waren total fertig. Ich bin um den See rum, hab immer gerufen, dass Geneviève stehen bleiben soll, aber vielleicht war ich zu leise … ich wollte nicht so laut rufen, weil es irgendwie unheimlich war, am See.«

»Nicht wegen Philippe?«

»Nein, an den dachte ich da gar nicht mehr. Auf der anderen Seite vom See bin ich in den Wald rein. Ich hätte Geneviève fast verloren, hab sie dann aber am Rand von einer Lichtung erwischt. Sie war extrem gut drauf und hat über Farben geredet und über Bilder. Dann war uns kalt, und Geneviève wollte zum Schuppen. Sie fand das alles irgendwie toll. Mir war auch kalt, aber Geneviève muss ja noch mehr gefroren haben, weil sie einen kurzen Rock anhatte, ich hatte eine dicke Hose an und Wollstrümpfe und gute Schuhe.«

»Das ist ungewöhnlich, wenn man in die Disco geht, oder?«

»Das war Absicht. Ich wollte niemandem gefallen. Dann haben wir Philippe gehört. Er rief Genevièves Namen und immer ›ficki ficki‹. Ich hatte Angst und wollte zum Haus, aber da war kein Licht, und Geneviève wollte unbedingt zum Schuppen. Also sind wir da hin. Wir wussten gar nicht, was wir tun sollten.«

»Warum habt ihr nicht bei Madame Darlan angeklopft?«

»Weil Geneviève das nicht wollte, hab ich doch gerade gesagt. Außerdem haben wir jemanden im Wald gehört, und am Schuppen konnten wir uns verstecken.«

»Wen habt ihr gehört? Einen von den Jungen?«

»Da war noch jemand. Das hat Geneviève auch gesagt, dass sie einen gesehen hat, etwas weiter oben an der Lichtung. Noch bevor ich kam.«

Roland Colbert kann das meiste von dem, was Kristina sagt, nicht überprüfen. Dass da noch jemand gewesen sein soll, kann ein wichtiger Hinweis sein, aber auch ein Ablenkungsmanöver. Nur, wovon soll sie ablenken wollen, wenn sie die Tat doch bereits gestanden hat. Roland Colbert ärgert sich, dass kein Tonband mitläuft. Das muss nicht sein, aber hier werden sehr überraschende Aussagen gemacht. Wäre gut, wenn sich Grenier später die Bänder anhören würde. Warum Grenier? Weil sie eine Frau ist? Nein, Ohayon kann das besser …! Der Kommissar unterbricht seine Gedanken. Sie sind sinnlos. Es läuft ja kein Band. Er möchte die Befragung jetzt auch nicht unterbrechen. Er schreibt also Kristinas Aussage stichwortartig mit. *Erwähnt eine Person an der Lichtung* … Roland Colbert hört auf, über das nicht vorhandene Tonband nachzudenken. Er muss sich jetzt konzentrieren.

»Wie ist das möglich, dass da noch jemand an der Lichtung war? Wenn Philippe doch erst nach dir vom Parkplatz losgelaufen sein kann?«

»Weiß ich nicht. Vielleicht hat sie sich ja auch geirrt.«

»Was hat sie gesagt? Versuch dich zu erinnern!«

»Geneviève sagte, dass sie was gesehen hat. Weiter oben an der Lichtung. Bevor ich kam.«

Der Kommissar korrigiert seine Aufzeichnungen. Er schreibt den letzten Satz von Kristinas Aussage wörtlich auf.

* * *

Ohayon hat ein ganz schlechtes Gefühl. Irgendwie hat das Team aufgehört zu existieren. Warum vernimmt er Kristina allein? Er will mit Conrey darüber sprechen, aber der lässt ihn abblitzen.

»Tut mir leid, Ohayon, aber ich hab zu tun.«

Conrey ist eingebunden. Er fährt jetzt zusammen mit Resnais die Strecke zum Parkplatz, vollzieht Wege nach. Alles mit der Stoppuhr. Offenbar spielen auf einmal die Zeiten eine wichtige Rolle. Keiner sagt Ohayon, warum.

Ohayon geht zu Grenier. Die berichtet ihm von dem Benzinkanister, den sie und Albert Munier gefunden haben, erklärt, dass an einem Klettband Fasern waren und Reste einer oder mehrerer Pflanzen. Das genaue Ergebnis liegt noch nicht vor.

Selbst Resnais ist unter Spannung, auch wenn er die meiste Zeit in der Telefonzentrale sitzt. Zwischen ihm und Conrey gibt es neuerdings eine noch nicht ganz zu erklärende Verbindung. Es kommt Ohayon so vor, als würde Conrey den Neuling Resnais zu seinem Zuarbeiter oder Nachfolger heranziehen. Immer wieder setzt er ihn für kleine Dienste ein, wofür Resnais natürlich dankbar ist.

Nachdem ihm Grenier berichtet hat, wie gut die Zusammenarbeit mit Albert Munier war, verlässt Ohayon ihr Büro.

Conrey und Resnais. Grenier und Albert. Und im Zentrum natürlich der Kommissar, der Kristina immer weiter verhört.

Ohayon verlässt das Kommissariat und fährt durch die Stadt. Beim Fahren kommen einem ja manchmal Ideen.

Er hat kein Glück. Als ob sich mein Verstand weigert! Ohayon parkt den Wagen und geht in sein Bistro. Wenn sie ihn nicht brauchen, kann er das ja ruhig tun. Der Wirt fragt ihn, ob sie inzwischen wissen, wer der dicke Mann war, und Ohayon erklärt, dass der Dicke nichts mit dem Fall zu tun hat. Als er gerade bestellen will, klingelt sein Handy. Es ist Grenier.

»Unsere Spezialisten haben festgestellt, dass es sich bei den Pflanzenteilen, die Albert und ich am Kanister gefunden haben, um die Blütenstände von zwei Orchideen handelt. Eine davon wird nur sehr selten im Handel angeboten.«

Grenier fragt Ohayon, ob ihm irgendwo Orchideen aufgefallen sind. Ihm sind keine Orchideen aufgefallen. Er blickt den Wirt an, der immer noch darauf wartet, dass Ohayon bestellt.

»Orchideen! Ob mir Orchideen aufgefallen sind!«

Der Wirt versteht nicht, warum Ohayon das sagt. Er nickt trotzdem verständnisvoll. Und das immerhin tut Ohayon gut.

Dann fasst Ohayon einen Entschluss. Ich werde frieren! Doch die Gewissheit, dass er frieren wird, hält ihn nicht ab. Im Gegenteil. Sergeant Ohayon weiß, dass es an der Zeit ist aufzuwachen. Dafür ist eine Fahrt nötig. Und ein langer Weg durch die Kälte.

* * *

Es gibt Dinge, die sind überhaupt nicht wichtig, es gibt Dinge, die sind ein bisschen wichtig, und es gibt Dinge, die sind essenziell. Die Wahrheit zum Beispiel. Der Friseur. Wobei beide in direktem Zusammenhang stehen.

Der Friseur, den Sina und Juliet ausgesucht haben, hat seinen Laden in der Einkaufszone, und von außen sieht er erst mal nicht besonders aus. Jedenfalls nicht für die Menschen, die einfach daran vorbeigehen. Für Sina sieht er ziemlich besonders aus. Beängstigend, um genau zu sein. Sie bleibt vor dem Schaufenster stehen und guckt sich die Fotos mit den Frisuren an.

»Macht der nur so bescheuerte Frisuren wie die hier auf den Fotos?«

»Die Frisuren auf den Fotos hat nicht er gemacht, sondern die Firmen, die Haarsprays und so was herstellen, ich glaube, das weißt du auch.«

»Aber wenn er so was in sein Schaufenster hängt, dann heißt das ja wohl, dass er auf diesen Scheiß steht, oder?«

Juliet bleibt geduldig. Seit sie sich beruflich gefestigt fühlt, lässt sie sich von Sina nicht mehr so schnell aus der Ruhe bringen. Und seit sie Sina mit etwas offeneren Augen betrachtet, sind ihr einige Dinge aufgegangen. Das betrifft vor allem die plötzlichen Stimmungsumschwünge ihrer Stieftochter. Irgendwie hatte sie das natürlich längst geahnt, aber jetzt ist ihr endgültig klar, dass dahinter zunächst einmal nichts anderes steckt als Unsicherheit. Ja, und irgendwann betreten sie dann den Salon.

Sina ist in Alarmbereitschaft.

Ein unattraktiver, ziemlich schleimiger Mann … das sieht Sina sofort … kommt auf sie zu, grinst blöd, redet aber mit Juliet. Sina wird gezwungen, sich auf einen Stuhl zu setzen. Da sie nur erklärt, was sie nicht will, instruiert Juliet den Mann, gibt ihm auch das Foto, das sie und Sina aus einer Modezeitschrift ausgeschnitten haben. Der Friseur findet das Foto großartig und schlägt vor, erst mal die Haare zu waschen.

Juliet beobachtet das alles und fragt sich, warum es oft so schwierig ist, Sina zu verstehen. Lügt sie mich an? Sind das Notlügen? Wem sollen sie nützen? Nach einer Weile meint sie herausgefunden zu haben, dass Sinas Hang, die Unwahrheit zu sagen, doch schon ziemlich Methode hat. Ich mag es nicht, belogen zu werden! Ein Gedanke, den Juliet gleich zu einer kleinen Szene ausbaut. Sie stellt sich ein Verhörzimmer vor. Auf der einen Seite sie selbst, auf der anderen Seite Sina.

Der Gedanke verschwindet. Juliet hat einen spontanen Entschluss gefasst und setzt ihn sofort in die Tat um.

* * *

»Uns war total kalt. Also haben wir uns gegenseitig gewärmt. Und dann … Auf einmal war Streit. Geneviève wollte zurück zu den Jungs, und ich wollte aber nicht … Weil ich Angst hatte. Ich habe sie festgehalten, aber Geneviève hat sich von mir weggerissen und ist gegen einen … gegen so einen Holzpfeiler geknallt … Ja, und dann ist was Großes runtergefallen. Von oben. Und auf ihren Kopf.«

»Was war das?«

»Weiß ich nicht. Sie hat ›Au!‹ geschrien und ist dann weggelaufen. Richtung Wald. Ich hab ihr noch nachgerufen, dass wir besser zu mir gehen, aber sie ist weitergelaufen. Dann hörte ich wieder den im Wald.«

»Philippe?«

»Vielleicht. Er rief um Hilfe und ich dachte …«

»Wie weit war er weg?«

»Weiß ich nicht, ich dachte, das wäre ein Trick. Jetzt, wo Sie sagen, dass er erfroren ist … Aber ich dachte, das ist ein Trick, und hatte Angst. Also bin ich in die andere Richtung gelaufen. Nach Hause.«

»Den ganzen Weg? Durch den Schnee?«

»Erst war mir kalt, aber als ich anfing zu rennen, ging's.« Sie sieht ihn an. Dann stellt sie eine merkwürdige Frage. »Sie glauben mir doch, oder?«

Er antwortet sofort. »Ja, Kristina, ich glaube dir.«

Kristina schweigt, und auch Roland Colbert muss die Aussage

erst mal verarbeiten. Er hat natürlich nicht damit gerechnet, den Fall so schnell abschließen zu können. Aber es ist nicht nur das. Es ist etwas zurückgekommen. Dieses solidarische Gefühl, das von Anfang an bewirkt hat, dass er auf ihrer Seite steht. Vor ihm sitzt eine junge Frau, die mutig und ehrlich ist. Ohayon hat sie belogen. Weil sie Angst hatte. Jetzt hat sie ihre Entscheidung getroffen und die Wahrheit gesagt. Was für ein Glück! Hätte sie auf ihre Mutter gehört und die Sache dem Anwalt überlassen, dann hätte der eine große Sache daraus gemacht. Am Ende wäre sie wahrscheinlich der Falschaussage überführt worden.

Roland Colbert denkt an seine Tochter. Die lügt auch manchmal. Offenbar gehört das in dem Alter dazu. Schluss damit! Das darf ihm nicht passieren! Kristina ist nicht Sina. Nur weil sie auch ein Mädchen und im gleichen Alter ist!

Er ist durcheinander. Da ist einerseits ein starker Beschützerinstinkt, andererseits die Vernunft des Kriminalisten.

Zwanzig Sekunden sind vergangen, in denen er nichts gesagt hat. Kristina reagiert merkwürdig auf diese Pause. Sie wird laut.

»Warum sagen Sie nichts? Meinen Sie, ich lüge? Ich hab alles gesagt. Genau so ist es passiert. Ich bin schuld, dass Geneviève das passiert ist. Ich habe sie getötet!«

Warum ist sie so aufgeregt? Die gefühlsmäßige Wendung ist scharf. Trotzdem reagiert Roland Colberts Körper nicht. Keine Miene, kein Zucken. Aber der Gedanke ist absolut klar. Du hast Angst. Du verbirgst etwas.

Er verstellt sich. Er ist misstrauisch. Sechzehnjährige Mädchen! Oh nein, die sollte man nicht unterschätzen! Er ist verletzt. Sie hat ihn betrogen. Vielleicht nicht mal absichtlich. Es ist nur ein Instinkt, der ihm das alles einflüstert. Weil sie eben so heftig auf sein Schweigen reagiert hat. Du schützt irgendjemanden!

Er entspannt sein Gesicht, lächelt sogar ganz unschuldig.

»Das hat nichts zu bedeuten, Kristina. Mein Schweigen. Ich

musste das nur erst mal verdauen. Deine Aussage. Wir dachten nämlich die ganze Zeit, dass es die Tat eines Mannes war. Zum Beispiel Philippe.«

»Nein, ich war es! Ich habe sie getötet. Wir haben uns gestritten, sie hat sich von mir losgemacht und ist gegen einen Pfeiler gefallen. Und dann ist etwas runtergekommen. Etwas Großes. Auf ihren Kopf.«

»Ja, das habe ich verstanden. Bist du müde?«

»Ja, und … ich glaube auch, dass ich vielleicht weinen muss. Weil Geneviève … weil sie ja meine beste Freundin war.«

»Dann hören wir jetzt auf. Wir müssen aber morgen noch einmal reden. Es geht nur noch um Details. Ist das okay?«

»Ja.«

»Einer unserer Sergeanten wird dich nach Hause fahren.«

* * *

Nachdem Kristina gegangen ist, kommt Resnais mit einer guten Nachricht. Roland Colberts Wagen ist repariert und steht auf dem Hof.

»Danke, Resnais. Sind die anderen schon weg?«

»Ja. Conrey und ich sind heute noch mal die Strecke abgefahren. Zusammen mit dem, was Conrey von den Zeugen im *Chaise Longue* erfahren hat, sind wir jetzt ziemlich sicher, dass Geneviève und Kristina zwischen zwei und viertel nach zwei oben an der Lichtung waren.«

»Gut gemacht, Resnais.«

»Danke. Komme ganz gut klar mit Conrey. Ich meine, der nimmt es echt ziemlich genau mit allem.«

»Das tut er. Hast du jetzt wieder Telefondienst?«

»Ja. Die anderen sind alle schon weg. Sogar Grenier. Ich glaube, bei der läuft was.«

»Mit einem Mann?«

»Ich denke schon. Oder meinst du, sie ist …«

»Nein, nein. Ist Ohayon aufgetaucht?«

»Nein, aber er hat angerufen. War in Saarbrücken, wegen der Verbindung zu Heimann. Ist nicht viel bei rausgekommen. Aber ich war ja auch heute nicht so viel hier wie sonst.«

»Wieso fährt er demonstrativ nach Saarbrücken, wenn im Moment alles eindeutig in eine ganz andere Richtung weist?«

»Bei Ohayon weiß man doch nie genau, was er denkt oder was er gerade tut.«

»Ja, das ist so seine Art.«

»Conrey findet ja, dass er einfach nur faul ist. Und auch nicht besonders … Ist ja auch egal.«

»Er findet, dass er dumm ist.«

»Glaube ja.«

»Und du?«

»Wenn ich ehrlich bin … Ich glaube nicht, dass Ohayon der Hellste ist.«

»Dann sage ich dir jetzt was, Resnais.«

»Ja?«

»Ihr liegt falsch.«

* * *

Schnee weiß. Bäume schwarz. Ein Wald. Es wird schon dunkel.

Kalt, aber das wusste er ja vorher.

Uns ist irgendwo ein Fehler passiert!

Sergeant Ohayon ist allein. Er hat diesmal unten am See geparkt. Nimmt den langen Weg. Hoch zur Lichtung. Da muss er hin. Er wusste es schon länger.

Aufwachen. Sergeant Ohayon denkt an den Kommissar. Mit Bewunderung. Weil Roland so gut funktioniert.

Sergeant Ohayon umrundet den See und geht anschließend durch den Wald hoch zur Lichtung, dorthin, wo Geneviève lag.

Ohayon hätte nicht sagen können, warum er den umständlichen Weg genommen hat und nicht von der deutschen Seite her zur Lichtung gefahren ist. Aber etwas anderes weiß er dafür umso bestimmter: Höchste Zeit, dass ich das mache.

* * *

Wunder sind etwas Alltägliches. Natürlich: Der Schatz im Silbersee, Ali Babas Höhle mit ihren funkelnden Goldbergen, das große Los bei der staatlichen Ziehung … Diese Art Wunder widerfahren den Wenigsten. Auch das Edelste wird uns nur selten zuteil: plötzliche, beruhigende Einsicht in die inneren Zusammenhänge. Das Gefühl ewig währender Sättigung auf Grundlage allumfassender Erkenntnis. Die Aussöhnung des Ichs mit der Welt. Selten. Ganz selten geschieht dies. Schon gar nicht auf dem Weg zum Kiosk, vor dem Fernseher oder beim Abwischen einer beschlagenen Autoscheibe.

Und doch. Was die Autoscheibe angeht. Wunder überall. Und manchmal ohne eigenes Zutun.

Roland Colbert zum Beispiel wird zwei Kilometer hinter der Stadtgrenze von Fleurville beschenkt. Offene Felder links und rechts der Straße. Weiß mit einem gleichmäßigen Raster schwarzer Punkte. Die Erdschollen durchbrechen bereits die Schneedecke. Und da liegt kein Schnee mehr auf den Ästen. Sie reihen sich auf, entlang der Feldwege, und zum ersten Mal … das liegt teilweise am Kontrast, teilweise an seiner gesteigerten Aufmerksamkeit … heute jedenfalls fällt dem Kommissar auf, dass alle Bäume eine Ausrichtung haben. Liegt am Wind … Ein gutes Gefühl, wenn man die Welt versteht. An der Frontscheibe ein milchiges Dreieck. Wo der Strahl des Lüfters nicht gleich hinkommt! Wieder eine Erklärung, die absolut stimmig ist. Dann eine kleine Verrücktheit! Roland Colbert weiß natürlich, dass man an Windschutzscheiben nicht rumwischen soll. Das gibt Streifen. Außerdem: Noch zwei Minuten, und der Dunst ist weg. Die Lüftung wird schon warm.

Und trotzdem!

Roland Colbert greift in die Seitenablage, findet, was dort sein soll, holt das antistatische Tuch raus, das sich sofort optimal entfaltet, optimal in der Hand liegt, und wischt. Zwei Mal nur. Der milchige Fleck ist weg. Und keine Streifen! Freie Sicht. Und kein anderes Auto stört den Reisenden. Er lehnt sich zurück, die Schultern sinken, der Puls ist gleichmäßig.

Auch was Kristinas Aussage angeht, hat er wieder den Überblick. Ihr Geständnis hätte er ihr abgenommen. Was sollte denn auch noch kommen, nach einem Geständnis? Nein, es war ihre Vehemenz gewesen. Das verzweifelte Betonen ihrer Schuld. Erst das hatte ihn darauf gebracht, dass ihre Aussage, ihre Rekapitulation des Abends so erstaunlich lückenlos war. Als hätte sie jemand auf die Aussage vorbereitet. Das und die vehemente Selbstbeschuldigung ließen sich am ehesten dadurch erklären, dass jemand sie unter Druck gesetzt hatte, dass sie jemanden deckte. Er würde ihr also morgen die Angst nehmen müssen. Das war ein klar definiertes Ziel. Damit stand das weitere Vorgehen fest. Er war zufrieden.

Es wird schon dunkel. Blaue Stunde. Blau auch die Tachoanzeige seines BMW. Das Leben kann so einfach sein. So stimmig. Blau. Ein Mann fährt von der Arbeit nach Hause. Ein Mann erkennt das Erreichte an. Der Mann leitet das Kommissariat von Fleurville. Der Mann hat ein regelmäßiges Einkommen. Der Mann weiß, dass er eine Frau hat und ein Kind. Der Mann denkt an seine Frau. Ohne Umschweife. Ohne Störung. Die Tachoanzeige ist immer noch blau.

Und eben in dieser Stimmung, auf dieser Fahrt zurück, wird Kommissar Roland Colbert beschenkt. Jedenfalls kommt es ihm so vor, als hätte er sich aus einer großen Verstrickung befreit.

Das Einzige, was wirklich zählt! Damit meint er nicht nur Sina und Juliet. Damit meint er auch sich selbst. Roland Colbert weiß, dass Juliet sich ein Kind wünscht. Ein paar Mal hat sie schon Andeutungen gemacht. Warum hat er nicht einfach und ganz deutlich Ja gesagt? Er will es, sie will es offenbar auch. Warum haben sie sich nie die Zeit genommen, das mal auszusprechen? Stattdessen haben sie die Küche renoviert. Was für ein Umweg! Nein! Heute Abend wird das besprochen!

21 Grad. Roland Colbert greift ans Armaturenbrett. Für seinen Geschmack ist es etwas zu warm im Auto. Er dreht an einem Regler, und die blaue Digitalanzeige zeigt ihm, was er tut. Auch dass passt zu seinem guten Gefühl.

* * *

Sergeant Ohayon ist so durchgefroren, dass sich sein Mund längst wie zur Bitterkeit verzogen hat. Seit zwanzig Minuten steht er hier, wie vor einem Grab. Greniers Absperrbänder sind zerrissen und flattern im Wind.

Fast eine Woche ist es her, dass sie hier gestanden haben. Viele Bilder sind zurückgekommen. Erst hatte er alleine hier gestanden, dann war Conrey gekommen, dann Grenier. Zuletzt der Kommissar und die Männer von der Spurensicherung. Ohayon ärgert sich. Diese Erinnerungen sind vollkommen überflüssig. Ein einziges Bild hat Kraft. Der Moment, als Genevièves Gesicht allmählich verschwunden war, unter dem Schnee. Das zu erwartende Gefühl stellt sich auch kurz ein. Eine Mischung aus Mitleid und Entschlossenheit. Entschlossenheit, den zu finden, der sie totgeschlagen hat. Aber das Gefühl ist nichts Neues, es war schon damals da. Was hat er denn gehofft?

Eine erneute Aufladung durch Mitleid und Wut? So einfach ist das nicht, und schon gar nicht so folgerichtig. Also bleibt er stehen und betrachtet die Schneefläche, die ihm vermutlich nicht viel zu berichten hat. Nichts. Lange Zeit. Außer einer Kälte, die schon nicht mehr unangenehm ist. Sie frisst sich Zentimeter für Zentimeter in ihn hinein.

Es gibt Dinge, die nicht mehr entschieden oder bewertet werden müssen. Einfach, weil sie per Gesetz und Verfügung längst geregelt sind. Manche dieser Verfügungen sind zweihundert Jahre alt. Wenn solche Festlegungen bis heute noch in Kraft sind, ist das ein Hinweis darauf, dass sie sich bewährt haben. So ist es also nicht nötig, neu zu bewerten, was da im Schnee passiert.

Was Ohayon hier macht, ist falsch!

Auf dem Kommissariat wird die wichtigste Zeugin vernommen, und Ohayon weiß genau, dass Roland in ihrem Fall nicht so neutral ist wie sonst. Da würde er gebraucht! Nein, dass er hier steht, ist nicht genial! Dahinter steckt ein Maß an Verbohrtheit, das durch nichts zu entschuldigen ist. Entfesselt in seiner Trägheit. Falsch ist das. Es hat einen Grund, dass bei schweren Gewaltverbrechen ein Team eingesetzt wird. Der geniale Instinktmensch, der drollige Einzelgänger, das sind Anachronismen, die viel Schaden angerichtet haben. Deshalb wurden sie per Gesetz und Erlass eliminiert. Die einzige Entschuldigung, die Ohayon ein wenig entlasten könnte, ist der Umstand, dass sein Verhalten offenbar seit Langem geduldet wird. Gut. Ein Vorgesetzter darf bestimmte Dinge dulden, wenn er meint, dass sie sich auszahlen. Dieser kleine Rest an Beweglichkeit ist ja mit eingebaut ins System administrativer Verfügung.

Und tatsächlich! Es geschieht etwas, dort im Schnee! Nein, kein Gedanke. Keine Inspiration. Nur eine Bewegung des Körpers. Sergeant Ohayon dreht sich um 125 Grad nach links. Die Qualität der Bewegung? Dynamisch? Entschlossen? Eher wie ein Pinguin. Eigentlich genau wie ein Pinguin. Aber die Qualität der Drehung ist nicht ausschlaggebend. Ausschlaggebend ist die

Endposition. Sergeant Ohayon blickt am Haus der Hexe vorbei, hinüber zum Wald. Dahin, wo Grenier den Mann gesehen hat.

Das ist alles, was hier geschieht.

* * *

Als Roland Colbert sein Haus betritt und ruft, bekommt er keine Antwort. Dabei hatte er doch von draußen einen Schatten gesehen, der sich im Wohnzimmer hin und her bewegt. Was soll das?

Als er ins Wohnzimmer kommt, ist ihm sofort klar, dass etwas Einschneidendes vorgefallen sein muss.

Juliet geht hin und her, nimmt Bücher aus dem Regal, trägt sie in die Mitte des Raums und schleudert sie wütend auf den Flokati. Die Möbel hat sie kreuz und quer verrückt.

»Hallo! Ich bin wieder da!«

Juliet bleibt stehen, sieht ihn an. Erkennt sie ihn nicht?

»Was hast du denn mit deinen Haaren gemacht?« Keine Antwort. »Wo ist Sina?«

»In ihrem Zimmer. Sie hat sich eingeschlossen.«

»Ist sie wieder beleidigt oder was?«

Warum belustigt sie die Frage?

»Vielleicht ja, vielleicht nein. Wer weiß schon, was zu was führt? Wissen Sie es, Herr Kommissar?«

»Was ist denn los, Juliet?«

»Wir waren heute beim Friseur.«

»Das sehe ich.«

Roland Colbert hat genug Erfahrung mit Frauen, um zu ahnen, was passiert sein könnte, aber das erklärt ja noch lange nicht, warum sie die Bücher auf den Boden schmeißt.

Irgendwie Umbruch …

Und genau das erklärt Juliet ihm auch. Aber sie redet so schnell, wechselt so oft die Perspektive, dass er überhaupt nichts versteht. Er hört trotzdem zu, beweist also Geduld. Denn so wütend sich Juliet auch aufführt, so eindeutig sie gegen ihn ist, das ändert nichts daran, dass sie für ihn die beste aller Frauen ist. Gerade heute. Er versteht wirklich überhaupt nicht, wovon sie redet. Irgendwie geht es darum, dass er so lange weg war und dass sie ihn gebraucht hätte. Aber warum findet sie das so lustig? Und wer ist Monsieur Joiet? Wer ist Monsieur Chevrier? Sie hat sich offenbar in irgendwas reingesteigert. So was kommt vor. Wenn er jetzt nachfragt oder widerspricht … nein, sie muss das jetzt loswerden und wird sich schon irgendwann beruhigen.

Aber nicht heute! Noch bevor irgendwas sich beruhigt, schiebt sie ihn nämlich zum Ausgang.

»Es hat nichts mit dir zu tun.«

Ihr letztes Wort. Dafür sagt sie den Satz drei Mal.

Und so steht er plötzlich vor seiner eigenen Haustür und versteht gar nichts mehr. Wenn sie allein sein will, warum geht sie dann nicht in ihre Wohnung? Direkt nebenan! *Es hat nichts mit dir zu tun!* Wenn Juliet gesagt hätte: »Hau ab, du Arschloch! Kümmere dich um deine Verbrecher! Wir sind dir doch sowieso egal!« … Damit wäre er klargekommen, aber: *Es hat nichts mit dir zu tun.*

Er steht noch immer vor seiner Haustür, und noch immer ist er kein bisschen wütend. Im Gegenteil. Noch nie war er sich so sicher, bei Juliet an die Richtige geraten zu sein.

Schließlich geht er. Was bleibt ihm auch anderes übrig. Eins immerhin ist ihm völlig klar, nämlich was die Anziehung ausmacht, zwischen Mann und Frau.

Roland übernachtet also in einer Pension dreihundert Meter von seiner Wohnung entfernt. Aber er schläft nicht. Dafür ist er viel zu aufgeregt. Der Rausschmiss hat eine ganz verdrehte Wirkung auf ihn. Er stachelt ihn an. Sich ihr schon bald wieder zu nähern, sie neu zu erobern, diesmal mit gefestigten Absichten. Ja. In Barcelona würden sie Zeit haben für all das Wichtige, das er viel zu lange aufgeschoben hat.

Achter Tag – Samstag

Am nächsten Morgen im Kommissariat fühlt sich Roland Colbert jeder Situation gewachsen. Letzte Nacht ist ihm endgültig klar geworden, dass sein Beruf viel zu viel Raum einnimmt. Wie stark das war, dass sie ihn vor die Tür gesetzt hat. Ohne Wenn und Aber. Sie hat ihm damit, so meint er jedenfalls, klargemacht, dass sie sich so was nicht gefallen lässt, dass er tagelang nicht nach Hause kommt. Und sie hat völlig recht. Er hat sich also vorgenommen, in Zukunft mehr Arbeit zu delegieren und nicht mehr so vollständig einzutauchen in die Welt der Indizien und Verhöre. Jetzt geht es erst mal darum, dass Kristina die Wahrheit sagt. Aber auch nicht um mehr! Er hat also ein gutes Gefühl. Einfach weil die Perspektive endlich wieder stimmt. Und das verdankt er eindeutig Juliet. Ja, er ist regelrecht beschwingt von dem neuen Ansatz, geht auch viel lockerer als sonst.

Im Glaskasten trifft er Ohayon, der seinen Gummibaum gießt.

»Mit dir ist irgendwas los, Roland. Oder?«

»Wie kommst du darauf?«

»Du gehst so komisch.«

»Ich gehe komisch?«

»Weiß nicht. Ein bisschen wie ein betrunkener Roboter.«

Roland Colbert lässt Ohayon stehen und geht in sein Büro. Kurz darauf informiert ihn die Staatsanwältin, dass Kristina in fünfzig Minuten gebracht wird. Sie fragt ihn auch, ob die Beweislage wirklich stichhaltig ist.

»Der Anwalt von Frau Stühler versucht mit allen Mitteln zu

verhindern, dass du Kristina weiter verhörst. Ich hoffe, du weißt, was du tust.«

Er wusste es noch nie so genau. Kristina kommt erst in einer Dreiviertelstunde. Er bereitet sich also sorgfältig auf die Vernehmung vor. Es geht eigentlich nur darum, Klarheit zu haben. Natürlich hat sie Angst vor dem Verhör, das kann er sich vorstellen. Diese Angst muss er ihr nehmen. Es gibt seiner Ansicht nach drei Möglichkeiten.

Erstens: Kristina sagt die Wahrheit. Sie haben sich gestritten, und es hat sich ein Unfall ereignet.

Zweitens: Kristina hat Angst und deckt jemanden.

Drittens: Kristina hat Angst vor ihm. Das ist die gefährlichste Variante. Es ist durchaus möglich, dass sie etwas gesehen hat. Etwas, das sie für unwichtig hält. Das herauszufinden, wird seine eigentliche Aufgabe sein.

* * *

Kristina ist pünktlich, und Roland Colbert setzt die Befragung fort. Die Atmosphäre ist entspannt, und Kristina versteht, dass er sie schützen wird, falls sie vor jemandem Angst hat.

»Ja, hab ich verstanden, aber ich hab vor niemandem Angst.«

Auch die nächsten dreißig Minuten verlaufen völlig normal. Aber dann, während er beginnt, sie zu den Details zu befragen, verändert sich das.

»Du sagst, Geneviève ist weggelaufen, nachdem ihr was auf den Kopf gefallen ist. Wohin?«

»Richtung Wald.«

»War da im Wald noch jemand außer Philippe? Was ist mit Thomas und Max? Versuch, dich zu erinnern. Ist euch, während ihr beim Schuppen wart, irgendwas merkwürdig vorgekommen?«

»Warum fragen Sie danach? Nach Thomas und Max. Ich

hab doch letztes Mal schon gesagt, was passiert ist. Wir hatten Angst und haben uns gegenseitig gewärmt. Dann haben wir uns gestritten. Geneviève hat sich losgerissen und ist gegen einen Holzpfeiler gefallen.«

»Ja, das hast du gesagt. Mich interessiert, ob in der Zeit davor, ob dir da irgendwas aufgefallen ist. Zum Beispiel beim Haus. Ist da Licht angegangen, ist jemand rausgekommen?«

»Weiß ich nicht. Ich weiß nur, dass wir zum Schuppen sind und Angst hatten. Und dass uns kalt war. Und dass dann Streit war und dass Geneviève sich losgerissen hat und gegen den Pfeiler gefallen ist. Und dann ist was runtergefallen, auf ihren Kopf.«

»Du musst mir helfen, Kristina. Es geht uns vor allem darum herauszufinden, ob zum Beispiel Philippe oben an der Lichtung war. Philippe ist tot, der kann dir nichts mehr tun …«

»Warum fragen Sie immer nach den anderen?«

Roland Colbert registriert, dass Kristina sehr nervös ist.

»Es war zwischen Geneviève und mir! Wir haben uns gestritten! Wir! Wegen mir ist sie gegen den Pfeiler gefallen. Ich bin schuld, dass sie tot ist!«

Kristina hat sich so in ihre Selbstbeschuldigung reingesteigert, dass sie außer Atem ist. Sie fängt an zu weinen. Der Kommissar gibt ihr ein Taschentuch und lässt ihr Zeit. Irgendwann nickt sie und sagt, dass sie wieder in Ordnung ist.

»Kristina. Guck mich mal an.« Sie guckt ihn an, und er kann gar nicht anders, als seinem Instinkt zu folgen. »Hast du vor irgendwem Angst?«

»Nein, ich habe keine Angst.«

Roland Colbert verändert sich. Er merkt es selbst und kann nichts dagegen tun. Sein Wunsch, ihr zu helfen, verwandelt sich in etwas Hartes, Verbohrtes. Sie hat geweint, sie hat ihm erklärt, dass sie schuld ist an Genevièves Tod. Warum lässt er es nicht dabei bewenden?

»Hat irgendwer mit dir geredet?«

»Meine Mutter. Und der Anwalt. Der meinte, ich soll gar nichts sagen. Warum ist das wichtig?«

»Was du mir hier erzählst, sind das deine eigenen Worte?«

»Natürlich. Warum sollen das nicht meine eigenen Worte sein?«

»Weil das immer so gleich klingt, weil du alles so gut weißt, weil du so schnell antwortest.«

»Weil es so war! Wir sind zum Schuppen gegangen, weil uns kalt war, und haben uns gegenseitig warm gemacht. Dann gab es plötzlich Streit, weil Geneviève zurück zu den Jungs wollte …«

Er wird wütend auf Kristina. Je öfter sie ihre Geschichte wiederholt, je schlüssiger ihre Antworten sind, desto ungeduldiger wird er.

»Warum glauben Sie mir nicht?«

»Weil ich das Gefühl habe, dass du jemanden deckst. Das musst du nicht. Ich kann dich schützen …«

»Sie müssen mich nicht schützen.«

Er hat das Gefühl, dass der Raum überheizt ist.

»Ich decke niemanden. Wir sind einfach nur an den See gefahren. Geneviève, Philippe, Max, Thomas und ich. Am See fing Philippe an, Geneviève zu begrabschen. Wir hatten Angst. Also sind wir in den Wald gelaufen, als wir auf der Lichtung ankamen, war uns kalt, also sind wir zum Schuppen gegangen …«

Er will in sie dringen, die Wahrheit erfahren, um ihr helfen zu können. Und vergisst ausgerechnet deshalb, dass Kristina ein sechzehnjähriges Mädchen ist, merkt nicht, dass er sie quält, vergisst die Zeit und alle Regeln.

Und dass er diesen unverzeihlichen Fehler macht, ist, aufs Ganze betrachtet, das Beste, das Allerbeste, was überhaupt passieren kann.

* * *

Sie merken alle, dass etwas nicht stimmt. Der Kommissar verhört Kristina jetzt schon den zweiten Tag. Ohayon betet immerzu den gleichen Gedanken vor sich hin. Ob ihm nun jemand zuhört oder nicht.

»Roland liegt falsch, Kristina hat niemals bei der Zeitung angerufen! Und woher sollte sie von Heimanns Vergangenheit wissen? Er liegt falsch, das Zentrum ist der Anruf bei der Zeitung, und das war ein Mann …«

»Hör auf zu brabbeln, Ohayon, unternimm was! Er ist seit drei Stunden mit ihr da drin, das ist nicht in Ordnung.«

Ohayon zögert.

»Die ist sechzehn, er kann sie nicht drei Stunden verhören. Das bringt auch gar nichts, das erkennt kein Gericht an, wenn sie jetzt irgendwas gesteht! Der baut da drin richtig Mist, und wir lassen ihn hängen vor lauter Schiss!«

Ohayon fasst sich ein Herz. »Du hast recht, Grenier. Ich beende das. Du rufst die Staatsanwältin an, Conrey! Sofort!«

Und dann geht Ohayon rein. Er erschrickt. Kristina sitzt starr auf ihrem Stuhl und redet monoton vor sich hin. Der Kommissar ist kurz davor, auf sie loszugehen.

* * *

Silvia Stühler und ihr Anwalt sind noch vor der Staatsanwältin da. Silvia nimmt Kristina mit und verlässt das Kommissariat. Grenier bekommt noch mit, das Kristina weint und sagt, dass sie Angst hat.

»Das ist ein ungeheuerlicher Vorgang, Monsieur Colbert. Gucken Sie sich mal im Spiegel an! Sie sehen aus wie ein Irrer!«

Die Staatsanwältin versucht den Anwalt von Silvia Stühler zu beruhigen, aber der sieht seine Chance und nutzt sie.

»Kristina ist ein sechzehnjähriges Mädchen. Sie verhören sie seit drei Stunden! Seit zwei langen Tagen! Hat sie ein Geständnis abgelegt?«

Roland Colbert sagt nichts.

»Kein Geständnis? Das ist ein Wunder. Wollen Sie Kristina so lange verhören, bis sie zusammenbricht? Sie hat vorhin geweint! Ist so was schon öfter vorgekommen? Ich werde mir mal Ihre Personalakte kommen lassen.«

Allmählich redet sich der Anwalt so in Rage, dass er die Staatsanwältin ernsthaft beunruhigt. Endlich schickt sie ihn weg. Nachdem er gegangen ist, sieht sie Roland Colbert eine Weile an.

»Wenn wir uns nicht seit zehn Jahren kennen würden und wenn du nicht den Ruf hättest, den du hast, würde ich ein Disziplinarverfahren gegen dich einleiten.« Die Staatsanwältin hat das Gefühl, irgendwas im Hals zu haben. Sie weiß, was dieses Gefühl bedeutet. »Roland. Was ist da drin mit dir passiert?«

Roland Colbert weiß es nicht. Es kommt ihm vor, als würde er aus einem unglaublich anstrengenden Traum aufwachen. »Ich war mir absolut sicher, dass sie jemanden deckt und Angst hat. Wie sie geredet hat … als hätte man sie vorbereitet.« Roland Colbert spricht erst weiter, als Ohayon, Conrey und Grenier dazukommen. »Danke, dass du mich gestoppt hast, Ohayon. Es … es tut mir leid, ich … so was ist mir noch nie passiert.«

Die Staatsanwältin hat das letzte Wort: »Ich würde dringend vorschlagen, dass du dir ein paar Tage frei nimmst.«

»Wir wollen nächste Woche nach Spanien fahren.«

»Um so besser. Nimm dir bis dahin frei.«

* * *

Es ist vorbei. Für ihn ist der Fall vorbei.

Roland Colbert fährt nach Hause. Unterwegs versucht er sich zu erinnern. Wo ist mir das passiert? An welcher Stelle hab ich den Verstand verloren? Er versucht das Verhör zu rekapitulieren, weiß, dass es etwas mit Kristinas Genauigkeit zu tun hat, mit der Art, wie sie die Fakten Wort für Wort wiederholt hat. Das war einstudiert! Sie hat Angst! Er hat kein Tonband mitlaufen lassen. Er wird nie beweisen können, was für eine Stimmung in seinem Büro geherrscht hat.

Verstand verloren? Ausgerastet?

Es ist viel schlimmer, als er sich eingesteht. Er ist ja gar nicht ausgerastet. Er hat vernünftige Fragen gestellt, und Kristina hat vernünftig geantwortet. Er kann sich überhaupt nicht erklären, was passiert ist. Das macht seine Verzweiflung aus. Und die ist vehement.

Zehnter Tag – Montag

Am Montag muss das Team neu organisiert werden. Die Staatsanwältin hat mit dem Kommissar telefoniert, und der schlug vor, dass Ohayon bis auf Weiteres die Ermittlungen leiten soll. Der Kommissar hat außerdem ein Protokoll der Vernehmung von Kristina geschrieben und Ohayon gefaxt.

Ohayon studiert das Protokoll und erschrickt. Kristina hat eine absolut schlüssige Geschichte erzählt. Nach Ohayon lesen auch Conrey und Grenier das Protokoll.

Um zehn versammeln sie sich in Ohayons Büro. Es ist eng. Normalerweise besprechen sie sich immer im Zimmer des Kommissars. Jetzt will keiner da rein. Die Stimmung ist schlecht, und Conrey hat noch nicht verdaut, dass Ohayon plötzlich aufgestiegen ist.

»Also Ohayon, du bist jetzt unser Chef, was sollen wir tun?«

Ohayon weiß es nicht.

Sie waren zwei Ansätzen gefolgt. Der Kommissar hatte sich auf Kristina gestürzt, und er selbst war einer Theorie nachgegangen, in der Heimann eine Rolle spielte.

»Wir müssen wohl von vorne anfangen.«

»Oder?«

»Lass ihn in Ruhe, Conrey!«

»Warum will er noch mal von vorne anfangen? Kristina hat doch klipp und klar gesagt, was passiert ist! Ihr habt doch das Protokoll gelesen. Sie hat sich ja sogar für schuldig erklärt!«

Das war eigentlich eine gute Frage. Warum sollten sie noch mal von vorne anfangen? Und trotzdem! So zögerlich und verworren Ohayon oft war, dieser Fall war für ihn nicht abgeschlossen. Das hatte erst mal nichts mit Solidarität gegenüber Roland Colbert zu tun. Vielleicht ein bisschen, aber … Nein, es hatte etwas mit der Tatsache zu tun, dass Ohayon am Freitag auf der Lichtung zum Wald hinübergesehen hatte. Und es hatte etwas mit Roland Colberts Aufzeichnungen des Verhörs zu tun.

Für Grenier ist der Fall offenbar auch noch nicht abgeschlossen: »Du bist zu schnell, Conrey, du bist immer zu schnell.«

»Dann sag mir, Grenier, wonach suchen wir noch?«

Ohayon schaltet sich ein. »Roland war offenbar der Meinung, dass sie jemanden deckt.«

Conrey sieht das anders. »Kristina war dabei, als Geneviève das Ding auf den Kopf gekriegt hat. Also entweder du bist, genau wie Roland, der Meinung, dass sie lügt, dann haben wir Schwierigkeiten. Dann müssten wir nämlich genau da weitermachen, wo Roland aufgehört hat. Ich glaube allerdings nicht, dass die Staatsanwältin uns erlaubt, Kristina noch einmal zur Vernehmung …«

»Jetzt halt mal die Luft an, Conrey! Was zu tun ist, bestimmt Ohayon, auch wenn dir das nicht gefällt.«

Ohayon weiß, dass er keine Möglichkeit hat zu entkommen. Nur fällt ihm leider nichts ein. Also fängt er einfach an. Vielleicht kommt ihm ja beim Reden ein Einfall. »Wenigstens wissen wir jetzt, wer es nicht war. Ich war in Saarbrücken, und die sagen, Heimann war's nicht.«

»Woher wissen die das?«

»Der stand nur auf kleine Mädchen, und selbst da wissen sie nicht, ob das was Sexuelles war oder … oder eben gar nichts.«

»Natürlich war er's nicht! Geneviève ist was auf den Kopf gefallen! Wieso wollt ihr …«

Grenier unterbricht Conrey. »Bis gestern warst du dir absolut sicher, dass es Kristina war. Jetzt bist du dir absolut sicher, dass

Geneviève nur einen Unfall hatte. Du bist zu schnell, Conrey.«

Da sie ohnehin feststecken, nimmt Grenier einen ganz alten Faden wieder auf. »Wenn Roland meint, dass sie jemanden deckt … Wir wissen immer noch nicht hundertprozentig, ob Philippe nicht doch oben an der Lichtung war. Und was ist mit dem Mann, den ich am Waldrand gesehen habe? Von dem haben wir wenigstens eine Reifenspur.«

»Also alles noch mal von vorne …«

Ohayon hebt die Hand. Conrey schweigt. Er blättert in Roland Colberts Protokoll. Es dauert ein Weilchen, bis er die Stelle findet. Während er blättert, spürt Ohayon etwas, das gut ist. Sergeant Ohayon hat den Eindruck, er sei aufgewacht.

»Hier … Das fand ich merkwürdig … Das ist nicht das Protokoll, das er zu Hause geschrieben hat, sondern eine Kopie der Notizen, die er während der Befragung gemacht hat. Nicht immer leicht zu lesen. Manches sind nur Kürzel, aber ich hab schon einige seiner Protokolle abgeschrieben … Also … Roland hat Kristina gefragt, das war noch am ersten Tag … gefragt, warum sie nicht zu Madame Darlan ins Haus gegangen sind. Hier steht: ›Geneviève sagte, dass sie was gesehen hat. Weiter oben an der Lichtung. Bevor ich kam.‹ Tja. Könnte ein Hinweis sein auf eine weitere Person am Tatort. Denn vorher hat Kristina ausgesagt, dass einer der Jungen hinter ihr hergelaufen ist. Wahrscheinlich Philippe. Jedenfalls einer, den sie am See aus den Augen verloren hat. Thomas hat ausgesagt, dass er und Philippe sich am See geprügelt haben. Philippe wurde also aufgehalten und kann unmöglich vor ihr an der Lichtung gewesen sein. Wen also hat Geneviève da an der Lichtung gesehen? Noch bevor irgendeiner von den anderen hätte da sein können?«

»Vielleicht hat sie sich einfach geirrt.«

»Möglich, Conrey. Wir wissen es nicht.«

Ohayon ist klar, dass es mit Spekulationen nicht getan ist.

Er muss jetzt etwas anordnen, wieder Bewegung in die Sache bringen. »Also, Grenier. Das Wichtigste zuerst. Kristina hat ausgesagt, dass Geneviève was auf den Kopf gefallen ist. Wenn das stimmt, muss das Ding in der Nähe vom Schuppen liegen. Das wäre deine erste Aufgabe.«

»Schön, und was soll ich machen?«

Was soll Conrey machen? Ohayon fällt nichts ein. Er ist aber jetzt Chef, also muss ihm was einfallen.

»Genau … Geh doch mal zum Pfarrer.«

»Das ist jetzt ein Witz, oder?«

»Die in Deutschland haben mir erzählt, dass sich Silvia Stühler schon mal selbst angezeigt hat. Roland und ich waren vor ein paar Tagen beim Pfarrer. Als wir gingen, kam eine Frau. Silvia Stühler. Damals hatten wir sie noch nicht auf dem Tablett, aber als sie gestern ihre Tochter abgeholt hat, hab ich sie wiedererkannt. Eine auffällig große Frau! Groß und trotzdem weiblich …« Grenier wirft Ohayon einen Blick zu. »Wie auch immer. Vielleicht weiß der Pfarrer was über sie. Ich meine, Roland ist ja auch deshalb so auf Kristina angesprungen, weil die Mutter sich in Widersprüche verwickelt hat.«

Conrey bestätigt Ohayons Feststellung.

»Gut. Wenn sich rausstellt, dass Kristinas Mutter dazu neigt, sich selbst zu bezichtigen, vielleicht hat sie das ja auf Kristina übertragen und deshalb gleich ihren Anwalt mitgebracht und so viel widersprüchliches Zeug geredet. Wenn wir Kristina entlasten, sind wir immerhin einen Schritt weiter.«

»Ist das denn überhaupt noch nötig? Sie hat doch schon zugegeben, dass sie an Genevièves Tod schuld ist.«

»Das war eine Anordnung, Conrey! Ihr könnt gehen, wir sind fertig.«

* * *

Sie ist allein. Sie hat es gerne so. Es gehört zu ihrem Charakter.

Es liegt zwar nicht mehr so viel Schnee wie vor ein paar Tagen, aber es ist noch genug, um alles zu verstecken. Und es sind minus acht Grad. Seit zwei Stunden krabbelt Grenier jetzt durch den Schnee. Immer im Zickzack vor dem Schuppen und manchmal auch ein Stück drum herum. Ihre Knie spürt sie schon nicht mehr. Hat doch keinen Sinn … Sie will aufstehen. Aber es geht nicht. Marie Grenier hat eine kurze Panikattacke. Ich werde hier genauso erfrieren wie Philippe. Statt aufzustehen, krabbelt sie weiter um den Schuppen herum, sucht weiter unter dem Schnee. Hebt jeden Gegenstand hoch, den sie ertastet. Begutachtet ihn. Legt ihn vorsichtig wieder hin, kriecht weiter. Sie denkt an Albert. Was war da passiert? Warum hatte sie das Gefühl, dass er nicht das war, was sie braucht? Weil das immer so ist bei dir! Während sie weiter durch den Schnee krabbelt, gehen ihr lauter unsinnige Gedanken im Kopf rum. Ich hab keine Ahnung von Männern, auch nicht von Menschen und erst recht nicht von Gefühlen, ich kann nur krabbeln und unter dem Schnee suchen … Sie fängt an zu kichern. Sie sieht sich von außen. Wie sie um den Schuppen herumkrabbelt, Gegenstände ertastet, sie anschaut und wieder ablegt. Wie Ostern … Marie Grenier fängt an zu weinen. Sie sucht weiter und weint. Die Tränen sind nicht heiß auf ihren kalten Wangen, sie spürt sie gar nicht. Sie spürt ihren ganzen Körper nicht mehr. Nur die Hände, die haben noch Gefühl. Das sind echt Superhandschuhe, daraus sollten sie Anzüge für Polarforscher machen … Marie Grenier findet den Gedanken, dass Menschen in Handschuhen durch die Arktis laufen, so lustig, dass sie anfängt zu lachen. Sie lacht und weint und beglotzt einen Gegenstand nach dem anderen.

Die Gewissheit trifft sie so schlagartig, dass sich ihr Körper zusammenkrampft und sie mit dem Gesicht in den Schnee eintaucht. Hab dich! Es ist eine gehörige Willensanstrengung nötig, und es dauert eine Weile, bis sie es schafft, ihren Oberkörper aufzurichten und schließlich aufzustehen. Sie hält den Gegenstand vor ihr Gesicht und ist so ergriffen, als wäre es ihr Erstgeborenes. Blut! Dabei könnte sie nicht mal sagen, wozu dieses Ding mal gut war. Eine Art Walze. Die kann gut irgendwo runtergerollt sein. Kristina hat die Wahrheit gesagt, wir sind durch!

* * *

Roland Colbert ist allein. Er genießt die Stille. Er genießt sie genau vierzig Sekunden lang. Er macht sich klar, dass Alkohol noch nie jemandem geholfen hat, Probleme zu lösen, geht dann in die Küche und trinkt ein Glas Rotwein. Er füllt dann das Glas nach, kehrt ins Wohnzimmer zurück, beschließt, sich auf die Couch zu setzen, setzt sich nicht auf die Couch, beschließt, dass es besser ist, auf die Veranda zu gehen, geht auf die Veranda, betrachtet ein Gebüsch, geht wieder rein, leert beim Reingehen das zweite Glas, beschließt, nicht noch mehr zu trinken, füllt das Glas nach, setzt sich aufs Sofa und guckt sich eine Weile das leer geräumte Bücherregal an. Jetzt bleib ruhig und überleg, was falsch gelaufen ist. Er steht auf, weil er sich plötzlich daran erinnert hat, dass Tee beruhigt, geht in die Küche, setzt Wasser auf, bereitet die Kanne vor, staunt, wie viele Teesorten im Küchenschrank stehen … auch neue Tassen … kehrt ins Wohnzimmer zurück, setzt sich wieder aufs Sofa, hebt an, sein drittes Glas Rotwein zu trinken, tut es nicht und wartet stattdessen auf etwas. Auf was?

Schluss!

Aber wie könnte Schluss sein, wo er doch gar nicht glaubt, dass es vorbei ist?

* * *

»Ich hab das Ding gefunden, das Geneviève auf den Kopf gefallen ist.«

Ohayon sitzt an seinem Schreibtisch, als Grenier das sagt.

»Wo?«

»Sei froh, dass wir nicht im Schnee rumgeschaufelt haben. Ein komisches Teil ist das. So was wie eine Walze, um Sachen zu zerkleinern. Die muss weggerollt sein, nachdem sie Geneviève getroffen hat. Drei Meter neben dem Schuppen. Jedenfalls sind da Spuren von Blut dran.«

»Und du meinst, das Ding ist runtergerollt, als Geneviève gegen den Pfeiler gestoßen ist?«

»Klär ich noch.«

»Gut gemacht, Grenier.«

Conrey kommt dazu. Mit Neuigkeiten.

»Du hattest recht mit dem Pfarrer, Ohayon. Erst hat er mir mal alles ganz groß und breit erklärt … na, das Beichtgeheimnis und so … Es hat ewig gedauert, aber ich habe gemerkt, dass er eigentlich reden will. Ja, und so hab ich ihm was erzählt davon, dass das für eine Sechzehnjährige ganz schön was bewirken kann, wenn sie so lange verhört wird, und dass immer ein Verdacht bleibt und … Ich hab gemerkt, dass er sich immer beschissener fühlte … ja, ich will's jetzt nicht alles wiederholen. Jedenfalls ist er dann endlich mal rausgerückt. Also Kristinas Mutter, die war schon öfter bei ihm, und vor ein paar Jahren ist mal was passiert. Da hat Silvia Stühler wohl einen Wutanfall gekriegt und eine Frau verletzt. Es war nicht so schlimm, und die beiden kannten sich auch ganz gut … Jedenfalls hat Frau Stühler da eine Marotte entwickelt. Der Pfarrer sagte, dass sie das seitdem oft behauptet, dass sie plötzlich einen Anfall gehabt hätte und jemanden umbringen wollte. Immer, wenn was in Fleurville passiert ist und wenn was in der Zeitung gestanden hat, kam sie zu ihm, um zu beichten. Sie war jedes Mal der Meinung, sie wäre dabei gewesen und hätte fast jemanden getötet. Ja, und seit einiger Zeit hat sie behauptet, ihre Tochter wäre genauso wie sie. Und als jetzt das mit Geneviève passiert ist, da kam sie auch wieder. Beim ersten Mal hat er sie nach Hause geschickt. Beim zweiten Mal hat er ihr nachgegeben. Er hat mir auch gesagt, dass er mit Kristina gesprochen hat, bevor wir sie zum Verhör geholt haben. Er hat ihr gesagt, dass sie die Sache genau so erzählen soll, wie sie war, dass sie nichts ausschmücken soll. Egal, was passiert.«

Jetzt, wo sie wissen, dass Kristina die Wahrheit gesagt hat, passt auf einmal alles. Ohayon fasst zusammen.

»Was Conrey beim Pfarrer erfahren hat, wirft ein ziemlich klares Licht auf den Hergang. Was am Schuppen passiert ist, wissen wir. Kristina hat Angst, läuft nach Hause. Ihre Mutter sieht sie. Verstört. Total verfroren. Am nächsten Tag liest sie in der Zeitung, dass Kristinas beste Freundin ermordet wurde. Sie schließt daraus, dass ihre Tochter die Mörderin ist, bringt sie weg. Dann taucht sie hier auf und versucht, ihre Tochter zu schützen, indem sie lauter Unsinn erzählt. Das ist sozusagen der tragische Moment. Ich denke, dass Rolands Verhalten damit zusammenhängt. Wär mir auch nicht anders gegangen.« Keiner widerspricht. »Offen ist nur noch die Geschichte mit dem anonymen Anruf bei der Zeitung und der Brandanschlag auf Heimann.«

Grenier hat eine Vermutung. »Wahrscheinlich war das Madame Darlan. Sie hat was dagegen, dass sich die Jugendlichen da rumtreiben, und sie hat was gegen Männer. Heimann hat ja zugegeben, dass er bei ihr war. Er kennt nicht viele Leute hier in Fleurville … Vielleicht hat er ihr das mit der Sechsjährigen erzählt. Und als Madame Darlan dann ein totes Mädchen findet, denunziert sie ihn.«

»Aber warum bei der Zeitung und nicht bei uns?«

»Wenden sich ja heutzutage viele an die Öffentlichkeit mit

ihren Wehwehchen. Ja, und die Zeitung bringt's dann auch gleich raus, und irgendein Bürger fühlt sich berufen, den Kinderschänder auszuräuchern. Wen du da am Waldrand gesehen hast, Grenier …? Vermutlich einfach einen Unbeteiligten, der nichts mit der Polizei zu tun haben wollte.«

Ohayon nickt. »Danke, Conrey, für die Zusammenfassung. Schreibst du den Bericht?«

»Nee, Ohayon! Das ist der Job vom Chef. Und der bist du.«

Grenier traut ihren Ohren nicht. »Abschließen? Was wollt ihr abschließen? Wir haben weder Philippe als Täter ausgeschlossen, noch wissen wir, ob die Walze wirklich da oben auf den Holzbrettern lag!«

Conrey kommt nicht mehr dazu zu widersprechen. Resnais stürmt rein, ohne anzuklopfen.

»Habt ihr schon Zeitung gelesen? Hier: *Kommissar quält Schülerin!*«

Ohayon macht Resnais mit einer Handbewegung klar, dass seine Neuigkeit im Moment niemanden interessiert und fasst dann einen Entschluss: »Los, Grenier, trommle deine Leute zusammen. Wir klären das mit der Walze. Und zwar sofort.«

»Jetzt?«

»Ja. Ich will endlich Klarheit. Lag sie da oben? Könnte sie runtergefallen sein? Ich hab keine Lust mehr, im Dunkeln zu tappen. Also machen wir das jetzt.«

»Mitten in der Nacht?«

»Richtig.«

Grenier geht also zum Telefon, um einige Männer beim Abendbrot zu stören.

* * *

So viel Licht! Grenier ist auf Nummer sicher gegangen. Ohayon hat ja recht! Auch ihr reicht es allmählich mit dem Geheimnis des alten Schuppens und all den Deutungen. Eine kleine, stabile Plattform ist errichtet worden, und natürlich haben Greniers Mitarbeiter rumgemault: »Hätte das nicht bis morgen warten können?«

»Nein. Und je weniger ihr redet, desto schneller sind wir hier fertig.«

Allerdings ist ihr hier und jetzt in der Kälte auch nicht mehr so ganz klar, warum Ohayon auf dieser Nachtaktion bestanden hat. Wirkliche Größe erreicht das ganze Arrangement allerdings erst dadurch, dass auch Ohayon es nicht weiß. »Es muss jetzt mal irgendwie weitergehen, oder!«

Grenier steigt also auf die Plattform, die sie direkt neben einem Holzpfeiler aufgestellt haben. An diesem Holzpfeiler hat der Erbauer des Schuppens einen ordentlich breiten Holzklotz festgeschraubt, auf dem wiederum ein Brett auflagert. Auch das Brett ist dank zweier Nägel ordentlich befestigt.

Grenier hat die Walze dabei.

»Positiv! Komm hoch, Ohayon.«

Ohayon steigt also auf die Plattform. Und so stehen sie zuletzt beide dort oben im Licht, und Grenier beugt sich ganz langsam und legt die Walze ab. Es ist eine Bewegung, die fast zärtlich wirkt, und auch Ohayons Blick ist voller Anteilnahme. Die Männer stehen unten und sehen das alles und sind nun vollständig davon überzeugt, dass hier etwas geschieht, das bedeutend ist.

»Deutlicher geht's nicht.«

Am Rand des Bretts befindet sich ein rostiger Abdruck, der präzise unter die Walze passt.

»Verdammt knapp am Rand, das kann man sagen, oder?«

»Versuchen wir unser Glück.«

Sie steigen von der Empore, Ohayon bekommt einen Helm und wirft sich gegen den Tragbalken. Im nächsten Moment schreit er auf. Die Walze hat ihn beim Herabfallen zwar nur an der Schulter gestreift, aber der Schmerz war doch stark.

Sie wiederholen den Versuch sechs Mal. Und jedes Mal kommt die Walze runter. Sie landet stets an derselben Stelle, springt hoch und rollt ein Stück vom Schuppen weg.

»Eindeutig, oder?«

Grenier widerspricht zwar nicht, ist aber auch nicht zufrieden. Die Walze war bei ihren sechs Versuchen nie bis zu der Stelle gerollt, wo sie sie gefunden hatte.

* * *

Die Tage vergingen ab jetzt, ohne dass noch jemand zählte.

Die Sache wurde zäh. Ein endloses Aneinander von Tätigkeiten. Die Einzige, die sich in diesem Zustand wohlfühlte, war Grenier. Die verfluchten Details. Ja. Die verfluchten Details. Diese Kleinigkeiten, die ins Kleinste führen.

Ja, sicher! Es ist nur ein Detail, für das es viele Erklärungen geben kann. Trotzdem lässt es Grenier keine Ruhe.

Das Detail. Die Frau. Kinder vielleicht. Oder auch nicht.

Albert Munier wäre genau der, der ihr jetzt helfen könnte. Leider gibt es da ein Problem. Marie Grenier hat sich nämlich von ihm getrennt. Die Beziehung hatte zwar gut angefangen, war aber dann doch nicht das, was sie brauchte. Was braucht eine Frau? Ernsthaft. Was braucht eine Frau? Aber darum geht es jetzt nicht, es geht um die Abklärung dieses letzten Details.

Die Rollweite einer Walze? Weiß Grenier nicht, dass man auch mal aufhören muss, dass es irgendwann reicht?

Es geht hier nicht um deinen Privatscheiß! Grenier kann das sehr gut, sich einen Ruck geben, wenn die Sachlage es erfordert. Sie überwindet sich also und ruft Albert Munier an. Den Gerichtsmediziner bittet sie ebenfalls zur Besprechung. Und der versteht überhaupt nicht, wozu Grenier diesen Aufwand betreibt.

»Nach Aktenlage habt ihr eine Zeugin, und von der gibt es eine genaue Schilderung des Vorgangs. Außerdem habt ihr die Angaben des Mädchens ja wohl auch nachvollzogen, also …«

Grenier unterbricht ihn. »Wir sind inzwischen weiter als damals. Wir kennen den Gegenstand, der Geneviève die tödliche Verletzung beigebracht hat. Ich will, dass mit größtmöglicher Genauigkeit festgestellt wird, ob die Verletzung tatsächlich durch einfaches Fallen verursacht werden konnte.«

Albert Munier ist nicht an Gründen interessiert, sondern an Fakten. Er überfliegt Greniers Bericht.

»Hast dir ziemlich viel Arbeit gemacht.«

»Aber ich bin kein Spezialist auf diesem Gebiet. Wir haben auch nicht die Ausrüstung, um wirklich festzustellen, ob das alles zur Verletzung des Opfers passt.«

Albert nickt knapp, was bedeutet, dass er Greniers Ersuchen akzeptiert.

Was ist los mit Grenier? Warum hört sie nicht auf?

Nachdem Albert und der Gerichtsmediziner gegangen sind, versammelt sie ihr Team. »An dem Morgen, als die Leiche gefunden wurde, was habt ihr da am Schuppen gemacht, mit euren Schneeschaufeln?«

Es wird eine heftige Debatte, bei der sich herausstellt, dass die Männer richtig Mist gebaut haben. Dinge getragen. Verschoben. Aber selbst das reicht Grenier noch nicht als Erklärung, warum die Walze weiter weg vom Schuppen gelegen hat.

Sie ruft also den Kommissar an und fragt ihn, was Thomas ausgesagt hat. Die Vernehmung im Krankenhaus war nicht aufgezeichnet worden. »Da ist nur diese eine Sache, Roland, nur damit ich meine Untersuchung abschließen kann. Es geht noch mal um Philippe. Als du Thomas im Krankenhaus befragt hast. Gab es da irgendeinen Hinweis darauf, dass Philippe und Kristina sich kennen?«

Der Kommissar erinnert sich an keinen Hinweis in die Richtung, erklärt Grenier aber, dass er diese Möglichkeit auch eine Weile im Kopf hatte, und sagt dann noch etwas: »Danke, Grenier, dass du weitermachst, ich … Ich war davon ausgegangen, dass ihr euch mit Kristinas Aussage zufrieden gebt. Ich … Ich werte dein Bemühen, meinen Vermutungen nachzugehen, als eine Form von … Solidarität und …«

Sie unterbricht ihn barsch. »Das hat überhaupt nichts mit dir zu tun. Was ich hier mache, ist ein ganz normaler kriminaltechnischer Vorgang.«

Sie legt auf, bleibt vor dem Telefon sitzen. Jetzt kann sie nichts anderes tun, als auf Alberts Bericht zu warten. Das ist ihr vollkommen klar. Trotzdem greift Marie Grenier zum Telefon und ruft Thomas Baffour an.

»Hallo, Thomas. Ich heiße Marie Grenier, Spurensicherung Kommissariat Fleurville. Ich hab noch eine Frage. Als ihr am Fensee angekommen seid, auf dem Parkplatz, da gab es doch Streit. Alle haben ausgesagt, dass Philippe Geneviève angegriffen hat.«

»Das hat er auch.«

»Und das andere Mädchen? Kristina. Wie hat die sich verhalten?«

»Die hat nichts gemacht.«

»Hattest du zu irgendeinem Zeitpunkt das Gefühl, dass sie vielleicht zu Philippe oder Max gehören könnte?«

»Nein. Obwohl … am Anfang dachte ich ja, das wäre ein Junge, und er würde zu Philippe gehören.«

»Und warum hat Kristina Geneviève nicht geholfen? Was glaubst du?«

»Weiß nicht, vielleicht, weil sie besoffen war.«

»Aber sie gehörte nicht zu Philippe.«

»Nein, glaube ich nicht. Sie ist ja dann auch weggelaufen, Geneviève hinterher.«

»Und dann ist Philippe hinter ihr her gelaufen.«

»Ja.«

»Könnte man nicht auch sagen, dass Kristina und Philippe gemeinsam Geneviève hinterher gelaufen sind?«

»Ja, natürlich. Theoretisch könnte man das sagen.«

»Danke, Thomas.«

Warum werd ich aus dir nicht schlau, Philippe? Warst du an der Lichtung oder nicht?

Als nächstes sieht sich Grenier noch einmal die Karte an, auf der Conrey die Wege eingetragen hat, die Philippe in der Nacht möglicherweise gegangen ist. Nach ihrem bisherigen Ermittlungsstand spricht alles dafür, dass er Geneviève und Kristina im Nebel aus den Augen verloren hat. Schon am See.

Grenier muss dahinterkommen.

Sie setzt sich ins Auto und fährt noch mal zum Wald von Fleurville. Stellt ihren Wagen am Parkplatz ab, umrundet den See und bleibt schließlich auf der anderen Seite am Waldrand stehen. Jetzt, wo sie hier steht und sich vorstellt, was Philippe vielleicht empfunden und gedacht hat, ist es eigentlich ganz klar. Man sucht eine Orientierung, man rennt nicht irgendwo in den Wald.

Also geht sie diesmal nicht in den Wald, nimmt nicht den Weg, den man nimmt, wenn man weiß, dass oben auf der Lichtung das Haus von Madame Darlan steht. Marie Grenier geht am Waldrand entlang. Es liegt nur noch wenig Schnee.

Sie geht immer weiter, immer am Waldrand entlang. Und irgendwann kommt ihr die Zielstrebigkeit ein wenig abhanden. Es ist ein schöner Tag, und Marie Grenier denkt wieder an sich und Albert. Warum bin ich seit so vielen Jahren allein? Sie hatte doch Glück mit den Männern gehabt. Albert war nicht anders als die Männer, mit denen sie es vorher versucht hatte. Er war unkompliziert, vernünftig und sehr einfühlsam. Vielleicht ein bisschen zu einfühlsam, aber das waren die Männer von heute ja alle.

Marie Grenier befürchtet auf einmal zu wissen, was ihr bei all ihren Männern gefehlt hat. Widerspruch. Fremdheit, Abstoßung. Nein! Sie bleibt stehen, ist entsetzt von diesen Gedanken und … Als sie ihre sonderbare Ahnung gerade überprüfen will, hört der Gedanke mittendrin auf. Einfach weil etwas anderes ihre Aufmerksamkeit komplett beansprucht.

Ganz harmlos liegt er da. Fast vier Kilometer vom Tatort entfernt.

Erst findet sie den einen. Und dann, hundert Meter weiter, den zweiten Handschuh. Bis hier bist du also gelaufen! Vielleicht war er sogar noch weitergegangen, ehe er umdrehte und schließlich doch irgendwo in den Wald ging, dahin, wo sie ihn gefunden hatten.

Warum hat er sie hier ausgezogen? Weggeworfen? Panik? Hat er von hier aus versucht zu telefonieren?

Marie Grenier muss an einen Bericht über die tödliche Polarexpedition von Robert Falcon Scott denken. Sie hat sich mal damit beschäftigt. Mit Polarexpeditionen. Sie hat etwas übrig für die Kälte.

Im Kommissariat untersucht Grenier die Handschuhe. Sie findet keine Rostpartikel. Das war auch kaum zu erwarten gewesen. Allein für die Strecke vom Parkplatz bis zu der Stelle, wo Grenier die Handschuhe fand, hatte sie fünfzig Minuten gebraucht. Von da bis zum Fundort der Leiche waren es noch mal dreißig Minuten. Und auch nur, weil sie genau wusste, wohin sie gehen musste, und weil es Tag war. Achtzig Minuten, mindestens! Zu diesem Zeitpunkt war oben am Schuppen längst alles vorbei gewesen.

Jetzt endlich kann sie Philippe als Täter endgültig ausschließen.

* * *

Es ist schwer, in Marie Greniers Gesicht zu lesen. Ein hübsches Gesicht. Eine schöne junge Frau. Aber was war ihre Motivation, weiterzumachen? Ihre Auffassung von Arbeit?

Grenier mag ihre Arbeit. Für sie ist Arbeit die beste aller Möglichkeiten, zu sich selbst zu finden, Wirklichkeit zu produzieren. Oh nein! Nicht Wirklichkeit im höchsten Sinne. Ihre Wirklichkeit. Ihre kleine, ganz persönliche Wirklichkeit. Ihr Leben.

Schön, aber in diesem Fall? Was war das, dieses merkwürdige, äußerst fleißige Nacharbeiten, das ins Kleinste gehende Aufklären letzter Möglichkeiten, nachdem doch eigentlich alles klar war?

Ein Akt von Solidarität? Wollte sie Roland Colberts Theorie, dass Kristina Philippe deckt, überprüfen, um ihn zu rehabilitieren? Aufrichtig zu rehabilitieren, indem sie, ganz in seinem Sinne, die unvoreingenommene Vernunft, die empirische Methodik wieder an oberste Stelle setzte, selbst auf die Gefahr hin, ihm damit den letzten Fitzel unter den Füßen wegzuziehen? Denn das schließt jeder Versuch der Rehabilitierung mit ein. Hatte ihr Wühlen diese Größe, weil es dabei letztlich um Loyalität geht? Oder war es doch nur ein zwanghaftes Ausschalten letzter Eventualitäten, im fest umrissenen Rahmen ihrer Absperrbänder, ein stumpfes Kratzen in Schnee und Dreck? Weil das eben auch zur Arbeit gehört und zur Pflicht? Alles zu Ende zu bringen, koste es, was es wolle.

Zwei Tage später klärt sich das Letzte, was noch in diesen Rahmen gehört, der vielleicht alles ist, für sie.

Albert Munier erstattet ihr selbst Bericht.

»Ich nehme an, du bist vor allem am Ergebnis interessiert.«

»Und?«

»Ja. Die Aussage eurer Zeugin deckt sich mit unseren Untersuchungen.«

»Das Opfer ist also nicht aktiv erschlagen worden.«

»Wir hatten den Auftrag herauszufinden, ob es möglich und

wahrscheinlich ist, dass das Opfer von genau dieser herabfallenden Walze erschlagen wurde. Die Antwort lautet ja.«

Marie sieht Albert an. Er kommt ihr fremder vor als irgendwer auf der Straße. Alle Arbeit: das Frieren, das Suchen, die Kosten. Alles umsonst? Oder doch richtig?

Ja! Uneingeschränkt ja! Kein Zweifel in dieser Frage. Das hat Größe. Ironie ist hier völlig unangebracht. Menschliche Größe. Wissen wollen. Völlig unabhängig von Sinn und Zweck. Daran zu zweifeln wäre Irrsinn, eine Verleugnung dessen, was Menschen sind. Den Dingen muss auf den Grund gegangen werden.

Eine Stunde später klappt Marie Grenier von der Spurensicherung in Fleurville den Deckel ihres Berichts zu und gibt ihn ins Sekretariat zum Kopieren.

* * *

Am Donnerstag ist es endlich soweit. Sina ist total überdreht, weil sie sich viel zu sehr in die Sache mit der Reise reingesteigert hat. Erst als sie im Flugzeug sitzen, wird sie ruhiger. Sie hat ein bisschen Flugangst.

In Barcelona zieht sie sofort los. Für Roland und Juliet kommt das etwas überraschend. Diese Unternehmungslust. Aber Sina hat sich verändert. Ihr Haarschnitt gefällt ihr inzwischen, und sie zieht sich jetzt so auffällig an, dass Roland Colbert sich bereits Sorgen macht.

»Natürlich ist es gut, Sina, dass du dich mehr um dein Äußeres kümmerst, wir haben ja öfter darüber gesprochen …«

»Wo ist das Problem?«

»Ich finde, du übertreibst es, ich meine, hast du dich mal im Spiegel angeguckt?«

Juliet unterdrückt ein Lachen. »Davon darfst du ausgehen, dass sie sich im Spiegel angeguckt hat. Und zwar ungefähr zwei Stunden.«

»Was ist jetzt? Seh ich dir zu nuttig aus oder was?«

Roland Colbert versteht überhaupt nicht so ganz, was da gerade passiert. Sie haben doch alles besprochen. Nächtelang hatten Juliet und Sina in der Küche gesessen und auf Grundlage der Reiseführer ein komplettes Programm für die drei Wochen ausgearbeitet. Aber Sina geht ihre eigenen Wege.

Während der ersten drei Abende berichtet sie noch davon, was sie alles gesehen hat, aber schon am vierten Abend geht es nicht mehr um Architektur oder Kunst. Sie hat ein paar junge Spanier kennengelernt. Von da an sehen die Eltern sie nur noch manchmal beim Frühstück. Roland will wissen, mit wem sich Sina trifft, aber die wischt die Frage ihres Vaters einfach weg.

»Leute wie ich!«

Also verbringen Roland und Juliet ihren Urlaub zu zweit. Und vielleicht ist das auch besser so. Roland ist noch nicht ganz damit fertig, dass er so abgestürzt ist, als er Kristina verhört hat. Juliet muss sich immer wieder anhören, wie das Verhör gelaufen ist. Roland Colbert denkt laut. Versucht, den Moment einzugrenzen, in dem er abgerutscht ist. Und natürlich rechtfertigt er sich.

»Ihre Mutter hat sich in allem widersprochen! Und wie sollte ich auf die Idee kommen, dass der Grund dafür einfach der war, dass sie ihre Tochter für schuldig hielt, weil sie schuldsüchtig ist! Das konnte ich nicht wissen!«

Irgendwann hört das Gott sei Dank auf, und der Kommissar beginnt zu verstehen, dass er einfach einen Fehler gemacht hat. Nicht mehr und nicht weniger. Und so kommt es zu einer denkwürdigen Situation. Sie sind bereits zehn Tage in Barcelona, als er und Juliet an einem auffälligen Gebäude vorbeikommen. Der Kommissar bleibt stehen, blickt hoch und zeigt Juliet, was er sieht. Wieder muss Juliet scharf die Lippen zusammendrücken, um nicht zu lachen.

»Ja, Roland. Gaudí. Da gehen wir jeden Tag dran vorbei.«

Der Kommissar nickt. Er ist auf dem Wege der Besserung, wird bald die innere Ruhe haben, mit ihr über die Zukunft zu sprechen. Zwei Tage später ist es dann soweit. Beim Abendessen, bei Kerzenschein. Er hat sich Tintenfisch bestellt, sie Krebse, sie sitzen in Sichtweite des Meeres.

Auf so eine Gelegenheit hat er gewartet! Ja, und die Tentakeln eines in Weißwein erwärmten Tintenfischs, den man vorher vielleicht hätte zerkleinern sollen, baumeln von seiner Gabel. Man hat auch in den schönsten Situationen des Lebens nicht alles im Griff.

»Ich weiß nicht, Juliet, wann der richtige Moment ist für so was, aber …« Es geht nicht mit langer Vorrede, es geht nur mit einem Ruck. »Ich möchte gerne noch ein, eigentlich sogar zwei Kinder haben, und … ich wollt dich fragen, ob du … ob wir …«

Er hört auf zu sprechen. Es waren nicht die Worte, die er sich vorgestellt hatte, aber es war klar genug.

Juliet sieht ihn an. »Du möchtest, dass wir Kinder haben. Eins oder besser zwei.«

»Und was sagst du dazu?«

Er findet, dass ihr Mund ziemlich schmal ist, aber das muss nichts bedeuten. Dann schüttelt sie den Kopf.

»Nein, Roland.«

Juliet fängt an zu reden, betont sofort, wie gerne, gerade mit ihm und … berichtet ihm dann von dem Angebot ihres Verlags, von den inneren Widersprüchen, die sie durchlitten hat. Er hört ihr zu. Nickt verständig, versteht alles. Allerdings guckt er ihr nicht in die Augen dabei. Er bewegt sich auch nicht, während Juliet ihm alles erklärt. Und so hängt der Tintenfisch noch immer von seiner Gabel und pendelt leicht hin und her. Natürlich ist er inzwischen kalt geworden.

Ende November

In Fleurville ist der Alltag wieder eingekehrt. Conrey verfolgt eine vielversprechende Spur wegen einiger Autohehler und Grenier ist für zwei Tage weg. Ohayon hat inzwischen den ausführlichsten und umständlichsten Abschlussbericht verfasst, den es je gegeben hat. Auf dem Weg zur Staatsanwältin zwickt ihn allerdings ein unangenehmes Gefühl. Wenn er den Bericht jetzt abgibt, ist der Fall abgeschlossen. Noch mal anzufangen wird dann schwierig. Und eigentlich ist es Rolands Aufgabe, das zu tun. Ohayon bleibt stehen. Bin ich jetzt der Chef oder nicht?

Er ist der Chef, er hat das Recht, auch die Pflicht, zu entscheiden, wann er der Staatsanwaltschaft den Abschlussbericht aushändigt.

Ohayon gewöhnt sich übrigens in vielerlei Hinsicht an seine neue Rolle. Er wundert sich nur ein bisschen darüber, wie schnell die anderen ihn akzeptiert haben. Vor allem bei Conrey hat er mit mehr Widerstand gerechnet. Jetzt redet Conrey mit ihm genauso wie vorher mit dem Kommissar.

Vielleicht liegt es daran. An seinem neuen Selbstbewusstsein. Ohayon hat nämlich auf einmal eine Frau. Und es ist so einfach gewesen! Am Fischstand hatten sie sich kennengelernt, er und Frau Behling aus der Asservatenkammer. Natürlich, sie gefällt ihm schon lange. Nur wäre das normalerweise wieder darauf hinausgelaufen, dass ihm ständig schlecht geworden wäre und er den Fischstand irgendwann gemieden hätte. Er hätte sich damit begnügt, sich vorzustellen, wie er in der Rolle des Kommissars aus der amerikanischen Krimiserie groß auftritt, und vielleicht hätte bei diesen Träumereien auch Frau Behling eine Rolle gespielt. Jetzt ist Ohayon kein amerikanischer Kommissar mehr, er ist der Chef des Kommissariats von Fleurville. Er trägt auch nicht mehr seine knappen Blousons. Er hat sich einen Mantel zugelegt und friert weniger. Vielleicht lag es an seinem neuen Selbstbewusstsein. Oder es lag doch an Frau Behling. Es war nämlich Frau Behling, die den ersten Schritt gemacht hat.

»Wir stehen hier immer am Fischstand in der Kälte … Ich könnte ja mal was kochen.«

Und nachdem Frau Behling ihm also den kleinen Finger gereicht hatte, nahm Ohayon gleich die ganze Hand und dann alles. Und so war doch einiges geschehen in der letzten Zeit.

* * *

Dann wird Geneviève beerdigt. Ohayon geht hin. Genevièves Mutter wird von zwei älteren Damen gestützt. Ohayon spricht ihr sein Beileid aus und redet eine Weile mit ihr. Für Genevièves Mutter ist es so noch am leichtesten zu ertragen: Ihre Tochter hat einen Unfall gehabt und ist keinem Gewaltverbrechen zum Opfer gefallen. Sie bedankt sich bei Ohayon, und der hat ein komisches Gefühl dabei. Kann aber nicht sagen, warum.

Und noch eine Kleinigkeit ist vielleicht interessant. Bei Sergeant Ohayon ist etwas hängen geblieben. Seit er mit Kristina über Genevièves Bilder gesprochen hat. Das Bild, das Geneviève am Feldrand gemalt hat, steht ihm noch ganz klar vor Augen. Er stellt sich vor, wie sie es gemalt hat, er stellt sich vor, was für Bilder sie vielleicht in Zukunft noch gemalt hätte. Eine Entdeckungsreise, solche Bilder … Sergeant Ohayon malt sich einiges aus. Als er mit seinen Vorstellungen fertig ist, sieht er, dass er inzwischen allein am Grab steht. Es ist kalt. Die Blumen an den Kränzen werden schnell kaputt sein. Er geht.

Danach fangen sie alle an, Geneviève zu vergessen.

* * *

Der Urlaub in Spanien nähert sich seinem Ende. Die Tage, nachdem Juliet ihm erklärt hatte, dass sie im Moment keine Kinder wollte, waren schmerzhaft gewesen, und sie gingen vorsichtig miteinander um. Aber sie redeten auch viel. Nicht nur über Kinder. Und so kamen sie allmählich wieder zusammen. Ob da jemand großmütig war, verständnisvoll oder aufgeschlossen? Die Frage ist überflüssig. Liebende schaffen so was. Es war wohl einfach nur eine blöde Zeit gewesen. Diese Wochen, in denen sie getrennt waren.

Vielleicht hat Roland ja etwas davon gespürt. Von Juliets inneren Kämpfen. Ihre Ungeduld ist vielleicht auf ihn übergesprungen und hat ihn ungeduldig gemacht, gegen Kristina.

Hat er sich deshalb so verrannt bei ihrer Befragung? Liegt da die Verbindung zwischen ihrem Leben und seinem?

Oder gab es in dieser Zeit überhaupt keine Verbindung zwischen ihnen?

Manche werden das so sehen. Dass Juliets Fragen und Selbstzweifel nichts mit Rolands Arbeit zu tun hatten. Manche aber sind hellwach, wenn es um solche Zusammenhänge geht, die angeblich keine sind. Sie lauern auf den entscheidenden Gedanken, auf das entscheidende Wort. Sie sagen: »So getrennt darf man das nicht denken!«

Manche wollen die Welt eben so sehen. Voller Verbindungen. Für sie sind sich die Menschen näher, als andere das für möglich halten. Sie würden tatsächlich behaupten, dass viele Motive, die für den Mordfall eine Rolle spielten, auch eine Rolle in Juliets und Sinas Leben dieser Tage spielten, sie würden behaupten, dass wir alle uns viel ähnlicher sind, als immer behauptet wird, sie würden sogar so weit gehen zu behaupten, dass sich Impulse, Zwänge und Motive eines Mädchenmörders auch in Juliets Denken wiederfinden, ja sogar im Denken von Sina. Und zwar nicht nur in allgemeiner Form, sondern oft knapp am Umschlagspunkt.

Stehen wir also alle kurz davor, Mörder zu sein? Kann uns das, was so eklig ist, selbst passieren? Gäbe es am Ende eine Möglichkeit, oder … gäbe es sogar eine Art Verpflichtung, die ekelhaften Gedanken und Zwänge eines Mörders zu … zu verstehen? Sich damit zu … beschäftigen?

Schluss!

Es geht ohne Traum, Zauber und Dunkelheit weiter. Ganz irdisch und wach.

In der letzten spanischen Nacht wacht Roland um drei Uhr morgens auf. Knallwach auf einmal. Es ist so hell im Zimmer und … irgendwas geht da in ihm um.

Er entwindet sich der Schlafenden, zieht sich an und verschwindet. Vielleicht, weil Vollmond ist. In seinem Traum war es auch hell gewesen. Der ganze Traum hatte aus nichts als Helligkeit bestanden.

Er geht zum Hafen. Spiegelglatt kommt ihm das Wasser vor. Am Himmel der Mond. Über dem Wasser Nebel. Dünn.

Roland fühlt sich leer.

Hängt das jetzt doch wieder mit Juliet zusammen oder liegt es am Mond? Oder am Nebel, der sich verdichtet?

Zwanzig Minuten steht er so. Zwanzig Minuten muss er unter Mond und Nebel leiden, ehe ihm plötzlich etwas in den Sinn kommt. Ein kleiner Einfall nur, der nichts mit Juliet oder seiner Leere zu tun hat.

Als sie am nächsten Morgen zurückfliegen, lehnt Juliet mit ihrem Kopf an seiner Schulter und schläft.

* * *

Als Roland das Büro von Ohayon betritt, passiert das schwungvoll. Der Kommissar ist neu aufgeladen und gut gelaunt.

»Ohayon! Mein Freund!«

»Roland! Mein Freund! Wow! Ganz schön braun! Wie war der Urlaub?«

In Ohayons Büro steht nur ein Stuhl.

»Wir müssen reden. Komm!« Sie gehen in Rolands Büro. »Setz dich, Ohayon.«

»Worum geht's denn?«

»Es ist nirgends aufgetaucht.«

»Was?«

»Genevièves Höschen.«

»Fang nicht wieder an.«

»Es ist nirgends aufgetaucht.«

»Du hast keinen Fehler gemacht. Du hast dich nur irgendwie verrannt, bei deinem Verhör. Aber fang nicht wieder an.«

»Ein Höschen hat Kristina nie erwähnt. Sie hat oft und ausführlich darüber gesprochen, was sie und Geneviève miteinander gemacht haben, aber …«

»Vielleicht hat sie nicht alles gesagt. Weil das Sexuelle, was sie mit ihrer Freundin hatte, nicht in Ordnung war. Oder?«

»Sie hat extrem viel darüber gesprochen, Ohayon.«

»Roland, bitte!«

»Zweite Frage: Was ist mit dem Säbel?«

»Grenier sagt, der Säbel stammt aus dem Schuppen.«

»Aus dem Schuppen mag er stammen, aber wie kommt er neben die Leiche? Der Säbel lag auf einer dünnen Schicht Schnee, genau wie die Tote.«

»Vielleicht hatte Geneviève ihn dabei. Oder er lag schon dort. Du hast doch gesehen, wie es da aussieht. Überall liegt Müll rum, Kondome und …«

»Richtig, Ohayon! Die Kondome!«

»Wieso?«

»Verstehst du denn nicht? Wir haben gedacht wie Steinzeitmenschen!«

»Renn dich nicht wieder fest!«

»Ein fehlendes Höschen und ein Säbel. Wenn neben der Toten eine Schere gelegen hätte oder eine lange Stricknadel, dann hätten wir an eine Frau als Täterin gedacht. Aber bei einem Säbel und einem fehlenden Höschen … Wir sollten denken, dass es ein Mann war!«

»Und weshalb?«

»Irgendwer hat doch bestimmt einen Abschlussbericht verfasst.«

»Ich.«

»Ist er präzise?«

»Ich hab alles aufgeschrieben.«

»Bring her.«

Als Ohayon ihm den Ordner bringt, schüttelt Roland Colbert den Kopf. »Das ist ein Buch, Ohayon, kein Abschlussbericht.«

»Wo willst du mit deiner Verdrehtheit und deinen Kondomen denn überhaupt hin?«

»Zum Mond, Ohayon! Und jetzt lass mich allein.«

* * *

Eine Stunde später ruft der Kommissar Ohayon und Grenier in sein Zimmer. Grenier ist genauso beunruhigt wie Ohayon, als sie sieht, dass Roland den Abschlussbericht vor sich auf dem Schreibtisch liegen hat.

»Ich verstehe das nicht, Roland. Ich verstehe vor allem nicht, was du eigentlich von uns hältst.«

»Worum geht's jetzt, Grenier?«

»Worum es geht? Wir haben den Fall abgeschlossen. Ich habe die Walze gefunden, die Geneviève auf den Kopf gefallen ist. Sie ist rund ...«

Roland unterbricht sie. »Ihr habt das überprüft, und sie kam sechs Mal runter. Hab ich alles gelesen.«

»Tat höllisch weh, obwohl sie nur meine Schulter gestreift hat!«

»Alles, was Kristina gesagt hat, ist nicht nur möglich, es ist Tatsache. Wozu jetzt neue Möglichkeiten? Ich kann das nur so verstehen, Roland, dass du uns für Idioten hältst. Du warst in Spanien, wir haben den Fall abgeschlossen, und das gefällt dir nicht.«

»Ihr habt den Fall abgeschlossen?« Roland Colbert ist erschüttert. »Ohne mich? Ihr habt einfach den Deckel zugeklappt. Wisst ihr, was das bedeutet? Die Staatsanwaltschaft wird nicht ohne Weiteres zulassen ...«

»Wir haben den Fall nicht abgeschlossen.«

Greniers Kopf schnellt herum. »Was soll das heißen, Ohayon? Du hast doch einen Abschlussbericht verfasst!«

»Ja, er liegt da auf dem Tisch.«

»Du hast ihn nicht abgegeben?« Ohayon schüttelt den Kopf, der Kommissar lächelt, Grenier fühlt sich verarscht. »Was ist hier los? Ein Geheimnis, das ich nicht kenne? Männliche Solidarität?« Der Kommissar ist jetzt doch etwas erschrocken, wie wütend Grenier geworden ist. Irgendwas schwelt da ... Und er erfährt auch, was: »Wir sind alle darüber hinweggegangen, Roland. Wir haben uns gesagt, so was kann mal vorkommen. Aber ich darf dich daran erinnern, dass du Kristina insgesamt sieben Stunden verhört hast. Und wenn! Und wenn sie am Ende gestanden oder jemanden angeschwärzt hätte, wäre das für mich nur ein Zeichen dafür gewesen, dass sie Angst vor dir hatte! Angst, Roland! Du hast richtig Scheiße gebaut!«

Danach spricht eine Weile keiner. Dann blättert der Kommissar in Ohayons Bericht.

»Ich wollte gar nicht über Kristina mit euch sprechen, sondern über den Mond.«

»Über was?«

»Über den Mond, Grenier! Über den Mond und über den Himmel wollte ich mit euch reden. Hier steht: *Grenier hat den Himmel angeschrien.* Warum hast du den Himmel angeschrien, Grenier?«

»Wann habe ich denn den Himmel angeschrien?«

Ohayon erinnert sich. »Am Tatort. Du hast die Tote untersucht, Conrey und mir klargemacht, dass wir nicht auf der Leiche rumtrampeln sollen, und dann bist du Richtung Wald gelaufen.«

»Ach das. Lieber Gott, ja! Weil ich wütend war, wegen dem Schnee.«

»Den Mond hast du nicht angeschrien?«

»Was soll das, Roland? Verarschst du mich jetzt?«

»Nein, ich frage nur, weil … Wenn man sich schon an die höheren Instanzen wendet, dann könnte man ja …«

»… den Mond anschreien? Na großartig! Was für ein Einfall! Aber leider ist auch der falsch.«

»Warum?«

»Ganz einfach! Weil kein Mond zu sehen war hinter den Schneeflocken.«

»Wann warst du am Tatort, Grenier?«

»Ich bin sofort losgefahren, gleich nachdem Madame Darlan angerufen hat.«

»Das war um fünf, wann warst du da?«

»Kurz vor sechs.«

»So schnell? Musstest du dich nicht erst anziehen?«

»Ist das ein Verhör?«

»Wann!«

»Ich war mit meinem Hund draußen, als der Anruf kam.«

»Wann warst du mit dem Hund draußen?«

»Einmal so gegen halb drei. Er ist krank.«

»Hast du da einen Mond gesehen?«

»Um halb drei ja. Ich hab noch gedacht, dass mein Hund eigentlich ein Wolf ist und in der Natur längst tot wäre ... Na ja, da hab ich ihn jedenfalls gesehen. Den Mond. Da hat es ja auch noch nicht so doll geschneit. Aber als ich am Tatort war, da war nichts mehr zu sehen. Weil es geschneit hat. Was soll das mit dem Mond?«

»Ich möchte, dass du beim Wetteramt anrufst. Die haben bestimmt ein Wetterradar, und das zeichnen die sicher auch auf. Ich möchte wissen, wann der Himmel über dem Wald von Fleurville so bedeckt war, dass man den Mond nicht mehr sehen konnte.«

Grenier schüttelt unwillig den Kopf, auch Ohayon versteht nichts.

»Ist jetzt auf einmal der Mond wichtig, oder was?«

Roland Colbert blättert in seinem Notizbuch.

»Ich habe Madame Darlan an dem Morgen vernommen. So gegen halb sieben. Also ungefähr anderthalb Stunden, nachdem sie Geneviève gefunden und uns alarmiert hat. Ich fragte sie: ›Es war Nacht! Wie haben Sie das Mädchen gefunden?‹ Und sie sagte, nachdem sie sich noch mal über das Gegröle im Wald ausgelassen hat: ›Ich kenne meinen Garten. Außerdem hatten wir Vollmond.‹«

»Und was hat das zu bedeuten?«

»Entweder sie irrt sich, oder es war Vollmond, als sie Geneviève fand. Das würde aber heißen, dass sie sie viel früher gefunden hat. Also spätestens um halb vier. Wir haben ermittelt, dass die Tat gegen drei Uhr begangen wurde. Sie müsste uns dann die Frage beantworten, warum sie zwei Stunden gewartet hat, ehe sie bei uns anrief. Und sie müsste uns die Frage beantworten, wie ein Junge, der leicht bekleidet seit über drei Stunden im Schnee rumirrt, noch grölen kann.«

* * *

Als Roland Colbert, Ohayon und Grenier beim Haus von Madame Darlan ankommen, ist es bereits dunkel.

»Guten Abend, Madame.«

»Was wollen Sie?«

»Ich möchte mit Ihnen über den Säbel sprechen und darüber, warum Sie Geneviève Mortier das Höschen ausgezogen haben.«

Der prasselnde Kamin. Die beiden Sessel vor dem Kamin. Es hat sich nichts verändert.

»Weshalb sind Sie wirklich gekommen, Monsieur Colbert?«

»Ich bin hier, um Sie zu einem Geständnis zu bewegen.«

»Was soll ich gestehen?«

»Dass Sie Geneviève Mortier haben sterben lassen.«

»Ich habe sie nicht sterben lassen. Sie war tot, als ich sie fand.«

»Sie war bewusstlos. Schwer verletzt. Aber nicht tot. Sie hätte gerettet werden können.«

Madame Darlan erschrickt. »Sie war bestimmt tot! Sie hat nicht geatmet und ihr Kopf … das war alles wie Matsch …«

»Ihre Haare waren blutig. Da war nichts Matsch.«

»Dieser Junge hat sie erschlagen! Ich bin aufgewacht, weil ich hörte, wie er im Wald rumgrölte.«

»Er kann um fünf Uhr nicht mehr rumgegrölt haben, da war er bereits erfroren. Aber Sie haben ja recht! Er hat schon rumgegrölt, als Sie Geneviève gefunden haben, und der Vollmond leuchtete Ihren Garten auch noch gut aus. Das alles stimmt. Was nicht stimmt, ist die Uhrzeit. Sie haben Geneviève viel früher gefunden.«

»Die Mädchen haben Angst vor den Jungen. Ich auch!«

»Die Mädchen fahren freiwillig mit an den Feensee.«

»Die wissen doch gar nicht, wie ihnen geschieht!«

»Ja, den Eindruck könnte man haben.«

»Und was für Jungs sind denn das! Primitive Wüstlinge!«

»Ihr Enkel war dabei.«

»Das habe ich erst hinterher erfahren. Und ich verstehe es nicht. Er geht aufs Gymnasium, er liest Bücher. Ich verstehe nicht, wer ihn zu so was angestiftet hat.«

»Sie hörten also einen Jungen im Wald rumgrölen.«

»Ja. Ich bin dann ans Fenster gegangen und habe die Mädchen am Schuppen entdeckt. Sie hielten sich im Arm. Sie hatten Angst.«

»Und Sie haben sie nicht reingebeten?«

»Nein. Dann habe ich versucht weiterzuschlafen, aber es ging nicht. Also bin ich wieder aufgestanden und vors Haus. Und da lag sie. Ich bin hin und habe gesehen, dass sie tot ist.«

»Wann war das?«

»Um kurz nach drei.«

»Da lebte sie aber noch. Sie war bewusstlos. Unser Gerichtsmediziner ist sich sicher, dass sie erst gegen vier Uhr gestorben ist.«

»Nein!«

»Statt die Polizei zu alarmieren oder etwas zu unternehmen, um sie zu retten, kamen Sie auf die Idee, dass es wie das Verbrechen eines Mannes aussehen sollte. Sie haben Geneviève das Höschen ausgezogen und den Säbel neben sie gelegt.«

»Weil ich wollte, dass die in Fleurville endlich begreifen, dass hier im Wald Gewalttaten verübt werden! Und weil sie tot war. Ich war mir sicher!«

»Der Säbel war also ein Zeichen.«

»Ich hatte Angst. Zu Recht! Diesmal haben sie sogar eine getötet! Weil sich keiner dafür interessiert, was hier im Wald passiert! Weil alle es laufen lassen!«

Ohayon mischt sich ein. Er hofft, jetzt endlich eine Antwort auf die Frage zu bekommen, die sie am Anfang der Ermittlungen so lange beschäftigt hatte.

»Sagen Sie, Madame Darlan. Haben Sie eigentlich an dem Morgen bei der Zeitung angerufen?«

»Warum sollte ich das tun? Ich hatte doch schon die Polizei informiert!«

»Eben haben Sie gesagt, dass Sie Genevièves Tod nutzen wollten.«

»Nutzen?«

»Die Missstände hier im Wald. Was Jungs mit den Mädchen machen und all das. Da wäre das doch ganz logisch, die Zeitung anzurufen.«

»Ich hatte Angst!«

»Aber auch nicht so viel Angst, oder? Sie sind immerhin zum Schuppen gelaufen und haben den Säbel geholt. Außerdem haben Sie ihr das Höschen ausgezogen. Geneviève hat noch gelebt ... Finden Sie das nicht ungeheuerlich, was Sie da getan haben?«

»Für mich war sie tot und ... Ich habe es für all die anderen Mädchen getan.«

»Für die anderen Mädchen? Denken Sie wirklich so viel an andere? Warum haben Sie sich dann nicht gefragt, wo das andere Mädchen war? Das Mädchen, das mit Geneviève am Schuppen gestanden hat? Es war minus sechs Grad! Und der Junge, der im Wald rumgegrölt hat? Hat er wirklich rumgegrölt? Hat er nicht vielleicht um Hilfe gerufen?«

»Es war ruhig geworden, das war das Einzige, was ich registriert habe.«

»Ja, es war ruhig geworden ... Zwei junge Menschen lagen im Sterben, und Sie haben gewartet, bis es ruhig war.«

* * *

Als sie zurückkommen, erzählt Ohayon Resnais und Conrey ausführlich, wie es dem Kommissar doch noch gelungen ist, Madame Darlan der unterlassenen Hilfeleistung zu überführen. »Der Mond! Der Mond war ihr Verhängnis.«

Alle lachen, lachen übertrieben, und plötzlich hat Conrey ein paar Flaschen Wein irgendwo hergezaubert. Es ist Feierabend. Und genau das tun sie. Feiern. Die Stimmung ist so überbordend, dass es einen schon wundert. Aber es gibt einen Grund zum Feiern. Der Kommissar hat das letzte Wort gehabt im Fall Geneviève Mortier. Er hat einen Fehler gemacht, aber er hat am Ende doch bewiesen, dass er zu Recht ihr Chef ist. Offenbar brauchten sie das. Zu wissen, dass ihr Chef doch noch mehr drauf hat als sie alle zusammen. Was er sich da mit Kristina erlaubt hatte ... Sie waren darüber hinweggegangen. Hatten es zumindest versucht. Aber es wäre etwas geblieben. Die Überführung von Madame Darlan wegen unterlassener Hilfeleistung bildete den Schlussstrich. Jetzt endlich ist der Fall Geneviève Mortier vollständig aufgeklärt.

Es ist fast elf, als sie das Kommissariat verlassen, und sie sind ein bisschen betrunken. Der Kommissar erinnert daran, dass es ab morgen wieder mit voller Kraft um die Autohehlerbande geht. Alle sind einverstanden, gehen beschwingt nach Hause. Bis auf Resnais, der hat Nachtschicht.

* * *

Der Mann im Auto sieht auf die Uhr neben dem Tacho. Es ist kurz nach elf. Das Mädchen ist heute früher aus dem Haus gekommen als sonst. Sie wird jetzt zur Bushaltestelle gehen und ins *Riverboat* fahren. Er wird den Motor erst starten, wenn der Bus abfährt.

Camille achtet nicht auf Autos. Als sie das Haus ihrer Eltern verlässt, ist ihr Kopf randvoll mit Sätzen, die sie ihrer Freundin sagen wird. Ihre beste Freundin hat nämlich ihren Freund angebaggert. Und das nicht zum ersten Mal. Heute wird sie ihr das ein für alle Mal austreiben. Camille geht im Kopf das Gespräch durch. Es würde bestimmt heftig werden, und ihr schießen jetzt schon lauter Sätze und Erwiderungen und Erwiderungen auf die Erwiderungen durch den Kopf. Es ist also kein Wunder, dass ihr das Auto nicht auffällt.

Das *Riverboat* ist die schäbigste Discothek, die er je gesehen hat. Es hat zwei Tage gedauert, bis er begriff, dass die Schmiererei an der Hauswand einen Raddampfer darstellen soll. Aber die Jungen und Mädchen, die kommen, passen hierher. Nancy hat gut 100 000 Einwohner. Bei Städten dieser Größe gibt es immer einen von diesen schmuddeligen Schuppen. Doch das *Riverboat* hat einen großen Vorteil. Er muss nicht lange warten, und die kleinen blonden Boote drehen sich, wenn der Alkoholfluss sie aus der Tür spült. Für die meisten ist die Fahrt schon um eins zu Ende.

An der Bushaltestelle bleibt Camille stehen. Es läuft alles nach Plan. Die größeren Städte haben eben Vorteile. Die Anonymität. Und das Gewimmel. Vor dem *Riverboat* stehen fünfzig oder sechzig Jungen und Mädchen. Die Mädchen sind nervös. Oder vielleicht einfach nur wahllos? Sie stöckeln von einer Gruppe zur nächsten. Es ist ein Gewimmel ohne erkennbare Struktur. Die Vorstellung, dass keins der Mädchen, die da ziellos hin und her laufen, in der Lage ist, einen Plan so genau auszuarbeiten wie er selbst, erregt ihn. Die Distanz, seine Intelligenz und das Gewimmel.

Das Gewimmel vor dem *Riverboat* hat ihn gleich bei der ersten Observation an einen Fischschwarm oder eine aufgeschreckte Herde erinnert. Keins der Mädchen ahnt, dass er seine Wahl längst getroffen hat. Die Sache mit den unkenntlichen Schwärmen primitiver Mädchen hat allerdings einen Haken. Die

Mädchen lösen etwas in ihm aus, was er sich strikt verboten hat. Vorgestern erst war er ausgestiegen und einem Mädchen gefolgt. Zum Glück war sie plötzlich in einem Hauseingang verschwunden. Er war ihr schon sehr nahe gewesen. Und er hatte sich nicht mehr in der Gewalt gehabt.

Bei Geneviève war er auch ausgestiegen, genau wie bei Isabel. Das durfte nie wieder passieren. Es ging nur um die Möglichkeit. Er konnte! Er konnte es jederzeit tun. Das musste reichen. Denn Opfer waren sie alle. Und zwar von dem Moment an, wo er sie erwählte.

Dezember

Alles ist gut, alles ist vorbei. Und doch! Sergeant Ohayon ärgert sich. Er hatte den Bericht verfasst, er hatte alles aufgeschrieben, und es war ihm trotzdem nicht aufgefallen. Diese verfluchte Sache mit dem Mond. Und jetzt ist Frau Behling nicht da, und er kann mit niemandem darüber reden.

Ohayon steht also, wie früher, allein am Fischstand. Als Roland in Spanien gewesen war, da hatte alles so gut funktioniert. Sie hatten den Fall abgeschlossen, die anderen hatten ihn als Chef anerkannt. Es war eine gute Zeit gewesen. Jetzt hatte Roland doch das letzte Wort gehabt. Woran lag das? Dass er immer nur dann wach wurde, wenn Roland weg war?

Und da ist noch etwas. Er hat Roland nicht die Wahrheit gesagt. Und der hat sich sogar noch bei ihm bedankt! Bedankt, weil Ohayon den Fall nicht abgeschlossen, den Bericht nicht der Staatsanwaltschaft übergeben hatte. Roland und Grenier waren der Meinung, Ohayon hätte das unterlassen, weil es Sache des eigentlichen Chefs sei, den Fall offiziell abzuschließen. Aber das war nicht der Grund. Sergeant Ohayon hatte andere Beweggründe, die ihn zögern ließen. Er war nämlich überhaupt nicht der Meinung, der Fall sei abgeschlossen. Eine rein gefühlsmäßige Einschätzung allerdings, die mit dem Abend zusammenhing, an dem er noch mal zum Tatort gegangen war. Aber was? Das ganze Ergebnis dieses langen Marschs und der ganzen Rumsteherei in der Kälte war nichts als ein Bild. Der Waldrand auf der anderen Seite der Lichtung. Bullshit! Trotzdem! Das Bild war immer wiedergekommen. Auch im Vernehmungsprotokoll von Kristina gab es ja diese kleine Bemerkung. Nämlich, dass sich da, am Waldrand, vielleicht etwas bewegt hatte. Aber brauchten sie diesen mysteriösen Jemand überhaupt noch? Kristina hatte präzise beschrieben, was passiert war, und Grenier hatte ihre Aussagen Punkt für Punkt verifiziert. Nun, das ist ja das Heimtückische an Eingebungen. Sie können falsch sein. Ohayon weiß das.

Ein Duft von Geräuchertem. Ein angenehmer Gedanke an Remouladensoße auf Fisch. Dazu Bratkartoffeln. Das Bild eines dampfenden, randvollen Papptellers und eines Bestecks aus Plastik. Es gibt viele Bilder in Ohayons Kopf und … Frau Behling ist nicht da. Hat Cholesterin eigentlich einen Geschmack? Ohayon ordnet sich in die Schlange vor dem Fischstand ein. Und als er wartet und zu den Müllcontainern rüberguckt, fährt ein Renault Twingo vorbei. Vor ihm in der Schlange stehen zwei Frauen und unterhalten sich über die Vorzüge von frittiertem Fisch. Die eine spricht jetzt leiser, erzählt der anderen, wie primitiv und schrecklich sie die Sitte findet, lebende Karpfen im Aquarium zu halten und sie dann mit einer Eisenstange zu erschlagen. Auch darüber hatte Frau Behling damals gesprochen. Und darüber, dass der Fischhändler aus Deutschland stammt und Freitag und Samstag auf dem Markt steht und dort Fische mit einer Eisenstange erschlägt. Ohayon sieht sich den Fischhändler an. Ein großer, kräftiger Kerl ist das. Als Ohayon an der Reihe ist, bestellt er nichts, worüber sich der Mann hinter ihm in der Schlange freut. Ohayon sieht ihn sich an. Es ist nicht derselbe wie damals. Der hatte ihn ja an einen Schauspieler erinnert. Und der Name ist dir natürlich nicht eingefallen! Inzwischen geht alles ineinander, wird zu einem einzigen Déjà-vu. Was ist nur los mit ihm? Warum wird er ausgerechnet hier, vor dem Fischstand, so heftig von diesem Bild bedrängt? Was hat der verdammte Waldrand mit dem Fischstand zu tun? Er kann nicht anders. Er dreht sich um.

Das Bedeutendste, was ihm auffällt, ist wieder der Fischhändler. Erschlägt Fische mit einer Eisenstange, ist Freitag und Samstag hier und Geneviève wurde in der Nacht von Freitag auf Samstag erschlagen. Ohayon grinst bitter. Jetzt treibt es seine Fantasie doch etwas zu doll mit ihm. Ohayon überquert also die Straße und geht zurück zum Kommissariat. Das ist ja genau seine große Schwäche. Er erinnert sich an nichts und kann nicht richtig denken. Wie oft schon hat er am Schreibtisch gesessen und sich gesagt: Jetzt gehen wir das mal alles Schritt für Schritt durch!

Aber genau das kann er nicht. Schritt für Schritt und analytisch. Als Ohayon den Glaskasten des Eingangs betritt, ist er also ziemlich genervt. Dann sieht er etwas, das zu seiner Stimmung passt. Der Gummibaum hat wieder ein Blatt abgeworfen. Ohayon hebt das Blatt auf und legt es in den Blumentopf. Er befühlt die Erde und stellt fest, dass sie fast trocken ist. Er hat ein schlechtes Gewissen. Seit er mit Frau Behling zusammen ist, hat er den Gummibaum total vernachlässigt. Er geht also und holt die Gießkanne. Als er den Gummibaum gießt, fällt ihm auf, dass er lauter grüne Spitzen hat. Die alten Blätter dagegen sehen nicht so gut aus. Er befühlt eins. Etwas eingeschrumpelt ist es bereits. Der nächste Kandidat, der fallen wird. Er ist fertig mit Gießen und Fühlen, stellt die Kanne ab. Und als er dann seinen Gummibaum noch einmal kurz betrachtet, da endlich fällt es ihm ein.

Der ganze Vorgang des Erinnerns dauert eine Sekunde. Dass es so schnell geht, liegt daran, das Erinnerung im ersten Moment kein Gedanke ist, sondern ein Gefühl, das sich dann schnell konkretisiert.

Ohayon geht in sein Zimmer. Er läuft nicht. Niemals! Aber er geht doch so viel schneller als sonst, dass es einer Putzfrau auffällt, die sich gerade über einen Mülleimer geärgert hat, der im Gang steht.

In seinem Büro angekommen, setzt sich Ohayon an seinen

Schreibtisch, nimmt einen Block, schreibt auf, was zu tun ist, geht Eventualitäten durch.

Man kann das nur überschlägig sagen, aber im Laufe der Ermittlungen sind eine Menge Möglichkeiten und Fakten aufgetaucht. Vielleicht vierhundert. Die müssen alle berücksichtigt und miteinander in Beziehung gesetzt werden. Rein rechnerisch gibt es also etwas mehr Möglichkeiten als Sandkörner am Strand. Ein guter Großrechner würde trotzdem nicht länger als zwei Tage dafür brauchen. Ohayon ist kein Computer, er hat nur ein durchschnittlich verwirrtes Gehirn zur Verfügung, das zu achtundneunzig Prozent mit der Verarbeitung von Gefühlen befasst ist. Es dauert ungefähr zwei Minuten, bis er fertig ist mit seiner Arbeit.

Informieren, anrufen, abklären. Sofort!

Doch Sergeant Ohayon ruft nicht an. Er lehnt sich zurück und lässt Zeit vergehen. Und noch etwas mehr Zeit vergehen. Es sind längst noch nicht alle Unterschiede zwischen Großrechnern und menschlichen Gehirnen mit der nötigen Präzision untersucht worden.

Und noch etwas Zeit lässt er vergehen, reibt sich dabei den Nasenrücken und überprüft anschließend den Sitz seiner Haare. Keine Eile, jetzt bloß keine Eile!

Keine Eile? Es ist 15 Uhr 48. Wenn Ohayon noch jemanden erreichen will, ist es höchste Zeit. Aber Ohayon greift nicht nach dem Telefonhörer. Das Gehirn, die Verwirrung. Irgendwas kämpft da mit sich.

Was gibt es da zu zögern? Möglichen Verdachtsmomenten wird nachgegangen, da ist nichts zu überlegen! Andererseits: Der Fall Geneviève Mortier ist abgeschlossen, Roland hat den Bericht abgegeben. Und es ist ein empfindlicher Fall. Der Staatsanwältin würde es sicher nicht gefallen, wenn er jetzt noch mal anfing, in der Sache rumzuwühlen. Auch Roland hat sich, nachdem er Madame Darlan der unterlassenen Hilfeleistung überführt hat, endlich beruhigt. Außerdem stehen längst andere Straftaten im Mittelpunkt. Conrey hat gestern die Autohehlerbande hochgehen lassen. Die Täter werden gerade verhört, und Grenier untersucht frisierte Fahrgestellnummern. Sie sind alle eingespannt. Nur ihn, der doch die Ermittlungen gegen die Autodiebe geleitet hatte, braucht offenbar niemand.

Die Verwirrung, das Abschweifen, das Beleidigtsein, all das beansprucht seine Zeit. Sechs Minuten gehen verloren.

Um drei Minuten vor vier entschließt sich Ohayon dann doch zu telefonieren. Während er wählt, hofft er, dass sich die kleine Unstimmigkeit, an die er sich vor dem Gummibaum erinnert hat, als Missverständnis herausstellen wird.

Das Sekretariat ist noch besetzt, und er bekommt seine Auskunft. Als er aufgelegt hat, fühlt er sich nicht besser. Sein Verdacht ist nicht ausgeräumt worden.

Aber er ist nicht noch aufgeregter geworden. Im Gegenteil. Er ist jetzt ganz ruhig. Sergeant Ohayon weiß, wo seine Stärke liegt. Er kann jetzt keinen von den anderen gebrauchen. Also sucht er sich die Adresse raus und fährt los.

* * *

Der Verstand führt so sein Eigenleben. Und das tut er auch dann, wenn wir uns einreden, dass wir ja eigentlich nichts anderes sind als unser Verstand. Man sieht etwas, in einem Gespräch wird am Rande etwas gesagt, und irgendwann spielt einem der Verstand dann so einen Streich. Man weiß, dass da was war. Aber da es einem nicht einfällt, bekommt das Geheimnis eine immer größere Bedeutung. Dann fällt es einem wieder ein. Voilà!

Bei Ohayon hat es über einen Monat gedauert. Als es ihm dann einfiel, war er überrascht und gleichzeitig enttäuscht. Es war nämlich keine große Erkenntnis, die sein Verstand ihm da enthüllt hatte. Es war nur eine Frage, die er hatte stellen wollen. Die er aber nicht gestellt hatte, weil in dem Moment Roland zurückgekommen war. Als Ohayon endlich einfiel, worum es damals ging, machte ihm sein verspieltes Gedächtnis ein Geschenk. Ihm fiel nämlich gleich die ganze Situation ein, mit allen Details.

Es war passiert, als sie den Lehrer vernommen hatten, der ihnen diesen ungeheuerlichen Aufsatz von Kristina gebracht hatte. Sie hatten ein paar Fragen gestellt, und dann war Roland rausgerufen worden. Er hatte also mit dem Lehrer da rumgesessen, und weil er nicht auf eine Vernehmung eingestellt war, hatte er erst mal nichts gesagt. Weil die stumme Rumsitzerei ihm dann aber unangenehm war, hatte er schließlich ein Gespräch mit Monsieur Agneau angefangen. Es war darum gegangen, dass der Beruf des Lehrers auch nicht leicht ist. Pierre Agneau hatte ihm erzählt, dass er damals Schwierigkeiten hatte, überhaupt eine Stelle zu bekommen. Sein Referendariat hatte er in Hannover absolviert und dann … Ja, und da war eben diese Unstimmigkeit. Er hatte gesagt, dass er lieber in Hannover geblieben wäre und dann erwähnt, dass das fünf Jahre her war. Danach hatte er von seiner Frau erzählt, und davon, dass sie sich jetzt beide in Fleurville sehr wohlfühlten, und davon, dass es aber doch Schwierigkeiten gegeben hatte mit der neuen Stelle. Ohayon hatte eigentlich nur wissen wollen, was das für Schwierigkeiten waren. Aber da war Roland zurückgekommen. Das war alles gewesen.

Und diese Kleinigkeit hatte sich einen Monat lang in seinem Kopf versteckt. Vielleicht lag es am Ende nur daran. An seiner verzögerten Erinnerung. Dass er der Sache überhaupt so eine Bedeutung beimaß. Nach dem Anruf in der Schule war die Kleinigkeit etwas bedeutender geworden. Da erst war sein Motor richtig angesprungen. Ohayons Motor, das war nicht die große Aufregung. Es war ein Gefühl der Ruhe.

* * *

Nachdem Sergeant Ohayon sich vorgestellt und gesagt hat, was er will, ist sofort klar, dass er Pech hat.

»Mein Mann ist zu einer Fortbildung in Nancy. Aber kommen Sie doch rein, vielleicht kann ich Ihnen helfen.« Er folgt Madame Agneau ins Wohnzimmer. Am Tisch sitzt ein sechsjähriges Mädchen und schreibt etwas in ein Heft. »Wir machen gerade Hausaufgaben«, erklärt Madame, und ihre Tochter macht sofort den konstruktiven Vorschlag, das auf später zu verschieben. Ohne eine Antwort ihrer Mutter abzuwarten, verlässt sie zügig den Raum. Ohayon sieht sich im Wohnzimmer um. Alles ist ganz normal. Die Einrichtung gefällt ihm.

»Wir hatten noch nie Besuch von der Kriminalpolizei. Sie suchen noch immer nach dem Mörder von Geneviève, ja?«

»Eigentlich ist der Fall abgeschlossen.«

»Möchten Sie etwas trinken? Einen Cognac?«

»Gerne.«

»Dürfen Sie das überhaupt?«

»Was?«

»Trinken, wenn Sie im Dienst sind?«

Ohayon guckt auf die Uhr. »Fünf Uhr. Ist offiziell schon vorbei, mein Dienst.«

Ohayon fängt an zu reden. Er merkt sogar, dass er zu viel redet. Aber er kann nichts dagegen machen. Er will reden, er will bleiben. Dass er das so unbedingt will, liegt irgendwie an der Wohnung, vielleicht auch an Madame Agneau. Und er ist eben in diesem Zustand der Ruhe, weiß, dass er sich seinem Gefühl überlassen muss. Den ungeheuer scharfsinnigen Kommissar aus der amerikanischen Serie gibt es nicht mehr. Es hat ihn nie gegeben. Nie jedenfalls, wenn Ohayon wach ist. Und im Moment ist er wach, auch wenn es nicht so aussieht.

Madame, das ist keine Frage, findet den Besuch eines echten Kommissars, sie hält ihn dafür ... Sie findet das viel interessanter, als Schulaufgaben zu machen mit ihrer Tochter. Was ist das für ein Unsinn? Hat Ohayon vergessen, warum er hier ist? Eine Grenzfrage. Im Moment jedenfalls erzählt Sergeant Ohayon von der Schule und wie durcheinander er war, als sie die Lehrer im Gymnasium vernommen haben. Er erzählt ihr sogar, dass er sich geschämt hat. Und Madame Agneau hört ihm zu. Irgendwann ist Ohayon fertig mit seiner Geschichte. Er hört auf zu reden und guckt durch die große Panoramascheibe in den Garten. Seine Eltern hatten auch so ein Haus. Einen Bungalow mit einem großen Wohnzimmer und einer Panoramascheibe, durch die man in den Garten gucken kann. Ohayon erinnert sich, wie er zusammen mit seiner Mutter immer am Glastisch gesessen, Memory gespielt und geredet hat.

Ohayon blickt Madame Agneau an und lächelt.

»Was belustigt Sie?«

»Ich dachte gerade an zu Hause. Meine Eltern hatten auch so ein Haus wie dies hier.«

Damit fängt ein neues Kapitel an. Madame Agneau erzählt von ihren Eltern, und Ohayon hört zu. Irgendwann allerdings ist er sich nicht mehr ganz sicher, ob es nicht einfach nur ihre Stimme ist, der er lauscht.

Vielleicht der Garten? Einige Erinnerungen an den Garten seiner Eltern flimmern kurz durch sein Bewusstsein.

Madame Agneau ist auch in einer komischen Stimmung. Zwei Gläser Cognac hat sie schon getrunken. Dabei wollte sie doch eigentlich mit ihrer Tochter Hausaufgaben machen. Andererseits. Das Hausfrauendasein war nicht ihr Plan gewesen. Schließlich waren ihre Eltern beide Lehrer, hatten beide studiert. Aber bei ihr war nichts davon angekommen. Genetisch. Sie hatte keine allzu guten Noten gehabt, und von Gymnasium konnte keine Rede sein. Immerhin war sie sprachlich begabt, und Deutsch konnte sie, wie die meisten aus dem Grenzgebiet, fließend. Also war sie Sekretärin bei der deutschen Niederlassung einer französischen Firma geworden. Sie sah gut aus und hatte eine Menge Männer zur Auswahl gehabt. Nur: Alle intelligenten Männer waren irgendwann weggeblieben. Bis auf Pierre. Er kam, und das war für sie wohl so etwas wie ein Zeichen gewesen, aus der Nähe von Fleurville.

»Wir hätten uns also theoretisch auch hier kennenlernen können, dann hätten wir uns den Umweg über Hannover gespart!«

Madame Agneau lacht. Es ist eine alte Familiengeschichte. Dass sie beide aus Nachbarorten kamen, sich dann aber in Hannover … Sie hat die Geschichte schon oft erzählt.

»Das ist wirklich ein Zufall, Madame. Das ist fast schon Vorsehung!«

»Nicht wahr?«

Sie hatte ihren Pierre also in Hannover kennengelernt. Sie hatten schnell geheiratet und nach zwei Jahren eine Tochter bekommen. Sie war plötzlich die Frau eines Lehrers und ihre Eltern ließen sie spüren, dass sie sehr einverstanden waren mit Pierre. Es gab allerdings ein Problem. Pierre war kalt. Vor allem in den ersten Jahren fühlte sie sich oft von ihm ausgeschlossen. Aber irgendwann war das besser geworden. Nach ihrem Umzug nach Fleurville hatte Pierre sich verändert. Zum Guten.

Das Gespräch hat sich allmählich etwas erschöpft, aber Ohayon will noch immer bleiben.

Irgendwas Wichtiges … Und was?

Es liegt nicht an der Frau, es hat etwas mit der Wohnung zu tun … Es dauert verdammt lange, bis Ohayon merkt, dass er sich auch da irrt.

Er hat es die ganze Zeit gesehen und nicht gesehen. Oh nein! Es hatte nichts mit Madame Agneau zu tun und auch nichts mit der Wohnung, sondern mit dem Garten. Und eigentlich auch nichts mit dem Garten, sondern mit einem kleinen Bauwerk, das im Garten steht.

Auf dem Dach liegt kein Schnee, was bedeutet, dass das Gewächshaus beheizt wird.

»Das Gewächshaus. Züchten Sie da Gemüse?«

»Nein, das gehört meinem Mann. Da drin sind seine Orchideen.«

Ohayon merkt, dass Dinge mit seinem Körper passieren. Dinge, die etwas damit zu tun haben, dass wir mal Raubtiere waren.

»Ja, also, Madame ... Es macht ja keinen Sinn, dass ich Sie hier weiter belästige. Ich hatte eigentlich nur eine kleine Frage an Ihren Mann. Vielleicht können Sie mir da weiterhelfen.«

»Mal sehen.«

»Ihr Mann hat seine Ausbildung in Hannover gemacht.«

»Ja. Er hat dort seine Referendariatszeit absolviert und wurde dann auch von der Schule übernommen.«

»In Hannover?«

»Ja.«

»Und seit wann sind Sie hier?«

»Seit etwas über vier Jahren.«

»Ihr Mann sprach von einer beruflich schwierigen Zeit. Was könnte er damit gemeint haben?«

»Sicher den Wechsel hierher. Also zu seiner neuen Schule in Benningstedt.«

»Was war an dem Wechsel schwierig?«

»Ich wollte unbedingt hierher ziehen. Erstens weil meine Eltern hier in der Gegend leben. Mein Vater hat früher in Fleurville im Kirchenchor gesungen und ...«

»Sie sind also hierher gezogen.«

»Ja. Mein Mann stammt aus Grimauds, und mir gefiel es

hier viel besser als in Hannover. Außerdem wollten wir nicht, dass unsere Tochter in einer Großstadt aufwächst. Ich bin etwas ängstlich.«

»Verstehe.«

»Pierre hat also seine Versetzung beantragt, und wir sind hergezogen. Aber dann wurde die Stelle in Benningstedt doch nicht so schnell frei, und Pierre musste eine Weile als Nachhilfe- und Aushilfslehrer arbeiten. Fast ein Jahr lang. Wir haben uns meistens nur am Wochenende gesehen.«

»Wo hat er als Aushilfslehrer gearbeitet? In Hannover?«

»Nein, in Saarbrücken.«

»Vor vier Jahren, sagten Sie, oder?«

»Ja, vor vier Jahren.«

* * *

Als Ohayon zurück ins Kommissariat kommt, ist es fast 19 Uhr. Er hat Glück, Grenier ist noch da. Allerdings ist sie nicht gerade begeistert, als sie ihn sieht.

»Du siehst doch, dass ich zu tun habe!«

Ohayon lässt sich nicht abwimmeln. Er weiß, was das, was er herausgefunden hat, bedeuten kann. Wenn er recht behält, sind hier in der Gegend alle Mädchen zwischen vierzehn und siebzehn in akuter Gefahr.

»Es ist wichtig, Grenier.«

»Worum geht's denn überhaupt?«

»Um den Mord an Geneviève Mortier.«

»Das ist jetzt ein Witz, oder?«

* * *

Es ist kurz vor drei Uhr nachts, als er in seinem Hotelzimmer ankommt, und seine Stimmung ist noch schlechter als vorher. Es ist sein letzter Abend in Nancy, und am Ende hat ihm die

Stadt doch kein Glück gebracht. Immerhin weiß er jetzt, woran er ist. Er hat sich geirrt. Die Observationen verschaffen ihm nicht die Befriedigung, die er sich eingebildet hat. Denn es ist Einbildung gewesen, weiter nichts. Der Versuch, seiner Geilheit zu entkommen, indem er sich darauf beschränkt, die Mädchen zu kontrollieren, ihre Bewegungen im Voraus zu kennen, wie ein Schachspieler, das ist eben nur das, was es ist. Ein Spiel.

Er hat das erwählte Mädchen jetzt schon den zweiten Abend verfolgt. Aber das Spiel mit dem Observieren reicht ihm nicht mehr. Ob es an ihr liegt? Während er sie observierte, hatte er versucht, das rauszufinden. Jetzt ist er sicher. Seine Begierde gilt ihr, nicht seinem lächerlichen Spiel. Er hat sich dabei ertappt, dass er sich langweilte, wenn er in der Nähe des *Riverboat* darauf wartete, dass sie sich auf den Weg nach Hause machte.

Er zieht sich aus. Es ist nichts passiert hier in Nancy. Er hat seine Fortbildung absolviert und fährt morgen zurück, ohne eine Straftat begangen zu haben. Das ist gut.

Er legt sich ins Bett.

Es lässt ihm keine Ruhe. Noch bevor er einschläft, hat er seine Gedanken geordnet. Es gibt nur zwei Möglichkeiten. Entweder er hört auf damit. Und zwar vollständig. Oder er geht den Weg zu Ende. Die Zeit der Observationen ohne Konsequenz ist vorbei.

* * *

Grenier hat noch nie in Ohayons Auto gesessen. Der riesige Schlitten hat vorne eine durchgehende Sitzbank, die mit glattem Leder bespannt ist. Zum Glück verhindert der Sicherheitsgurt, dass sie bei jeder zweiten Kurve zu Ohayon rüberrutscht.

»Du sitzt da, als ob ich dich zur Schule fahre!«

Ohayon lacht über seine Bemerkung, und Grenier nimmt ihre Aktenmappe vom Schoß, stellt sie auf den Boden.

Ohayon ruft noch mal in Saarbrücken an, hat wieder kein Glück. Vera ist noch nicht im Büro. Es ist erst Viertel vor acht.

Ohayon sieht zu Grenier rüber.

»Wie du da sitzt! So schlimm ist das ja nun auch nicht, dass wir nach Saarbrücken fahren.«

»Doch. In einer halben Stunde sucht Roland mich und fragt, was mit den Fahrgestellnummern ist, und ich bin nicht da. Du hättest ihm sagen müssen, was du rausgefunden hast.«

»Keiner will mehr was von der Sache mit Geneviève wissen. Wenn ich ihn da reinziehe, gibt es Notizen. Außerdem kriegt dann Conrey was mit. Roland hatte schon genug Ärger mit der Staatsanwältin. Wir lassen ihn da raus, bis wir wissen, ob überhaupt was dran ist an der Sache.«

»Mein Gott, bist du ein guter Mensch!«

»Na ja, nun ist es mal meine Sache …« Das nur genuschelt. »Außerdem wird es höchstens eine Stunde dauern. Dann ist es neun, und wir sind um zehn zurück. So lange wird er auf seine Fahrgestellnummern schon warten können.«

»Vorausgesetzt, dass deine Vera ihren Dienst wirklich um acht antritt!«

Um fünf nach acht hat Ohayon Vera Büttner am Apparat.

»Hallo! Hier ist noch mal Sergeant Ohayon … Aus Fleurville, richtig. … Ich bin auf dem Weg zu euch, hab dich gestern Abend nicht mehr erreicht. … Wie? … Gäste? Was gab's zu essen? … Mit Füllung! … Klingt gut!« Grenier guckt aus dem Fenster und beginnt die Bäume zu zählen, an denen sie vorbeikommen. Es bringt nichts, wenn sie sich aufregt. »Crème brûlée! Fabelhaft. Also das nächste Mal möchte ich eingeladen werden. … Nein, natürlich nicht nur deshalb. Es geht noch mal um die Mordsache, ja? … Geneviève Mortier, richtig. Ich glaube, wir haben da was, das mit eurem Fall von damals zu tun hat. … Nein, nicht die Kleine aus der Schule, ich meine die andere. Isabel … ja, die Sechzehnjährige … ja, die meine ich. Wir sind in einer halben Stunde da. Vielleicht kannst du schon mal die Sachen raussuchen lassen. Wir müssen uns beeilen. Ich glaube, da läuft jemand rum, der sehr gefährlich ist.«

* * *

Als sie im Büro von Vera Büttner ankommen, legt Ohayon sofort los.

»Das ist Marie Grenier, Spurensicherung.«

Die beiden Frauen sehen sich an. Keine Konkurrenz, keine Abneigung. Der Gedanke, dass Frauen mit Frauen nicht können, ist falsch. Es geht um den Fall, nicht um so was. In diesem Sinne ganz bei der Sache, übernimmt Grenier.

»Wir haben bei unseren Ermittlungen Reifenspuren sichern können, außerdem die Spurweite eines Mittelklassewagens. Ich habe Fotos dabei und meine Zahlen.«

Ohayon nickt zufrieden.

»Genau. Und jetzt willst du natürlich wissen, warum wir das alles mitgebracht haben.«

»Du hast gesagt, dass es was mit unserem Fall Isabel zu tun hat.«

»Richtig. Es gibt da einen Lehrer, der in unserem Fall zunächst keine große Rolle spielte, der aber, wie ich leider erst jetzt weiß, vor vier Jahren in Saarbrücken gearbeitet hat. Als Aushilfslehrer. Er heißt Pierre Agneau. Ja?«

»Bitte etwas schneller.«

Greniers Mund verzuckert sich zu einem feinen Lächeln, Ohayon wird schneller.

»Die erste Frage. Ist dieser Name im Zusammenhang mit Heimann gefallen? Du hast ja damals nachgeguckt, in deinem Computer …«

»… und er war nicht unter den Personen, die bei der Sache befragt wurden. Worum geht's jetzt genau?«

»Eigentlich noch mal um Walter Heimann.«

»Der stand nicht auf Sechzehnjährige, das hab ich dir letztes Mal schon gesagt.«

»Wir haben auch nicht ihn in Verdacht, sondern … Einer von euch muss bei der Schule anrufen, in der Heimann damals Lehrer war. Die sollen euch sagen, ob da mal ein Pierre Agneau gearbeitet hat. Vermutlich hat ihm irgendwer an der Schule von dem Verdacht gegen Heimann erzählt.«

»Ich denke, es geht um Isabel. Was hat Walter Heimann damit zu tun? Heimann stand im Verdacht, Ina Lorenz angefasst zu haben. Das ergibt ein ganz anderes Täterprofil als die Vergewaltigung einer Sechzehnjährigen.«

»Es geht mir um was anderes. Noch am Morgen, als Geneviève erschlagen wurde, gab es einen anonymen Anruf bei unserem Käseblatt. Der Anrufer hat behauptet, Heimann hätte Geneviève ermordet. Wer immer da angerufen hat, musste zwei Sachen wissen. Einmal, dass überhaupt ein Mädchen erschlagen wurde. Und das war immerhin mitten im Wald und mitten in der Nacht. Außerdem musste er wissen, dass Walter Heimann schon mal in ein Sexualdelikt verwickelt war.«

Grenier guckt zu Ohayon rüber. Sie versteht nicht ganz, was da gerade los ist. Sergeant Ohayon macht keine Pausen, er macht keine Witze, und er stellt das, was er sagt, nicht in jedem zweiten Satz wieder infrage.

»Noch was?«

»Der Mordfall Isabel. Du hast damals gesagt, sie wurde erschlagen und vergewaltigt.«

»Wir haben die DNA des Täters. Das meinst du. Also wenn ihr glaubt, dass dieser Pierre Agneau es war, warum macht ihr nicht einfach einen DNA-Test?«

»Nein. Ich will mehr haben. Bei unseren Ermittlungen sind ein paar Sachen schiefgegangen. Ich brauche einen guten Grund für so einen Test. Daraus ergibt sich Frage drei: Habt ihr damals irgendwelche Spuren sichern können? Außer der DNA?«

»Jein.«

»Das heißt?«

»Die Tat wurde in der Nähe einer Discothek begangen. Möglich, dass der Täter auf Isabel gewartet hat. Entweder hat er dort herumgestanden, dann haben wir sehr viel. Oder er hat im Auto gesessen. Dann haben wir noch viel mehr.«

»Uns interessieren Reifenspuren.«

»Da ist ein provisorischer Parkplatz. Der Boden besteht aus einem Gemisch aus Sand und Erde. Allerdings wird der Parkplatz viel benutzt. Vor allem von den Gästen der Discothek.«

»Habt ihr die Spuren fotografiert?«

Vera Büttner antwortet nicht. Die Tür geht auf und ein Assistent schiebt einen Wagen in den Raum. Grenier wirft einen Blick auf die Stapel von Ordnern.

»Scheiße. Wie viele Fotos sind das? Zweitausend?«

»Ihr seid in Deutschland. Wir haben den Parkplatz kartiert.«

Grenier sieht Ohayon an. »Wie war das? Ich bin um zehn Uhr zurück?«

Es klopft. Zwei Männer betreten den Raum. Vera stellt sie vor. »Walter Rennig und Horst Kuniolka. Die können euch helfen.«

* * *

Ohayon sitzt in Veras Büro und tut nichts.

Er war am Anfang mit reingegangen und hatte zugesehen, wie Walter Rennig und Horst Kuniolka ihre Fotos einem Raster zugeordnet auf dem Tisch ausgelegt hatten. Ohayon hat das an die Memory-Nachmittage mit seiner Mutter erinnert. Nur waren hier alle Karten bereits aufgedeckt. Grenier und die beiden

Deutschen hatten sich sofort an den Vergleich mit Greniers Reifenspuren gemacht – und geflucht. Grenier auf Französisch, die beiden Männer auf Deutsch. Von Überlagerungen, Verwischungen und Ähnlichem hatten sie geredet. Vera war irgendwann gegangen, um zu überprüfen, ob Pierre Agneau an der Schule von Walter Heimann unterrichtet hatte.

Schließlich hatte auch Ohayon den Raum mit dem großen Tisch verlassen und war in Veras Büro zurückgekehrt.

Jetzt wartet er. Nach einer Weile fällt ihm eine Zimmerlinde auf, die in einer Ecke steht. Über der Zimmerlinde hängt eine große Lampe, die den Baum weiß bestrahlt. Die Zimmerlinde sieht gesund und kräftig aus. Vielleicht braucht der Gummibaum im Glaskasten auch so eine Lampe. Ohayon wartet weiter. Er fängt an, sich zu langweilen und wird müde. Um sich wachzuhalten, denkt er eine Weile an Frau Behling. Er wird sie Weihnachten mit einer Reise nach Teneriffa überraschen. Er stellt sich vor, wie sie gemeinsam auf einem Balkon in der Sonne sitzen, frühstücken, sich unterhalten. Und irgendwann kommen dann noch einige sexuelle Vorstellungen dazu, die etwas mit der herrlichen Aussicht, der würzigen Luft und dem Balkongitter zu tun haben. Und bei diesen schönen Gedanken schläft Sergeant Ohayon ein. Vielleicht hat er das mit dem Balkongitter ja auch schon geträumt. Oder er ist währenddessen hinübergeglitten. Es ist jedenfalls sanft gewesen, es hat lange gedauert, und es hätte für immer so weitergehen können. Das Erwachen ist weniger sanft. Grenier rüttelt ihn an der Schulter und spricht ziemlich laut.

»Wach auf, Ohayon! Du musst Roland anrufen. Er soll einen DNA-Test beantragen, wir haben ihn.«

* * *

Es hat natürlich wieder länger gedauert.

Eigentlich waren sie um 19 Uhr fertig gewesen. Aber das war ja immer so bei diesen Fortbildungen. Am letzten Tag fand keiner ein Ende. Das Ganze hatte aber auch etwas Gutes. Die fachlichen Gespräche, das gemeinsame Aufregen über die neuen Anweisungen des Kultusministeriums, das alles war wunderbar normal.

Es ist 20 Uhr 30, als er aus Nancy wegfährt.

Es ist dunkel, und er hat noch zwei Stunden auf der Landstraße vor sich. Das nächste Treffen wird wieder in Deutschland stattfinden. Sparmaßnahmen. Die Zeit luxuriöser Fortbildungen in Frankreich ist wohl erst mal vorbei. Sie werden sich also Ende Mai in der Nähe von Würzburg wiedersehen. Das ist in Ordnung. Würzburg ist zwar keine Großstadt, aber auch kein Dorf.

Während der Fahrt denkt er noch mal über die Konsequenzen seiner Zeit in Nancy nach. Es war eine entscheidende Zeit gewesen, für ihn. Er hatte jeden Abend observiert. Immer dasselbe Mädchen. Und er hatte sich gelangweilt dabei. Der Schluss, den er gestern Abend daraus gezogen hat, ist natürlich Quatsch. Dass er sich beim Observieren langweilt, bedeutete sicher nicht, dass er jetzt seinem Trieb nachgeben wird. Das Gegenteil ist der Fall.

Es hat funktioniert. Nach vier Jahren Quälerei! Die Mädchen interessieren ihn nicht mehr. Seine Schritt-für-Schritt-Therapie, dieses Umlenken seines Triebs in eine fast schon irrsinnige Form von Mathematik, war aufgegangen. Die Pläne. Die Vorauskalkulation der Wege, das stundenlange Rumsitzen im Auto. Das war doch nichts anderes gewesen als der Versuch, seine Geilheit in dumpfen Handlungen zu erschöpfen, sich vor Augen zu führen, was sein Trieb eigentlich war. Stumpfsinn. Endlose Wiederholungen gleicher Vorgänge.

Aber er merkt ja schon seit einiger Zeit, dass er dabei ist, wieder ein Mensch zu werden. Genesungsvorgänge kommen immer in Wellen! Er hatte an den fachlichen Gesprächen in Nancy so konzentriert teilgenommen wie lange nicht mehr. Er war wieder das, was er war. Ein Lehrer. Die abendlichen Observationen dagegen waren ihm fast schon wie eine Pflicht vorgekommen. Zwangshandlungen! Selbst auferlegte Zwangshandlungen. Bestrafung! So weit hatte das also funktioniert. Jetzt würde die nächste schwierige Aufgabe auf ihn zukommen. Was mache ich mit der Zeit? Die Observationen hatten ja seine gesamte Freizeit ausgefüllt. Am Wochenende fuhr seine Frau immer zu ihrer Mutter, weil die ihre Einsamkeit nicht aushielt. Ihm ist klar, dass das Zuviel an Zeit ein entscheidender Faktor jeder Suchtgefahr ist. Und so begibt er sich für eine Weile in eine Spekulation hinein, die sehr reizvoll ist. Er kann es zwar nicht genau formulieren, aber er ahnt, dass es da einen Zusammenhang gibt. Zwischen Trieb und Zeit. Das ist fantastisch! Es gibt eine geheimnisvolle Verbindung zwischen dem höchsten Grad an Abstraktion und dem ursprünglichsten Motiv allen Handelns.

Es ist ein langer Weg, heraus aus dem Dreck. Aber es ist ein erfrischender Weg. Ja! Erfrischt. Das Wort beschreibt sein Gefühl am besten. Wie klar und schön ihm die Welt vorkommt. Kein Wunder, wenn man sie nicht mehr aus der Perspektive des Drecklochs wahrnimmt! Denn es war ein Dreckloch gewesen und er ein perverses Schwein. Da hatte es für ihn nie einen Zweifel gegeben. Was für ein Recht hatte er sich da herausgenommen? Er hatte sich wie Gott aufgeführt! So getan, als wären die Mädchen Objekte. Dabei kannte er sie doch aus der Schule, wusste, dass sie nicht anders waren als er oder irgendwer sonst auf der Welt. Vielleicht war das sogar das Schlimmste an allem gewesen. Seine unglaubliche Arroganz.

Heute Morgen ist ihm ein Gedanke gekommen, der eigentlich logisch war. Du musst es wiedergutmachen! Er sah sich schon als freiwilligen Sozialarbeiter. Aber genau das wäre falsch. Übertrieben. Die Normalität war seine Rettung, nicht das Besondere.

Also, was mache ich mit meiner Freizeit?

Sein Gewächshaus und die Orchideen kommen nicht infrage. Die sind für ihn unlösbar mit den Mädchen verbunden. Gerade deshalb, weil sie als Ablenkung nie richtig funktioniert haben. Du musst ganz neu ansetzen! Er überlegt also eine Weile, was er früher gemacht hat. Vor den Orchideen, als noch alles normal war. Er erinnert sich daran, dass er mal Modellflugzeuge gebaut hat. Mit Leidenschaft! Noch bis in seine Referendariatszeit hinein. Warum habe ich damit aufgehört? Der Gedanke mit den Flugzeugen gefällt ihm. Vielleicht hat seine Tochter ja auch Spaß daran. Er geht schon ganz auf in seinen Vorstellungen. Erinnert sich an Details. Das Balsaholz, das Feststecken der Spanten auf den Plänen, das Ausmessen der Winkel mit dem Geodreieck, das Verkleben. Die kleinen Motoren! Richtige kleine Dieselmotoren waren das und …

Am Armaturenbrett leuchtet eine Lampe auf.

Schlicht in ihrer Farbe, aber eindeutig in ihrer Weisung. Benzin ist bald alle.

Die nächsten zehn Minuten denkt er weder an Schuld noch an Mädchen, er denkt an Benzin. Er hat Glück, biegt von der Straße ab. Die Tankstelle ist riesig. Grell erleuchtet. Menschenleer.

Er tankt.

Bevor er bezahlt, stöbert er in den Zeitschriften. Da! Eine Zeitschrift für Modellbauer. Gleich mitnehmen, gleich anfangen! Der Rentner, bei dem er bezahlt, ist schwerhörig. Auch das kommt ihm heute wunderbar irdisch vor.

Als er zu seinem Auto zurückgeht, sieht er, dass der rechte Vorderreifen zu wenig Luft hat. Er blickt sich um. Eine Station zum Luft nachpumpen ist nicht zu sehen. Bis nach Hause wird's schon noch gehen!

Er steigt ein. Fährt an der Tankstelle vorbei. Ach da!

Die Station zum Nachfüllen der Reifen ist hinter der Tankstelle.

Er sieht das Mädchen sofort. Sie und ihren kleinen Motorroller. Motor aus. Leise. Sein Wagen rollt auf die Station zu, das Mädchen füllt Luft nach …

Er steigt aus.

Das Mädchen, drei knatternde Fahnen mit dem Emblem der Tankstelle.

Der Wind ist hier stärker als vorne bei den Zapfsäulen. Sie hat ihren Helm auf den Sitz gelegt, ihre blonden Haare wehen fast waagerecht im Wind. Sie hat ihn nicht bemerkt, er …

Plötzlich.

Ein lautes Geräusch.

Er reißt seinen Kopf herum. Er versteht nicht. Nicht sofort. Aber dann. Ein Pressluftaggregat ist angesprungen. Nur das. Ein zweites Geräusch. Ein Motor.

Er dreht sich zu dem Mädchen zurück.

Nicht abhauen!

Sofort ohne Gedanken.

Ganz schnell ist er, ganz schnell, ein paar schnelle Schritte.

Und doch zu langsam. Das Mädchen entkommt. Ein Schritt hat gefehlt. Ein einziger Schritt.

Er bleibt stehen. Sein Herz schlägt so stark, dass er es am Hals, sogar noch in den Schläfen spürt.

Ihr Helm liegt ein Stück weit entfernt am Boden. Das Aggregat geht aus. Am Boden zischt etwas. Der Nachfüllschlauch, der herausgerissen ist aus dem Ventil, bei ihrer Flucht.

Zwei Minuten steht er noch da. Es ist schon eine Weile her, dass er sich so lebendig gefühlt hat.

Kurz bevor er Fleurville erreicht, hörte er auf, an das Mädchen zu denken. Es ist zwar schon kurz vor elf, und seine Frau schläft bestimmt schon. Aber er will sicher gehen. Er darf diese Sache nicht in seine Familie hineintragen. Seine Frau würde wieder vermuten, dass er kalt oder desinteressiert ist. Also konzentriert er sich auf seine Orchideen. Der Frauenschuh wird bald blühen.

Als er auf sein Haus zugeht, sieht er, dass Licht brennt. Er schließt auf, und als er eintritt, geht ganz kurz alles durcheinander in seinem Kopf. Hat er vergessen, dass sie Gäste haben? Dann erkennt er den Kommissar. Neben ihm stehen zwei Frauen, die er nicht kennt. Seine Frau sitzt auf dem Sofa, hat wohl geweint. Der kleine Dicke, der im Kommissariat auch dabei war, kümmert sich um sie. Der nächste Gedanke ist ganz schrecklich! Hat jemand meiner Tochter was angetan? Jetzt kommt eine der beiden Frauen auf ihn zu. Sie hält ein Glasröhrchen in der Hand, aus dem sie ein Wattestäbchen herausholt.

»Monsieur Agneau, wir brauchen eine Speichelprobe von Ihnen.«

Es ist vorbei. Er ist gerettet.

* * *

Pierre Agneau hat von Anfang an seine Strategie, und bei der bleibt er. Allein schon wegen seiner Familie.

Er leugnet in allen Punkten. Obwohl das natürlich sinnlos ist. Bei Isabel jedenfalls sind die Beweise so schlagend, dass er wegen Vergewaltigung und Mord verurteilt wird.

Er nimmt das Urteil an. Und ein Triumph bleibt ihm. Sie haben die Reifen nicht gefunden. Obwohl sie sicher in Saarbrücken danach gesucht haben. Die Reifen waren alt. Wahrscheinlich hatte Peter sie längst zur Verwertung gegeben.

Er hat nicht viel Zeit, sich über dieses Detail zu freuen. Bereits in der Untersuchungshaft wird ihm klar, dass die anderen Häftlinge wissen, was er getan hat. Von nun an gibt es etwas, das stärker ist als seine Begierde. Er hat Angst.

* * *

Weihnachten. In Ohayons Leben hat sich etwas Entscheidendes verändert. Zum ersten Mal wird er das Fest zusammen mit einer Frau feiern. Weihnachten wird es Karpfen geben, und er wird ihn zubereiten.

Und so betritt Sergeant Ohayon am Morgen des 24. Dezembers den Fischladen von René Mortier, Genevièves Großvater. Als Ohayon vor ihm steht, weiß er, dass sie darüber reden müssen. Sie sprechen ein Weilchen, dann führt René Mortier ihn in die hinteren Räume. Ohayon wird schwindelig. Da ist sie wieder. Geneviève, die seit vier Wochen auf dem Friedhof von Fleurville liegt. Der ganze Raum ist voller Bilder.

»So viele?«

»Sie wäre vielleicht mal eine richtige Malerin geworden …«

René Mortier hat genug geweint. Er hat gelernt, über seine Enkeltochter zu sprechen, ohne dass Tränen kommen. Er hält sich an die Bilder und fängt an, Ohayon zu erklären, welche Bilder wann entstanden sind. Und obwohl Ohayon von Kunst rein gar nichts versteht, sieht er eine Entwicklung. Gerade im letzten Jahr. Aber René Mortier erzählt rückwärts in der Zeit. Und so ist das letzte Bild, über das er spricht, das erste, das Geneviève je gemalt hat.

»Meine Tochter hat es zwischen Genevièves alten Skizzen gefunden. Das muss sie gemacht haben, als sie zwei oder drei Jahre alt war.«

Und genau so sieht das Bild auch aus. Es zeigt sechs etwas zittrige Striche, die senkrecht im Bild stehen. Zwei davon sind kürzer. René Mortier schüttelt den Kopf.

»Wir rätseln alle, was das darstellt. Ich glaube ja, das sind Beine. Die langen Beine sind von zwei Erwachsenen, und die kurzen gehören vielleicht ihr selbst oder einem Kind. Also ich glaube, das Bild zeigt, wie Geneviève und ihre Mutter eine andere Frau treffen. Vielleicht hat die ein Kind dabei. Oder die kleinen Beine gehören zu Geneviève. Wer weiß.«

Als Ohayon René Mortiers Laden verlässt und nach Hause geht, denkt er noch eine Weile an Geneviève und ihre Bilder. Aber allmählich löst sich das auf. Und als er zu Hause ankommt und Frau Behling sieht, die sich schon mit dem Baum beschäftigt, da ist Geneviève Mortier, die vielleicht mal Malerin geworden wäre, aus seinem Bewusstsein verschwunden.

* * *

Das Bild mit den sechs senkrechten Strichen.

Geneviève ist zwei Jahre alt, als sie Kristina zum ersten Mal sieht. Die beiden sind also noch etwas unsicher auf den Beinen, und so schwanken sie ein wenig, während sie sich ansehen. Kristina hält sich am Rock ihrer Mutter fest, und Geneviève hat sich auch ein bisschen hinter ihrer Mutter versteckt. Eine Weile stehen sie einfach so da. Dann tappt Kristina los. Geneviève geht ein Stück weiter hinter ihrer Mutter in Deckung. Aber das hält Kristina nicht davon ab, weiterzugehen. Sie stapft also um Genevièves Mutter herum, und Geneviève weicht immer weiter zurück. Irgendwann sieht Geneviève ein, dass es nichts bringt, sich zu verstecken. Sie bleibt also stehen und lässt das fremde Wesen an sich herankommen. Geneviève lacht. Das Lachen ist ansteckend. Jetzt geht die Begrüßung richtig los. Die beiden betatschen sich ungelenk mit ihren kleinen Händen und lachen sich kaputt dabei.

Das war die erste Begegnung zwischen Geneviève und Kristina. Und damit begann eine Freundschaft, die vierzehn Jahre lang hielt. So lange, bis Geneviève anfing, sich ernsthaft für Jungen zu interessieren.

Natürlich erinnert sich Kristina nicht an diese erste Begegnung mit Geneviève. Kein Mensch erinnert sich an Dinge, die er im Alter von zwei Jahren erlebt hat. Der Verstand hat das eben so an sich. Diese Unzuverlässigkeit, was die Erinnerung angeht. Und manchmal ist der Verstand deswegen sogar mit sich selbst unzufrieden! Ja, und dann fällt ihm nichts Besseres ein, als wirres Zeug zu produzieren. Zum Beispiel im Schlaf. Kristina jedenfalls träumt in den Monaten nach Genevièves Tod komische Sachen. Zum Beispiel, dass sie Geneviève mit einem Gegenstand erschlägt, der einer Walze gleicht. Einer Walze, die in ihren Träumen zwar runterfällt »wie etwas Großes«, die Geneviève aber nicht trifft. Umgefallen war sie, nachdem sie gegen den Pfeiler geprallt war. Es war dann etwas sehr Starkes und Schnelles passiert, als Geneviève gerade aufstehen wollte. Etwas ganz Schreckliches. Mit diesem Gefühl jedenfalls wacht Kristina immer auf.

Erst viel später begreift sie, was für ein Glück sie hatte. Als sie am nächsten Morgen mit ihrer Mutter sprach, war sie so verwirrt, dass sie sich einbildete, Geneviève erschlagen zu haben. Einfach weil sie total betrunken war und wütend und weil sie nicht wollte, dass Geneviève sie verließ und zu den ekligen Jungen ging. Oder war auch das schon Traum? Ihre Mutter hatte sie dann nach Braunschweig gebracht, und als sie zurückgeholt wurde, hatte der Pfarrer sie noch mal gefragt, was passiert war. Da war sie sich schon unsicher gewesen. Vor allem stand ja in der Zeitung, dass Heimann es war. Das war wichtig für sie. Der Pfarrer hatte lange mit ihr geredet. Nicht über sie, sondern über ihre Mutter. Über die Tatsache, dass ihre Mutter sich und allen anderen ständig einredete, an irgendetwas schuld zu sein. Darüber, dass sie sich von ihrer Mutter in diesen Irrsinn nicht reinziehen lassen sollte. Kristina war am Ende so durcheinander gewesen, dass sie nur noch geweint hatte. Aber der Pfarrer hatte sie nicht im Stich gelassen, sondern sie vor sich selbst beschützt.

Und er hatte das Verhör mit ihr geübt. Immer und immer wieder. Bis sie endlich klar war im Kopf. Der Pfarrer war unerbittlich bei ihrer Rettung. Sie durfte nur das sagen, was wirklich geschehen war.

Es ging also gut für sie aus.

Und irgendwann verschwanden die schrecklichen Träume, und nur das Erklärliche blieb.

* * *

»Setz dich, Ohayon.« Es ist acht Uhr morgens, ein trüber Tag. Also macht Roland Colbert erst mal Licht in seinem Büro. Die Neonbeleuchtung springt, wie immer, zuverlässig an. »Kaffee?«

»Nee, hatte schon, danke.«

Roland Colbert setzt sich hinter seinen Schreibtisch und sieht Ohayon an. Dem kommt das komisch vor. So offiziell ist Roland doch sonst nicht.

»Tja, Ohayon, es gibt was, das wir zu bereden haben. Ich wollte nur noch ein paar Dinge feststellen. Zwischen uns, sozusagen.«

»Aha …«

»Zunächst einmal geht es um deine Leistung. Darum, dass du den Bezug zu Pierre Agneau hergestellt hast, das war sehr gut, Ohayon.«

Ohayon nickt kaum merklich.

»Was den eigentlichen Fall betrifft, den Fall Geneviève Mortier …«

»Roland!«

»Nein, ich bin da anderer Meinung als ihr. Genevièves Tod

hat in meinen Augen nichts mit Pierre Agneau zu tun. Kristinas runtergeleierte Aussage, die immer gleichen Antworten … Aber darüber wollte ich nicht wieder reden, das ist vorbei, es geht um was anderes.«

»Aha.«

»Ich bin ausgestiegen. Das hätte niemals passieren dürfen.«

»Wo bist du ausgestiegen?«

»Aus dem Team. Ich habe mich von irgendwas mitreißen lassen und, ohne es überhaupt zu merken, gegen all meine Prinzipien verstoßen. Fast bis zur Raserei. So was darf nicht wieder passieren. Ich hätte dich mit reinnehmen müssen. Ins Verhör. Spätestens am zweiten Tag.«

»Weil ich für Gefühle zuständig bin?«

Roland Colbert lacht. »Genau!« Aber eigentlich meint er es sehr ernst. Das mit der Kontrolle der Affekte. »Also, das nächste Mal, wenn die Pferde mit mir durchgehen, halt mich zurück. Und was dich betrifft: Auch du kannst nicht einfach für Tage aussteigen und deine eigenen Wege gehen.«

»Ich bin für die Gefühle zuständig, ich treibe mich nicht rum, und ich halte dich zurück, wenn du ausrastest.«

»Genau.«

»Aber wir heiraten nicht.«

»Wir dürfen nicht auf uns selbst reinfallen. Nicht dem nachgeben, was wir unbedingt wollen. Das wollte ich sagen.«

»Okay.«

Roland Colbert steht auf und öffnet Ohayon die Tür. Der Kommissar bleibt noch einen Moment in der offenen Tür stehen. Er fühlt sich gut und ist sich sicher, etwas Wichtiges in die Wege geleitet zu haben. Als er schließlich seinen Kopf nach links dreht, ist Ohayon bereits am Ende des Gangs angekommen. Er sieht ihn zuletzt als Schatten vor dem Fenster. Aber das Bild ist komplexer. Eine Sekretärin kreuzt geschäftig den Gang, Grenier sucht etwas in der Ablage, zwei weitere Mitarbeiter tauschen Dokumente aus. Es herrscht Betrieb. Normaler, gut strukturierter Betrieb auf dem Kommissariat von Fleurville. Und Roland Colbert ist absolut einverstanden mit diesem Zustand.

Matthias Wittekindt

Marmormänner

»Marmormänner«, so werden in der Legende der französischen Kleinstadt Fleurville vier Männer genannt, die 1970 plötzlich verschwanden. Nur einer von ihnen wurde gefunden, ermordet. Doch nun werden bei Ausschachtungen Kleidungsreste gefunden, und sofort fiebert die ganze Stadt mit, was die Lösung des Falles nicht einfacher macht. Hinzu kommt ein aktueller Entführungsfall, der die Ermittler fordert. Das aus »Schneeschwestern« bekannte Ermittlerteam um Kommissar Roland Colbert löst hier zwei auf überraschende Weise verwobene Fälle.

Kriminalroman · Originalveröffentlichung

Broschur · 288 Seiten · ISBN 978-3-89401-772-9